中國新聞史研究輯刊

二 編

主編　方漢奇

副主編　王潤澤、程曼麗

第 4 冊

新聞與訓政：
國統區新聞事業研究（1927～1937）（下）

劉繼忠 著

花木蘭文化出版社

國家圖書館出版品預行編目資料

新聞與訓政：國統區新聞事業研究（1927～1937）（下）／劉繼
忠 著 -- 初版 -- 新北市：花木蘭文化出版社，2014〔民103〕
目 8+244 面；19×26 公分
（中國新聞史研究輯刊 二編；第 4 冊）
ISBN 978-986-322-811-0（精裝）
1.新聞業 2.中國
890.9208　　　　　　　　　　　　　　　103013282

ISBN-978-986-322-811-0

9 789863 228110

中國新聞史研究輯刊
二 編 第四冊　　　　　　ISBN：978-986-322-811-0

新聞與訓政：
國統區新聞事業研究（1927～1937）（下）

作　　　者	劉繼忠
主　　編	方漢奇
副 主 編	王潤澤、程曼麗
總 編 輯	杜潔祥
出　　版	花木蘭文化出版社
發 行 所	花木蘭文化出版社
發 行 人	高小娟
聯絡地址	235 新北市中和區中安街七二號十三樓
	電話：02-2923-1455／傳真：02-2923-1452
網　　址	http://www.huamulan.tw 信箱 hml810518@gmail.com
印　　刷	普羅文化出版廣告事業
初　　版	2014 年 9 月
定　　價	二編 11 冊（精裝）新台幣 22,000 元

新聞與訓政：
國統區新聞事業研究（1927～1937）（下）

劉繼忠　著

目次

表目錄

第七章　「主義」名義下政治宣傳的新聞策略（下）

　　本章接續第六章，分別敘述國民黨新聞媒體攻擊中共的宣傳策略，以及如何應付外患的宣傳策略，並評價國民黨新聞媒體政治宣傳策略的歷史得失。

第一節　攻擊中國共產黨的「赤匪」宣傳策略

　　1927～1928 年間，蔣介石以「清黨」方式控制了黨權與政權，壟斷了「革命」話語解釋權。他賦予其集團光輝的「革命」身份，在地方派系鬥爭和國民黨高層權力爭奪中佔據「黨統」的上風。由此，蔣氏以孫中山的「忠實繼承者」自居，對反對派系、中共施展「污名化」的打擊策略。「污名化」是對某個群體或個人貼上的貶低性、侮辱性的話語標籤，並凝固為社會現實的過程。通過「污名」策略，施污者或群體享有被污者或群體的單向「命名」權，並能從「命名」中廉價騙取被污者或群體的血汗、勞動、物質，乃至身體或精神。這一社會現象古已有之，其實是原始文字崇拜的一種表現形式，但作為一種理論被發現卻是在 20 世紀中葉。德國社會學家埃利亞斯研究胡格諾教徒時首次發現了「污名化」現象，1963 年戈夫曼（Goffman E.）對「污名」的闡釋影響力最大，他把污名一詞追溯到古希臘[註1]，並致「污名化」理論在

〔註 1〕　在古希臘，污名意指用身體標誌來標明道德上異常的或者壞的東西。戈夫曼將污名化解釋為，個人所擁有的、與他人不同的、令人不愉快的特徵。在極端的情況下，這種人是十分壞的，危險的或虛弱的。在他看來，被污名化的人就是降格為污點的、被打了折的人。污名的這一特徵使其具有普遍的令人

20 世紀 60 年代成爲顯學。〔註2〕蔣的污名策略是立於其政治立場及個人集權的需要，與西方的「污名化」理論不完全一致，更多的是繼承了中國傳統的「名分」思想。利用政權，蔣介石集團以制度形式灌輸到社會，誓將中共徹底消滅。然而，這一思想與策略執行的並不成功，1937 年 7 月「西安事變」發生後，蔣介石在張、楊的「兵諫」下對該策略作了重大調整，與中共共同抗日。下面對蔣介石集團爲何對中共施行政治「污名化」及其施行的基本過程、主要內容和表現及「污名化」的主要後果和失敗原因作較系統的描述與分析。

一、「污名化」中共的根源

「污名化」中共源於 1924～1927 年國共兩黨不穩定的黨際關係。「清黨」後，蔣介石集團掌控了黨權與政權，仍繼續「污名化」中共，主要是出於鞏固集權統治、應對內外危機的現實需要。

1924～1927 年間國共兩黨關係動態演變的複雜關係，絕非「容共」或「聯共」等語詞所能簡單概括。據王奇生考證〔註3〕，合作之初，兩黨即對相互關係的認知與表述不盡一致，共產國際和中共一開始即將兩黨關係定爲「合作」關係，在孫中山意識中並不認同，只是提出「改共產黨員爲國民黨員」〔註4〕，即容納共產黨員。國民黨一大也沒有通過一個關於兩黨關係的

恥辱的影響。

〔註2〕 「污名化」理論在 20 世紀 70 年代因受到批評呈現衰落氣象，80 年代它又以一種修正的形式逐漸復蘇。近 20 年代來，有關「污名化」的理論研究和經驗研究正呈不斷上升的趨勢。研究群體涵蓋了社會學、社會心理學、心理學、新聞傳播學等領域，研究主題有個體層面、集體層面、制度層面等。見管健：《污名：研究現狀與靜態——動態模型構念》（《湖南師範大學教育科學學報》，2007 年 7 月），唐魁玉、徐華：《污名化理論視野下的人類日常生活》，《黑龍江社會科學》，2007 年第 5 期。

〔註3〕 王奇生：《從「容共」到「容國」——1924～1927 年國共黨際關係再考察》。該文對 1924～1927 年間的國共黨際關係的複雜情形，作了深入的考證與分析。史料相當翔實，觀點基本建立在史料之上。下面相關論述的引文基本轉引此文。

〔註4〕 孫中山在一大上先後發表過七次演說（包括開會詞和閉會詞）。但對兩黨關係的論述僅有一次，他在關於民生主義的一次演說中，專門就共產黨員加入國民黨一事做出解釋，既批評黨內「老同志」思想穩健爲不及，也批評「新同志」思想猛進爲「太過」，強調共產主義與民生主義並無衝突，不過範圍有大小而已。聲稱「新青年」一方已「誠心悅服本黨三民主義，改共產黨員爲國民黨」。在孫

專門性決議。這樣，國共對兩黨黨際關係的各自表述：中共黨員個人加入國民黨，即形成一種「黨內合作」關係；與此同時，中國共產黨在國民黨之外獨立存在，兩黨關係又是一種「黨外合作」關係。若從國民黨的角度言，即既是「容共」，又是「聯共」。「容共」是「容納共產分子」；「聯共」乃「聯合共產黨」。兩黨對相互關係認知的偏差導致兩黨最初的黨際摩擦。1923 年中共加入國民黨時，黨員人數不過 400 多人，他們卻視國民黨為「前時代人物」、「落伍者」，加入國民黨是要對其努力「扶持」、「誘導」和「掖近」。然在國民黨是力求以「黨內合作」的方式「領導」共產黨，並不願中共「獨樹一幟而與吾黨爭衡」，這正與共產黨的認知和行動發生衝突。然而陳獨秀、李大釗、瞿秋白、譚平山等中共精英具有很強的宣傳和組織能力，國民黨雖號稱有 20 萬黨員，也借鑒蘇聯模式改組，卻仍是一盤散沙，組織與宣傳方面均不是中共精英的對手，以致產生三種結果。一、《向導》、《中國青年》等中共刊物強勢話語逐漸演變為這一時期一種強勢、主流的社會認知：左比右好，寧左勿右〔註 5〕，並征服了五四後新一代受過初等和中等教育的知識青年群體,使之成為國共兩黨的有生力量,並使之迅速「左傾化」。〔註 6〕二、在中共

中山的意識中，中國共產黨不過是一班「自認為是」的「中國少年學生」，是「北京一班新青年」的小組織。（見孫中山：《批鄧澤如等的上書》（1923 年 11 月 29 日），《孫中山全集》第 8 卷，中華書局，1985 年版，第 458 頁；《中國國民黨第一、二次全國代表大會會議史料》（上）第 21 頁）。（孫）博士曾對國民黨人說，中國的共產黨完全不值一提，都是些在政治上沒有修養的年輕人，不值得重視。見《中共廣東區委聯席會議記錄》，1924 年 10 月，引自楊奎松：《孫中山與共產黨──基於俄國因素的歷史考察》，《近代史研究》，2001 年第 3 期。

〔註 5〕 中共三大討論國共合作問題時，張國燾提出反對加入國民黨的理由之一，即是「我們寧可保持左，左的錯誤比右的錯誤容易改正」（《斯內夫利特筆記》，《共產國際、聯共（布）與中國革命文獻資料選輯（1917～1925）》，第 468 頁。）1926 年元旦中共廣東區委在《對國民第二次大會宣言》中亦聲稱：「左傾政策即最革命的政策，即最合乎革命運動要求的政策」。廣東省檔案館等編：《廣東區黨、團研究史料》，廣東人民出版社，1983 年，203 頁。

〔註 6〕 綜合王奇生等人研究，中共強勢話語主要表現是：一、孫中山去世後，國民黨內無人堪與陳獨秀、瞿秋白等在理論上對壘，戴季陶雖公開著書立說，剛一出籠就遭到中共的文字圍剿，幾乎沒有回擊便偃旗息鼓。而這一時期，中共在思想戰線上的交戰對象主要是國家主義派，對西山會議派和其它國民黨右派的批判只是其偏鋒而已。二、中共精英先於國民黨提出了富有號召力的口號，並通過《向導》、《中國青年》等期刊凝聚了五四後新一代中小知識青年讀者群，使其成為發動民眾的主要力量。這些口號主要有：打倒帝國主義、打倒軍閥、「聯俄、聯共、扶助農工」的三大政策，左派、右派、左傾、右傾

強勢話語的影響下，國共之間的黨際流動由最初的共產黨員單方面加入國民黨，變成雙方黨員的雙向互動。「左傾化」的知識青年通常是先加入國民黨，再由國民黨加入共產黨，跨黨黨員、純粹黨員的界限變得模糊。〔註7〕到後期，中共黨員加入國民黨者減少，而國民黨青年轉入中共者日多。三、中共借助國民黨改組後急謀發展的機會，很快在國民黨地方組織中取得支配地位，也引起戴季陶、西山會議派等對國民黨的現實危機感。1926 年 3 月，中共中央在其正式文件中開始使用「聯共」一詞〔註8〕，同年 5 月召開的國民黨二屆二中全會正式承認國共關係爲「兩黨合作」關係。這次會議所通過的《整理黨務案》雖對中共加了種種限制，如不得懷疑和批評孫中山及三民主義；加入國民黨的中共黨員名冊須交國民黨中央執行委員會主席保存；在國民黨高級黨部任職的中共黨員人數不得超過 1/3，不得充任國民黨中央機關之部長等，但也首次以大會決議案的形式確認「兩黨合作」關係。會議不僅在提

等蘇俄式的新詞彙。三是相當程度上影響和控制了國民黨的意識形態宣傳，中共在孫中山逝世後的宣傳綱要中，規定「宣傳中山的三民主義，應以一九二四年一月民黨大會的宣言、黨綱、政綱爲根據」，「切戒拿三民主義與共產主義或社會主義作比較，對於民生主義亦不可多作解釋」。

〔註7〕 國民黨一大期間，國民黨代表方瑞麟即臨時提議，要求在國民黨的黨章中明文規定「本黨黨員不得加入他黨」，但經李大釗聲明、多位代表的激烈辯論大會最後表決，多數代表贊同「黨員不得加入他黨不必明文規定於章程」。（中國第二歷史檔案館編：《中國國民黨第一、二次全國代表大會會議史料》（上），江蘇古籍出版社，1986 年版，第 50～54 頁）。1924 年 6、7 月間，部分國民黨提出彈劾案，再次要求共產黨「不得援引本黨黨員重新加入共產黨及爲共產黨徵求黨員」，但被陳獨秀予以駁回。1026 年 5 月 17 日國民黨二屆二中全會通過《整理黨務第二決議案》規定：「本黨黨員未受准予脫黨以前，不得加入其它黨籍，如既脫本黨黨籍而加入他黨者，不得再入本黨」。同年 9 月，中共曾聲明，「今後將不從國民黨員中吸收新黨員」，但實際並未執行。當時國共兩黨内流傳著這樣的說法，國民黨是共產黨的預備學校。1926 年 8 月上海中共組織的一份問卷中提到：「一直到現在，我們學生同志普遍的有個觀念，以爲國民黨是 C.Y. 的預備學校，C.Y. 是 C.P. 的預備學校。」（《上海法界部委對中央擴大會議決議案的意見書》（1926 年 8 月 29 日），中央檔案館，上海檔案館編印：《上海革命歷史檔彙編》（中共上海區委宣傳部組織部等文件 1925～1927》，1986 年版，364 頁）

〔註8〕 1926 年 3 月 12 日，中共中央在《孫中山先生逝世週年紀念日告中國國民黨黨員書》中，首次在正式文件中使用「聯共」一詞。文中涉及孫中山和國民黨對共產黨的政策時，有 8 處用「聯共」表述，7 處用「容納共產黨」表述，1處用「黨内合作」表述。見《中共中央第一次國内革命戰爭時期統一戰線文件選編》，第 174～178 頁。

法上用「兩黨合作」來表述〔註9〕，而且決議組織兩黨聯席會議，「審查兩黨黨員妨礙兩黨合作之行動、言論及兩黨糾紛問題，並協議兩黨有連帶關係之各種重要事件」。〔註10〕而《整理黨務案》是蔣介石與蘇聯顧問鮑羅廷磋商、妥協的產物。〔註11〕當時對此案攻擊最力的不是中共，而是西山會議派，該派看重的是《整理黨務案》所承認的「兩黨合作」的「名分」。約在 1926年初到 1927 年初，「聯共」的提法開始在國民黨報刊上頻繁出現，有時「聯共」與「容共」交相使用，不分彼此，但呈「聯共」者漸多，而提「容共」者漸少。到「四一二」前夕，「聯共政策」已是一個「口號常呼著，標語常寫著」的詞語。〔註12〕與此同時，隨著北伐的進展，中共意識形態的強勢倡導和對國民黨地方組織和民族運動的日趨「包辦」，及中共組織嚴密與國民黨組織散漫的強烈反差，使國民黨人感到共產黨大有「反客為主」的態勢，擔心國民黨「容共」，將轉化為共產黨「容國」。這一危機意識促使邵元沖、吳稚暉、蔣夢麟等國民黨元老人物，及陳果夫、陳立夫、溫建剛等蔣介石手下的高級將領直接推動蔣介石「反共」。蔣介石則採取表面「聯共」私下縱容部下借助幫會依靠打、砸、搶的「清黨」方式在地方掀起向中共奪權風潮，這更加促使蔣介石與鮑羅廷及武漢國民黨左派矛盾衝突公開化。鮑羅廷及武漢方面則意圖通過召開二屆三中全會阻止蔣介石掌控黨權和政權，從而迫使蔣不得不考慮奪取上海和南京，與武漢分庭抗禮。在發動「四一二」政變後，蔣介石見武漢方面已不可能來南京開會，遂破釜沉舟獨樹一幟，另立中央黨部和國民政府，以免在「黨統」上受制於武漢中央。1928 年 4 月 17 日蔣介石分別發佈「清黨」布告和通電，18 日蔣介石等人召開中央政治會議，勉強

〔註9〕 在此之前，國民黨內已有人將國共關係表述為「合作」關係，如 1924 年 8 月21 日國民黨中央全會上，監察委員李石曾函稱：「弟非國際共產黨，亦非參與兩黨合作之人，但兩黨既已合作如前，萬不宜分裂於後」。（引自《從容共到清黨》，329 頁），但這只是代表個人的言論，國民黨官方文件中出現兩黨「合作」提法，則自《整理黨務案》始。

〔註10〕據《蔣介石年譜》載，《整理黨務案》最初成形於 1926 年 4 月 3 日向國民黨中央提出的《請整軍、肅黨、準期北伐》建議，成立聯席會議一事，亦於此建議書中提出。見中國第二歷史檔案館編：《蔣介石年譜初稿》，檔案出版社，1992 年，554～558 頁。

〔註11〕蔣介石日記載，《整理黨務案》提出前，他曾多次與鮑羅廷磋商「國共妥協條件」。見《蔣介石年譜初稿》，586～587 頁。

〔註12〕李焰生：《「容共政策」與「聯共政策」》，《現代青年》第 73 期，1927 年 4 月9 日。

解決了定都南京和成立國民政府等各項法理上的難題，南京政府宣告成立。
〔註 13〕由此，蔣介石「合法」地壟斷了「革命」話語解釋權。而在激進主
義思潮的衝擊下的 20～30 年代，「革命」具有無可置疑的絕對正當性和合法
性，故將與之對立的「反革命」標籤貼在不同政見者和政治敵對勢力上，即
意味著剝奪其存在的合法性。當蔣介石壟斷「革命」話語解釋權後，即以「反
革命」的標籤貼到中共和武漢國民黨左派上，繼而賦予中共「叛黨謀國」等
種種「罪行」，予以合法地「清黨」。然而，由於中共黨員的身份在國民黨內
一直是秘密的，《整理黨務案》雖要求中共將黨員名冊提交一份給國民黨中
央，但中共沒有提交，致使蔣介石的後期「清黨」面臨誰是共產黨員、誰是
跨黨分子、誰是純粹黨員的甄別問題。對此，蔣介石集團採取依靠新生政權
結合群眾檢舉的「清黨」辦法，但受前期清黨的「打」、「砸」、「衝」的影響，
後期「清黨」仍充滿了血腥味。結果，「清黨」只是解決了「實際上只是基
本上解決了以蔣介石為代表的國民黨人從共產黨及其左派國民黨人手中，奪
取從中央到地方的各級黨政權力的問題，和共產黨人以國民黨黨員的身份大
量隱藏在國民黨各級組織中的問題。〔註 14〕」並沒有「消滅中國共產黨」，
也沒有清除黨內的「土豪劣紳、貪官污吏」，反而使土豪劣紳及貪官污吏大
肆侵蝕國民黨，並衍生出地方權力的多次重新洗牌，內訌、誣告、陷害、權

〔註 13〕國民黨為何發動「清共」，如何「清共」及「清共」後的後果，是史學界探
討的熱點話題。楊奎松、楊天石、王奇生、李雲漢、黃金麟等學者最為厚實、
出色。楊奎松的《蔣介石從「三二〇」到「四一二」的心路歷程》（《史學月
刊》，2003 年第 11～12 期）詳細分析了鮑羅廷與蔣介石的矛盾關係，認為
導致蔣介石發動「四一二」政變的直接原因是鮑羅廷和武漢國民黨右派意圖
阻止蔣介石掌控黨權和政權。楊奎松的《一九二七年南京國民黨「清黨」運
動研究》則「深描」了國民黨「清黨」運動的全過程及各方對「清黨」運動
的看法。王奇生的《從「容共」到「容國」——1924～1927 年國共黨際關
係再考察》詳細分析了 1924～1927 年間國共關係隨著兩黨力量對比的變化
而發生的演變情形，以及國共兩黨對其關係的認知差錯。王奇聲的《清黨以
後國民黨的組織蛻變》、楊天石的《中華民國史》第 2 卷第五編（北京：中
華書局，1996 年），及臺灣學者李雲漢的《從容共到清黨》（臺北：中華學
術著作獎助委員會，1966 年），黃金麟的《革命與反革命——「清黨」再思
考》（《新史學》第 11 卷第 1 期）等著述的論述也相當深入。但臺灣和大陸
在有關清黨的歷史書寫中表述截然相反，一方頌之為「護黨救國運動」，一
方譴之為「反革命政變」。
〔註 14〕楊奎松：《一九二七年南京國民黨「清黨」運動研究》，《歷史研究》，2005 年
第 6 期。

鬥之風在國民黨內盛行，並出現了黨內人才逆淘汰現象。〔註15〕另外，由於共產黨的運動打著國民黨的旗號，「清黨」運動中的血腥、殘酷、無規則等因素，致使「清黨」疏離了一大批五四後的青年知識階層，並使他們迅速認識到南京國民黨領導人「清黨」的核心是保持對國民黨的絕對掌控，繼而嚴重損害了國民黨的「革命」形象。

如果說蔣介石和國民黨右派賦予中共「謀黨叛國」的政治標籤，是出於與武漢中央分庭抗禮，奪取黨權和政權的需要，那麼，南京國民政府建立後，蔣介石繼續「污名化」中共，除了延續既定判斷外，更多的則出於維護個人集權、應對國內外危機的現實需要。1927～1938 年間，「剿共」在蔣介石的戰略思維佔有重要位置。

（一）「剿共」迎合了英美仇視共產主義意識形態的心態，能在政治理想、價值觀念、乃至制度設計上得到其認同，進而獲取英美「盟友」的物質援助；

（二）「剿共」是執行「攘外必先安內」政策的最好藉口，蔣介石自視國力無法與日本決戰，對日一直採取隱忍退讓政策，以致遭到國內高昂民族主義的義憤攻擊，對此，蔣介石以中共的「罪惡」無法抗日為由，以「安內」名義繼續採取對日隱忍退讓政策，以此安撫民族主義情緒。

（三）「剿共」是其遲遲不結束訓政，施行憲政的藉口。蔣介石視「剿共」為推行「訓政」的最大前提，除了以此鼓動軍隊積極「剿匪」外，並以可以事實上「共匪」的存在為由拖延結束訓政、施行憲政。

（四）「剿共」是其剪除地方派系的一枚棋子。借助「剿共」，蔣介石向地方派系滲透，並宣揚南京中央的權威，同時讓地方派系派軍隊參與「剿共」，藉此削弱雙方軍力，達到漁翁之利。

（五）「剿共」也是其緊握軍權、擴充軍隊、提高自身威望，繼而將黨政軍權集於一身的最好的事實藉口。蔣介石雖認定中日一戰不可避免，但中日軍事、經濟的巨大懸殊，讓其採取隱忍拖延戰術，這一戰術給了地方派系借機反對的正當理由，這就危及到了其軍權。但「剿共」很好地解決了這一難題，它既能反擊地方派系借機起兵的理由，也能藉此讓地方派系派軍隊積極「剿匪」。這樣，「剿共」就成了蔣介石追求個人集權、應對國民黨內外危機的思維鏈條中的關鍵一環。而日本的步步緊逼、地方派系的「奪權」威脅、國內民族主義情緒的日益高漲及中共勢力逐日壯大的事實，使蔣介石無法擺

〔註15〕王奇生：《清黨以後國民黨的組織蛻變》，《近代史研究》，2003 年第 5 期。

脫這一思維牢獄，也就不可能在「國難」當頭重新思考國共關係，徹底調整「攘外必先安內」的政策，提出更具號召力的「聯合抗日」的政治口號，凝聚民族精神。由此，在面對張學良、楊虎城等質疑時，蔣介石只能以「訓斥」的方式命令其強迫執行，先後導致了「福建」事變、兩廣事變及西安事變，最終在張學良的「兵諫」下才對其戰略思維做了重大調整，接受中共宣言，共同抗日。至此，蔣介石「污名化」中共的策略才算暫告結束。

二、《中央日報》政治「污名化」中共的演變歷程

「污名化」是一個從貼標籤到凝固為現實的過程。國民黨在對中共貼上「謀黨叛國」等政治標籤的同時〔註16〕，也以其宣傳機構力圖把這一「污名」標籤予以社會化、凝固化，使中共成為名副其實的「社會危險集團」。國民黨媒體自然是施行妖魔化中共的主力，從《中央日報》到各地直轄黨報、各地普通黨報及軍報均極力渲染中共的「罪惡」、國民黨「剿匪」的戰績。1927～1938 年間，國民黨妖魔化中共並非毫無變化，而是受國民黨內部派系紛爭、中日矛盾的演變、國民黨「剿共」的進程及國內愛國民族主義情緒等因素的影響有所調整，「七七事變」發生後，「污名化」中共的策略才有了根本改觀。這一變化自然在其絕對控制的新聞媒體上有淋漓盡致的體現。《中央日報》是國民黨控制最嚴格、扶助最多、發行最廣、級別最高、影響較大的機關報，因而，該報 1928～1938 年間對中共的報導演變情況最能說明國民黨污名化中共的演變歷程。

1927～1928 年間，是蔣介石和國民黨右派武力清除共產黨及武漢國民黨右派及「土豪劣紳」的「清黨」時期，這一時期隸屬於南京的《中央日報》尚未創刊，國民黨報刊的性質、宣傳基調也相當複雜多變，中共和武漢國民黨左派尚未分裂，且在控制區域內還擁有新聞媒體，故能與蔣介石和國民黨右派與展開輿論反擊戰。但經蔣介石血腥屠殺中共黨員及查封中共報刊及國民黨左派報刊的紛紛改組或被關閉和武漢國民黨左派的叛變，中共在主要城市的力量嚴重削弱，被迫轉入地下或轉移到農村，失去了國統區公共場域的

〔註16〕把中共「污名化」的最早是反對中共加入國民黨的諸如馮自由等國民黨老同志，其後有西山會議派等，蔣介石製造四一二政變前後，主要是蔣介石集團和國民黨的右派。寧漢合流後，國民黨（不包括宋慶齡等國民黨少數左派人物）集體認同了中共的「罪名」。

話語權，被迫任由國民黨新聞媒體予以妖魔化，中共雖在上海等主要城市創辦一些或公開或秘密發行的報刊，但這些報刊一經發現即被國民黨查封，根本無法與國民黨媒體的宣傳力量對抗，故1928年後，國統區是國民黨媒體一方獨大和民營媒體備受擠壓的媒介市場，國民黨對中共的污名化宣傳得以順利展開。

圖7-1 《中央日報》1928～1938年間對中共「污名化」報導量〔註17〕

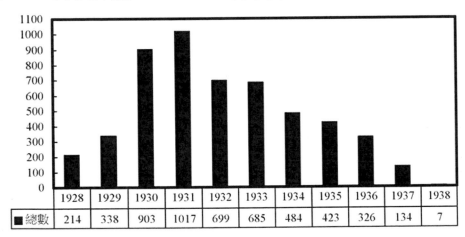

	1928	1929	1930	1931	1932	1933	1934	1935	1936	1937	1938
■總數	214	338	903	1017	699	685	484	423	326	134	7

注：1：《中央日報》並非包括1927年3月22日創刊的武漢《中央日報》，而是指1928年2月1日創刊於上海的《中央日報》及由上海遷移到南京的《中央日報》。2：表中資料並不與《中央日報》實際報導中共的報導量吻合。主要在於：（1）不同關鍵詞形成的標題統計重複，（2）受數據庫限制，表中數據的統計對象是《中央日報》的主標題，未考慮關鍵詞沒有出現在主標題，而出現在「分標題」中的情況，（3）所選關鍵詞雖具有代表性，但無法涵蓋國民黨對中共的各種污蔑性稱呼（如《中央日報》常稱呼中共黨員、紅軍為某匪某某，如「陳匪所部」；其它還有「閩共」、「贛共」、「匪患」、「匪部」等污名性稱呼），也無法統計標題中未污名化中共的報導。但上述三項綜合，表中資料能大致反映《中央日報》每年對中共的報導量。

從圖7-1可見，《中央日報》污名化中共的報導大致分為三個時期。1928

〔註17〕此表是根據《中央日報》標題索引（1928～1949）數據庫（http://www.ewen.cc/zyrb/），以「共匪」、「匪共」、「赤匪」、「共禍」、「赤禍」、「朱毛」、「毛匪」、「朱匪」、「彭匪」、「中國共產黨」、「共產黨」、「圍剿」、「剿匪」、「剿赤」、「剿共」為關鍵詞，檢索每年出現的標題數量，將每年標題數量匯總而製作。

～1929 年底爲第一時期，報導量雖高達 552 條，但仍爲污名化的初期，這在於中共被暫時「鎮壓」下去，國民黨的黨內分歧和權力爭奪及地方派系的軍事衝突是這一時期國民黨的主要問題。1930～1936 年爲污名化報導中共的高峰期。6 年間，年均報導達 648 條之多，日均報導達 1.78 條之多。峰值是 1931 年達到 1071 條，以一年 365 天計算，平均每天有 2.93 條報導。〔註 18〕峰底在 1936 年爲 326 條，但平均每天也有 0.89 條報導，其密度雖較 1931 年大大降低，但污名化的基本傾向未變。這一時期蔣介石對中共根據地先後發動了五次軍事「圍剿」，故其報導量企高不下，妖魔化中共彌漫在整個國統區。1930 年的報導量位居第二，除了受第一次軍事「圍剿」（1930 年 11 月至 1931 年 1 月）帶動外，也有首次發動軍事「圍剿」的輿論動員的需要。1931 年的報導量最高，其因素有三：一是同年 5 月 2 日國民黨第三屆中央執行委員會第一次臨時全體會議通過的《全國一致消泯共禍案》的帶動。該案的出臺表明國民黨意識到中共根據地的壯大對其政權的嚴重威脅。決議案第一次將共產黨及其所領導的中國工農紅軍由「共匪」改稱爲「赤匪」，並將中共定義爲「傾覆吾國之政制」、「破壞吾國之社會」、「斷絕吾國之生計，消滅吾國之人口，危害吾民族之生存」的「全國國民共同之大患」的「赤匪」，且「必須全國上下通力合作以破除之。」並且從軍事、政治、思想上提出了全面「剿赤」的任務。由此「剿赤」、「赤匪」在《中央日報》上頻繁出現。二是蔣介石發動兩次軍事圍剿的推動。第一次軍事圍剿於 1931 年 1 月結束，緊接著蔣介石於同年 4～5 月發動第二次軍事圍剿，7～9 月發動第三次軍事圍剿。三是受蔣介石提出「攘外必先安內」政策的影響。1931 年 7 月 22 日和 23 日，蔣介石兩次發出通電，正式提出了「攘外必先安內」的政策，「安內」基本是「剿赤」問題。1935 年、1936 年報導量有所下降，原因在於：（1）蔣介石在第五次軍事「圍剿」中得手，中共和紅軍已不成爲他的心腹之患。（2）1935～1936 年國內抗日輿論達到白熱化，國民黨內部反日傾向日益增長，1935 年 11 月召開國民黨第五次全國代表大會亦集體商討如何集中國力「救黨救國」，「剿共」、

〔註 18〕統計結果與蔡銘澤的經驗判斷基本一致。據蔡銘澤不完全統計，從 1930 年 12 月中原大戰結束後，國民黨中央政府軍開始大規模圍剿工農紅軍，到 1932 年 1 月「一二·八」事變發生的 14 個月中，《中央日報》要聞版用整版或大半版的篇幅刊登的各類反共「剿赤」文稿共計 53 篇，其它諸如消息、簡訊等則五日不有（九·一八事變期間及其前後曾一度中斷），如果加上其它有關「安內」的文稿共 94 篇。並說《中央日報》的「剿共」宣傳在 1931 年春夏之交達到高峰。見蔡銘澤：《中國國民黨黨報歷史研究》，150 頁。

「反共」的口號亦在大會宣傳中消失。（3）中共於 1935 年 8 月 1 日發表《爲抗日救國告全體同胞書》，公開主張建立抗日民族統一戰線，對《中央日報》減少妖魔化中共的報導量也有一定抑製作用。1937～1938 年爲污名化中共報導的最後時期，這一時期其報導量急遽減少，1937 年尚有 134 條，到 1938 年僅剩下 7 條。另據統計，僅有 33 條標題中含有「共匪」、「匪共」、「赤匪」、「朱毛」、「毛匪」、「彭匪」、「赤禍」等鮮明的詞彙〔註19〕，且主要集中在 1937 年1～2 月，最後一條是 1937 年 6 月 28 日第 4 版的消息《招撫投誠赤匪贛省府公佈辦法》，但這一消息只能意味著是《中央日報》停止妖魔化中共的重大轉折點，尚不能確認是《中央日報》終止污名報導的標誌。因爲，從國民黨角度選定的關鍵詞「圍剿」、「剿匪」等關鍵詞在 1937 年仍占 96 條，而統計所見的最後一條「剿匪」的報導是 1938 年 12 月 6 日第 2 版的《侯建國剿匪殉職,專署電川省府報告》。〔註20〕而 1938 年的污名化的報導急遽下降爲 7 條，在 7 條標題中，其中 3 條雖含「圍剿」，但內容與中共無涉，1 條含「剿匪」有隱射「中共」的意味，另有 3 條含「共產黨」，但其內容分別是「美共」、「法共」、「捷共」。至於「共匪」、「赤匪」、「共禍」等鮮明貶義的標籤已在標題中絕迹。另外，以中共領袖「毛澤東」、「朱德」、「彭德懷」、「劉少奇」、「周恩來」等關鍵詞檢索，發現最早對中共客觀報導的是 1937 年 9 月 11 日第 2 版消息《第八路總副指揮朱德彭德懷就職，竭誠擁護蔣委員長，效命疆場誓滅日寇》。此後，含有「毛澤東」、「朱德」、「彭德懷」、「周恩來」及「中國共產黨」等關鍵詞在標題中均是客觀呈現，但報導量僅有 7 條〔註21〕，這表明至少在

〔註19〕 以計算機檢索統計含有「共匪」、「赤匪」等鮮明污名的標題共 52 條，經檢查後去掉重複的標題後剩下 33 條。實際重複條數爲 19 條，但實際重複條數少於 19 條，因素據庫本身產生的信息冗餘所致，即總條數符合，但每頁均會重複出現同一標題，疑爲商家故意設計爲之。

〔註20〕 以「圍剿」爲關鍵詞檢索的最後一條是 1938 年 12 月 6 日第二版的《湘北我軍已逼近岳陽，漢口敵軍開上游增援，正陽偽軍在我圍剿中》。這條消息顯然與中共無涉。

〔註21〕 這七條消息分別是:《第八路總副指揮朱德彭德懷就職，竭誠擁護蔣委員長，效命疆場誓滅日寇》（1937 年 9 月 11 日，2 版）、《中國共產黨昨發表宣言，爲實現三民主義而奮鬥，實行取消蘇區改編紅軍》（1937 年 9 月 23 日，3 版）、《蔣委員長發表談話集中力量挽救危亡，由中共宣言可證民族意識勝過一切，實現三民主義尤爲唯一之努力方向》（1937 年 9 月 24 日，2 版）、《中共在粵設電影檢查所》（1938 年 8 月 1 日，3 版）、《彭德懷現在華北並未南來》（1938 年 8 月 28 日，3 版）、《周恩來返長沙冒火脫險經過》（1938 年 11 月 20 日，2 版）、《致毛澤東先生一封公開信》（1938 年 12 月 24 日，3 版，作者

1937 年 9 月 11 日左右，《中央日報》暫時徹底停止了污名化報導，但對中共並沒有表現出其輿論認同與支持。

三、「污名化」中共報導的主要宣傳技巧

蔣介石在「革命」話語層面爲中共貼上「謀黨叛國」的標籤，並通過南京國民黨中央、國民政府的法理渠道對中共予以制度化「污名」，完全剝奪中共的合法權及中共黨員一切人身自由權利及政治權利，但這僅是完成政治「污名化」的不可缺少的關鍵步驟。要把「污名」化而廣之，乃至凝固成中共也認同的社會現實，需要新聞媒體的大肆鼓吹。在這方面，國民黨媒體緊緊秉承國民黨意志，以盡可能多的宣傳技巧極力妖魔化中共，可謂不遺餘力、無以復加的程度，這種妖魔化宣傳在其文本中也有淋漓盡致的體現。

國民黨媒體污名化中共是系統的制度行爲、組織行爲，並非單個媒體基於盈利訴求的媒介行爲，故不同於當代媒體妖魔化弱勢群體的做法，而類似於當代敵對國家間的相互妖魔化行爲。故在宣傳的組織、經費、宣傳策略上均有統一部署，也有專門的機構負責，除了中宣部外，對中共宣傳的機構主要是蔣介石的「剿匪」司令部或「剿匪」南昌行營、武昌行營、西安行營、綏靖公署下屬的政治訓練部（處）及其下屬的各級「剿匪宣傳」（部、處或大隊），乃至直屬於陸海空軍總司令部的「剿匪宣傳處」負責。這些機構爲配合國民黨「剿共」，用盡了所有的宣傳戰術。中共既是國民黨、中華民國的共同「敵人」，須「剿滅」，那麼對中共的宣傳需要解決四個基本問題。

1、如何使中共的污名化標籤社會化，獲取「剿共」合法地位；

2、如何讓民國的支撐階層：中小知識青年群體、民族資產階級、高級自由知識分子、士紳等階層認同，乃至支持「剿共」，如何讓低層民眾與中共疏離、憎惡中共，以獲取「剿共」的民意支持；

3、如何鼓舞「剿共」國民黨軍隊的士氣，形成同仇敵愾的與共作戰的勇氣；

4、如何以宣傳達到離間中共內部矛盾，達到「三分軍事，七分政治」的目的。

上述四個基本問題在中宣部擬定並在國民黨三屆 107 次中常會

張君勤），以「劉少奇」爲關鍵詞檢索的結果是零。

（1930.9.4）通過的《各縣肅清匪共宣傳辦法》、《肅清共匪宣傳方略》〔註22〕兩個宣傳文件中有充分體現。《肅清匪共宣傳方略》〔註23〕分別「對遭遇共匪蹂躪區域之民眾」和「對剿共匪之軍隊」兩類群體的宣傳作了詳細規定，這些規定深得「潑污水」和「貼標籤」的宣傳精髓：首先將「共產黨」貼上「共匪」標籤，描述其「禍國殃民」的滔天罪狀：「勾結赤俄」、「組織暴動」、「燒殺搶掠」、「破壞社會治安」、「誘導善良之人民」，「其分子實為地痞流氓故行動荒謬喪心病狂視殺人放火為兒戲」；並揭露「分散錢米」、「無產階級專政」、「免捐稅」的「陰謀」，由此企圖激發民眾對共產黨的惡感，及剿滅的合法合理合情的正當性。其次，站在「人民」的立場，以「正本清源」的名義「指導人民自動清鄉推行保甲運動」企圖構建剿滅「共匪」的民眾網絡，最後賦予「剿匪軍隊」「解救匪區人民」的神聖使命，並鼓舞其士氣、勸告其保持軍紀，務必引起民眾反感等。《各縣肅清匪共宣傳辦法》從組織結構、經費來源、宣傳品的編製、宣傳內容、特殊時期等方面對縣、區黨部及縣政府及其區公所作了規定〔註24〕：縣黨部成立巡迴宣傳隊，於全縣內巡迴宣傳「匪共之罪惡」、「防製辦法」及保甲制及宣告人民要速報「匪情」；擅長編製宣傳品者一律集中縣黨部，共同編製通俗的宣傳品；縣政府為宣傳隊提供經費，縣區公所應積極推進鄉閭保甲，並與縣黨部一起設法讓假期中的學生從事「肅清匪共」的宣傳。為輔助宣傳，縣黨部縣政府及宣傳隊須「隨時隨地偵察匪共之活動籌劃防制之方策」。「冬防吃緊或遇水旱災荒」及鄉閭集會時還應擴大宣傳隊以防不測等。

在國民黨宣傳機構的支配下，國民黨媒體對中共的宣傳技巧：主要有：

1、辱罵法，即給中共貼上各種污衊性的標籤，如稱中國共產黨為「共

〔註22〕 《中國國民黨中央執行委員會常務委員會議錄》，（十二冊），411頁。
〔註23〕 《肅清共匪宣傳方略》的標題如下：甲：對遭遇共匪蹂躪區域之民眾應根據各種事實盡量揭發共匪之罪惡及其陰謀務期民眾對共匪咸能深惡痛絕共起而殲滅之。（一）揭發共匪禍國殃民之罪惡，（二）就共匪欺騙農工之行為揭破其陰謀，（三）為正本清源計應指導人民自動清鄉推行保甲運動。乙：對剿共匪之軍隊應鼓舞其剿匪之決心以迅速解救被匪蹂躪之人民。一、揭發共匪之種種罪惡使士兵對之痛恨以鼓舞其作戰之勇氣，二、應詳述被共匪蹂躪地區民眾之痛苦狀況使士兵激憤自悟共匪有泛濫剷除之必要，三、須勸導各軍隊謹守軍紀以保持革命軍之榮譽，四、使軍隊明瞭剷除共匪須城鄉兩顧，五、開導剿匪各部隊須體念中央解救民眾之□忠誠任事。《中國國民黨中央執行委員會常務委員會議錄》，（十二冊），435～439頁。
〔註24〕 《中國國民黨中央執行委員會常務委員會議錄》（十二冊），435～439頁。

匪」、「匪共」、「赤匪」等；以貶義詞修飾、限制「中國共產黨」〔註25〕，把共產主義按照字面意思解釋爲「共產共妻」，侮辱中共的政治思想。

2、光環法，即賦予國民黨軍隊「解救匪區人民」、「維護國家政體」的神聖使命。

3、恐嚇法，即用「共匪」的「燒殺搶掠」的「罪行」恐嚇「剿匪區」的民眾加入保甲制度。

4、平民百姓法，即讓參與「剿共」的軍人、「剿匪區」的民眾個體及叛變中共的黨員現身說法，佐證中共的「罪惡」。

5、反宣傳法，即對中共在國統區散發的各種宣傳，一概貼上「左傾」、「共產分子」等污名標籤，予以拒絕。

6、理論宣傳法，讓在民眾中擁有威望的，擁護國民黨的高級知識分子、國民黨黨政官員發表論文或演說，從理論上論證之。〔註26〕

7、「剿共」事實法，即隨軍報導「剿匪軍」的各類事迹，及各地處置中共的個案、事例，及制定的「剿共」的政策、法規及辦法等。

8、第三者法，通過所謂客觀中立的第三方以客觀的手法發表相關文章，國民黨常常通過在知識分子中有影響力的《大公報》等民營報紙，及在華外籍報紙發表傾向於國民黨的文章。如《中央日報》曾在1930年9月10日～15日第4版連載了《密勒氏評論報論莫斯科與中國共產黨》，等。

在宣傳訊息的流通環節，國民黨予以嚴厲把關，嚴懲違反宣傳紀律者。在國統區嚴厲查禁共產黨的所有刊物，堵截共產黨在國統區的反宣傳；在「剿共區」嚴密控制隨軍記者，並對信息予以嚴厲篩選，剔除不利於國民黨的信息，並有意散佈中共的各類虛假信息，如炸死、擊斃「毛匪」、「朱匪」等中

〔註25〕 如檢索《中央日報》標題發現1928年1月1日至1938年12月31日，「中國共產黨」共出現20次，但均用否定性動詞予以限制。如：「消滅中國共產黨問題」（1929年3月5日，十版）、「京市民訓會爲中俄事件發告民眾書，打倒違反協議並破壞和平的蘇俄，肅清中國共產黨及一切反革命派」（1929年7月26日，七版）《中國共產黨之崩潰，與民族革命之開展》（1934年4月29日，第三版），等。

〔註26〕 以《中央日報》爲例，該報先後發表了《消滅中國共產黨問題》（宋漱石，1929年3月5日，10版）、《中國共產黨的崩潰，朱宜之君發表之論文》（朱宜之，1933年1月30日～31日，3版）、《對中國共產黨最近政治路線之檢討》（沙家鼎，1933年7月28日～29日，6版）、《中國共產黨之崩潰，與民族革命之開展》（天鐸，1934年4月29日，3版）、《中國共產黨崩潰之必然性》（尤亮，1934年6月24日～25日，3版）等理論文章。

共領袖，散佈中共表現「潰敗」、「罪惡」等各種宣傳材料，對不利於國民黨的訊息要麼不予以公佈；非不得公佈，則採取「轉移」、「主動撤退」等模糊語言表述。

四、「污名化」中共的文本表現──以《中央日報》標題爲例分析

　　文本是落實宣傳策略、宣傳技巧的最終介質，並能直接影響讀者，故通過文本分析可管窺國民黨污名化中共的語言模式及背後的思維方式。國民黨媒體污名化報導中共文本相當浩瀚，但雷同度異常得高。下面仍以《中央日報》報導中共的標題爲例，分析國民黨媒體污名化中共的文本策略。選擇《中央日報》標題爲分析樣本，主要基於三個因素。

　　（一）標題在民國新聞紙上已占極重要之位置。「每一新聞記事之前，必冠以一行或數行之標題，揭示事件之綱領〔註27〕」已是民國報紙的版面慣例，民國報人相當重視標題，通過製作「驚心動魄」的標題吸引讀者亦是民國新聞競爭的基本策略，民國新聞標題以多行題爲主流，重大新聞常常採用「主題、附題、分題」，「主題」又分爲「大題、小題」〔註28〕，短小消息一般採用主題，標題製作以「提示綱要、引人注意、新聞紙廣告、貶惡揚善」爲旨趣，以「簡明、靈活、忠實、優美」爲原則，切忌「重複、含糊、一律、呆板、毀譽」。〔註29〕製作「刺激性標題以煽動情緒、製造新聞（宣傳）效應已

〔註27〕曹用先：《新聞學》，商務印書館，1934 年 1 月，54 頁。《新聞學》是以商務印書館以「百科小叢書」的名義出版的，且此書敘述通俗簡單，故此書的觀點能代表民國新聞學的基本常識。作者敘述到：「標題在新聞紙上占重要之位置，每一新聞記事之前，必冠以一行或數行之標題，揭示事件之綱領，其目的一以便於閱者，使無暇讀報之人，亦得一瞥而知世界大事之綱領。一以引人注意，因標題之形式與地位，常易惹人注目，不啻爲新聞之廣告，即忙碌之讀者，一見其驚心動魄之大字標題，必足誘起其求知欲，而以一？全豹爲快焉。」

〔註28〕民國新聞標題的稱謂有別於當代，主題類似於當代的主標題、分題類似於提要題，分標題類似於小標題，主題又分大題和小題，分別類似於肩題、副題。這一分類見於燕京大學 1935 年畢業的本科學生，柯武韶的畢業，其論文通過答辯，可見這一稱謂爲當時所共同認可。見柯武韶：《中國新聞紙標題之研究》，1935 年 5 月，燕京大學新聞系學生本科畢業論文。

〔註29〕柯武韶：《中國新聞紙標題之研究》，1935 年 5 月，燕京大學新聞系學生本科畢業論文。另據作者自述，作者原選擇香港新聞紙之改革，但因香港的報紙屢次受中央檢查沒收，無法寄來，故與新聞系主任梁士純商議改爲此題，由此也可佐證中央新聞檢查的嚴厲程度。

是民國報紙的常用技巧，即使以嚴肅性著稱的《中央日報》也不例外。

　　（二）《中央日報》雖不是「反共」宣傳的主陣地（主陣地是國民黨軍隊系統的《掃蕩報》），但它一直是反共宣傳陣營中的主導者和最堅決的執行者。

　　（三）《中央日報》的新聞標題已有數據庫，爲量化分析提供了操作可能。

表 7-1　1928～1938 年間《中央日報》污名化中共的「標題」數量統計表〔註30〕

時間	A	B	C	D	E	F	G	H	I	J	K	L	M	N	O	P	匯總
1928	63	2	0	6	0	0	0	0	0	0	75	2	61	0	5	4	218
1929	56	20	1	6	1	52	2	7	5	2	22	14	133	0	17	10	348
1930	131	169	0	22	0	51	2	4	10	7	27	39	396	0	45	8	911
1931	23	52	344	2	6	27	4	5	6	1	15	43	357	100	31	21	1038
1932	12	8	183	1	3	31	1	2	19	0	11	26	324	63	15	5	704
1933	19	7	114	2	4	19	0	1	6	4	13	28	385	66	17	5	690
1934	17	5	57	1	0	6	2	1	1	4	12	51	307	16	4	10	494
1935	17	0	26	1	1	49	12	1	0	0	7	37	262	6	4	11	434
1936	12	2	17	0	0	0	13	0	0	0	17	24	237	1	1	4	330
1937	5	1	23	0	2	0	2	0	1	1	2	10	86	1	0	0	134
1938	0	0	0	0	0	0	0	0	0	0	3	1	0	0	0	0	7
總數	355	266	765	41	17	235	38	23	48	20	204	277	2549	253	139	81	5311

注：A：共匪，B：匪共，C：赤匪，D：共禍，E：赤禍，F：朱毛，G：毛匪，H：朱匪，I：彭匪，J：中國共產黨，K：共產黨〔註31〕，L：圍剿，M：剿匪，N：剿赤，O：剿共，P：剿滅。

　　由表 7-1 可知，《中央日報》「污名化」中共的新聞文本主要有三個特點。1）標題文本中污名中共的標籤是動態演變的（見圖 7-1、表 7-1）。1928～1930 年間經常使用的標籤是「共匪」、「匪共」，並在 1930 年達到最高峰，這表明國民黨雖剝奪了中共的合法存在，卻仍延續「清黨」時期對中共的角色定位：政黨組織。1931～1935 年間的污名標籤呈現多元化。「赤匪」在 1931 年迅速飆升成爲中共的主要代名詞。從 1932～1935 年，《中央日報》以「共匪」、「匪

〔註30〕此表根據《中央日報》標題索引（1928～1949）數據庫（http://www.ewen.cc/zyrb/）檢索製作。

〔註31〕「共產黨」雖是中性詞，但筆者瀏覽發現，修飾共產黨的基本是貶義詞，故把「共產黨」視爲「妖魔化」中共的詞彙。

共」、「赤禍」、「共禍」等多種污名標籤指代中共，但總體上仍以「赤匪」為主。另外，也把以朱毛（朱德、毛澤東）、毛匪（毛澤東）、朱匪（朱德）、彭匪（彭德懷）等侮辱性標籤指代中共精英。「赤匪」的飆升在於《全國一致消泯共禍案》（1931.5.2）首次將中共及其所領導的中國工農紅軍由「共匪」改為「赤匪」。這至少表明三點：

（一）國民黨更新了中共的身份內涵。污名標籤的更換，猶如現代品牌名稱的更新，以「赤匪」代替「共匪」或「匪共」，隱含國民黨剝奪了中共是有組織、有紀律、有政綱的政黨身份，而視其為「赤色帝國主義與土匪的結合體」。

以污名標籤更新方式強化民眾對「中共」污名認知效果。「赤匪」替代「匪共」，至少能產生三種宣傳效果：

（1）「赤匪」在詞語上能清除了民眾對中共是社會政黨的固有認知。（2）「赤匪」與「共產共妻」謠傳更能相互映證，利於獲得識字率底的農民認同，（3）「赤匪」迎合了中國傳統文化仇恨「土匪」的社會心理。（4）《中央日報》標題對「赤匪」的高頻率採用，再次表明其貫徹國民黨政策的不遺餘力。1936～1938 年間的污名標籤急遽減少，「赤匪」、「共匪」的慣用稱呼讓位給「朱毛」、「朱匪」、「毛匪」等侮辱中共領袖的標籤，此類標籤在呈倒 v 型，並在 1937年 1～2 月間達到一個小高峰，但其鋒芒已大大削弱，表明國民黨中共政策的再次轉向。

（二）標題文本中表現國民黨對待中共言行的關鍵詞，充分表現了《中央日報》對國民黨行為的高度認同與積極謳歌。從圖 7-1、表 7-2 可見，1929～1936 年間，體現國民黨對待中共言行的「剿匪」、「剿共」、「剿赤」、「圍剿」等關鍵詞總和遠高於污名中共的所有關鍵詞總和〔註 32〕，而且「剿匪」的出現頻率遠高於「剿赤」、「剿共」、「圍剿」，後三者的累加也遠不及「剿匪」。這表明《中央日報》在妖魔化中共的同時，也在奮力謳歌國民黨處置中共的各種言行，以此體現國民黨對社會、國家的「負責」態度。值得玩味的是，以代表國民黨行為結果的「剿滅出現的頻率異常偏低，總數也僅有 81 條，這表明國民黨處置中共行為的失敗。

〔註32〕以「剿」字作關鍵詞，1928 年 1 月 1 日至 1938 年 12 月 31 日共檢索到 4838條。而檢索到指代中共關鍵詞總數卻只有 2012 條，這再次表明《中央日報》對國民黨「英雄」行為的報導，遠高於對中共的污名報導。

　　（三）翻閱檢索到標題文本發現，標題中與「共匪」、「赤匪」等污名中共的關鍵詞相匹配的完全是否定中共行為的貶義詞，而與「剿匪」、「剿共」等表明國民黨處置行為的關鍵詞搭配的是各類中性詞或褒義詞。修飾、限制「共匪」等關鍵詞主要有「捕獲」、「剿除」、「肅清」、「潛入」、「逃竄」、「槍決」、「勾結」、「荼毒」、「慘酷」、「餓斃」、「潰敗」、「煽動」、「揭發」、「挨戶劫糧」、「分崩離析」等；而與「剿匪」〔註33〕、「剿共」等詞搭配的主要有「慰勞」、「捐款」、「致力」、「總動員」、「專心」、「負責」、「努力」、「捷報」、「大捷」、「勝利」、「慶祝」等，其它未列入關鍵詞，表明國民黨處置中共行為的還有：「痛剿」、「先剿」、「搜剿」等詞。

　　根據福柯的理論，「傳播成為權力認可的儀式，傳播的話語規則體現了話語的社會結構、表明了誰可以講話、可以講多少，可以講什麼，以及在什麼場合講。」標題文本中以完全立在國民黨立場的標題提煉書寫模式，既反應了《中央日報》對國民黨中共政策絕對執行，也通過《中央日報》等黨營媒體構造出完全否定中共、讚揚國民黨的新聞輿論的文本氛圍。〔註34〕

　圖 7-2　　《中央日報》標題中污名「中共」的關鍵詞出現頻率
　　　　　　變化曲線圖

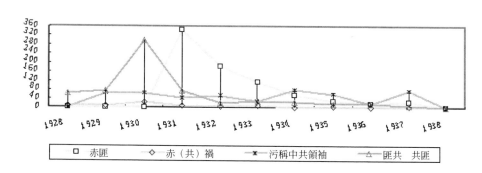

　注：（1）此表依據表 6-2 數據製作。（2）中共領袖是指「朱毛」、「毛匪」、「朱匪」、「彭匪」。

　　透過上述污名中共的標題文本分析，可見國民黨是以絕對的二元對立的方式處置中共，完全置中共於任其宰割、任其言說的「沉默者」角色，也充

〔註33〕翻閱發現：「剿匪」常常與「剿匪軍」相聯繫，從 1928 年 1 月 1 日至 1938 年 12 月 31 日有 398 條。

〔註34〕用文本氛圍旨在表明，如僅從報紙文本考察，國民黨媒體確實在全社會營造了「污名化」中共、謳歌國民黨的輿論氛圍。

分表現國民黨處置中共的「合法性」、「正義性」及其「義不容辭」的義務與「神聖」光環。而《中央日報》的社會化呈現、散播，無意使國共兩黨的「階級爭鬥」社會化。當「階級鬥爭」社會化，其對社會階層的撕裂並不會因民眾對新生政權寄託的求穩定、求秩序的渴望而有所減緩，反而在很大程度上阻遏了民眾對新生政權的合法性的認同。

圖 7-3　《中央日報》標題中「污名化」中共的主要關鍵詞出現
頻率變化趨勢圖

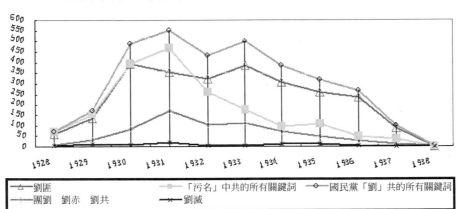

注：「污名」中共的所有關鍵詞包括：共匪、匪共、赤匪、共禍、赤禍、朱
　　毛、毛匪、朱匪、彭匪。國民黨「剿」共的所有關鍵詞包括：剿匪、
　　圍剿、剿赤、剿共、剿滅。

五、「污名化」中共的效果及其失敗原因——對「污名化」中共的各方看法及反應

　　國民黨污名中共的系列行動與宣傳，始終不爲中共所承認，不僅如此，中共也將「背叛孫中山」、「蔣賊」、「帝國主義的工具」、「賣國賊」等「反革命」標籤貼在國民黨身上，並組織宣傳力量從各個層面予以輿論反擊和武力對抗，對此，國民黨也在各個層面予以嚴厲打擊，兩黨的角逐亦是 20 世紀 20～30 年代歷史發展的主線。在國民黨宣傳力量最弱的農村根據地，在中共強大、嚴密組織和宣傳力量下，國民黨污名化中共的策略和實踐完全失敗。「後者（筆者注：中國共產黨）以狂風暴雨般的土改政策爲革命動力，通過『共產主義意識形態灌輸』（列寧語）把鄉村農民和城市無產者澆灌成鋼鐵一般的

『工農聯盟』。正是依賴人民戰線政策，共產黨把工農階級鍛造爲革命的蓄水池，收放之間生存、發展、壯大，最後在抗戰及解放戰爭中推翻國民黨而建造了新中國」。〔註35〕但在 1927～1937 年間的國統區，國民黨「污名化」中共的策略與實踐，其實際效果如何？卻是一個相當值得研究的問題，可以肯定的是，國民黨的「污名化」中共的策略與實踐，並沒有達到國民黨的預期效果。其有力證據有：

（一）《大公報》於 1935 年 7 月後陸續刊登 25 歲青年范長江撰寫的西北系列旅遊通訊，當時即引起轟動，而以此通訊結集爲《中國西北角》新聞著作，從 1936 年 8 月首次出版至 1937 年 11 月，16 個月即被大公報館連印 9 版。〔註36〕1937 年 2 月 15 日，《大公報》刊發的范長江的《動蕩中之西北大局》一文亦即轟動上海；1937 年 10 月由英國戈蘭茨出版公司在倫敦出版的美國記者埃德加‧斯諾 1936 年 6 月至 10 月的陝北蘇區之行的報告文學著作：《Red Star over China》，幾星期內即銷售了 10 萬冊，至 12 月已連續出版了 5 版。〔註37〕這兩本新聞類著述的轟動，對中共在國內外的形象產生了積極、正面、深遠的鏈鎖效應，改變了國統區中小知識群體、英美等國的政治精英、新聞記者、知識精英對中共的原有認知，已是國內外學界的基本共識。這意味著國民黨對中共的污衊化宣傳在事實上的破產。〔註38〕

（二）現有的史實表明，范長江在去西北探訪之前，並不是共產黨員，也沒有材料證明，范長江西北探訪的動機受到了中共地下黨員的影響或「誘導」；埃德加‧斯諾的陝北蘇區之行，雖曾受到宋慶齡、中共地下組織有意安排，但沒有有力材料證明其探訪動機是替中共宣傳。〔註39〕另外，1931

〔註35〕 王向民：《民國政治與民國政治學》，上海世紀出版集團，2008 年，132 頁。

〔註36〕 《中國的西北角》的版本問題，新聞史教科書一般均說 7 版，但據藍鴻文教授考證，《中國的西北角》一書從 1936 年 8 月至 1937 年 11 月共出版了 9 版。見藍鴻文：《〈中國的西北角〉到底出了多少版？》，《新聞戰線》，2006 年第 8 期。

〔註37〕 方漢奇：《中國新聞事業通史》（第二卷），中國人民大學出版社，1998 年，617 頁。

〔註38〕 孫華：《〈西行漫記〉的傳播對中共領導的抗日戰爭及中美關係的影響》（《出版發行研究》，2009 年第 6 期）一文對此有所分析。

〔註39〕 有則材料表明，埃德加‧斯諾的陝北蘇區之行，曾受范長江的《中國的西北角》的影響。愛潑斯坦在《永遠懷念長江同志》一文中寫道：「那是在他的通訊《中國的西北角》發表後不久，我記得大概是從斯諾那裡先聽到這些文章，後來又看到了其中譯成英文的幾篇。當斯諾發表《西行漫記》時，我心裏便

年後，國統區許多知識青年的「左傾化」及對國民黨腐敗的不滿，也表明國民黨對中共的「污名化」宣傳並未獲得他們的心理認同。

（三）除了范長江外，鄒韜奮的《生活》系列，影響了國統區的廣大青年，《生活》期刊的發行也創造了國統區期刊發行的奇迹，達到 20 萬份。

形成這一結果的原因何在？臺灣學者斷定的中共在國統區反宣傳、反滲透的能力強。其證據是中共在國統區持續的反宣傳。在 1927～1937 年間，面對國民黨鉗制、污名化中共的不利形勢，中共採取了種種反宣傳的策略。主要有：

1、秘密發行地下報刊、散發、郵遞各類傳單、書報；

2、派黨員打入民營報刊或國民黨報刊，以中立的民營身份揭露國民黨的腐敗，借機宣傳中共的政治思想；

3、爭取魯迅等左翼作家的支持，以「革命」文化的身份從文藝戰線上攻擊國民黨等；

4、創造便利，借助埃德加·斯諾等外國記者之筆宣傳；

5、在國民黨控制範圍外的海外創辦《先鋒報》、《救國報》、《救國時報》等報刊，公開宣傳；

6、以郵寄、散發等形式向國統區各黨政軍機關公開發表文告，等；

7、以「九一八」、「一二八」等重大事變爲契機，既宣傳抗日救國，也宣傳反擊國民黨的「攘外安內」的政策。

「九一八」事變後，中共組織在根據地各級黨組織和民眾中舉行了廣泛的九一八宣傳，印發了抗日救亡宣傳大綱，舉行遊行示威，揭露、抨擊日寇罪行的同時要求粉碎蔣介石的「圍剿」，「痛擊賣國賊！」〔註40〕；「一二八」事變的週年紀念，中共中央印發了《中央關於「一二八」週年紀念的通知》（1932.12.31），通知在要求各地黨支部開展廣大群眾的反帝運動和組織的同時，繼續運用「打倒國民黨」的口號，揭露「反動派」的欺騙宣傳，做好對十九路軍及張學良、湯玉麟、韓復渠等軍閥部隊的士兵的宣傳，及廣泛宣傳擁護蘇聯、擁護蘇區紅軍，等。〔註41〕這些反宣傳起到了一定的效果，尤其

有這樣一個念頭：長江的文章是促使斯諾產生去瞭解和報導中國紅軍的願望的原因之一」。見胡愈之、夏衍等著：《不僅長江滾滾來：范長江紀念文集》，群言出版社，2004 年，39 頁。

〔註40〕臺運行：《大別山紅軍戰歌》，安徽人民出版社，2006 年 9 月，98 頁。

〔註41〕中央統戰部，中央檔案館編：《中共中央抗日民族統一戰線文件選編》（上），

是「抗日民族統一戰線」口號的提出，使中共贏得了國內要求「停止內戰、一致對外」的愛國知識群體和群眾的一致認同。

　　大陸學者認爲，污名化中共失敗的原因在於，國民黨宣傳的假、大、空，或是宣傳之外的國民黨執政實踐所致。這方面的證據很多，如中共領袖毛澤東、朱德等先後被「炸死」、「擊斃」的多次等虛假新聞被國統區報刊大肆宣傳，等等。

　　不可否認，這兩個因素均對國民黨的宣傳效果產生了影響。但根據中國人積澱的實踐理性及「事實勝於雄辯」的樸素道理，本書認爲，國民黨的內部的權力爭鬥、派系武鬥、國民黨和國民政府對日的妥協退讓，及吏治腐敗和軍閥的跋扈等「經驗事實」是許多城市中小知識分子群體疏離國民黨的根本因素。

第二節　訓政時期國民黨對外宣傳策略——以日本主題的宣傳策略爲例

　　從「打倒帝國主義」輿論氛圍中靠血腥「清黨」奪取政權，宣稱繼承「總理遺囑」的國民黨，其對內對外宣傳，都無法繞過如何宣傳「打倒帝國主義」，如何廢除不平等條約，如何「聯合世界上以平等待我之民族」，以獲取民族、國家的眞正獨立，乃至向外傳播三民主義理念，獲得國際輿論認同的現實問題。

　　國民黨非常重視對外宣傳，也非常重視以「外侮」爲契機向國內宣傳民族主義，增強中華民族和國民黨內部的凝聚力。其對外宣傳基本是由中宣部下屬的國際宣傳（科、處）及外交部共同統籌負責，其海外宣傳主要依靠龐大的海外各級黨部及各級黨部創辦、主辦的各級黨報，由他們秉承中宣部或外交部旨意負責具體的新聞宣傳事宜，宣傳經費也相當充足。因日本頻繁的侵華行爲，致使 1928～1937 年間國民黨的國際宣傳以對日宣傳爲主，1937 年抗日戰爭爆發後，國民黨媒體的抗日宣傳成爲中國新聞界抗戰宣傳的重要組成部分。

一、「攘外安內」政策對「日本主題」的新聞宣傳框架的預設

　　近代以來，日本以「明治維新」方式完成國家的近代化轉型，並以戰爭、

檔案出版社，1984 年，58 頁。

外交、經濟等手段成爲時刻威脅中國安全的惟一毗鄰中國的東方列強。佔領中國、建構以日本主導的東亞國際新秩序始終被日本視爲基本國策。1928～1937 年日本以吞併東北、侵略上海、策動華北自治等領土「蠶食」策略步步侵華，置中華民族爲滅國亡種的危險地步，成爲中華民族實現現代化的最大外侮。面對這一最大外來威脅，蔣介石集團主導的國民黨和南京政府卻以「國情」爲由採取了隱忍妥協退讓的態度，對日侵略執行了「攘外必先安內」的基本政策。這一政策大致經過了 1928 年 5 月的濟南慘案的「隱忍」到 1931 年「九一八」事變的「不抵抗」；再從 1932 年「一二八」事變中的「一面抵抗、一面交涉」，到 1935 年的決定「共赴國難」，最後才在 1937 年張、楊「兵諫」下徹底失敗的過程。

以宣傳對象爲分類標準，戰爭宣傳大致分爲對內的戰爭動員宣傳，對交戰國的攻擊、分化、離間宣傳，對中立國的引導、拉攏、許願宣傳，對結盟國鞏固「同舟共濟」的宣傳。然而，1928～1937 年間的國民黨的「日本主題」的宣傳相當複雜。這在於：

（一）這一時期，中日處在非正式戰爭下的局部軍事衝突的狀態，受制於這一狀態：1、國民黨的國內宣傳在戰爭動員方面，既要激發黨員和民眾的民族主義情緒，又要防止民族主義的「過激」行爲；2、國際宣傳方面，既要攻擊日本軍閥的殘酷行爲，也要分開日本軍閥、政客與日本人民之間的關係；既要強烈反擊日本在國際輿論中散佈的侵華謠言，又要爭取英美盟友及國際聯盟的支持，以制衡日本的侵華行爲。

（二）在日本侵華的國內政治格局內，日本成爲國共兩黨武鬥、國民黨內部權力鬥爭、派系鬥爭中相互攻擊對手、動態的宣傳籌碼。國民黨以「安內」剿匪名義施行「攘外」，中共則抨擊蔣介石是「賣國賊」，以激勵紅軍打破「圍剿」，以「抗日」名義武力反蔣成爲地方派系起兵的最好藉口。「反蔣」、「逼蔣」、「劫蔣」等口號亦在 1933～1837 年間先後與「抗日」結合起來，成爲各方實力派政治行動的指針。由此，國民黨的宣傳既要藉此「抗日」來「剿共」，又要疏解、安撫黨內激進派的抗日情緒，又要借「抗日」攻擊敵對派系，又要防止敵對派系借「抗日」攻擊自己。上述問題既是 1927～1937 年國民黨媒體「日本主題」宣傳的基本框架，也是其以日本爲敵人的主要宣傳內容和目標。

二、《中央日報》呈現的「攘外安內」政策的歷史形象

理論上，作為國民黨最高喉舌，《中央日報》的「日本主題」的宣傳自然要以「攘外必先安內」的基本政策為報導宗旨，並力求營造支持「攘外安內」政策的輿論氛圍。然而，通過把 1928～1938 年間的《中央日報》的「日本主題」的相關報導的量化分析，《中央日報》呈現出來的「攘外必先安內」政策卻是複雜、多元、悖論並存的歷史形象。

（一）對「日本」的關注度遠超過對「中共」的關注度

「攘外必先安內」政策的重心是「安內」，唯有「安內」才能「攘外」，那麼根據邏輯推理，《中央日報》「安內」的報導應高於「攘外」，然而，通過《中央日報》1928～1938 年間的標題「關鍵詞」的檢索分析的結果卻相反（見圖 7-4）。

圖 7-4　《中央日報》的「中共」、「日本」、「民族主義」的報導趨勢圖

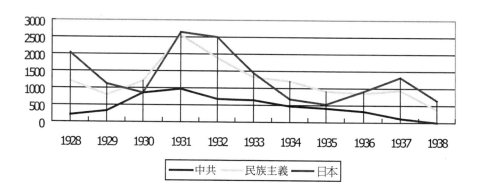

注：（1）此表根據《中央日報》（1928～1949）標題索引數據庫而製作。（2）「中共」關鍵詞包含「共匪」、「匪共」、「赤匪」、「共禍」、「赤禍」、「朱毛」、「毛匪」、「朱匪」、「彭匪」、「中國共產黨」、「共產黨」、「圍剿」、「剿匪」、「剿赤」、「剿共」15 個關鍵詞，「日本」包括「日軍」、「日本」、「日人」、「日僑」、「中日」、「日使」、「駐日」、「暴日」、「倭寇」、「日寇」、「仇日」、「抗日」、「抗戰」、「反日」14 個關鍵詞。「民族主義」包含「國貨」、「國難」、「救國」、「救亡」、「東北」、「淪陷」、「九一八」、「五卅慘案」、「民眾」、「義勇」、「絕交」、「請願」、「日貨」、「仇貨」、「滿洲」、「偽滿」16 個關鍵詞〔註 42〕。

─────────────

〔註 42〕上述關鍵詞均是《中央日報》經常使用的關鍵詞，基本涵蓋了《中央日報》

　　圖 7-4 表明，第一，除了 1930 年，《中央日報》對「中共」和「日本」的關注度大致相同外，其餘年份《中央日報》對「日本」的關注均超過對「中共」的關注。但這不能證明《中央日報》沒有很好地宣傳「攘外安內」的基本政策，出現這一結果，原因很可能是：

　　1、受 20～30 年代的民族主義情緒的影響，《中央日報》的報導傾向於關注中國最大的外患——日本。這從《中央日報》對「國難」、「國貨」等體現「民族主義」的標題製作和新聞選擇上也有充分的體現。反之，高度關注「日本」、輕度關注「中共」，既能迎合國內日益高昂的民族主義情緒，也能充當國內激揚的民族主義情緒的排氣閥，起到輿論「安撫」功能。

　　2、新聞來源的制約因素。消息來源是報紙新聞生產的源泉，來源的多少與刊登量正相關。中共的農村根據地、地下活動，國民黨的「剿共」活動等，遠少於日本在中國製造的眾多事件及由此引發了國民黨、國民政府、軍隊、社會各團體、民眾的鏈鎖反應所產生的眾多「新聞」事件。主要表現有：

　　（1）1928、1931、1932、1937 年這四年，《中央日報》對「日本」的關注異常的高，而這四年分別對應著「濟南」慘案、「九一八事變」、「僞滿事件」、「一二八」事變、「盧溝橋事變」，至於 1932～1935 年後的對日持續走低，很可能是因爲受到日本要求國民黨「鎮壓」反日輿論，取消「排日」團體有關。

　　（2）對「中共」的關注在 1930～1934 年間較高，在於這一時期國民黨對中共先後發起了五次軍事「圍剿」。

　　其次，《中央日報》對「中共」關注的年度走勢，與對「日本」關注的年度走勢有相似之處，也有不同之處。1928～1930 年間，對「日本」的關注呈下滑趨勢，對「中共」的關注呈上昇趨勢。這主要在於，1928～1930 年間因中共被「鎮壓」下去，尚未成爲國民黨的主要威脅，國民黨也忙於地方派系爭鬥，也未正式提出「攘外必先安內」的基本政策，對「中共」的關注隨著中共在農村根據地、國統區力量的逐步復蘇而呈上昇趨勢。對於日本而言，1927 年 6～7 月，日本制定了「惟欲征服中國，必先征服滿蒙；如欲征服世界，必先征服中國」的基本政策〔註43〕。1928 年 4 月，爲阻止國民黨

　　　　有關「日本」、「中共」主題的報導，用「民族主義」涵蓋「國難」、「國貨」
　　　　等關鍵詞是因爲這類關鍵詞在表達國民黨對日態度上不是直接，而是曲折、
　　　　隱晦的方式表達「抗日」情緒，因而這類關鍵詞可表示《中央日報》在渲染
　　　　民族主義，抗擊日本，若把此類關鍵詞算到「日本」主題的報導，則「攘外」
　　　　的關注遠遠高於「安內」的「剿共」。
〔註43〕1927 年 6 月 27 日至 7 月 7 日，日本首相田中義一在東京召開東方會議，制訂

「二次北伐」，日本出兵濟南，製造了「濟南慘案」。「濟南慘案」是南京國民政府成立後面臨的首次「外患」威脅。對此，國民黨非常重視，對日雖採取隱忍態度，卻也藉此渲染民族主義情緒，利用新聞力量予以輿論還擊。僅以「日本」為關鍵詞檢索 1928 年《中央日報》的全年標題，就有 1138 條之多，「反日」358 條，而同類關鍵詞「美國」、「英國」分別僅有 290 條、200 條，逐使《中央日報》的「日本」主題的宣傳以高企開場，並隨著「濟南慘案」的解決而呈下滑趨勢。再以國民黨中央常務委員會執行委員會為例，該會於 4 月 21 日、23 日、24 日召開第二屆 128 次、129 次、130 次中常會會議，集中討論「日本出兵」問題，並制定了《反對日本出兵宣傳大綱》等應對性政策與措施。〔註44〕5 月 3 日濟南慘案發生後，中常會於 5 月 5 日、6 日臨時召開二屆 133 次、134 次兩次中常會，集中討論如何應對「五三」慘案，並通過了應對「五三」慘案的六項決定。〔註45〕5 月 10 日的二屆 136 次中常會再次集中討論「五三」事件，並修正通過了中宣部擬定的「五三慘案標語」、「五三慘案宣傳方略」、「五三慘案宣傳大綱」等應對性文件。〔註46〕

　　1930～1935 年間，對「中共」、「日本」的關注度走勢有相似之處，基本是先上揚，於 1931 年左右達到頂峰，然後下滑，只不過對「中共」的關注成

　　　　《對華政策綱領》，確立了使「滿蒙」脫離中國本土，置於日本勢力之下的方針。7 月 25 日，田中義一將這次會議討論的内容奏呈日本天皇，提出「惟欲征服中國，必先征服滿蒙；如欲征服世界，必先征服中國」，鼓吹以武力侵佔中國東北，進而佔領全中國，實現日本的「大陸政策」。

〔註44〕中國第二歷史檔案館編：《中國國民黨中央執行委員會常務委員會會議錄》（四冊），108～112 頁，113～114 頁，123～126 頁。

〔註45〕5 月 5 日的二屆 133 次臨時中常會通過 6 項決議：1、訓令國民政府轉飭所屬各機關並電令各級黨部對於日兵五三在濟南慘殺交涉員蔡公時同志及士兵民眾慘案於電到一星期内每次會議須靜默三分鐘以誌哀悼；2、訓令國民政府嚴重交涉並搜集證據隨時報告；3、致電蔣總司令致悼並鼓勵前方將士繼續努力追滅殘敵並電戰地政務委員會致悼；4、發告日本民眾書及告世界民眾書並由宣傳部制定對於五三慘案應對方案；5、先電各級黨部對於五三慘案暫持鎮靜態度即有應對方案發出；6、對日經濟絕交之秘密應對方案由組織部擬定。5 月 6 日的二屆 134 次臨時中常會則決議，不再發表告日本國民書，並通過五三慘案應對方案、對日經濟絕交辦法、外交部黃部長對日抗議之電、對於日本出兵山東事件之應對方案（注意嚴守秘密）、五三慘案應對方案、對日經濟絕交辦法大要（注意嚴守秘密）等方案。見中國第二歷史檔案館編：《中國國民黨中央執行委員會常務委員會會議錄》（四冊），182 頁，185～186 頁。

〔註46〕《中國國民黨中央執行委員會常務委員會會議錄》（四冊），185～186 頁。

平緩下滑趨勢，而對「日本」的關注呈快速下滑趨勢，雖是快速下滑趨勢，但仍高於對「中共」的關注。這一走勢基本符合「攘外必先安內」政策的提出、微調的演變過程。1928 年 5 月「濟南慘案」發生後，蔣介石既決定採取「暫守靜默態度」，雖在國內掀起了對日本的輿論譴責，卻未大規模的發動民眾，甚至為減少民意的衝擊力，沒有發佈「告日本國民書」。這可視為「攘外必先安內」的先聲，張學良於 1928 年底宣佈「易幟」，表示日本拉攏張學良，企圖分割東北的計劃落空。1929 年世界經濟危機波及日本，加速了日本侵華步驟，日本軍隊在東北先後製造了「萬寶山事件」（1931.4～7）、中村事件（1931.5～8），並以「柳條溝事件」（1931.9.18）為藉口武力侵犯東北。蔣介石卻命令張學良採取「絕不抵抗主義」，致使東北淪陷，隨之正式拋出「攘外必先安內」基本政策，以此堵塞輿論譴責。但此時並未公開限制抗日輿論，而是訴求國聯，妄圖以國際輿論、國際壓力迫使日本就範。逐使 1929～1931 年間，《中央日報》對日本的關注達到 1928～1938 年間這 10 年的最高峰。「九・一八」事變後，日本為轉移侵略東北的輿論視線，於 1932 年 1 月在上海發動了「一二八」事變，蔣介石採取「一面抵抗、一面交涉」的對日策略，雖發動了淞滬抗戰，卻於 1932 年 5 月 5 日簽訂《上海停戰協定》，《協定》規定要「上海周圍停止一切及各種敵對行為」〔註 47〕，自然影響了《中央日報》對日的關注，故 1931～1932 年間，《中央日報》對日的關注雖略有下降，但仍在高峰期，而 1933～1935 年間，面對日本對華北的步步侵略活動，蔣汪政權不僅步步妥協，簽訂了屈辱的《塘沽協定》（1933.5.31）、《何梅協定》（1935.6.9），而且應日本要求在國內限制公開的「排日」活動，對國內抗日輿論趨於嚴厲控制。在此背景下，《中央日報》對「日本」的關注快速下降，企圖為沸騰的抗日輿論的降溫。

與此同時，國民黨在 1930～1935 年間對中共發起了五次軍事「圍剿」，然在國內激昂的抗日輿論的壓力下，《中央日報》既要為「攘外必先安內」政策辯護，又要分流抗日輿論，逐使它對中共的關注持續平緩走低。

1935～1938 年間，對「中共」的關注呈逐步下滑趨勢，而對「日本」的關注則呈「倒 V」型，1937 年是「倒 V」型的頂點。1935 年蔣氏「剿共」得

〔註 47〕原文是：「第一條中國及日本當局既經下令停戰，茲雙方協定，自中華民國二十一年五月五日起，確定停戰。雙方軍隊儘其力之所及，在上海周圍停止一切及各種敵對行為。關於停戰情形，遇有疑問發生時，由與會友邦代表查明之。」

手，國民黨第五次全國全會也確定抗日政策，這逐使《中央日報》對「中共」
的關注快速走低。由於國民黨轉變了對日政策，《中央日報》對「日本」的關
注開始從谷底快速攀升，並因 1937 年 7 月 7 日的盧溝橋事變的爆發的帶動，
而在 1937 年達到一個小高峰。1938 年《中央日報》呈走低態勢，很可能與《中
央日報》的遷徙有關，因為 1938 年《中央日報》對英美法等國的關注，對民
族主義的宣傳亦呈走低態勢。

（二）對國際社會的關注呈現不均衡狀況

內外關係是一個政府須解決的基本問題。近代以來，國門被西方列強以
武力打開，南京國民政府成立後默認了既成事實，採取親近英美等歐美國家，
與蘇俄交惡，傚仿德意力求集權的對外政策。1928 年日本出兵濟南阻止國民
政府「二次北伐」，蔣介石與日本關係開始惡化，並於 1931 年日本侵佔東北
而確定「攘外必先安內」的基本政策，把「外患」的最大矛頭由蘇俄轉向日
本。面對日本的步步緊逼，除了在「安內」、「剿共」的名義下隱忍退讓、積
蓄力量外，也力圖借助英美法等歐美國家倚重的「凡爾賽——華盛頓體制」，
採取「以夷制夷」的策略，利用國際輿論、英美法等國來牽制日本的侵略步
驟。這一外交策略除了影響國民黨海外黨部所轄報紙的宣傳外，在其喉舌媒
體《中央日報》上也有充分體現，並呈現國民黨對日、英、美、法、德、蘇、
意等國家的錯綜複雜、動態演變的心理定位，其關注特點主要有二（見圖 7-5、
圖 7-6、圖 7-7、圖 7-8）。

圖 7-5 《中央日報》標題中主要國家及「國聯」出現頻率曲線圖

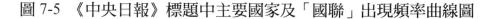
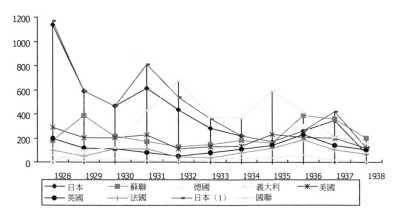

注：「蘇聯」包括關鍵詞「蘇聯」、「蘇俄」、「俄國」、「赤俄」、「暴俄」五個關
　　鍵詞，「日本（1）」包括「日本」、「暴日」、「倭寇」、「日寇」四個關鍵詞。

　　一是在高度關注兩個最大外患：日、俄的同時也不放鬆對英美法等「盟國」的關注。圖 7-5 表明，《中央日報》密切關注日、俄兩國的發展動態，且對於日本的關注不僅遠高於此，也高於英美法等「盟國」（圖 7-6，圖 7-7 的走勢曲線也予以一定佐證）。這表明國民黨非常重視中日關係，視其為外交的首位。其原因主要在於 1928 年濟南慘案發生後，蔣氏即把日本視為中華民族的現實威脅，因不認同蘇俄的意識形態及蘇俄與中共的密切關係，蘇俄被視為潛在的最大「假想敵」，故對其保持了密切的持續關注。這在圖 7-5 中「蘇聯」關鍵詞的走勢曲線有明顯表現。

　　1928～1938 年間的「蘇聯」關鍵詞曲線走勢基本呈平緩趨勢，除了 1929年因「中東路事件」略有高企，及 1935 年後為抗日需要與蘇俄改善關係和隨後的國共合作形成的再次高企外，其餘年份均持平緩發展狀態。而對於「日本」的關注雖相當不規則，但對比圖 7-5 中「日本」和「蘇聯」兩個關鍵詞的走勢曲線，除了 1929～1930 年間二者同呈下滑趨勢外，其餘年份基本表現出相反關係，對日關注的高企意味著對蘇聯關注的削減，這一相反關係在 1935～1937 年間表現的最為明顯。這表明在日本的軍事侵略下，國民黨對蘇俄的「敵視」態度有所緩和，並在日本嚴重威脅下積極謀求改善蘇俄的關係。派陳立夫去蘇聯展開秘密外交即是明證。

圖 7-6　《中央日報》標題中「中日」、「中美（中英、中法）」、
　　　　「中德」、「中蘇（中俄）」出現頻率圖

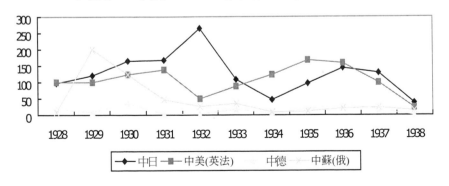

　　二是對「日本」的關注高於對「盟國」的關注。圖 7-7，《中央日報》除了 1935 年「盟國」的關注略微高於「日本」外，其餘年份對「日本」的關注遠高於「盟國」。這種現象很可能在於：現實的威脅遠比不能「馬上救火」的遠水更能吸引關注，對「日本」的關注並不是意味著國民黨視日本為「友邦」、

「近鄰」，而是因爲日本的軍事侵略遠比英美法及國聯的政治表態，更具有當時的現實意義。圖 7-8 中「國聯」關鍵詞的走勢曲線也予以充分佐證。

圖 7-7　《中央日報》對「日本」、「盟國」的報導走勢圖

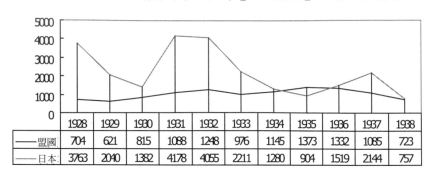

	1928	1929	1930	1931	1932	1933	1934	1935	1936	1937	1938
盟國	704	621	815	1088	1248	976	1145	1373	1332	1085	723
日本	3763	2040	1382	4178	4055	2211	1280	904	1519	2144	757

在圖 7-8 中「國聯」關鍵詞出現頻率的走勢曲線基本呈「M」型，1932年、1835 年分別是「M」型的峰頂，且高於對「日本」的關注，而這兩年的走勢與國民黨解決東北的希望完全寄託於國聯相契合，其它年份的普遍走低，表明國民黨對「國聯」的失望心態。故「M」型狀的「國聯」關鍵詞走勢，既是國民黨對內放棄武力抗日、集中「安內」，對外過渡依賴國聯的媒介表現，又隱晦折射出蔣介石對國聯既寄託厚望又失望的複雜心態。

圖 7-8　《中央日報》標題中「日本」、「國聯」「美國」、「英國」、
　　　　「法國」出現頻率變化圖

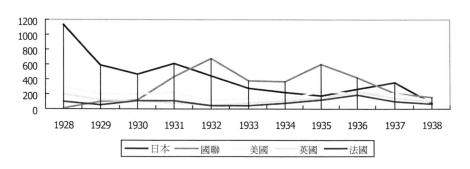

注：（1）此表根據《中央日報》（1928～1949）標題索引數據庫而製作。（2）「日本」關鍵詞包含：「日本」、「日僑」、「日使」、「駐日」、「日人」、「日軍」、「暴日」、「日軍」、「日本」、「日人」、「日僑」、「倭寇」、「日使」、「駐日」、「日寇」、「仇日」、「抗日」、「抗戰」、「反日」、「日貨」、「仇貨」、「滿洲」、「僞滿」23 個關鍵詞。「盟國」是指英美法及英美控制的

國際聯盟，其關鍵詞包括：「美國」、「美僑」、「美使」、「駐美」、「美人」、「美軍」、「羅斯福」、「英國」、「英僑」、「英使」、「駐英」、「英人」、「英軍」、「法國」、「法僑」、「法使」、「駐法」、「法人」、「法軍」以及「國聯」和「英美」、「美英」22 個關鍵詞。

　　三是對英美法等「盟國」的關注基本呈平緩走勢（見圖 7-8）。這一趨勢在圖 7-5、圖 7-8 中「英國」、「美國」、「法國」的走勢曲線基本相似，也與圖 7-6 中「中美（英法）走勢曲線大致相似。這 ·態勢符合常態化的新聞發生、報導的機制，也隱晦折射出中英、中美、中法關係的平穩發展。圖 7-5 中「德國」、「意大利」兩關鍵詞的曲線走勢，雖基本與「英國」、「美國」、「法國」的走勢曲線基本一致，但遠低於後者。這表明《中央日報》在呈現與英美意識形態迥異的法西斯國家上，呈現出謹慎、複雜的心態，也與國民黨倣仿法西斯，追求集權上的不理想的實際狀態相互印證。而表中「日本」關鍵詞的各條走勢曲線均相當不規則，這一態勢表明，1928～1938 年的《中央日報》的「日本」主題的報導是非常態化的新聞報導。頻繁的突發事件、事變使「日本」走勢曲線變得毫無規則，然而在多事之秋的 1932～1935 年間，「日本」卻呈快速下滑趨勢，表明國民黨對《中央日報》的「日本」主題的嚴厲控制，嚴重扭曲了新聞報導的自然走勢。這與這一時期國民黨嚴厲控制抗日輿論密切相關。

三、「日本主題」宣傳的主要策略與特點——以歷屆中常會通過的 涉「日」宣傳文件爲例

　　日本對中國的步步侵略，是國內新聞媒體的首要關注對象，如上分析，國民黨媒體也不例外。但作爲控制嚴密的「黨國喉舌」，其宣傳自然以國民黨確定的「攘外必先安內」的基本國策爲報導宗旨，雖然國民黨內各派系對待這一政策有不同意見，並在其控制的媒體上有所表現，但在根本上沒有違背這一基本政策所確定的報導方針。雖然如此，國民黨媒體的「日本主題」的宣傳並非簡單灌輸這一政策，而是在這一政策的基本精神的所框定的宣傳範圍內，以多種宣傳策略力求形象、具體地呈現之，但也表現出游離於政策重心的宣傳趨向。國民黨的「日本主題」的宣傳所涉相當廣泛，下面以國民黨1928～1938 年間歷屆中常會通過的與日本有關的宣傳文件爲例，分析國民黨及其媒體應對日本所使用的宣傳策略及其宣傳特點。

　　國民黨中央常務委員會執行委員會是國民黨法定的最高權力中樞，其職權是管理國民黨的黨務，新聞宣傳工作在其管轄範圍內。針對日本在中國製造的主要侵華事件，中常會均及時制定了相應的應對策略，這些策略中絕大部分是規範、指導「日本主題」的各類宣傳文件。主要有：《反對日本出兵宣傳大綱》（1928.4.23，密件）、《對日本出兵山東事件之應付方案》（1928.4.21，密件）、《對日經濟絕交辦法大要》（1928.5.6）、《對於日本出兵山東事件之應付方案》（1928.4.21，密件）、《五三慘案應付方案》（1928.5.6，密件）、《五三慘案宣傳方略》（1928.5.10，密件）、《五三慘案宣傳大綱》（1928.5.10，密件）、《五三慘案標語》（1928.5.10）、《經濟絕交標語》（1928.5.10，）、《中國國民救國會組織綱領》（1929.2.14）、《國恥紀念辦法》（1929.4.29）、《五卅國恥紀念辦法》（1929.5.9）、《爲萬寶山事件及在韓華僑慘遭殘殺案舉行對日運動方式》（1931.7.23，密件）、《對日經濟絕交辦法》（1931.9.24）、《九一八國難週年紀念辦法》（1932.9.1，密件）、《學生義勇軍教育綱領》（1931.10.1）等。這些文件有公開的，但絕大部分是「絕對秘密禁止登載報紙」的密件。上述宣傳文件所體現的國民黨「日本」主題的宣傳策略與特點主要有：

（一）保守、狹隘的民族主義是「日本主題」宣傳的主線

　　這一主線既由國民黨高層框定也是其高層的民族主義思想的媒介呈現。國民黨高層的民族主義既對孫中山的民族主義有所繼承，也受五四新文化運動的影響，是一種處在正在形成和發展中的民族主義。近代意義上的民族主義是一種民族存在信念和民族國家理念相結合的「民族國家」的主義，這種主義建立在「天賦人權」、「主權在民」的基礎上，具有很強的國家意識、疆域意識、主權意識；中國傳統的民族主義是建立在「華夷之辨」、「朕即國家」基礎上的一種文化民族主義，其國家意識、主權意識、疆域意識比較淡薄，而掌握國家政權的意識則非常強烈。〔註48〕但是，中國傳統的民族主義在歐風美雨的文化侵蝕及歐美列強的凌辱下，發生了裂變並緩慢、曲折的向近代民族主義轉型。20 世紀 20～30 年代是中國傳統民族主義轉型的關鍵時期，這一時期，「操之在我」的政權意識雖占主導地位，但疆域意識、主權意識在中華民族危機中陡增，並與前者發生了激烈的抗爭，最終形成了「抗日民族統

〔註48〕 關於中國近代的民族主義問題是學界討論的熱點話題，各方觀點各異，楊奎松對此有清晰的論述，本書採取楊奎松的觀點。見楊奎松：《從歷史的眼光看待中國的民族主義問題》，《國際政治研究》，2006 年第 1 期。

一戰線」。「攘外必先安內」政策的出臺、演變及其破產，既爲這一民族主義所決定也是其生動體現。

受保守、狹隘的民族主義和「攘外必先安內」政策的雙重制約，國民黨的新聞宣傳未逃逸這一框架，基本營造的是隱忍、保守的新聞輿論氛圍。《中央日報》標題關鍵詞的量化分析充分表明了這一新聞輿論氛圍。在圖7-4《中央日報》的「中共」、「日本」、「民族主義」的報導趨勢圖中，「民族主義」的走勢曲線與「日本」走勢曲線基本呈正相關，二者基本上隨時間的推移而同時起伏，略有不同的是，在1930年、1934年、1935年，前者甚至高於後者；其它年份則是後者高於前者。這樣一種「隱忍、溫和、狹隘」的民族主義的宣傳策略，不同於個別媒體「熱血沸騰、義憤填膺」的激進民族主義的宣傳策略，也不同於《大公報》理性的民族主義的宣傳策略。〔註49〕中常會通過的與日本有關的宣傳文件，對這種民族主義的宣傳策略有清晰的闡釋。除了輿論抨擊日本侵略的殘酷行爲與事實，開展外交輿論戰，爭取國際同情外，其重要特點有二：一是防止宣傳「過激」構成日本挑釁的新藉口或「落入日本圈套」；二是防止「共黨」、「敵對派系」借機「煽動」，並力圖把日本侵略激發的民族仇恨轉嫁到中共及敵對派系身上。下面對此作詳細敘述。

（二）面向日本和國際社會的宣傳策略

「清共」及南京政府建立之初，蔣介石與日本還保持親善關係。自從1928年4月日本爲阻止蔣介石的「第二次北伐」，出兵濟南製造「濟南慘案」始，蔣氏即把日本視爲敵人〔註50〕，中日關係也隨之逐步惡化。期間，南京國民

〔註49〕理性的民族主義，是從實際情況出發，理性地思考和處理事關中華民族生死存亡的重大問題，不偏不倚，避免情緒化、非理性化的行爲和言論，以最大限度地維護中華民族的根本利益，據鄭大華根據天津《大公報》社論的研究，九一八事變後的天津《大公報》所持的就是這樣一種理性的民族主義，即：反對「與日以戰」（即對日宣戰），但也不贊成國民黨的不抵抗政策，而主張在自衛的前提下堅決抵抗日本的侵略；認識到國聯的作用有限，中國不能一味地依賴國聯，但不反對國聯介入中日爭端，更不反對國民政府利用國聯和國際輿論與日本進行外交；要求廢止一切內戰，其中也包括國共之間的內戰，不贊成國民黨提出的「剿共抗日」口號，主張建立包括各階級各黨派在內的「鞏固」的抗日民族「統一戰線」。見鄭大華：《理性民族主義之一例：九一八事變後的天津〈大公報〉》，《浙江學刊》，2009年第4期。

〔註50〕蔣介石自1928年「濟南慘案」起「每日皆記」「雪恥」一則，從未間斷。蔣介石接到九一八事變的報告時，竟「仰天歎」：「天災頻仍，匪禍糾纏，國家元氣，衰敝已極，雖欲強起禦侮，其如力不足何！」。1932年1月，已下野的

政府在日本的軍事壓力下曾於 1934～1935 年間對日表現出「妥協」、「親善」態度〔註51〕，但並未阻止日本侵略步伐，最終導致 1937 年 7 月後的中日全面戰爭。因此，濟南慘案後，日本代替了蘇俄，成為國民黨的最大外患。對於敵人，暴露其殘暴、非人性的行為置其於道義譴責之地，以掌握戰爭的正義權，同時利用各種宣傳攻擊策略，打擊其士氣，離間其團結，曝光其陰謀，並消解、反擊敵人的反宣傳，是戰爭宣傳的不二法則。國民黨懂得這一宣傳法則，運用上卻把這一法則力圖限定在其政權意識之下，自然減緩了輿論攻擊、分化日本及爭取盟友的影響力，且在 20 世紀 20～30 年代亦有不同變化。

新聞輿論攻擊日本方面，基本上是隨日本製造的系列侵華事件而呈遞減的波浪形狀走勢。以《中央日報》主標題中描述日本的主要關鍵詞為例（見圖 7-9），明顯攻擊日本的關鍵詞的走勢曲線（下簡稱曲線 A）雖低於中性描述日本的關鍵詞（下簡稱曲線 B）的走勢，但二者的走勢基本上與日本在華製造的系列事件相吻合。1928 年的濟南慘案、1931 年的九一八事變、1932 年的一二八事變、1937 年的盧溝橋事變，基本是曲線 A、B 的峰值。1931 年是中日關係走勢最關鍵的一年，九一八事變的爆發，日本侵佔東北，致使中日矛盾替代國內階級鬥爭成為主要矛盾，這一年《中央日報》對日本的攻擊及關注，無論從那個層面的數據分析，基本都是最高峰。

需要說明的是，圖 7-9 中的曲線 B 在每個年份均高於曲線 A，甚至僅以「日本」為關鍵詞的曲線走勢在一些年份也高於曲線 A,這並不表明國民黨對日本始終以「非敵視」的態度占主導地位，造成這一結果的原因在於關鍵詞本身，因為對「日本」、「日軍」、「日僑」、「日人」等關鍵詞的統計分析省略

他獲知外交部長陳友仁主張對日絕交的消息，在日記中感慨道：「內無準備，遽爾絕交，此大危事也」。見秦孝儀總編纂：《總統蔣公大事長編初稿》（卷二），第 509 頁，第 386 頁，第 421 頁。

〔註51〕 1934～1935 年間國民黨對日友善的態度，並非是一種真正的友善態度，而是面對強敵自覺無力與之決戰而採取了拖延戰爭爆發、積蓄力量的輿論策略。這一策略目的仍然是企圖緩慢日本的侵華步驟，而集中力量剿滅中共，繼而在完全安內的基礎上集中國力與日本決戰。對此，日本似乎有所覺察。1935 年 12 月，日本電通社刊發了《中國何故轉向親日》一文認為國民政府是「假裝親日」。「一為中國洞見於日本強硬派之實力，而採取之假裝親日；二為中國以夷制夷政策之表現，假裝親日，以牽制日本，而目的則在獲得英美政府之財政的援助；三為蔣氏確立霸權而期獲得所需資金之策略」。見，《日本電通社：中國何故轉向親日》，1935 年 3 月，轉《中華民國史檔案資料彙編》第五輯，第一編 外交（一），江蘇古籍出版社，227 頁。

了這些關鍵詞出現的具體語境，但從兩曲線的走勢看，1933 年的持續走低，表明了國民黨在公共輿論上有意改善與日本的關係，並表現出一種「親善」態度。這種態度是有意營造「一面抵抗、一面談判」的對日外交的輿論態勢，還是迫於日本壓力自動限制抗日輿論，或是如日本的分析那樣，是刻意營造出來的「假裝親日」的輿論態勢，以麻痹日本，目前尚無找到直接有力證據，雖如此，但依靠邏輯推理，很有可能是上述三種目的的綜合結果。

圖 7-9　標題中描述日本的關鍵詞走勢曲線圖

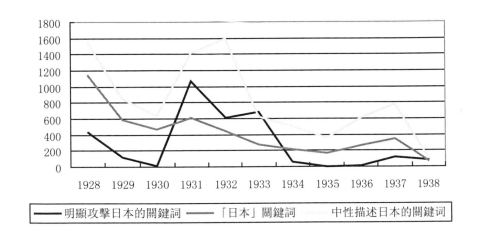

注：明顯攻擊日本的關鍵詞包括：「暴日」、「倭寇」、「日寇」、「仇日」、「抗日」、「反日」、「仇貨」、「日本帝國主義」，中性描述日本的關鍵詞包括：「日本」、「日軍」、「日人」。

　　這一趨勢在國民黨中常會制定的應對日本侵略的宣傳性文件中也有充分體現。1928 年日本出兵濟南、製造濟南慘案，中常會召開了 6 次會議，集中討論之，並制定了《反對日本出兵宣傳大綱》、《五三慘案宣傳方略》等10 多個相關文件，對日本雖採取隱忍態度，也表達了強烈譴責與抗議，但是 1931 年「九一八事變」、1932 年「一二八事變」等系列事變中，中常會會議記錄顯示卻沒有表現象對待濟南慘案那樣的重視高度，目前也尚未發現應對九一八、一二八等宣傳性的文件，這種現象除了表明中常會的權力中樞的地位有所下降外，還可能在於為稀釋國內激昂的抗日輿論及日本的外交高壓〔註52〕，國民黨有意減少對日本的公開敵視與輿論攻擊〔註53〕。1934 年

〔註52〕通過外交施壓控制國內反日輿論是日本在 30 年代的一貫做法。1932 年 1 月尾

下半年到 1935 年上半年，日本提倡「中日提攜」的廣田外交，注重於採取外交、政治和經濟的手段引誘國民政府就範，蔣汪政權響應日本的外交政策，也展開了一連串的「睦鄰敦交」的活動。受此影響，國民黨的輿論表現出某種「親善」態度，《外交評論》雜誌甚至在其評論中說，「最近中日兩國間的空氣，似乎從嚴冬轉到溫和了。」〔註 54〕但隨著 1935 年底國民黨五全大會的召開，決定抗日。對日的關注也開始再次轉變方向，但其走勢持續偏低，很可能是《中央日報》有意營造的輿論假象。

對日宣傳策略方面，國民黨始終把攻擊目標定在日本軍閥、日本政府，而不是日本民眾。1928 年的日本出兵濟南、製造濟南慘案，中常會制定的應對策略明確規定，「其攻擊對象爲田中內閣，對日本國民應保持向來希望兩國親善之態度，並應對其國民及民黨勸告糾正其內閣制謬舉」〔註 55〕，並公開發表了《中國國民黨告日本國民書》（1928.4.24）。「『五三』慘案的發生是日本帝國主義意在挑釁，其目的一爲鎮壓其國內政潮，二爲延長中國殘餘軍閥之命運」〔註 56〕，「日本出兵是軍閥田中拿來緩和其國內在野黨及人民的攻擊，想藉此延長其政治壽命」。〔註 57〕此後的歷次事件，國民黨均把攻擊目標定爲日本政府和日本軍閥。另外，針對日本媒體在國內外釋放的輿論污蔑、新聞造謠等，國民黨都及時予以還擊，並使「關謠」新聞成爲國統區新聞的一大特色。如萬寶山事件，中常會制定的對日運動方式的密件明確規定，「痛

報導「日皇遇刺事件」，青島《民國》於 1932 年 1 月 12 日以對「天皇」不敬爲由，被當地日僑搗毀，1 月 26 日上海《民國日報》爲此事被迫停刊。1 月 27 日北平市公安局爲此通告各報愼載日皇遇刺消息。1932 年 2 月英文《北平導報》被華北綏靖公署應日本領事館要求勒令停刊，見方漢奇：《中國新聞事業編年史》（中），1203 頁，1205 頁，1206 頁。此後，類似的事件也經常發生。

〔註 53〕 最典型的例子是：蔣介石授意，軍委會侍從室第二處主任陳布雷執筆撰寫的，以侍從室第二處秘書徐道鄰的名義發表，刊於 1934 年 12 月的《外交評論》雜誌上的《敵乎？友乎？中日關係之檢討》一文引起的中日關係的討論。此文刊發後《大公報》、《申報》、《中央日報》等國內不少報刊，全文轉載或摘要刊登了這篇文章，並印成單行本出版，引起了輿論轟動。這篇文章是蔣介石向日本釋放的妥協的政治信號，但日本方面卻給予了另一種解讀，拒絕了蔣介石的妥協提議。

〔註 54〕 湯中：《中日邦交轉變之關鍵》，《外交評論》，第 4 卷第 2 期。

〔註 55〕 《國民黨中常會議議決對於日本出兵山東事件之應付方案》，1928 年 4 月 21 日，256 頁。

〔註 56〕 《國民黨中常會議議定「五三」慘案應付》，1928 年 5 月 6 日，263 頁。

〔註 57〕 《國民黨中常會議議定「五三」慘案宣傳大綱》，1928 年 5 月 10 日，265 頁。

斥日報紙不負責任之謬論；於新聞中對日本人所辦通訊社電訊特別注意，最好不用如採用時亦須審慎選擇，如以刪節或加按語」〔註58〕等。

另外，對於國際社會，國民黨也力爭通過外交部、海外黨部所轄媒體、在華外國記者，向海外媒體投稿及發佈文告等形式，向國際社會說明日本侵華的真相，對日本媒體的污蔑造謠也予以反擊。萬寶山事件中，中常會就制定了詳細的國際宣傳方式：甲、招待駐華外國記者報告萬寶山事件及在韓華僑被慘殺案真相及中日交涉情形；乙、將萬寶山事件及在韓華僑被慘殺案始末情形作成系統報告隨時送登在華發行之外國文報紙；丙，海外各級黨報應酌量進行左列各項宣傳工作。一、召集當地僑胞開會報告萬寶山事件及在韓華僑被慘殺案真相使向友邦人士努力宣傳，二、協助當地駐在使領進行國際宣傳，三、撰寫宣傳真相評論是非文字送登當地報紙。〔註59〕1931 年 8 月，日本強佔瀋陽，8 月 27 日，中常會召開三屆 160 次臨時常會，除了電請蔣介石回京，對日提出抗議、即日發表對各級黨部訓令外，並即日電令駐外代表向國際間宣傳。〔註60〕10 月 1 日的第三屆 162 次中常會即通過中宣部籌措國際宣傳費案，並先撥 10 萬元加緊國際宣傳，以粉碎日本混淆國際視聽掩蓋其暴行的顛倒是非之宣傳。〔註61〕但由於國民黨國際宣傳力量的薄弱，這種反擊的效果相當有效。

（三）面向民眾「安撫」而非「動員」的宣傳策略

國民黨認識到民眾是抵抗日本侵略的基本動力，但如何保存、如何動員、如何控制這一動力為國民黨所用，達到既能與日本最後決戰，也能剪除黨內地方派系和清除中共的雙重目的。因此，「一方面保存其動力（指民眾──引者注），一方面又要納此動力於正軌」是國民黨對民眾宣傳的指導方針。《反對日本出兵宣傳大綱》認為「民眾的組織現在還沒有健全，民眾的認識力現在還沒有堅確，而民間的動力現在已到處都有，由此，本黨一方面要保存其動力，一方面又要納此動力於正軌」。在此前提下，針對日本出兵事件，制定了 7 項針對民眾的宣傳要點。

〔註58〕《為萬寶山事件及在韓華僑慘遭殘殺案舉行對日運動方式》，《中國國民黨中央執行委員會常務委員會會議錄》（四冊），419 頁。

〔註59〕《為萬寶山事件及在韓華僑慘遭殘殺案舉行對日運動方式》，《中國國民黨中央執行委員會常務委員會會議錄》（四冊），423 頁。

〔註60〕《中國國民黨中央執行委員會常務委員會會議錄》（十六冊），16.276～277 頁。

〔註61〕《中國國民黨中央執行委員會常務委員會會議錄》（十六冊），334 頁。

1、要堅忍鄭重指導一切；

2、使認識本黨是全民的代表者，本黨所採用的策略多是代表全民利益的策略；

3、泄憤一時是整個失敗的起因，要打倒帝國主義決不是拳腳、唾沫以及集眾暴動所能成功的，能成功的路徑惟有完成北伐，統一中國這一條路；

4、罷工、遊行等容易給共產黨以擾亂後方的機會，應竭力避免；

5、只有中國國民黨統一中國以後，才能取消中日間一切不平等的條約；

6、本黨定下這種辦法是負責任來擔當危局，不是抹煞民意；

7、民眾應認識日本此次出兵是日本軍閥的掙扎，不是日本人民的意思，故對日本人民仍應保持我向來的態度。〔註62〕

「五三」慘案發生後，中常會議定的「五三」慘案宣傳方略中，針對民眾的宣傳規定了九條「必要原則」，核心是民眾運動要與「政府合力共濟，作政府之後盾」。在此核心精神下又分別對商人、工人、農人、婦女青年、士兵的宣傳作了原則性規定。如，「各種集會宜多變代表會議之形式，由各代表負責的各團體分別執行，不必作大規模之運動；積極鼓吹民眾的武力、體力、財力之充實，準備以不屈不撓之精神與政府合力共濟，作政府之後盾；要激發民眾的民族意識與愛國心，同時，並說明經濟絕交為抵制日本之最有效力的唯一要圖」。〔註63〕擬定的宣傳「五三」慘案標語有，「我們要相信政府，要為政府外交的後盾！」、「民眾應盡力讚助國民政府一致抵制日本侵

〔註62〕 《反對日本出兵宣傳大綱》，1928 年 4 月 23 日。《中國國民黨中央執行委員會常務委員會會議錄》（四冊），121～122 頁。

〔註63〕 《國民黨中常會議定「五三」慘案宣傳方略》（1928 年 5 月 10 日）其中對商人、工人、農人、婦女青年、士兵的宣傳原則分別是：一、對於商人應說明其本身所受痛苦是直接、間接受帝國主義，尤其是日本經濟壓迫所致，並說明經濟絕交為解除商人痛苦的唯一方法，使商人自覺其仇貨運動之必要，而為一切仇貨運動主動的中心。二、對於工人應說明其本身和生產的關係，應相互協助以謀產業的發展，在此嚴重時期，不應再有罷工運動，使社會經濟受重大影響，並使工人協同農商協會作抵制仇貨運動。三、對農人應極力宣傳日兵的蠻暴以激起其愛國觀念，並說明經濟絕交和農人應負的責任。四、對婦女青年應說明和平抵制的意義，不可操之過急，反索亂進行的步驟，須依本黨的計劃作一致的進行。五、對士兵應說明北伐和國民革命前途的重大關係，應服從命令，於最短期間完成北伐，且不可違反軍紀，作一時氣憤之動作」。《中國國民黨中央執行委員會常務委員會議錄》（四冊），267～268 頁。

略！」〔註64〕等。

　　1928 年的「濟南慘案」中，國民黨對民眾作了有限的動員，這種有限動員、適時安撫的宣傳策略在 1931 年的萬寶山事件、九一八事件、一二八事件中有所延續。如 1931 年 7 月的萬寶山事件中，中常會對「人民團體」的「應取的行動和言論」作了詳細規定。行動方面：應抱堅決的態度取切實的聯絡一致的步驟作有秩序有計劃的對日運動，應絕對遵從當地高級黨部之指導，要充分表現係自動的而非被動的係持久的而非衝動的，應集中目的專向日本帝國主義者進攻，應切實執行對日經濟絕交一事；言論方面：要發表反日言論揭破日本帝國主義造成此次慘案之陰謀，要督促政府及外交當局抗爭到底之言論，華僑團體應充分作國際的宣傳使全世界人民明瞭此案之真相，反日言論以肆力攻擊日本之軍閥及陰謀派，全國新聞紙發表關於此事件之言論應忠告日本人民說明對華侵略之無益於日本國民揭發日本真正的國患，並喚起其民眾應有的覺悟，發表關於此事件之言論時，應通切說明自侮而後人侮之意義，竭力策勉國人切實團結一致對外挽救危亡之禍，並揭破漠視國難趁機搗亂者之罪惡而促其猛醒。〔註65〕另據研究，萬寶山事件中，中國媒體主動見證與參與了事態發展的每一個階段，並且國民黨的《中央日報》與地方報紙的態度表現出某種分離狀態。《中央日報》以超然的態度置事件之外，地方報紙則紛紛捲入事件中。據統計，《民國日報》從 7 月 6 日起至 9 月 18 日的大量通電中，共有 118 團體宣言「反日援僑」，其中 74 個為國民黨各級黨部所為。〔註66〕由此佐證了國民黨中常會在幕後操縱輿論，以民眾的民族主義為後盾與日本媒體展開了輿論戰。

　　隨後的九一八事件、一二八事件，雖尚未找到相關的宣傳性文件，但從《中央日報》在 1931～1932 年對「日本」高度關注也可推測這一時期國民黨還是有限動員民眾。《九一八國難週年紀念辦法》（1932.9.1，密件）可為有力佐證。辦法共 9 條，規定了各地黨部在 9 月 18 日舉行國難紀念的組織、紀念主題、宣傳事項、注意事項及紀念口號。各地黨部要在 9 月 10 日前召集各機

〔註64〕《國民黨中常會議定之「五三」慘案標語》，1928 年 5 月 10 日。《中國國民黨中央執行委員會常務委員會議錄》（四冊），268～269 頁。

〔註65〕《為萬寶山事件及在韓華僑慘遭殘殺案舉行對日運動方式》，《中國國民黨中央執行委員會常務委員會議錄》（四冊），422～423 頁。

〔註66〕田明：《媒體輿論中的「民族主義」——以 20 世紀 30 年代前後的朝鮮排華事件為中心》，《民國檔案》，2009 年，第 4 期。

關團體準備召開紀念大會，並明確規定「舉行紀念時會同軍警嚴密維持秩序」，9 月 18 日上午 11 時靜默五分鐘以表哀悼，集會或宣傳要嚴防日人或反動分子搗亂；9 月 18 日停止娛樂各地黨部利用娛樂場所放映抗日影片或舉行熱烈抗日之演講。9 月 18 日至 24 日，全國郵政局應自一律加蓋「禦侮救國誓復失地」的戳記，各地黨部領導各界舉行禦侮救國收復失地宣傳周，依照中央宣傳委員會所頒「九一八暴日侵佔東北週年紀念宣傳要點」所示意，採取各種宣傳方法進行各項抗日宣傳。另外，舉行紀念時應一致通過下列方案：

1、通電全國誓死收復失地抵抗暴日；

2、電請國聯對東北事件從速作公正之解決並望斷然採取嚴厲有效方法制止暴日之侵略；

3、通電全國軍人一致誓死抵抗自衛；

4、電請中央即行下令討伐東北叛逆。

紀念標語口號有 11 條，核心是打倒日本、收復失地、團結抗日、擁護國聯。如：「全國同胞一致起來抵抗暴日」、「打倒日本帝國主義」、「擁護國際正義」等〔註 67〕。

1933 年後，尚未發現中常會制定的宣傳文件，但在各種「國難」紀念日的紀念辦法中，均延續了禁止民眾集會罷工、遊行示威的規定。《中央日報》體現「民族主義」的關鍵詞在 1933～1936 年間的下滑趨勢，表明國民黨開始對日益高漲的民眾抗日輿論採取了輿論分流、輿論安撫的宣傳策略。這種策略也與國民黨調整對日政策相契合。

面向民眾的這種宣傳策略與應對方式，其標榜的目的一是防止中共趁民眾運動而煽動鬧事，危害後方秩序；二是防止日本藉此為藉口，擴大事端。不可否認，這一顧慮在大規模的民眾運動不可避免的，但據此限制、乃至打壓民眾運動的集會遊行，更暴露出國民黨對民眾的不信任態度，及發動民眾後無法將其納入國民政府控制的「正軌」的恐懼心態。正是這種顧慮與恐懼，使國民黨對於覺醒的、民眾的抗日浪潮，採取了輿論分流、有限的動員、及對激揚的民族主義予以安撫的多種宣傳策略，而不是趁機主動動員民眾、積極抗日的宣傳策略。不可否認，國民黨也利用媒體掀起了抵制日貨運動、國貨運動等形式的宣傳動員，但其對民眾的顧慮和恐懼，最終導致其沒有充分認識到民眾力量，因而在以何種力量與強日相抗衡的問題上，找不到答案，

〔註 67〕《九一八國難週年紀念辦法》，1932 年 9 月 1 日。169～192 頁。

最終迫於中國「國情」無奈對日侵略採取了妥協、退讓的方針。對民眾力量的顧慮與動員民眾後的恐懼，是國民黨及其政府應對日本侵略的結構性缺陷，不僅導致其不能先於中共提出「抗日民族的統一戰線」的政策，以佔據輿論的主導地位，還影響了國民黨正面戰場的抗戰行為〔註 68〕，以及抗戰後國共決戰中的迅速潰敗。

（四）面向中共及敵對派系的借機「污名」的宣傳策略

由上所述，污名化是蔣介石集團掌握「黨統」後，對待中共及敵對派系的基本鬥爭策略和媒介宣傳攻擊策略。自 1928 年 4 月日本出兵濟南，中日關係交惡始，日本就以「外患」的身份介入 20～30 年代的「污名化」策略，被國共兩黨、及國民黨中央、地方派系所運用，成為攻擊對方的理論藉口。這種將「外患」轉嫁到「內敵」的鬥爭策略，是二十世紀二三十年代中國由文化民族主義向近代民族主義轉型的特有表現。即在民族主義的意識中，「操之在我，一切皆是」；「操之在人，一切皆非」的政權意識高於維護國家主權統一、疆域完整的意識。「攘外必先安內」政策的出籠、演變及最後的被迫破產是國民黨及其政府的民族主義轉型的表現。中共的民族主義也經歷了後方「搗亂」〔註 69〕、「抗日滅蔣」、「抗日反蔣」、「逼蔣抗日」、「聯蔣抗日」的曲折過程，最終先於國民黨拋棄兩黨恩怨，提出建立抗日民族統一戰線。

政策既已決定，新聞宣傳不過是政策的媒介詮釋，不會逃匿政策的基本精神。濟南慘案發生後，國民黨即把日本出兵北伐、製造濟南慘案的目的為

〔註 68〕　例如，抗戰即將結束的 1944 年，日本發動了豫湘桂戰役，在橫掃黃河以南的河南國民黨守軍時，當地的農民竟蜂擁而起幫助日本人打駐守河南的國民黨軍隊。原因不為別的，就是因為農民受不了守軍的殘酷壓榨，導致一些地方的農民寧願接受日本人，也不願受本國人的統治。見黃奎松：《從歷史的眼光來看待中國的民族主義問題》，國際政治研究，2006 年第 1 期。

〔註 69〕　例如，1932 年上海「一二八」事變期間，中共臨時中央領導人卻以俄國十月革命就是利用對外戰爭的機會一舉取得成功為例，相信這也是在中國奪取政權的絕佳時機。因此，他們不是捐棄前嫌，站在抗日的中國軍隊一邊，而是迅速建立起自己的革命軍事委員會，組織義勇軍去閘北和南市搶奪武器，散發傳單，號召勞動民眾發起革命戰爭，「把子彈向著帝國主義國民黨開發」，號召十九路軍的士兵「殺掉你們的長官」，以便「推翻南京國民政府，宣佈自己為革命的民眾政權」。見《中國共產黨中央為上海事變第二次宣言》，1932 年 1 月 31 日；《中華蘇維埃臨時政府為上海事變宣言》，1932 年 1 月 31 日；《中央關於上海事件的鬥爭綱領》，1932 年 2 月 2 日；《中華蘇維埃共和國臨時政府告上海民眾書》，1932 年 3 月 5 日。見《中共中央文件選集》第 8 卷，96～99 頁、100～102 頁、636 頁、638 頁。

「援助其垂危的走狗奉魯軍閥，以維持其在東北各省攫得的特殊權利」，並「嚴防共匪的搗亂，使前敵的將士得安心北伐」。〔註70〕「嚴防共匪的搗亂」成為以後國民黨面對日本入侵，不敢完全發動民眾的一個藉口和防範措施。但政策的媒介呈現有轟轟烈烈的大肆炒作、輿論渲染，有輕描淡寫的一筆帶過，也有適度的報導區別。對於「剿匪」、「抗日」的宣傳，《中央日報》在不同時期有不同的媒介呈現〔註71〕。然而，對於正面詮釋「攘外必先安內」政策的宣傳，《中央日報》的報導在整體上呈現中性狀態，筆者以「攘外」、「安內」、「攘外必先安內」「攘外安內」作為關鍵詞重複檢索，在 1928～1938 年共檢索到與「攘外必先安內」有關的報導共 39 條，其中 19 條為各級黨部、各團體、各軍隊的擁護的政治表態，有 13 條是汪精衛、蔣介石等黨政要員的演講或會議決定等，將「攘外必先安內」作理論闡釋的有兩條：一條是相每的《安內攘外與推行民兵制度》此文是長篇論文，於 1932 年 1 月 28、29 日、2 月 1、2、9 日連載），另一條是袁野秋的《清查戶口是安內攘外的基本工作》（1936.7.3,12 版）。這表明，《中央日報》對「攘外必先安內」的政策並未作深入、持續的政策詮釋方面的宣傳報導。

第三節　國民黨政治宣傳的新聞策略評析

　　國民黨既高度重視宣傳，對不同宣傳主題也採取了不同的新聞宣傳策略。當時的宣傳效果如何，現已無法考證，然歷史卻以鐵的事實否定了國民黨的新聞宣傳。一、國民黨人當時亦承認，國民黨媒體未能主導社會輿論主導權，「輿論北上」幾乎已是當時國民黨人的共識。二、國民黨建構的新聞媒體網，其發行量始終未超越《申報》、《新聞報》等民營大報，其讀者群也局限於黨政軍群體，其黨報的信譽度也不如天津新記《大公報》。三、學界研究表明，國民黨塑造的三民主義意識形態非常脆弱。

　　但是，宣傳（傳播）效果的評判問題，歷來是眾說紛紜。傳播效果問題亦是西方傳播學的研究主線，產生了「魔彈論」、「有限效果論」、「適度效果

〔註70〕《國民黨中常會議定「五三」慘案宣傳大綱》，《中國國民黨中央執行委員會常務委員會議錄》（四冊），265 頁。

〔註71〕這種媒介呈現可由前面的各種曲線圖中得到佐證，另外，蔡銘澤以《中央日報》為例，深入分析了《中央日報》的「剿共」、「抗日」報導的內容，詳見蔡銘澤：《中國國民黨黨報研究（1927～1949)》，團結出版社，1998 年，149～160 頁。

論」、「強效果論」等相互對立的各種效果理論，這既於新聞傳播效果本身涉及眾多不可控的因素，也在於評價的標準不一。對誰有效果，對誰沒有效果；對誰有直接效果，對誰有中期效果，對誰有長遠效果；這一效果是影響到受眾的認知層面、或是態度層面，還是行為層面，這一效果是由新聞宣傳單一促成，還是其它多種因素的綜合，若是後者，新聞宣傳在其中起到了什麼樣的作用等問題，至今仍困擾著中西學術界。若沿用傳播學的效果理論致思路徑，分析歷史上的新聞傳播效果，其困難更難於上青天。一是能夠佐證新聞傳播效果的史料極端稀少、零碎，二是根本不可能訪問當事人，做問卷調查等量化分析。因此，歷史上的新聞傳播效果研究，應關注新聞傳播的長期的、累積的歷史效果問題，關注導致傳播效果取得成功或失敗的傳播層面的經驗和教訓，及非傳播層面的干擾因素等問題，關注已經形成了歷史文化效果的主客觀因素，及對現在、未來的深遠影響問題。

從這個視角評價國民黨媒體的政治宣傳及其策略，就不能以「失敗」、「輿論北上」等詞彙簡單地概括國民黨媒體新聞宣傳的歷史事功，而應辯證的、歷史的、具體的分析之。

（一）對三民主義的「造神」宣傳運動，可謂過大於功

「三民主義」、「孫中山」等政治符號是國民黨訓政的思想基石、各派系共同認可的政治旗號，凝聚、動員國民民眾的政治旗幟、國民黨媒體政治宣傳的最高宗旨。在這方面，國民黨媒體的新聞宣傳，不是本著孫中山政治理念的本意，動員、訓育民眾，培育民眾的政治素養，推動訓政向憲政的轉變，而是以教條化、神化、形式化的媒介灌輸方式，力圖強行把僵化的、教條的三民主義植入民眾頭腦，使民眾心甘情願地接受國民黨的一黨獨裁，承擔國民黨推動中國現代化建設中的社會成本。如第六章第一節的分析，以儀式紀念周等宣傳方式，國民黨大肆神化、美化、形式化孫中山，其目的卻是將孫中山的「正統」地位植入民眾頭腦，確立國民黨統治的合法性。另外，國民黨通過「新生活運動」等全國性的新聞宣傳運動，力圖將「禮義廉恥」等傳統文化灌輸給民眾，企圖達到用傳統文化來消弭、沖淡西方的民主、科學的精神的政治目的。這一宣傳策略，實質是以宣傳替代新聞，以愚民替代啟蒙，其灌輸替代訓育，自然與五四新文化運動形成的科學、民主的啟蒙精神背道而馳，與孫中山訓育、整合民眾的「心理建設」的政治目標背道而馳。雖然國民黨媒體有強大的「造神」力量，卻始終未能達到其理想境地，但不能據

此全部否定國民黨媒體對「三民主義」、「總理遺教」及民眾日常生活的文化改造的歷史貢獻。對於孫中山深遠的歷史影響，民國時期的封建迷信以及非科學、非健康的社會習俗的革除，傳統的社會風氣向現代的社會風氣的轉變等方面，國民黨新聞媒體有不可磨滅的歷史貢獻。

（二）新聞媒體的訓育功能、監督功能嚴重萎縮

訓政政治需要發揮媒體的訓育、啓蒙、教化功能，培育民眾的憲政政治素養；需要媒體的新聞監督功能，督促訓政政治上正軌。這兩項功能，國民黨新聞媒體卻口惠而實不至，在其嚴厲的新聞統制下嚴重萎縮、乃至消失。對於前者，涉及國計民生的重要政策，尤其是民生政策，卻常常隱而不報。《大公報》將此視爲國民黨行政上的「重大缺陷」，痛恨「政府對於訓政時期應有之宣傳，太不盡力是也。」〔註72〕對於後者，國民黨媒體雖也有大量的批評報導，但絕大多數是不同派系間、不同權位者之間的宣傳攻擊，而非正常的新聞輿論監督。前者不僅無助於訓政政治上正軌，反而紊亂了新聞監督的正常機制。1934 年的南京《民生報》案是宣傳攻擊陰霾下的典型個案。該報 1934 年 5 月 24 日刊登了 182 個字的《某院處長彭某辭職真相》消息，卻因消息中含有對已申請辭職的行政院政務處長彭學沛有貪污嫌疑的新聞暗示，遭到行政院的停刊三日的處分，進而衍生出複雜的「彭成訴案」及汪、於、蔣三派的權力爭鬥與權力平衡，致使《民生報》永久停刊、成舍我繫獄40 天。〔註73〕發行量比《中央日報》還多的《民生報》尚且如此，其它報刊可想而知。至於正直的少數報人的新聞批評，出版前深受新聞檢查的無理刪扣，發行後則面臨各地黨政要人的權力打壓與摧殘。《中央日報》、中央通訊社、中央廣播電臺被國民黨中央嚴格控制，批評報導少之又少，且又常常被地方派系、黨政官員解讀爲宣傳攻擊。至於各省市報紙更是不堪入目。《大公報》滿含悲憤的寫道：「試問各省今日，其報紙有能批評各該省政府施政之得失，及糾彈文武官吏之行動者乎？曰無有也，降一步言，各省政治、官吏行動，除依照官方宣佈者登載以外，有自行探訪，紀載出入者乎？亦無有也，蓋各省報紙現狀，豈特對省政府不敢指謫，即於各縣黑幕，亦且罔敢揭穿。豈特不敢開罪於軍長師長，即團營連長之流，在地方報記者目中，亦依

〔註72〕《訓政與宣傳》，《大公報》，1931 年 1 月 13 日。
〔註73〕見劉繼忠：《南京《民生報》停刊事件再審視》，《國際新聞界》，2010 年第 1
　　　期。

然皆小皇帝也」。〔註74〕

（三）國民黨媒體的宣傳攻擊，嚴重加劇了民國城市社會的撕裂，是其最大的歷史罪過

不論國民黨媒體的宣傳攻擊，對於「圍剿」中共，剪除地方派系起到怎樣的輿論功效，但毫無秩序、毫無價值標準的宣傳攻擊，事實上紊亂了社會信息系統，毀掉了國民黨媒體的社會信譽，加劇了民國城市社會各階層之間的進一步撕裂。國民黨媒體集體性的圍攻中共、妖魔化中共，為國共兩黨以可能的政治對話、政治協商方式解決歷史恩怨、雙方政治分歧，製造了嚴重的觀念壁壘。不同派系之間，蔣、汪、胡黨魁之間的宣傳攻擊、宣傳譏諷，則是國民黨內部權力相互猜忌、相互提防的傳播根源，並嚴重削弱了國民黨統治集團的執政能力。謠言、流言、虛假信息的盛行，既增加了民眾辨別真偽信息的成本，加之國敝民困造成的民眾現實的生存危機，更使傳統的詭秘政治、陰謀政治，厚黑哲學盛行於社會，成為支配國統區為人處世的實際法則。蔣氏雖極力倡導「禮義廉恥」為內核的「新生活運動」，也不能消弭國民黨媒體的宣傳攻擊對社會、對民眾所造成的嚴重的心理傷害，其失敗亦是必然。

（四）愛國民族主義的大肆宣傳，是國民黨媒體的最大歷史功勞

儘管國民黨媒體整體上在「攘外必先安內」政策下宣傳抗日救國，宣傳抵制日貨，提倡國貨，是一種狹隘的民族主義的愛國宣傳，但是也有不少國民黨媒體突破「攘外安內」的政策邊界，大肆宣傳日本帝國主義的殘酷，極力鼓動社會各階層聯合起來，集體應對國難，抗擊日本侵略。儘管國民黨迫於日本壓力，嚴厲鉗制抗日輿論，製造了不少報案。但仍有不少民營報刊憤然而起，呼籲停止內戰，一致對外，致使抗日救國的輿論潮流成為拯救中國免於滅亡的、最強大的力量。正是這股力量促成國共兩黨再次合作，促成各派系暫時停止權鬥，形成全民族一致抗戰的局面，確保了抗日戰爭的最後勝利。也正是這股力量挽救了國民黨岌岌可危的執政威信。抗戰中蔣介石成為威望最高的民族領袖便是鐵證。〔註75〕然抗戰結束後，蔣介石政權卻利用這

〔註74〕《國民會議與言論自由》，《大公報》，1931 年 5 月 12 日。

〔註75〕臺灣學者、大陸部分學者認為抗日戰爭給中共提供了喘息機會，致使其在抗日戰爭中得以壯大，他們常常假設若沒有發生西安事變，中共很有可能在抗戰前被國民黨消滅。這種假設在如何評價張學良上有明顯表現。大陸肯定張

一威望開歷史倒車，漠視早已厭戰的民眾對和平、對民主的極度渴望，而輕開戰端，盲信憑藉武力即能消滅弱勢的中共，實現個人獨裁。三年丟掉大陸政權，為蔣氏政權不重視輿論、崇拜武力而自飲苦果的鐵證。

學良的歷史貢獻，視其為歷史英雄，臺灣則視張學良為民國罪人。承認，中共最早正式提出建立抗日民族統一戰線，是抗日救國輿論的受惠者。然而蔣介石、國民黨亦是抗日輿論的受惠者，亦是不爭的歷史事實，全國抗日力量最後都統一到蔣介石領導之下，蔣介石也被視為中華民族的救星，就是最大的、不能推翻的鐵證。

第八章　游離於黨國體制的民營新聞傳播

　　民營報刊、在華外籍報刊因歷史慣性，獲得了訓政名義下的「合法」生存權，中共報刊，國家主義、改組派、無政府主義等派系報刊則被剝奪了生存權，處在「非法」的被鉗制狀態。前者與國民黨形成一種「合法」的游離關係，黨國體制的穩固有賴於前者的支持與擁護；後者與國民黨的秩序追求背道而馳，是黨國體制的破壞者、攻擊者。

　　對於這兩類不同性質的報刊，國民黨採取了不同的管制策略，並與之產生不同形態的互動衝突。對民營報刊，國民黨未借鑒袁世凱的封殺政策，允其存在，對其發展卻不是鼓勵、扶植，而是利用、限制，並力圖使其「黨化」；對外籍報刊，因治外法權國民黨無法取締、直接管轄，以維護國家新聞主權，對之既利用又盡量規避其消極因素；對中共報刊，則毫不猶豫地予以取締；對國家主義、改組派、無政府主義等派系報刊，亦予以嚴厲取締。與此同時，民營報刊、外籍報刊及中共報刊、國家主義、改組派、無政府主義等派系報刊對於國民黨及其國民政府也作了各自的新聞回應，構成了多元的互動衝突形態。

　　中共報刊與國民黨訓政之間的互動衝突，雖尖銳、激烈，卻相對簡單，其衝突根源是國共兩黨的政治理念和軍事對峙。中共報刊在國統區被鉗制狀態下的四處狙擊，不過是中共以新聞力量狙擊國民黨的一黨獨裁的一種方式。國家主義、無政府主義、改組派等敵對派系報刊與國民黨的衝突，激烈但並不簡單，其衝突根源不在於其新聞理念，而在於利益主導下對三民主義

理念的不同詮釋，可謂是國民黨內部不同「政見」、矛盾衝突的新聞表現。訓政是中國的內政，在華外籍報刊與訓政的互動衝突，其本質是國家新聞主權與外國新聞侵略之間的矛盾，但由於互動衝突的地理區域是國統區，因而與訓政有著千絲萬縷的關聯。與上述報刊不同，民營報刊既是訓政理念的支持者、鼓吹者，也是黨國體制的合法存在者、被「黨化」者。這種多元悖論，讓深受自由主義薰陶的民營報業在 20～30 年代，與國民黨及國民政府構成更爲錯綜複雜、多元、立體的互動衝突關係。在這場互動衝突中，民營報刊既有所發展，也深受其害，表現出迥然各異、命運多舛的歷史特色。

　　本章將以民營報刊爲重點，分析被黨國體制合法容納的民營新聞業與訓政的互動衝突關係，進而觀察訓政時期國民黨是如何容納、規範、對待不危及其合法統治的多元聲音的？承載這種多元聲音的民營媒體在國民黨的新聞控制下，是如何生存、如何發展，其所發出的聲音又發生了怎樣的扭曲、變形及演替？對國民黨的黨國體製造成了什麼的衝擊與影響？

第一節　民營報刊與自由主義

　　民營報刊，即商業報刊。若嚴格借用現代新聞學對「商業報刊」的界定，那麼，近代中國的民營報刊只有寥寥數家，其因在於報社雖宣稱「民營」、「商業機構」，其資金來源、言論傾向卻相當複雜。二三十年代的國統區的報刊，更因國民黨新聞津貼的無處不在（見表 8-1），而混淆了民營報刊、非民營報刊的界限。因此，本書以報社資產所有權主要爲個人或團體所擁有，言論基本獨立且堅守「輿論干政」，報紙運行、發展以營業爲主要目的三個指標，判斷一家報社是否爲民營報刊，其中，前兩個指標是關鍵性指標，不可缺少。〔註 1〕這三個指標是中國民營報刊的基本共性，以此共性作爲民營報刊的判斷標準，最能契合中國民營報刊的歷史實踐。在此視野下審視、梳理中國的民營報刊的歷史演替、基本理念亦能最大限度地還原歷史原貌。

〔註 1〕　王潤澤亦注意到中國民營報刊宣稱與實際情況的嚴重脫離。她以寬泛的「商業報刊」這個概念，而不是《新聞學大辭典》（甘惜分主編）中界定的「商業報刊」的概念，來界定北洋軍閥時期的民營報刊。即「報紙自稱爲商業或獨立機構，以營業爲目的，不屬於某個黨派、機關、團體，其在發展過程中追求發行、廣告或其他商業性行爲的收入，言論基本獨立，即爲商業報紙」。見王潤澤：《北洋政府時期的新聞業及其現代化（1916～1928）》，中國人民大學博士論文，2008 年，115 頁。

一、中國民營報刊發展歷史概述

　　我國民營報刊史可遠溯到古代的非法小報。始於北宋、盛行於南宋，隱沒於明清的民間小報，由「專門探報此事為生」的社會下層群體為「養家糊口」而創辦，在社會變遷的特殊時期，亦是朝廷政治權鬥的新聞輿論工具。近代民營報刊未能延續古代小報，而孕育於在華傳教士報刊、外籍中文商業報刊，誕生於半封建、半殖民的社會土壤。其誕生既處於「強大的封建統治和外國勢力的雙重壓制〔註2〕」，又要背負重建中國的民族主義，反擊歐美列強的文化侵略，維護民族資本利益的歷史重任，注定要走一條艱難曲折、畸形發展的演替路徑。19 世紀 70 年代初至 80 年代，國人在漢口、香港、廣州、上海等受西方文化薰染，封建集權略有鬆懈的空隙地帶，創辦了以香港《循環日報》、《香港華字日報》，廣東《述報》為代表的約 16 家民營報刊。〔註3〕這些報社資金並非純粹的民營資本，也有不少外資、官資，不少報刊掛著洋旗、官號；其創辦人如艾小梅、王韜、陳藹廷、容閎、黃勝、鄺其照、陸驥純等，基本都是受過歐風美雨薰陶的知識分子，其身份主要是洋務派官員、商人和轉型中的士大夫階層。其命運除了《循環日報》的一枝獨秀，其餘大都多舛，淪為晚清政治的犧牲品。19 世紀末 20 世紀初，在「維新」與「革命」的雙重奏下，國人掀起了辦報高潮，民營報刊雖有較大發展，其內部卻發生了嚴重分化。一部分向政治靠攏，成為激進知識分子改良或革清廷「命」的輿論工具；一部分向民族資本靠攏，向行業報方向發展。前者轉型為改良報刊、革命報刊，邁入了政黨報刊的行列；後者在民族資本的支撐下，堅守民營報紙的基本原則，在政治夾縫中記錄歷史，為生存而掙扎。據統計，從 1899年至 1911 年新出版近代報刊共 304 種〔註4〕；另據白文剛不完全統計，約在同一時期（1898～1911），有 123 種近代報刊被查封、禁閱、禁售、勒令停刊。

〔註2〕　方漢奇：《中國新聞事業通史》，第一卷，中國人民大學出版社，1996 年，447頁。

〔註3〕　這 16 家報刊是：香港華字日報（1872 年 4 月 6 日）、香港中外新報（1872 年5 月 4 日）、香港船頭貨價紙（1857 年 11 月 3 日）、昭文新報（1873 年 8 月）、循環日報（1874 年 4 月 2 日）、維新日報（1880 年）、粵報（1885 年）、述報（1884 年 4 月 18 日）、廣報（1886 年 6 月 24 日）、嶺南日報（1891 年）、新報（1876 年 11 月 28 日）、西國近事彙編（1873 年）、《飛影閣畫報》（1890年）、《廈門畫報》（1889 年）、漢報（1893 年）。

〔註4〕　谷長嶺：《清代報刊的發展軌迹和總體狀況》，《國際新聞界》，2009 年第 12期。

〔註5〕對比兩項數據，可見清末民初時期，民營報刊的（筆者注：若從清政府立場上，除了清政府的少量官報外，這一時期的報刊絕大部分是民營報刊）變動異常頻繁。

從 1911 年中華民國成立到 1928 年國民政府在南京正式建立，民營報刊在中華民國的政治框架內，在北洋軍閥混戰的陰霾中，得到進一步發展，其力量逐步壯大。據北洋政府內務部統計，從 1912 年 5 月至 1928 年 5 月，北京地區僅註冊的報刊 574 種；從 1912 年 3 月到 1925 年 12 月湖北省城僅註冊的報刊有 57 種，1913 年 2 月至 1921 年 8 月福建省城僅註冊的報刊有 79 種。〔註6〕這期間雖有「癸丑報災」，黃遠生、邵飄萍、林白水等名記者的相繼遇難，但以史量才、張季鸞、胡政之、成舍我、汪漢溪等民營報人精英群體的形成，使民營報刊在南京國民政府成立前，就成為獨立於政黨報刊之外的一支不可忽視的新聞力量。上海《申報》、《新聞報》等民營大報企業化經營的成功，民族資本在一戰期間的迅速發展，為民營報刊擺脫政治控制奠定了基礎。與此同時，自由主義新聞理念的不斷成熟，確立了民營報刊得以安身立命的社會身份。

二、民營報刊生存的合法根基：中國式的新聞自由主義理念

自由是古老的，自由主義卻是近世的產物。中國有悠久的自由傳統，如老莊哲學，中國的自由主義卻是西方的舶來品，已是學界的高度共識。自然，以自由主義為哲學根基的新聞自由主義亦不例外。它是在中國的社會土壤中，隨著自由主義土壤的肥沃而生根發芽，茁壯成長，成為民營報刊安身立命的意識形態。

自由主義的基本理念源於古代希臘，發端於 17 世紀末的歐洲，真正奠定其思想和政治哲學地位是在 18 世紀中葉，大規模地付諸社會實踐，全面普及到西方的政治制度則在 18 世紀末及 19 世紀初。與此同時，近代報刊由誕生、蔓延到政黨報刊、精英報刊向商業報刊、大眾化報刊的歷史演替。自由主義思想在英、美、法等資產階級革命中，經約翰·彌爾頓（John Milton 1608～

〔註5〕 見白文剛：《應變與困境：清末新政時期的意識形態控制》，中國傳媒大學出版社，2008 年，第 212～218 頁。

〔註6〕 據王潤澤的博士論文《北洋政府時期的新聞業及其現代化（1916～1928）》的附錄統計。見王潤澤：《北洋政府時期的新聞業及其現代化（1916～1928）》，2008 年博士論文，334～390 頁。

1674)、約翰・洛克（John Locke，1632～1704）、孟德斯鳩（1689～1755）、托馬斯・傑弗遜（1743～1826）、密爾（1806～1873）等思想家、政治家的學術累積及其各種形態的自由主義運動，而成為歐美資本主義社會的主流意識形態，並向世界範圍內蔓延。〔註7〕與此同時，新聞自由主義亦成為近代歐美新聞傳播的主流意識形態。根據威爾伯・施拉姆在《報刊的四種理論》中的總結，新聞自由主義的核心思想：

（一）新聞出版自由不受任何限制，真理能在「觀點的公開市場」勝出。「如果懷疑她（筆者注：真理）的力量而實行許可制和查禁制，那就是傷害了她，讓她和虛僞交手吧，誰又看見過真理在放膽地交手時吃過敗仗呢？」

（二）賦予新聞媒介監督政府或滿足社會其它需要的工具的角色。

（三）主張媒介為私有，媒介禁忌主要是誹謗、褻瀆、無禮，戰時煽動、叛亂等。〔註8〕

新聞自由主義與歐美社會的市場經濟、民主政治、三權分立相契合，以科學、理性、自由、正義、博愛等觀念為理論資源，是維護資本主義制度的新聞意識形態。當這一思想借助洋槍大炮在歐風美雨中強勢傾瀉到中國後，由於其生存土壤的巨大差異，致使其和其生存的思想土壤——中國自由主義——在生根發芽、成長過程中產生了文化變異。1928 年之前，自由主義在中國大致經過了嚴復、章太炎、梁啓超、孫中山、陳獨秀、胡適、李大釗等為代表性人物的歷史演替，發展成為「翻版」的自由主義，並表現出「先天不足」、「後天失調」的特徵，若按西方「原版」的自由主義標準判斷，中國的自由主義是「少之又少」。但拋棄表面的各種僞裝，在寬泛意義上可以用「抨孔、提倡科學、追求民主、好尚自由、傾向進步以及用白話文」中的任意四條標準來判定、歸類。〔註9〕從新聞與政治的關係，中國的知識分子和自由主

〔註7〕　期間衍生出「天賦論」、「能力論」、「法治論」、「至上論」、「發現論」等多種流派。

〔註8〕　見威爾伯・施拉姆等著，中國人民大學新聞系譯：《報刊的四種理論》，北京：新華出版社，1980 年版。

〔註9〕　中國的自由主義的身份認定是相當複雜的事，殷海光最早作了這方面的研究，他認為中國的自由主義是「翻版」的自由主義，不能用西方「原版」的自由主義標準來判定，在此前提下，他為中國的自由主義標出六個性質。抨孔、提倡科學、追求民主、好尚自由、傾向進步以及用白話文，並主張在具體的研究中，只要研究對象在某階段的思想中合於其中之四條，即可以「將他放進『自由主義欄裏』」。見殷海光：《自由主義的趨向》，史華慈等：《近代中國思想人物論：自由主義》，臺北時報文化出版事業有限公司，1985 年版，

義者有一個共同的主張：文人論政。這一共性既延續了傳統士大夫「學而優則仕」的傳統，又在半殖民地、半封建的近代中國有所發展。從王韜、梁啓超、康有爲、嚴復、章太炎、孫中山等爲代表的知識分子在晚清體制對晚清政治的不同程度、不同立場的強烈抨擊，到陳獨秀、胡適、李大釗等在中華民國體制下對民國政治的抨擊，都表現出強烈的以新聞爲工具，向政治系統的或諫言或忠告或抨擊。

中國近代知識分子的文人論政和自由主義的輿論干政，基本是以近代報刊爲依託與中介。他們或創辦報刊或爲報刊撰稿或二者兼具，使近代報刊成爲他們干預政治、交流思想、散播思想的社會化媒介平臺。傳統的著書立說則退而居其次。王韜、嚴復、章太炎、梁啓超、孫中山、陳獨秀、胡適、李大釗等代表性的自由主義者，絕大多數是通過撰寫報刊政論文章而確立其社會聲譽。典型代表是梁啓超和陳獨秀。前者的論說對中國社會產生深遠影響，並形成了「新民體」，後者以《新青年》爲陣地，團結一批學人，掀起了影響深遠的新文化運動。而學術和政論並用的典型代表是嚴復和胡適，前者從 1898～1909 年翻譯出版的西方名著達 8 種之多〔註10〕，又撰寫《論世變之亟》、《原強》、《闢韓》諸政論，並主持《國聞報》等刊物，宣揚自由主義；後者既堅守大學教書授業的工作崗位，也創辦《獨立》、《現代評論》等自由主義刊物。

中國的新聞自由主義，烙有很深的近代中國的文化特色。其思想經過林則徐、魏源、王韜、鄭觀應、陳熾、康有爲、梁啓超、嚴復、譚嗣同、孫中山、于右任、黃遠生、徐寶璜、邵飄萍、戈公振、史量才等代表性人物的學術累積與社會傳播，於在 20 世紀 20 年代趨於成熟。在中國的新聞自由主義的成長過程中，其內部雖有如梁啓超、孫中山、徐寶璜等各具特色的代表人物，整體上仍屬於歐美新聞自由主義的範疇，但也因其生長的半殖民地、半封建的社會土壤，其理論傾向異於原版的新聞自由主義：一、突出強調報刊的政治功能。二、渲染報刊具有強大的輿論威力。三、鼓吹絕對的新聞出版自由，但也強調國家自由、集體自由至上等。至於報刊的告知、娛樂、服務

第 19～22 頁。

〔註10〕以出版年份爲序：它們是：赫胥黎的《天演論》、亞當·斯密的《原富》，斯賓塞的《群學肆言》，穆勒的《群己權界論》、甄克思的《社會通詮》，孟德斯鳩的《法意》，穆勒的《穆勒名學》以及耶芳斯的《名學淺說》。見閻潤魚：《自由主義與近代中國》，新星出版社，2007 年，90 頁。

及經濟等功能則在有意或無意中被淡化。

　　與此同時，近代民營報刊也隨之發生分野，一部分深度捲入政治，演變爲各種類型的政黨報刊，一部分仍力求獨立於政治，沿著民營報刊的路徑艱難前進。在晚清專制體制內，前者主要是康梁爲首的改良報刊、保皇報刊，及孫中山領導的革命報刊，後者主要是以《申報》爲代表的民營報刊。與歐美不同的是，中國的資本主義並不發達，掌權的資產階級也不強大，他們無法在晚清封建勢力和西方列強的雙重壓力中保衛其政權，發展資本主義，故在民國成立後，雖然頒佈了包含保障「人民言論、著作、刊行及集會、結社之自由」的《中華民國臨時約法》，卻無法爲自由主義（包括新聞自由主義）和民營報刊開闢出類似於西方的市場經濟制度和三權分立的民主政治，反而使革命果實被篡奪，引發了軍閥混戰的長期亂局。在軍閥混戰的亂局中，政黨報刊雖繁榮一時，卻陷入混亂、墮落、無序的發展狀態，並幾乎被袁世凱摧殘殆盡。然在推翻北洋軍閥的過程中，經歷了失權之痛的孫中山等國民黨人對歐美的憲政體制是否適合中國國情產生了懷疑，並由孫提出並初步完善了革命建國程序論；其革命報刊在經過民初繁榮、急遽墮落後，也隨著孫中山推翻北洋軍閥的戰爭進程，在中共的幫助下而逐日壯大，但其自由主義的理念卻發生了偏移：更加強調國家自由、政黨自由高於個人自由，進而蛻變爲中國自由主義者的對立者。

　　新聞自由主義雖然於民初獲得來自《中華民國臨時約法》的憲法保障，也在《民國暫行報律》案中獲勝，預示著言論出版自由完全深入了知識分子群體；民營報刊也因政黨報刊的墮落、一戰期間中國資本主義的發展及軍閥混戰造成的空隙中獲得長足發展，整體上卻籠罩在北洋軍閥的黷武主義的陰霾中。不過，在新文化運動的啓蒙下，新聞自由主義再次獲得長足進展。「新聞本位」得以確立，通訊、消息取代論說成爲報刊的主角，由黃遠生、邵飄萍等開啓的名記者群也繼續壯大，胡政之、張季鸞等名記者顯露頭角。新聞教育在北大發端，徐寶璜、邵飄萍、戈公振、任白濤、黃天鵬等新聞學人的著書立說，傳道授業及歐美新聞學著作的譯介，既提升了中國新聞自由主義的學術水平，也向中小知識群體作了首次大規模的推廣普及，致使 20世紀 20～30 年代，新聞自由主義成爲國統區報刊，尤其是民營報刊的主導意識形態。

三、新聞自由主義理念在黨國體制內的普及──民國新聞教育中的自由主義理念分析

如果說中國的新聞自由主義從 19 世紀 60～70 年代到 20 世紀初主要是王韜、梁啓超、嚴復、章太炎、孫中山等知識精英的話語特權，那麼從五四新文化運動起到 1949 年止，新聞自由主義通過高校教育、報刊、書籍等渠道，在中下層知識群體中迅速擴散。其中民國時期的高校新聞教育機構是中國式的新聞自由主義的主陣地。以教育提升中國報業水準，建立有道德、有社會擔當的新聞媒體，促進國家現代化，是王韜（1828～1897）、嚴復（1854～1921）、梁啓超（1873～1929）爲代表的晚清知識分子的基本追求。他們「無不撰文鼓吹中國新聞媒體必須確立規範」。〔註11〕19 世紀前 20 年，中國出版了一些美、日等國介紹新聞實務技巧與歷史的教科書譯本，也曾有開展新聞教育的設想，新聞教育卻誕生於 1918 年 10 月的北大新聞學研究會。「北大新聞學研究會」以徐寶璜、邵飄萍爲導師、蔡元培爲會長，共培養 55 名學生，講授的新聞理念是美國版本的新聞自由主義。徐寶璜以哈林頓（Harry. F. Harrington）和弗蘭肯貝格（Theodore T. Frankenberg）的《新聞的基本要素》（1912）及葛文（John Given）的《報紙製作》（1907）爲教材。一年後又出版了他編寫的第一本中文新聞教科書《新聞學》，並坦承「取材於西籍者不少」。邵飄萍則明確提出「新聞本位」的思想。

北大新聞學研究會於 1920 年 12 月無疾而終，新聞教育卻在民國公私立大學中迅速蔓延，並深受學生歡迎。〔註12〕據統計，1937 年全國有 32 所公私立大學，其中 26 所成立了新聞教學機構，最有影響力的不是美國人直接建立，就是留美的中國學者開創的〔註13〕，其教師也相當大部分有留美或留日的求

〔註11〕 張詠、李金詮：《密蘇里新聞教育模式在現代中國的移植──兼論帝國使命：美國實用主義與中國現代化》，轉李金詮主編：《文人論證：知識分子與報刊》，廣西師範大學出版社，2008 年，296 頁。另外，關於密蘇里新聞學院對民國時期新聞教育的影響的論述也多有借鑒此文，非特別情形，下文不再一一注釋。

〔註12〕 1930 年代，新聞課程是燕京大學最受歡迎的。見 Stuart, John Leighton(1954), Fifty years in China:The Memoirs of John Leighton, Stuart, Missionary and Ambassador.New York：Randon House, P.70。據報導，1943 年超過 2000 名學生競爭 70 個招生名額，見，Liang Hubert, S(1946) "Record of Journalism Education in China and its Future Need," Journalism Quarterly，23（1）：69-73. p.69」。

〔註13〕 方漢奇的《七十年來的中國新聞教育》全部列舉了 1920～1049 年間的 58 個新聞教育機構的創辦時間、創辦地點和負責人。見《方漢奇自選集》，中國人

學經歷，課程設置、教學模式大都沿用「密蘇里模式」，體現出美國新聞教育對民國新聞教育的深度影響。

　　燕京大學新聞系是密蘇里新聞學院直接幫助創建的，其教師多有密蘇里的背景，課程設置、教科書、學生實習都仿傚密蘇里，且與密蘇里建立了互換教師和研究生的制度，此外還以密蘇里的《哥倫比亞密蘇里人報》爲模式創辦了《燕京新聞》，借鑒密蘇里的「新聞周」，舉辦年度「新聞學討論會」，邀請學者、發行人和編輯來演講。除了直接影響燕京大學新聞系外，密蘇里還通過其畢業生，把密蘇里的新聞理念傳播到民國時期的各類公私立大學。聖約翰大學新聞系創立者帕特森和武道也是密蘇里畢業生，無論其課程和課本均沿襲密蘇里。留學密蘇里的中國畢業生回國後，除了任職於各新聞媒體外，也多在各地創辦新聞科系。黃憲昭在廣東中山大學；汪英賓在上海暨南大學和光華大學；馬星野在南京中央政治學校（1935）；錢伯涵幫助籌辦申報新聞函授學校（1932），汪英賓、趙敏恒任教於復旦大學新聞系。〔註14〕曾訪問過密蘇里的成舍我也於 1933 年成立世界新聞專業學校，並規劃了一個非常理想化的七年制新聞訓練課程。〔註15〕

　　民國各大學的新聞學教師，除了少數長期任職於報社或通訊社的報人外，相當大部分只有留美或留日的經歷，其中徐寶璜、董顯光、馬星野、汪英賓、趙敏恒、詹文滸、黃憲昭等有留美經歷；邵飄萍、黃天鵬、陳博生、謝六逸、任白濤等有在日求學經歷。〔註16〕

　　美國新聞高校對對民國新聞教育有重要影響。以密蘇里新聞學院院長沃特・威廉博士（Walter Williams，1864～1935）爲創始人的「密蘇里新聞幫〔註17〕」密不可分。威廉博士是典型早期的「帝國締造者」（empire Builder），

民大學出版社，2007 年，588～590 頁。另見張詠、李金銓：《密蘇里新聞教育模式在現代中國的移植——兼論帝國使命：美國實用主義與中國現代化》，見李金銓主編：《文人論證：知識分子與報刊》，廣西師範大學出版社，2008年，295 頁。

〔註14〕復旦大學新聞系由畢業於日本早稻田大學政治經濟學科的謝六逸於 1929 年創辦。他曾撰文對照復旦和密蘇里兩校課程何其相似。見謝六逸：《新聞教育的重要及其設施》，原載《教育雜誌》，1930 年 12 月號，重印於《謝六逸文集》，北京，商務印書館，1995 年，271～285 頁。

〔註15〕成舍我：《我所理想的新聞教育》，《報學季刊》，1 卷 3 期，105～115 頁。

〔註16〕方漢奇：《七十年來的中國新聞教育》，見《方漢奇自選集》，中國人民大學出版社，2007 年，596～597 頁。另留學美、日的名單在此基礎上有所補充。

〔註17〕「密蘇里新聞幫」（Missouri Mafia）是美國新聞史學家對 20 世紀初一批在遠

也是極爲出色的傳教士型學術活動家。〔註18〕他於 1914、1919、1921、1927、1928 年五次來華訪問，爲密蘇里模式開闢新疆域，灌輸美國新聞自由主義理念與職業新聞教育。〔註 19〕而中國快速擁抱密蘇里新聞教育理念，除了威廉、司徒雷登等個人因素外，更在於美國新聞教育的實用主義、美、英、日在華的殖民競爭及中國知識分子渴望提升報業的「專業主義」水準密切相關。〔註20〕

美國新聞教育從其誕生就以培養職業技能爲取向，以新聞自由主義爲根本，培養「專業主義」的職業記者。1911 年威廉博士手訂的《報人守則》爲密蘇里新聞學院培養學生的「新聞專業主義」確立了基本原則〔註 21〕：強調

東出沒、具有密蘇里背景的新聞記者的稱謂，尤指那些密蘇里大學出身的新聞學子。據張咸研究，1928 年前有 47 名密大畢業的記者在遠東工作，其中超過半數以上在中國，主要包括密勒、鮑威爾、莫里斯、哈瑞斯、巴布、武道、斯諾等。密蘇里幫的創始人是密蘇里新聞學院的沃特·威廉，先驅是湯姆斯·密勒，而《密勒氏評論報》是「密蘇里幫」的中國平臺。中國的「密蘇里幫」主要有黃憲昭、董顯光、馬星野、汪英賓、趙敏恒等。見張咸：《「密蘇里新聞幫」與中國》，《國際新聞界》，2008 年第 10 期。

〔註18〕張詠、李金詮：《密蘇里新聞教育模式在現代中國的移植——兼論帝國使命：美國實用主義與中國現代化》，專：李金詮主編：《文人論證：知識分子與報刊》，廣西師範大學出版社，2008 年，301 頁

〔註19〕馬光仁：《中美新聞界友好交流的先驅：簡介美國著名新聞學家威廉博士五次訪華》，《新聞大學》，2005 年秋季號。

〔註20〕張詠、李金詮的《密蘇里新聞教育模式在現代中國的移植——兼論帝國使命：美國實用主義與中國現代化》正是從這個角度深度闡釋了密蘇里新聞教育模式在民國時期的移植，及中國對美國新聞教育的採納、適應和改造的詳細過程。

〔註21〕《報人守則》共 8 條，至今仍是美國新聞記者遵守的職業規則。一、我們相信，新聞事業爲神聖的職業。二、我們相信，公眾信賴報紙上所刊載的文章，凡與報紙所刊載文章有關的人，就其全部職責而言，均爲公眾所信賴的人。因此，不爲公眾服務而僅爲私利驅使者，均爲背信棄義之徒。三、我們相信，思想清晰、說理明白、正確而公允，是優良新聞事業的基礎。四、我們相信，新聞記者，只須寫出心目中認爲眞實的事務。五、我們相信，對新聞壓制均屬錯誤，除非爲國家社會幸福而設想者。六、我們相信，出言不遜者，不適宜從事於新聞之寫作。受本身偏見所左右及他人偏見之籠絡，都應該避免，絕不能因威逼利誘而逃避本身之責任。七、我們相信，廣告、新聞與評論，均應爲讀者的最高利益服務。因此，一種有益的求眞求實的觀念高於一切，是唯一的標準。新聞事業的良莠，視其對社會服務的多寡決定。八、我們相信，新聞事業的最大成功者，也就是最應該獲得成功者，必使上蒼與人間有所敬畏。它獨立不撓、傲慢、權勢，均不能使其動搖。重視建設性、寬容性、而不屈粗率性。自制而忍耐，經常尊重讀者，而始終無所恐懼。勇於打抱不平，但不爲特權者的要求或群眾的吵鬧所惑。在法律、忠誠及互助的認識下，盡量給予人平等的機會。

新聞職業倫理道德、全力爲公眾服務、求眞求實的報導風格。燕大新聞系在將密蘇里新聞教育模式「本土化」的過程中，接受並傳播了《報人守則》，強調記者的職業水準，向學生灌輸了自由主義新聞理念。但國難當頭的殘酷現實，更使他們突出強調「對新聞壓制均屬錯誤，除非爲國家社會幸福而設想者」這一原則，置新聞自由於國家目標之下。燕大大幅削減密蘇里的報業經營管理課程，取消商業取向的課程（包括廣告銷售、廣告設計、推銷發行、報社設計），而增加「應用宣傳」和「公共關係」方面的課程，培養宣傳人才，以應國難宣傳之需。1936 年的燕大「報學討論周」的主題是「新聞事業與國難」。馬星野也在中央政治學校引進更多政治課程，包括國民黨政策、民意和宣傳，報紙法規、國際新聞和時事等促使美式新聞教育作出部分調整。李金詮甚至認爲：新聞教育在 1930 年代徹底奉獻給國家圖存、抗日至上的國家目標。〔註 22〕這種轉向，使民營報人部分認同了國民黨的新聞檢查及新聞自由理念，也使董顯光、馬星野、趙敏恒、沈劍虹〔註 23〕、高克敏等密蘇里畢業生，服務於國民政府。董顯光曾任國民黨中央宣傳部國際宣傳處處長，沈劍虹曾任國際宣傳處英文編審科主任。

儘管如此，新聞教育的發達還是促進了民國報人的職業化，爲民營報業注入了新聞自由主義思想的新鮮血液，也產生了諸如張友鸞、左笑鴻、朱啓平、曾恩波、蕭乾、蔣蔭恩等著名報人和記者。〔註 24〕

深愛我們的國家、又誠心促進國際善意，加強世界友誼。這樣的全人類的新聞事業，爲今日世界所共有，亦爲今日世界所共享。見藍鴻文主編：《新聞倫理學簡明教程》，中國人民大學出版社，2001 年，248～249 頁。

〔註 22〕張詠、李金詮：《密蘇里新聞教育模式在現代中國的移植——兼論帝國使命：美國實用主義與中國現代化》，轉李金詮主編：《文人論證：知識分子與報刊》，廣西師範大學出版社，2008 年，307 頁。

〔註 23〕沈劍虹（1909 年 7 月 2 日～2007 年 7 月 12 日），上海人。1928 年入滬江大學就讀，兩年後轉學到燕京大學新聞系就讀兩年，1932 年畢業後進英文《大陸報》當外勤記者，1934 年前往密蘇里新聞學院進修一年，獲碩士學位回國，回國後，先後在中央社、中宣部國際宣傳處、新聞局工作，後任國民黨駐美大使、總統府秘書等職。

〔註 24〕其中對民國新聞界貢獻最大的可能要算燕京大學新聞系，從 1924 年創辦到 1952 年合併到北京大學，在二十多年的辦學歷史中，燕大新聞只培養了 386 名畢業生。方漢奇先生評價說，「不算很多，但質量還不錯」。30～40 年代，僅《大公報》，30～40 年間就有燕大新聞系畢業生 20 餘人。另據該校畢業生湯德臣回憶，「抗戰及戰後，中央社海外單位，如倫敦、巴黎、紐約、華盛頓……，記者都是燕大出身。代表中央社在 1945 年春聯合國在舊金山開籌備

第二節　民營報業被「統制」

　　民營報業是先於國民黨及國民政府之前的客觀存在。南京國民政府成立之時，民營報業已成為一支不可忽視的新聞輿論力量。《申報》、《新聞報》的發行量在 1928 年前就執全國報紙發行的牛耳，1928 年《申》、《新》兩報日發行量分別高達 150152 份、143920 份，並持續穩定在日發 15 萬份左右。〔註25〕天津《大公報》、《益世報》，北京《世界日報》也顯露輿論鋒芒，相對而言，國民黨黨報卻處於劣勢地位。國民黨雖允許民營報業的合法存在，但將民營報刊納入「新聞統制」的控制軌道，是國民黨「黨化」新聞界的既定目標。從 1930 年《出版法》頒佈後，國民黨採取了「溫水煮青蛙」的控制策略，以「合法」的註冊登記、新聞檢查，灰色的津貼補助、拉攏許願，參股滲透、團體控制，到非法的威脅恐嚇、狙擊暗殺等種種手段，力圖馴化之。在國民黨的政治高壓下，民營報刊的蓬勃發展勢頭被遏制，但它們亦在權力多元的政治高壓下尋找到了各自的生存空間，於艱難曲折中有所發展，並呈現出政治分化的趨勢。

一、國民黨「統制」民營報業的系列措施

　　與嚴厲管制國民黨黨報不同，民營報業因其資產歸個人或團體所有，國民黨難以滲透到民營報業的新聞生產層面，使民營報刊充當其喉舌。在於 1928～1930 年間初步以武力解決了黨內派系紛爭後，國民黨對民營報刊的「新聞統制」也就提到了議事日程，它採取法律的、經濟的、政治的乃至特務的手段，逐步強化對民營報刊的政治控制。

（一）法律上的登記註冊、新聞檢查等措施

　　以法律、法規規範民營報業，促進報業有序、健康發展是現代政府的法定職權。然而國民黨及其國民政府對民營報業的秩序管理是政治控制目標至上。如第四章對國民黨新聞政策的分析，以《出版法》為代表的各項新聞法律、法規的出臺及實施，均是限制、削弱民營報刊的發展。登記註冊的手續

會議的三位記者，是清一色燕大新聞系出來的。」參見林溪生、方漢奇：《薪繼火傳，再創輝煌——與方漢奇教授談復旦新聞教育 80 年》，《新聞大學》，2009 年第 3 期，湯德臣：《燕大新聞系雜憶》，《燕大文史資料》，北京大學出版社，1990 年，107 頁。

〔註25〕方漢奇：《中國新聞事業通史》（二卷），中國人民大學出版社，1996 年，178 頁。

繁雜、新聞檢查的毫無規章，郵電檢查中扣發的悄無聲息，新聞禁忌的毫無定規，新聞資源、廣告資源、扶植資金向國民黨報刊的傾斜等均擠壓了民營報刊的發展空間。國民黨在 1927～1937 年間究竟通過合法手段查禁、查扣、懲罰了多少種報刊，逮捕、懲罰了多少報人，目前尚未有準確統計。僅據國民黨官方統計，《國民黨中央宣傳部取締社會科學書刊一覽表》（1929～1936）列舉了 558 種被查禁刊物，15 種被查扣刊物。〔註26〕1937 年 6 月 29 日，中宣部檢送的《中央取締社會科學反動書刊一覽表》（1937 年 1 月至 4 月）中列舉了 91 種。〔註27〕據 1929 年中宣部查禁書刊報告統計，1929 年共審查報紙種數 798 種，計 66191 份，查禁「反動」刊物卻共有 272 種，比 1928 年增加 90%，其中共產黨刊物 148 種占 54%強，改組派刊物 66 種占 24%，國家主義派 15 種占 5%，無政府主義派 12 種占 4%，第三黨 5 種占 2%，帝國主義刊物 4 種占 1%強，其他反動刊物 22 種占 8%。被檢舉報紙共 358 號，每號件數不等，有 565 件，其中明令給予處分有 226 件。〔註28〕同年 7 月 11 日，國民黨中執會檢送《查禁刊物表》和《共產黨刊物化名表》給國民政府，並致函要求其通飭各機關一體嚴密查禁。其中《查禁刊物表》列舉了 168 種反動刊物，《共產黨刊物化名表》列舉了 6 種。〔註29〕據北平公安局統計，從 1931 年 11 月 30 日至 1932 年 2 月 24 日（中缺 1931 年 12 月 27 日至 1932 年 1 月 3 日）的短短 69 天裏，郵電檢查員「扣留銷毀」的「有關時局平信及電報，並宣傳共產黨的各種反動刊物、報紙」即達 7280 種。〔註30〕

〔註26〕《國民黨中央宣傳部取締社會科學書刊一覽表》（1929～1936 年），中國歷史第二歷史檔案館編：《中華民國史檔案資料彙編・第五輯第一編文化（一）》，江蘇古籍出版社，1994 年，246～277 頁。該表雖標注到 1936 年，實際不包括 1936 年。

〔註27〕《國民黨中央宣傳部檢送二十六年一月至四月取締社會科學書刊一覽函》，（1937 年 6 月 29 日），中國歷史第二歷史檔案館編：《中華民國史檔案資料彙編・第五輯第一編文化（一）》，江蘇古籍出版社，1994 年 279～285 頁。

〔註28〕《國民黨中央宣傳部民國十八年查禁書刊情況報告（1929）》，中國歷史第二歷史檔案館編：《中華民國史檔案資料彙編・第五輯第一編文化（一）》，江蘇古籍出版社，1994 年，214～217 頁。

〔註29〕《國民黨中執會檢送〈查禁刊物表〉〈共產黨刊物化名表〉致國民政府函》，1929 年 7 月 11 日。中國歷史第二歷史檔案館編：《中華民國史檔案資料彙編・第五輯第一編文化（一）》，江蘇古籍出版社，1994 年，118～225 頁。

〔註30〕謝萌明：《衝破文化「圍剿」的北平左翼文化運動》，《新文化史料》，1992 年第 6 期，第 28 頁。

上述統計數據包括了共產黨報刊、國家主義、無政府主義等「反動」報刊，但也有不少是以「反動」名義查禁、查扣的民營報刊。而明顯體現國民黨限制民營報刊發展的是，1929 年《申報》史量才收購《新聞報》股權風波。〔註31〕1929 年初，史量才與欲出售股票的《新聞報》老闆福開森秘密協商，以 70 萬元購得福開森 1300 股，擁有了《新聞報》65% 的股權。此事引起《新聞報》汪氏兄弟不滿，他們遂以《新聞報》為輿論陣地，發起收回股權運動。對於這場民間股權轉讓風波，國民黨不是有意促成，以做大民族報業，應對國際輿論侵略，而是多方施壓，迫使史量才做出重大讓步才算告終。〔註32〕1934 年，孔祥熙用 5 萬元法幣以恐嚇辦法「劫收」張竹平的四社（申時電訊社、《時事新報》、《大陸報》、《大晚報》），也是有力佐證。〔註33〕

（二）經濟上參股控制，津貼補助等措施

民營報業（通訊社）在民國時期的產權背景相當複雜，有私人或團體的集資創辦，有政黨團體或軍閥勢力的背後資助，有國民黨黨員的獨資創辦，更多是多種資金的混合，其招牌卻基本是民營。因此，明確區分民營報業、黨報、派系報刊相當困難，同時，中共也派記者、編輯滲透到民營報業。在上述多元股權中，國民黨以個人或黨部名義控制的報社、通訊社應該占絕大多數，這主要在於國民黨的經濟實力雄厚。南京《新民報》便是一個實例。《新民報》由國民黨黨員、中央通訊社青年編輯陳銘德、余唯一、劉正華、吳竹似於 1929 年 9 月 9 日創辦。四川軍閥劉湘提供開辦費 2000 元和月津貼700 元，目的是在「首都」吹噓自己的「文治武功」，挾「中央」以自重，擴大在四川的地盤。〔註34〕但《新民報》也接受南京國民黨津貼，南京中宣部以所出《七項運動》週刊隨《新民報》發送為條件，每月津貼 800 元（至 1932

〔註31〕《新聞報》的股權轉讓風波，學界已有深入研究。主要成果有：方漢奇的《中國新聞事業通史》（二卷），中國人民大學出版社，1996 年，443～450 頁。
〔註32〕最終協議結果是：改組《新聞報》為華商股份公司，重估資本 120 萬元，股份仍為 2000 股，史量才讓出 300 股，購買 1000 股，占總股份 50%。所讓出股份由銀行界人士錢新之、吳蘊齋、葉琢堂、秦潤卿等承購，成立《新聞報》新董事會。史方董事吳蘊齋、錢新之，原董事何聯第、朱子衡，中間董事葉琢堂，秦潤卿，推選吳蘊齋任董事長，徐採丞為史方監察人。館務由原總理主持，人事制度不變更，全館人員一概不動，不再另派人員到館。見方漢奇：《中國新聞事業通史》（二卷），中國人民大學出版社，1996 年，451 頁。
〔註33〕方漢奇：《中國新聞事業通史》（二卷），中國人民大學出版社，457～458 頁。
〔註34〕陳銘德、鄧季惺：《新民報二十年》，《新民報春秋》，重慶出版社，1987 年版，3 頁。

年 6 月止），經孫科同意，以在《新民報》上刊登孫中山文化教育館廣告爲由，從該館經費中一次津貼 2000 元。〔註35〕中常會的會議記錄還表明，《新民報》至少在 1935 年 9～12 月接受了中宣部每月 400 元的津貼。

　　除了參股控制外，國民黨中央黨部、省、市縣各級黨部還以各種方式津貼民營報紙，以此支持和控制民營報刊傾向於國民黨。根據 1928～1937 年間中常會的歷屆會議記錄及同時期的歷屆中央財務委員會的會議記錄，共有 90 家掛著「民營」牌子的報社、通訊社或文化機構接受了國民黨中央黨部的津貼。見（表 8-1）

表 8-1　國民黨津貼民營報刊、通訊社、文化機構一覽表〔註36〕

序號	機 構 名 稱	津貼日期	金額（月）	備註（變動情況，社長及其他）
1	上海晚報社	1928.6	500	1928 年停發 6 個月，1929 年 5 月起津貼 500 元。
2	上海中華電訊社	1928.7	1500	1930 年 4 月停發；社長熊光瑄
3	長春大東報社	1928.8	1200	其中開辦費 600 元
4	廣州通訊社	1928.8	300	社長曾集熙
5	南京國民晚報	1928.9	300	一次性津貼，社長掌牧民
6	建國月刊	1928.9	500	邵元沖主辦，1935 年 10 月改爲 300 元。
7	南京新中華報	1928.9	數千	館主於緯文，是否到位待考
8	上海世界新聞社	1929.1	100	主任陳無我
9	國民新聞社	1929.4	1200	1929 年，浙省黨部與浙省曾爲此發生糾紛
10	婦女共鳴社	1929.7	200	半月刊，「本黨女同志主持的唯一婦女運動刊物」
11	中華圖書館協會	1929.7	100	同時一次性補助 2000 元。
12	上海日報工會	1929.8	1000	管際安以國際宣傳爲由請求補助 5000 元。
13	四川民報	1929.11	500	
14	吉林民聲社	1930.4	600	社長關俊彥

〔註35〕方漢奇：《中國新聞事業通史》（二卷），中國人民大學出版社，496 頁。
〔註36〕表中津貼時期爲有案可查的津貼開始時期，並不表示津貼的最初時期。

15	南京新京日報	1930.5	1000	1935 年 9～12 月每月津貼 700 元。
16	民聲報	1930.5	600	欠 1930 年 5～12 月津貼，1931 年 3 月起發 600 元。
17	南京時事月報社	1930.5	500	1930 年 11 月請求再增加 500 元未准；1935 年 10 月改為 600 元。
18	青島民報	1930.6		青島市政府核發，1930 年 12 月核銷 2000 元
19	廣州日報	1930.8	3000	函省政府補助。社長浦民柱
20	共信月刊	1930.8		未准
21	新亞細亞月刊	1930.10	1600	1935 年 10 月在原有津貼 500 元上減少為 200 元。
22	俄羅斯研究社	1930.10	300	
23	流露月刊	1930.11	200	蕭作霖呈請，俟陳立夫審查後再定。
24	新西北通訊社	1930.11	200	
25	新江蘇報	1930.12	500	蘇省政府撥付
26	南京外交評論	1931.1	600	暫緩
27	天津民報	1931.1		暫緩
28	北平學生刊物	1931.1	1000	中宣部委託凌昌炎創辦，另給開辦費 300 元。
29	中國晚報社	1931.2	500	
30	時事月報	1931.2	500	在原有津貼上增加 500 元。
31	日本研究月刊社	1931.3	200	1930 年 12 月申請未准；1931 年 8 月起由 200 元改為 500 元。
32	哈爾濱濱江時報	1931.3	400	
33	文化日報	1931.3.9	500	1930 年 6、10 月請求津貼未准，後《建業日報》（1931.3.20）
34	瀋陽醒時報	1931.3		給擴充費 1 萬元分 5 個月
35	復旦通訊社	1931.3	200	
36	上海電訊處	1931.3	773	
37	哈爾濱東華日報	1931.4	500	
38	社會雜誌	1931.4	600	天津市整委會魯蕩平創辦
39	西北文化日報	1931.5	1000	顧祝同發起，1931 年 7 月請求增加補助 1000 元未准
40	亞洲文化協會	1931.6	3000	俟工作有成功時再議預算發還

41	軍人與政治旬刊	1931.7	500	交宣部審查
42	漢口晨報	1931.7	300	一年爲限
43	南京國民周刊	1931.7	200	
44	國華通訊社	1931.7		侯石年請求資助未准
45	四川新報	1931.8	300	
46	華僑通訊社	1931.8	200	
47	中國通訊社	1931.8	200	爲該社的南京總社
48	北平覺今通訊社	1931.8	200	請求津貼 800 元，臨時設備費 450 元。
49	婦女日報	1931.9	200	7 月請求津貼未准，9 月再請給予一次性津貼 200 元。
50	北平進展月刊社	1931.10	200	1932 年 7 月請求增加津貼未准
51	現代月刊	1931.10	300	董霖呈請補助 840 元
52	線路社	1931.10	200	
53	新亞細亞學會	1931.10	5000	一次性補助
54	朝野通訊社	1931.11	200	暫緩
55	大陸報	1931.12	3000	以資國際宣傳
56	新東方月刊	1932.4	2000	方覺慧提議，決議送宣傳委員會
57	北平京報	1932.6	1000	
58	良友公司	1932.8	2000	同年 7 月以編印《中國之今日及將來》請求補助未准
59	張竹平	1932.9	1000	
60	中國國民聲社	1932.9	1000	不准
61	上海晨報	1935.7	5000	
62	中華日報	1935.7	1000	
63	大陸報	1935.7	1000	
64	香港南華日報	1935.7	300	
65	新民報	1935.9	400	10、11、12 三個月津貼有明確記錄
66	新南京報	1935.9	80	10、11、12 三個月津貼有明確記錄
67	南京晚報	1935.9	80	10、11、12 三個月津貼有明確記錄
68	新聲社	1935.9	100	10、11、12 三個月津貼有明確記錄
69	廈門江聲日報	1935.9	300	
70	華僑通訊社	1935.9	80	10、11、12 三個月津貼有明確記錄

71	上海華聯通訊社	1935.9	100	10、11、12 三個月津貼有明確記錄
72	北平覺今日報	1935.9	100	10、11、12 三個月津貼有明確記錄
73	蘇州早報	1935.9	100	10、11、12 三個月津貼有明確記錄
74	濟南新亞日報	1935.9	300	10、11、12 三個月津貼有明確記錄
75	日日新聞社	1935.10	100	11、12 三個月津貼有明確記錄
76	上海申時電訊社	1935.10	100	11、12 三個月津貼有明確記錄
77	香港午報	1936.2	1000	一次性補助
78	中國文藝社	1935.10	800	
79	大道月刊	1935.10	1000	
80	科學的中國	1935.10	500	
81	新青海社	1935.10	50	
82	科學世界	1935.10	100	
83	康藏前鋒社	1935.10	50	
84	日本研究會	1935.10	900	
85	新人周刊	1935.10	100	
86	中國文藝社〔註37〕	1935.10	100	
87	中國美術會	1935.10	100	
88	中國經濟月刊	1935.10	300	
89	綏遠蒙文周刊	1935.10	300	
90	蘇俄評論	1935.10	200	原津貼 300 元

如表 8-1 所示，國民黨中央津貼民營報刊、通訊社遍及上海、南京、北京、天津等國內各主要城市，月津貼數量從 50 元到 3000 元不等，但 1000 元以下的居多，1000 元以上的津貼基本全是國民黨黨員辦的報刊、通訊社或因特殊時期的宣傳需要給予津貼。而津貼既偏重於周刊、月刊，也對《新民報》、《大陸報》、《申時通訊社》等有影響力的媒體機構滲透，如「四社」的創辦人張竹平自 1932 年 9 月起就接受國民黨每月 1000 元的津貼。在 30 年代，每月 300 元大致可辦一份月出 19000 張，養活兩人的小報〔註38〕，可見國民黨對民營

〔註37〕原文有兩個「中國文藝社」，很可能是叫同一名稱的兩個不同文藝社。見中國第二歷史檔案館編：《中國國民黨中央執行委員會常務委員會會議錄》（二十一冊），2000 年，85 頁。

〔註38〕據胡漢民的秘書王養沖先生 1934 年折算，「以津貼一中委之三百元，大致可辦一小報，月出一萬九千張，維持同志兩人之生活」。見胡漢民覆黃復生電（1934

報刊的經濟滲透力度。但是國民黨津貼民營報刊、通訊社及文化機構完全是出於宣傳需要。其程序大致是報社負責人申請，經中宣部審核、提議或中常會委員提議，交中常會議決或中央財務委員會議決，由中宣部核定撥發，地方由地方黨部核定，上呈中宣部由地方黨部經費中劃撥，或函當地政府令其撥發，但是否津貼民營報紙的決定權在於各級黨部。對於接受津貼的報紙，如第五章分析，國民黨基本視其為黨報，按照黨報的管理規定嚴厲管制，一旦發現違背其宣傳意志，即可停發津貼。1932 年 6 月還制定了《中央執行委員會津貼新聞機關辦法》、《中央宣傳委員會指導與黨有關各報辦法》加強對接受津貼的報紙、通訊社的管理。1935 年把津貼改為按月撥發的「獎勵金」，以遙控民營報刊、通訊社。1935 年 10 月發給中國文藝社、《建國月刊》等 17 家新聞單位的「獎勵金」高達 6600 元，其中《蘇俄評論》、《新亞細亞月刊》分別由原來津貼 300 元、500 元降到 200 元。〔註39〕

（三）人事上的滲透與控制

國民黨對民營報業的人事上的滲透和控制主要有兩個方面，一是組織各種名目的新聞記者團體，或改組已有的新聞團體，使國民黨新聞官員、黨報、中央社、中央臺的負責人、黨部負責人成為新聞團體的核心與骨幹，以此控制、籠絡新聞記者。新聞團體或報業公會，隸屬於國民黨中央訓練部，屬於民眾團體範圍。目前雖尚未找到國民黨管理新聞團體的相關文件，但各種迹象表明國民黨非常重視新聞團體的建設與管理。如，1933 年江蘇省新聞事業委員會要求「指導報界公會及新聞記者公會」。在同年 7 月 23 日的江蘇省新聞事業委員會第一次委員會上，唐奇、王志仁就提出：「新聞記者開始服務之日起，三個月內應加入各該地新聞記者公會，取得會員資格，呈報備案，逾期不加入者，由主管機關令各該報館通訊社撤退其職務案。」議決結果雖是「保留」，也表明國民黨通過新聞團體控制新聞記者的目的。〔註 40〕1934～1936 年間，上海、安徽、福州、江蘇、寧波、常州、平津等地的新聞記者團體紛紛成立，各地原有的記者團體也紛紛召開大會，重擬章程或改選執、監

　　年 2 月 23 日），往來函電稿，第 24 冊，第 85 件，該件在電文後面，附有王養沖的大段說明。轉陳紅民著：《函電裏的人際關係與政治：讀哈佛——燕京圖書館藏「胡漢民往來函電稿」》，生活·讀書·新知三聯書店，2003 年，172 頁。

〔註39〕《中國國民黨中央執行委員會常務委員會會議錄》（二十一冊），85 頁。

〔註40〕馬元放：《蘇省新聞事業委員會概況》，見《江蘇月報·新聞事業專號》，1934年 1 月 12 日。

委。1936 年元旦，國民黨新聞界要人陳博生即擔任平津新聞學會的常務理事。
〔註41〕

　　二是創立民營報紙顧問制度。所謂顧問制度，就是委派或加委國民黨顧問若干人入民營報社進行指導，旨在將國民黨新聞統制的細胞滲透到各家報社內部，就地解決各種不利於國民黨的宣傳問題。〔註42〕1934 年國民黨中央派員赴上海各大報社「接洽聯絡」，在「幫同各報社解除目前困難」的名義下直接滲透到報社編輯部。

（四）非法的恐嚇、暗殺手段

　　以恐嚇、威脅、暗殺等非法手段對付傾向民主、「左傾」的進步報刊是國民黨的一貫做法。在國民黨看來，這類報刊背後肯定有中共的影子，對於這類屬於「合法」與「非法」的中間地帶的「灰色報刊」，採取特務手段是最有效的策略。據有案可查的記載統計，10 年間被國民黨查禁的社會科學書刊達 1028 種、進步文藝書刊 458 種。其罪名有「含有反動意識」、「攻擊黨政當局」、「挑撥階級鬥爭」、「宣傳共產主義」、「不妥」、「欠妥」、「鼓吹抗日」、「普羅文藝」、「左傾」等。這其中只有少數是按照法律程序，經過公開審判而實施的，大量的是被非法的手段所取締的。〔註 43〕大陸學界認為國民黨統治大陸的 23 年間鉗制新聞的事例可謂罄竹難書，其根據主要在於國民黨用「通共」的政治帽子嚴厲鎮壓進步報刊。

　　對於「不聽話」的民營報刊、民營報人，國民黨及國民政府的各級黨政軍機構也採取這一手段，以「反動」為由肆意戕害。特別是九一八事變後，在民族主義的迅速覺醒，要求國家統一、恢復民族權利的抗日輿論與國民黨奉行的「攘外必先安內」的國策發生嚴重衝突的 1931～1935 年間，國民黨對民營報刊、民營報人的非法戕害最為嚴重。1934 年 7 月 20 日以發違禁電令為由，查封《民生報》〔註44〕；1934 年 11 月 13 日，暗殺《申報》主持人史量

〔註41〕方漢奇：《中國新聞事業通史》，（二卷），中國人民大學出版社，1996 年，403頁。
〔註42〕方漢奇：《中國新聞事業通史》，（二卷），中國人民大學出版社，1996 年，403頁。
〔註43〕許煥隆：《中國現代新聞史簡編》，河南人民出版社，1988 年，482 頁。
〔註44〕查封《民生報》有汪精衛打擊報復的嫌疑，但也與《民生報》主張抗日的立場不可分。據研究，九一八事變後，《民生報》就猛烈抨擊國民黨的對日不抵抗政策，旗幟鮮明地吶喊抗日，反對國民政府與日直接交涉，反對一味依賴國聯，譴責汪精衛等領袖無責任感，倡議團結抗日等。另據統計，從 1931 年

才等，均是以南京國民黨以非法手段鎮壓民營報刊的典型之作。

　　除此之外，以「通共」、「反動」爲藉口打擊報復民營報人的新聞批評或借機泄憤個人仇恨或奪取民營報人的資產也相當普遍。孔祥熙以恐嚇、威脅的手段，劫奪上海申時電訊社、《時事新報》、《大晚報》、《大陸報》的資產，是劫奪民營報人資產的典型個案。1933 年 1 月 21 日，江蘇省政府主席顧祝同以「宣傳共產」名義，不經審訊即槍殺鎮江《江聲報》經理兼主筆劉煜生，是報復劉揭露顧公開買賣鴉片的「黑幕」。劉煜生案引發新聞輿論的高度關注，抨擊之聲不絕於耳，京滬各報甚至表示要「彈劾」顧祝同，監察院卻於同年 2 月以顧是軍人，不辦理此案爲由搪塞之。〔註45〕1930 年 5 月，鎮江新江蘇報館在 5 月 12 日登載「憲兵在公園滋事被拘」新聞一則，被駐鎮憲第一團武裝憲兵衝毀營業部一切什物並搗毀排子架〔註46〕；廣東《海南日報》記者王駕龍無故被羈押〔註47〕；山西法院院長田汝翼，因濟南《民話日報》記者張蔭軒登載「黑幕重重之山西高等法院」，密令逮捕。〔註48〕1930 年 8 月，上海《時事新報》記者吳蘇中被人陷害「係共黨胡喻所化名」，被上海警備司令部拘捕、傳訊。〔註49〕1933 年 7 月，西安《民意報》因所登社會新聞觸怒當道被控，社長裘蘭生被地方法院拘押，西安新聞界籲請全國新聞界聲援。〔註50〕

　　上述案例並非孤立、偶然的個案，事實上，在訓政下的國統區，各種性質、不同類型的報案頻繁發生，以致民國報案成爲民國新聞史的一大風景。對於民營報人的新聞批評、輿論監督，國民黨在以常規的法律的、經濟的、行政的手段無法應對時，不是反思自身政策的不足，以民營報人的新聞批評爲改革動力，肅清腐敗，整頓吏治，順應民意調整「攘外必先安內」政策，而是採取更爲嚴厲的恐嚇、威脅、暗殺等非法手段，這除了暴露國民黨力圖

　　　　蔣汪合做到 1934 年停刊，《民生報》刊發對汪精衛表示不滿的新聞和社論有
　　　　13 篇。見王麗娜：《南京〈民生報〉及其政治主張研究》，碩士論文，2008 年，
　　　　29～35 頁，40 頁。
〔註45〕　方漢奇：《中國新聞事業通史》（第 2 卷），中國人民大學出版社，1996 年，407
　　　　～408 頁。
〔註46〕　上海新聞記者聯合會編輯：《記者周報》，3 號，1930 年 6 月 1 日。
〔註47〕　上海新聞記者聯合會編輯：《記者周報》，3 號，1930 年 6 月 1 日。
〔註48〕　上海新聞記者聯合會編輯：《記者周報》，3 號、4 號，1930 年 6 月 1 日，6 月
　　　　8 日。
〔註49〕　上海新聞記者聯合會編輯：《記者周報》，13 號，1930 年 8 月 10 日。
〔註50〕　方漢奇：《中國新聞事業編年史》（中），福建人民出版社，2000 年，1249 頁。

把民營報刊納入「黨化」軌道的真正意圖，還表明國民黨的政權並非建築在俯順民意基礎上。它對武力的重視高於對民意的重視程度。

（五）對民營報人的反抗適時予以安撫

有壓迫就有反抗。國民黨在「馴服」民營報刊的同時，對民營報人的反抗也適時採取了有限度的安撫策略：口頭允諾表態「納嘉言」，保障新聞記者自由，有條件地釋放被捕記者，等。如，1933 年 1 月，劉煜生案發生後，針對新聞輿論的猛烈抨擊，國民政府行政院於同年 9 月 1 日頒佈了《保護新聞從業人員》的訓令稱，「察核該省（江蘇省——引者）黨部，以及各地方政府，對於新聞事業人員，常多不知愛護，甚且有任意摧殘情事，特令通令保護」，「內政部通行各省市政府，軍政部通令各軍隊或軍事機關，對於新聞事業人員，一體切實保護」〔註51〕。1934 年 7 月 23 日，汪精衛借蔣介石之手查封《民生報》，拘禁成舍我，在南京、上海、北平等新聞團體的電文壓力和各方人脈說情下〔註52〕，選擇了 9 月 1 日記者節以「五項命令〔註53〕」釋放了成舍我。1934 年 11 月，蔣介石密令特務狙殺了史量才，引起新聞界的極大憤怒，蔣氏不得已採取了高調「緝凶」，高調厚葬史量才的安撫策略。蔣、汪等黨政要人一方面三番四次地表示要限期破案，甚至懸賞 1 萬元高額獎金緝凶，但當浙省主席魯滌平將要查到真正兇手時卻被特務毒死，並被宣佈為「腦溢血」。魯宅舉哀開弔時，魯妾沙女士被特務逼至三樓後從樓上擲下摔死。翌日報載，「魯滌平如夫人沙氏，因魯逝世，今日下午四時二十分，自屋頂躍下殉節而死」。〔註54〕一方厚葬史量才，蔣介石、汪精衛、戴笠等

〔註51〕南京《中央日報》，1933 年 9 月 2 日。

〔註52〕筆者查閱 1934 年 7 月至 9 月的南京各大報紙，發現《民生報》被查封後，南京報業對此幾乎沒有任何反應，僅有數條的啟事、消息，遠不如南京報業對「彭成訟案」的關注程度。但各種資料也顯示南京新聞界、上海新聞記者公會、北平記者公會等新聞團體紛紛電呈南京警備司令部、中央宣傳委員會、蔣介石、汪精衛向其施壓，要求釋放成舍我。現有史料表明李石曾、外交部次長唐有壬曾向蔣、汪說情。見張友鸞：《報人成舍我》，載張友鸞等著《世界日報興衰史》重慶出版社，1982 年，4 頁，孫景瑞：《報業巨子成舍我》，《文史春秋》，1997 年第 4 期。

〔註53〕五項命令是：一、《民生報》永遠停刊；二、不許再在南京用其他名義辦報；三、不得以本名或其他筆名發表批評政府之文字；四、不得在任何公共集會，作批評政府的演說；五、以後如果離開南京，無論到任何城市，應當向當地最高軍警機關報告行止。

〔註54〕吳孝楨：《報業巨子史量才之死》，《團結報》，2001 年 12 月 11 日第 3 版。

黨政要人或去電悼念或親自追悼會場，上海市政府通令所屬各機關，為史量才下半旗誌哀等。〔註55〕

　　面對民營報人不斷呼籲開放言論的輿情，除了御用文人不斷闡述三民主義的新聞自由，抨擊蘇俄或法西斯地新聞自由外，黨國要人還不時地表達要放開言論自由。1929年12月27日，蔣介石於以國民政府主席的身份通電全國，做出「求言詔」的政治表態〔註56〕，1930年又說在「不批評三民主義、總理遺訓及建國步驟」的前提下，新聞界擁有絕對自由，「中央必開衷延納」。〔註57〕1937年2月，蔣介石再次發表談話：「關於開放言論，除刑法及出版法已有規定外，衹對於下列三種，不能不禁止：一、宣傳赤化與危害國家，擾亂地方治安之言論與紀載。二、泄漏軍事外交之機密。三，有意顛倒是非、捏造毫無事實根據之謠言。……希望全國一致尊重合法之言論自由」。〔註58〕

　　國民黨的安撫策略並不成功，1933年9月1日的《保護新聞從業人員》被《生活》周刊抨擊為「究竟有什麼用處？」〔註59〕，有些報紙還拒載關於「命令」的消息。與此同時，這個保護令也被民營報人利用，經杭州記者公會的倡議，於1934年9月1日成立記者節。1935年「九一」記者節得到全國新聞界的公認，成為民營報人爭取自由、保障人權的合法紀念日。〔註60〕成舍我被釋放後，不准其在南京辦報，他跑到上海創辦《立報》。在史量才案件中，在蔣介石的權力高壓下，雖然民營報人心知肚明，未直接點出殺人兇手，但是通過一系列的悼念活動，紀念文章、輓聯挽詞也隱晦地點出兇手。如一幅輓聯這樣寫道：「輿論在人間公過去公不曾過去，元兇犯眾怒他將來沒有將來」。〔註61〕

〔註55〕見《申報》，1934年11月11日至11月30日的關於史量才遇刺的相關報導，這一時期的報導共有40多條。

〔註56〕《大公報》，1929年12月29日。

〔註57〕津庸：《言論自由》，《記者周報》第25號，1930年11月2日。

〔註58〕馬星野：《三民主義的新聞事業建設》，《青年中國季刊》，1939年第1期，164頁。

〔註59〕《保護新聞記者》，《生活》周刊1933年9月9日，原文寫道：「違法逮捕、拘禁、處罰與剝奪人民自由，應如何懲治，法律都有明文規定，但是政府不能懲治，監察機關失去效用，現在再加上一道空命令，究竟有什麼用呢？」

〔註60〕方漢奇：《中國新聞事業通史》（二卷），中國人民大學出版社，409頁。

〔註61〕王麗娜：《南京〈民生報〉及其政治主張研究》，南京師範大學碩士論文，2008年，7頁。

二、「新聞統制」高壓下的民營媒體的發展特點

經過 1916～1925 年的發展，民營新聞媒體已有良好的發展基礎，據王潤澤研究，民國新聞業在 1916～1925 年間，從業務到經營都完成了「現代化」〔註 62〕，《申》、《新》等商業性大報也實行了企業化經營，但受 1926～1927 年的政局動蕩的影響，這一發展勢頭略有停滯。1927～1937 年間，民營媒體的發展呈現出「相對繁盛景象」〔註 63〕。這主要在於：

1、國民黨新政權的建立及蔣介石等黨政要人的「納嘉言」的政治表態增添了新聞人的職業信心。

2、國民黨主導下的國家現代化建設為新聞行業提供了比過去更好的基礎設施和物質基礎。〔註 64〕

3、1931 年後的抗日救亡形勢及國民黨政局的間歇式震蕩等因素，刺激了公眾的新聞需求欲望。

然而在國民黨的新聞統制下，民營媒體的「相對繁盛景象」，不同於國民

〔註 62〕據王潤澤的博士論文分析，1916～1925 年之間，是舊中國新聞業進步幅度最大、最自由的時期，1926～1928 年是這個時期的尾音。這種進步不僅表現在政治上，更多表現在自身發展上；自由不僅表現在政治環境所賜予的發展條件上，更多地體現在內在思想和言論行為上。見王潤澤：《北洋時期的新聞業及其現代化（1916～1928）》，2008 年，中國人民大學博士論文，322 頁。

〔註 63〕方漢奇：《中國新聞事業通史》（二卷），中國人民大學出版社，1996 年，410 頁。

〔註 64〕僅以與新聞媒體發展比較密切的交通、郵政電信、教育行業為例。交通建設上，到 1937 年，鐵道由原有的 8000 公里，增加到 13000 公里。全國公路在 1922 年總計不過 1000 餘公里，但經 1927 至 1937 年間的建設，全國公路線有 111000 餘公里，各省聯絡公路及幹線連綿相接。其中 40218 公里已鋪有路基，深入全國腹地。航空，有中國航空公司（滬蓉、滬平、滬粵、渝昆四航線）、歐亞航空公司（滬新、平粵、包蘭三線）、西南航空公司（飛行航線五條）等，涵蓋西北、西南、東南、北方籍腹地的各重要城市。郵政電信，1935～1936 年間，全國郵局總數增至 15300 餘所，另代辦所 12700 餘所，村鎮郵站信櫃 59200 餘所，1927 年全國約有電報線路 9 萬餘公里，到 1936 年底止，計整修電報線路 43000 公里，架設新線月 15000 餘公里。1933 年，交通部成立九省長途電話工程處，架設蘇、浙、皖、冀、魯、豫、鄂、贛九省的全面長途電話網，後來擴充到川黔等省，而各重要城市，更有無線電報、辦理國際通訊。教育方面，國民政府確立三民主義的教育宗旨，普遍發展小學、中學、改革大學，提倡職業教育。到 1933 年，全國專科以上學校有 111 所，學生 46700 餘人，高等教育經費，1928 年為 1790 萬餘元，1933 年已達 3466 萬餘元。據 1936 年調查，中學由 954 所增加至 2042 所，師範學校由 226 所增為 1211 所，職校由 149 所增至 370 所，學生人數約增加 5 倍，經費增加 4、5 倍。見賴光臨：《七十年中國報業史》，中央日報編印，91～93 頁。

黨媒體的高歌猛進，其數量、規模、設備、業務雖有擴展和改進，報刊銷行數字也迅速增長，也出現了一報多館、報業聯合和兼併，甚至報業托拉斯的苗頭，其發展卻並非一番風順。從微觀的言論、報導和編輯，到中觀的出版、發行、新聞來源、人事和管理，再到宏觀的經營管理、企業化經營等，都表現出「某種畸形發展狀態」。〔註65〕下面結合已有研究成果，對其發展特點作概括性描述。

（一）媒體數量有明顯的增長趨勢

據統計〔註66〕，1926～1937 年間，國統區的報紙呈增長趨勢（見表 8-2）。民營通訊社也因最低的創辦門檻，在 20 世紀 20～30 年代更是雨後春筍般紛紛創辦。據統計，1926～1937 年間，全國通訊社的總數從 155 家增至 520 家或 759 家，1934～1937 年間，通訊社每年均在 500 家以上，其家數依次為 509 家、532 家、528 家、520 家。再以期刊為例，據葉再生統計，1927～1937 年這 11 年，平均每年出版期刊 1483.8 種，為五四時期每年平均數的 547.2%。〔註67〕

表 8-2　1926～1937 年間國統區報刊數量變化統計表

年份	1926	1927	1928	1929	1930	1931	1932	1933	1934	1935	1936	1937
家數	628					488	867		821	1000	1049	1077
異說		656	1076	1458	1274	1436	1742	1690	1628	1620	1914	1828
其它									877			1031〔註68〕

〔註65〕 方漢奇：《中國新聞事業通史》（二卷），中國人民大學出版社，1996 年，410 頁。

〔註66〕 表中數據以方漢奇的《中國新聞事業通史》（二卷）中的統計為基礎，該統計徵引了管翼賢的《中外報章類纂社統計》，《新聞學集成》（七），52 頁，《申報年鑑》（1934）、金仲華：《報章雜誌閱讀法》，中華書局，1935 年 10 月，中央宣傳委員會新聞科「全國報社通訊社一覽」，轉引自曾虛白：《中國新聞史》，臺灣政治大學新聞研究所 1966 年版，第 35 頁，內政部統計，轉引趙君豪：《中國近代之報業》，國民黨中宣部新聞事業處統計等資料，見 413～414 頁。「異說」數據來自葉再生的統計「異說」中的數據較高，在於該數據：1）涵蓋了報紙、期刊，2）數據來自作者的合理推測。見葉再生：《中國近代現代出版通史》（二卷），華文出版社，2002 年，1032～1034 頁。

〔註67〕 葉再生：《中國近代現代出版通史》（二卷），華文出版社，2002 年，1033 頁。

〔註68〕 蔣廷黻：《革命與專制》，獨立評論八十號，轉賴光臨：《七十年報業史》，94 頁。

　　雖然各類統計數據，都沒有區分民營與黨營，但因國民黨視新聞媒體為「商店之一種」〔註69〕，故除了國民黨中央直轄黨報、各級黨部直轄黨報及政府機關報外，至少在名義上，各類報紙、期刊、通訊社、電臺均是民營身份。由表8-2可知，民營媒體的發展在數量上有明顯的增長趨勢。這一趨勢基本符合歷史事實，其根據在於：

　　1、國民黨對報社、通訊社施行登記註冊制，而二十世紀二三十年代，創辦報紙的門檻特別低，創辦一份小報僅月需300元，兩個編輯即可。

　　2、各派系借「民營」身份的宣傳需要，中小知識青年的謀生需要及可能「進仕」的動機也刺激民營媒體的繁盛。但是伴隨民營媒體每年數量的明顯增加的，不是質量的提升而是各類報刊、通訊社的悄無聲息的「停刊」現象：即每年會有許多報刊、通訊社或被國民黨查封、特務搗毀，或因經濟枯竭而倒閉、出售或改組，或因人才流失無力承辦而悄無聲息的停刊，致使除了上海、北京、天津等地區的諸如《申報》、《新聞報》、《時報》、《大公報》《世界日報》等資金雄厚的民營大報能夠立穩腳跟，持續發展外，大多數的民營報社、通訊社的存活周期均相當的短暫，一般維持2～3年乃至幾個月不等。張季鸞在為北平《實報》週年寫的紀念文中說：「過去十八年中，北平報紙之創辦未久而停刊者，當不下二三百社，其故皆坐於無適當之營業方針，興至則辦，資盡則停，金錢勞力，耗於無有，管君（管翼賢——引者）知之也。」〔註70〕

（二）地區分佈由平津、上海中心區向上海、江浙一帶轉移

　　據國民黨中央宣傳部1935年8月統計，江浙地區報紙總數有414家，占全國總數的41.4%（全國有1000家），其中江蘇237家，浙江98家，上海41家，南京38家，而冀魯豫地區有222家，僅占22.2%。〔註71〕重心轉移的原因主要在於，江浙是國民黨統治的核心區域，政局相對穩定，民營資本、交通郵政電信、教育科技文化等與新聞業密切相關的行業在全國處於領先地

〔註69〕目前尚未找到原始文件，但據馬元放的《蘇省新聞事業委員會概況》中云：「在中央之解釋，以報社為商店之一種，同業公會應隸屬於商會，本省黨部（蘇省——引者）以報社同時為文化事業，請求改列文化團體，未邀核准，故現仍屬於商會。」見《江蘇月報·新聞事業專號》，1934年1月12日。
〔註70〕張季鸞：《祝實報一週年》，《實報增刊》，1929年11月再版，「紀念文」，1頁。
〔註71〕方漢奇：《中國新聞事業通史》（第二卷），中國人民大學出版社，1996年，414頁。

位，平津地區雖有較好的文化基礎，但政治局勢相對不穩定，先成為蔣、閻、馮爭奪的戰場，後被日本染指，不利於民營媒體發展。

（三）民營媒體的企業化經營進一步增強，媒介集團的雛形初現端倪

這一現象主要出現在上海、天津、北平、南京等城市的報業，至於民營通訊社、民營電臺，因其嚴重受制於中央通訊社、中央廣播電臺，其發展相對滯後。

在上海。《申報》、《新聞報》的日發行量基本穩定在 15 萬份左右，執國內報界的牛耳。1929 年 1～2 月，史量才收購了《新聞報》50%的股權，名義上擁有了《申》、《新》兩報。以後，他又以《申報》為重心，創辦《申報月刊》、《申報年鑒》、申報流動圖書館、申報業餘補習學校、申報新聞函授學校等文化事業，形成了以《申報》為核心，國內首屈一指的文化集團。《申報》經理張竹平（1886～1944）於 1930 年冬辭職後另起爐竈，經 5 年的發展，建立了以他為中心的三報一社的報團。申時電訊社正式創立於 1928 年，經五六年的發展，成為國內次於中央通訊社，與國聞通訊社並駕齊驅的，影響及於全國的一家通訊社。以申時電訊社為依託，張竹平通過股權購買、合夥創辦，先後擁有了《時事新報》（1928 年冬）、英文《大陸報》（1931.2，與董顯光等人合股購買）、《大晚報》（1932 年）等媒體。1932 年張竹平將三報一社聯合起來，設立共同的辦事處，並強化三報一社的部分業務的聯合，使三報一社的社會影響力不容忽視。

在天津，《大公報》於 1926 年 9 月復刊，以吳鼎昌的資金、胡政之的管理、張季鸞的文章為根基，踏出了迥異於《申》、《新》兩報的商業發展模式：以「文人論政」為核心，以中上層階級、知識分子為讀者對象的，一種獨立性報紙的發展模式，並一躍而成為全國性的輿論重鎮。不僅如此，《大公報》還向全國發展，除國聞通訊社外，還於 1936 年在上海創設《大公報》上海版。

在北平、天津、南京等城市。成舍我以小型報為理念，先後在北平創辦了《世界晚報》、《世界日報》，1928 年初又在南京創辦《民生報》，並使之成為南京報界的一支重要輿論力量。《民生報》被查封後，又到上海聯合報界同人創辦《立報》，形成了以成舍我為中心的《世界日報》報系。此外，天津《益世報》、南京《新民報》、上海《晨報》等報刊也有用相當可觀的發行量。據 1931 年 8 月國民黨中央宣傳部登記冊統計，當年發行量在 5000 份以上的主要

日報有 32 家，其中民營報紙有 26 家，國民黨黨報僅有 6 家。這 32 家報紙分佈在上海（6 家）、天津（3 家）、北平（6 家）、廣州（7 家）、漢口（2 家）、南京（1 家）、杭州（1 家）、開封（1 家）。其中日出三大張以上，發行量在 5 萬份以上者均是民營報紙：《申報》（15 萬）、《新聞報》（15 萬）、《時事新報》（5 萬，日出三大張）；日出兩大張以上，發行量在 1 萬份以上有 12 家，民營報紙占 9 家，依次是《大公報》（3.5 萬）、《時報》（3.5 萬）、《益世報》（3.5 萬）、《午報》（2.5 萬）、《公評報》（2 萬）、《國華報》（1.6 萬）、《庸報》（1.5 萬）、《大中華報》（1.2 萬）、《七十二行商報》（1 萬），國民黨黨報僅有 3 家，分別是上海《民國日報》（2 萬，已停刊）、《中央日報》（1.5 萬）、《廣州民國日報》（1.5 萬）。日出一大張以上，發行量在 5000 份以上者有 17 家，其中民營報紙 14 家，分別是天津的《益世報》、《新報》《華北新聞》，上海的《中國晚報》，北平的《商業日報》、《世界日報》、《北平全民報》、《京報》、《北平晨報》，廣州的《現象報》、《越華報》、《共和報》，開封的《河南民報》。國民黨黨報 3 家，依次是漢口的《武漢日報》、北平的《華北日報》、杭州的《杭州民國日報》。〔註 72〕

（四）民營媒體的產權更加複雜、多元

媒體產權決定媒體言論方針。我國民營媒體的產權背景歷來是相當複雜，不易區分。到 20 世紀 20～30 年代，這一狀況更爲複雜。僅有《大公報》、《申報》等報紙尚能保持民營產權的一元化，其它民營報紙的產權相當隱晦與多元，這在於創辦報紙的門檻提高，文人辦報的模式在 30 年代已讓位給資本辦報，非有雄厚資金，難以在重要都市創辦一份像樣的報紙。因此，民營報人除了自己出資、接受民族資產階級的投資外，還以各種方式籌集資金，而 30 年代複雜的政治鬥爭環境，使鬥爭雙方均想擁有自己的媒體，以表達自己的政治見解，維護自身利益。兩相結合，逐使民營媒體的產權更爲複雜、多元。30 年代一家報社、通訊社的產權結構大致由五種資本構成：

1、民族資產階級的投資與民營報人的個人出資。

2、報社本身的營業收入，包括發行、廣告及舉辦的各項文化事業收入。

3、接受國民黨中央的津貼、資助與扶持。

4、接受社會團體、商業機構的津貼、扶植。

〔註 72〕《申報年鑑》，1934 年，轉引賴光臨：《七十年報業史》，中央日報編印，95～97 頁。

5、接受地方派系的津貼，地方黨報的津貼，黨政要人的資助等。

這一現象不僅在民營報業中有明顯表現，在通訊社中也有更爲突出的表現。民營通訊社受制於中央通訊社，其發展雖數量較爲龐大，但眞正屬於民營者不多，有影響的民營通訊社主要有國聞通訊社、申時通訊社、上海的中華電訊社（1929）、新聲通訊社（1932 年）等。

（五）民營媒體的政治立場有了初步政治分野

國民黨雖以殘酷「清黨」方式建立新政權，但民營媒體總體上對其抱著歡迎順從的態度。對於國民黨的內政外交、各派勢力間的鬥爭，猶豫、觀望多於明確表態，但隨著國民黨新聞統制的建立，特別是「九一八」事變後，在抗日輿論與「攘外必先安內」政策的對峙中，民營媒體的中立立場難以保持。部分報紙，如《申報》開始抨擊國民黨的各項政策，反應民眾抗日的呼聲，表現出與蔣介石集團不合作的態度；多數報紙屈從於國民黨的壓力，接受國民黨津貼，成爲披著民營報紙身份的國民黨黨報；部分報紙趨於保守，遊弋於蔣介石的不抵抗政策之間，即批評之又與之合作。典型代表是天津《大公報》。據研究，九一八事變後，天津《大公報》以理性的民族主義爲報導原則，既不贊成國民黨的不抵抗政策，也反對國民黨的「剿共抗日」口號，又不同於《申報》等報刊的激進民族主義宣傳。〔註73〕

至於民營通訊社、民營電臺，其發展大大受制於國民黨的中央通訊社和中央電臺，其規模、影響力均遠遜於報業，其贏利欲望也遠大於其社會責任，故其政治分野相對來說不算很明顯。

第三節　民營報業的生存與發展策略
——以《大公報》、《申報》等民營報紙爲例

在訓政高壓與民營資本刺激下，《大公報》、《申報》、《世界日報》、《新民報》等民營報紙也找到了各自的生存與發展策略，在黨國體制下踏出不同的發展模式，表現出各異的社會影響力與不同的媒介命運。新聞媒體的生存與發展，既取決於微觀層面的媒體方針、宗旨與報導風格的確定及相應的市場定位，也取決於中觀的人、財、物及其之間的組織搭配，也與宏觀層面的媒

〔註73〕鄭大華：《理性民族主義之一例：九一八事變後的天津〈大公報〉》，《浙江學刊》，2009 年第 4 期。

體言說空間、經濟基礎、文化環境密切相關。上述環節一旦有一個環節出現問題，輕者使媒體深受創傷，重者致使其停刊。其中，新聞媒體擁有的實際話語空間有多大，新聞人才是如何組織與管理，資金來源是否充實，是影響一家新聞媒體生存與發展的最關鍵要素。

　　鑒於《申報》、《新聞報》是老牌報紙，進入訓政時期，其市場基礎已經奠定，故面臨的不是生存問題，而是持續發展的問題。《申報》雖在九一八事變後表現活躍，領一時輿論風騷，卻因 1934 年史量才被暗殺而又趨於保守，故上海的《申》、《新》兩大報始終「以營業為本位」，它們實質是以報社資本、累積的社會聲響對抗國民黨的政治高壓，力求保持報紙獨立的同時也與之妥協，以保守態度維持日常經營。《大公報》、成舍我的《世界日報》報系在 30 年的成功，是不同於《申》、《新》兩報，其做法在當時具有相當的普世性，故以《大公報》和《世界日報》報系為代表分析民營報紙的生存與發展的策略與模式，能夠反映民營報紙是如何在訓政條件下求生存、求發展的整體概貌。

一、天津新記《大公報》的生存與發展策略

　　新記《大公報》於 1926 年 9 月 1 日續刊，經過四五年的發展，一躍而為全國性的輿論重鎮，發行量也於 1932 年達到 35000 份，其讀者群更是遍佈中上層階層和民國知識分子群體。它的崛起，是民營報業在黨國體制下的一個奇迹，也為民營新聞史翻開了嶄新的一頁。《大公報》研究是中國新聞史學研究中的顯學，其成果最為豐厚，目前已有數十本專著出版〔註74〕，至於讀物、論文、紀念文章、報刊文章要以千計。〔註75〕借鑒上述研究成果，本書認為

〔註74〕涉及新記大公報的主要著作有：方漢奇的《〈大公報〉百年史》、吳廷俊的《新記〈大公報〉史稿》、賈曉慧的《〈大公報〉新論：20 世紀 30 年代〈大公報〉與中國現代化》（2002）、任桐的《徘徊於民本於民主之間——〈大公報〉政治改良言論述評（1927～1937）》（2004）、李秀雲的《〈大公報〉專刊研究（1927～1937）》、周雨的《大公報史》（1993）、《大公報人憶舊》，王芝琛、劉自立編的《1949 年以前的〈大公報〉》、方蒙的《大公報與現代中國（1926 至 1949 年大事記實錄）》、吳廷俊的《新記大公報史事編年》等。

〔註75〕以「大公報」為篇名關鍵詞，精確匹配的方式檢索中國期刊全文數據庫，發現從 1911～2010 年共有 446 篇相關文獻，其中 1911～1979 年有 23 篇；以「大公報」為關鍵詞檢索到 2747 篇，其中 1911～1979 年間有 87 篇；以「大公報」為主題關鍵詞則有 3355 條，其中 1911～1979 年有 132 條；以「大公報」為

新記《大公報》在黨國體制下取得成功，主要在於以下三點。〔註76〕

（一）吳、胡、張三人對民國新聞業與政治的準確分析與《大公報》宗旨的準確定位

創立一份事業均須事前的精心謀劃。當吳鼎昌、胡政之、張季鸞於 1926 年相聚倡議創辦一份報紙時，已年屆不惑，但「投身報業率十餘年」的三人在辦報理念上卻達成一致。吳鼎昌（1884～1950），字達詮，原籍浙江吳興，生於四川華陽（今成都），1903 年作爲四川官費生留學日本，畢業於東京高等商業學校，回國後從事實業，在北洋軍閥當政時期，兩度任造幣廠廠長（監督），一度任財政部次長，1922 年任鹽業、金城、中南、大陸「四行儲蓄會」總經理。吳雖未創辦報刊，捲入政治也不深，但他對政治和報刊的認識，卻抓住了關節點。他曾說，「政治資本有三個法寶：第一是銀行；二是報紙；三是學校，缺一不可。〔註77〕」對於報紙，他的認識也超乎一般的政客、商人，用報紙撈取政治資本的技巧相當稔熟。他說，「一般的報館辦不好，主要由於資金不足，濫拉政治關係，拿人家津貼，政局一有波動，報就垮了。」〔註78〕胡政之（1889～1949），名霖，筆名冷觀，生於四川華陽，曾留學日本東京帝大攻讀科學、法律和外語。回國後看透宦海浮沉，決心以文字報國，曾任《大共和日報》、天津《大公報》的主編等職，自籌資金創辦了國聞通訊社和《國聞周報》，在 20 世紀 10～20 年代和張季鸞一道已是嶄露頭角的名記者。他對報業與政治的認識相當精闢。胡曾說，「中國素來做報的方法有兩種，一種是商業性的，與政治沒有聯繫，且以不問政治爲標榜，專從生意經上打算；另

全文關鍵詞則有29193條，其中1911～1979年有735條。檢索時間2010年1月31日20時20分。

〔註76〕新記《大公報》成功的原因，歷來是新聞史學家爭論不休。一般人都說，《大公報》續刊成功靠的是「吳鼎昌的資金，胡政之的組織，張季鸞的文章」，也有人說，《大公報》續刊成功的原因是「有一個配搭得好的領導集體」：吳鼎昌有錢而工於謀略，胡政之、張季鸞都爲新聞全才，然胡更擅長管理，而張則精於文章，三人搭班子，吳管決策，胡掌經營，張主筆政。還有人說，新記《大公報》成功的原因是「吳、胡、張勤勤懇懇的工作態度和頑強的事業心」吳廷俊認爲，這些說法都有一定道理，但都沒有說到根本上，資金重要、組織重要、文章重要，工作態度和事業心也很重要，但報紙的辦報方針更爲重要。見吳廷俊：《新記〈大公報〉史稿》，武漢出版社，2002年，93頁。

〔註77〕楊爾瑛：《季鸞先生的思想與軼事》，臺灣《傳記文學》第 30 卷第 6 期，27頁。

〔註78〕王芸生、曹谷冰：《1926 至 1949 年的舊大公報》，《文史資料選輯》，第 25 輯。

一種是政治性的，自然與政治有了關係，為某黨某派做宣傳工作。但是辦報的人並不將報紙本身當作一種事業，等到宣傳的目的達到了以後，報紙也就跟著衰竭了。但自從我們接辦了《大公報》以後，替中國報界闢了一條新路經。我們的報紙與政治有聯繫，……但同時我們仍把報紙當作營業做，並沒有和實際政治發生分外的聯繫。我們的最高目的是要使報紙有政治意識而不參與實際政治，要當事業做而不單是大家混飯吃就算了事。〔註79〕」張季鸞（1886～1941），名熾章，陝西榆林人。1905 年留學日本，1908 年回國後主要從事新聞活動，曾在《民立報》、《大共和日報》、《民信日報》、《中華新報》等報任職，也曾因揭露袁世凱與五國銀行簽訂善後大借款合同而一度陷入囹圄。留日期間，張氏就立志做一名新聞記者，以文章報國。〔註80〕他理想中的報紙是不受約束的文人論政的報紙。他曾在 1923 年為《新聞報三十年紀念祝詞》中寫道：「且中國報界之淪落苦矣。自懷黨見，而擁護其黨者，品猶為上；其次，依資本為轉移；最下者，朝秦暮楚，割售零賣，並無言論，遑言獨立；並無主張，遑言是非」〔註81〕。

　　吳、胡、張三人在經 1924 年的初步協議後，於 1926 年在天津日租界再次相聚時便敲定了新記《大公報》的資金來源、人事安排與報刊宗旨。資金由吳一人籌措，不向任何方面募捐或集資，三人專心辦報，三年內誰都不許擔任任何有俸給的公職。吳拿出 5 萬元作為啟動資金，與胡、張二人合作組成「新記公司」，復活《大公報》。新記《大公報》以吳任社長，張任總經理兼總編輯，胡任總經理兼副總編輯，三人共同組成社評委員會，研究時事問題，商榷意見，張負整理修正之責，三個人意見各不相同時從張。胡、張二人以勞力入股，除每年年終「由報館送與相當股額之股票」外，仍規定二人每人月薪 300 元，吳不支月薪。人事則以胡的班底（國聞通訊社和《國聞周報》的幹部及原《大公報》的部分職工）為基礎。

　　新記《大公報》復刊之日，張季鸞便以記者名義刊發《本社同人旨趣》，提出並詳細解釋「不黨」、「不賣」、「不私」、「不盲」的辦報方針，正式把吳、

〔註79〕 王瑾、胡玫編：《胡政之文集》（下），天津人民出版社，1080 頁。
〔註80〕 張一生沒有加入任何黨派，除了擔任過中華民國總統府秘書，為孫中山起草過就職宣言外，基本沒有做過官。于右任曾了一首懷念張的詩，其中有「發願終身作記者，春風吹動耐寒枝」，就指張立志做一輩子記者。見徐鑄成：《報人張季鸞先生傳》，生活・讀書・新知三聯書店，1986 年，36 頁。
〔註81〕 轉引周雨：《大公報史》，江蘇古籍出版社，1993 年，27 頁。

胡、張三人共同主張公諸於世。「四不」方針的原文如下：

第一不黨

黨非可鄙之辭，各國皆有黨，亦皆有黨報。不黨云者，特聲明本社對於中國各黨閥派系，一切無聯帶關係已耳。惟不黨非中立之意，亦非敵視黨系之謂。今者土崩瓦解，國且不國，吾人安有中立袖手之餘地？而各黨系皆中國之人，吾人既不黨，故原則上等視各黨，純以公民之地位發表意見，此外無成見，無背景。凡其行為利於國者，吾人擁護之；其害國者，糾彈之。勉附清議之末，以彰是非之公，區區之願，在於是矣。

第二不賣

欲言論獨立，貴經濟自存。故吾人聲明不以言論作交易。換言之，不受一切帶有政治性質之金錢補助，且不接受政治方面之入股投資是也。是以吾人之言論，或不免囿於知識及感情，而斷不為金錢所左右。本社之於全國人士，除同胞關係一點外，一切等於白紙，惟願賴社會公眾之同情，使之繼續成長發達而已。

第三不私

本社同人，除願忠於報紙固有之職務外，並無私圖。易言之，對於報紙並無私用，願向全國開放，使為公眾喉舌。

第四不盲

不盲者，非自詡其明，乃自勉之詞。夫隨聲附和，是謂盲從；一知半解，是為盲信；感情所動，不事詳求，是謂盲動；評詆激烈，昧於事實，是謂盲爭。吾人誠不明，而不願自陷於盲〔註82〕。

「四不」方針是吳、胡、張三人對民國辦報經驗教訓的高度、凝練的總結，它既是對民初新聞界墮落的否定，又在融入吳、胡、張三人對民初報業的經驗認知的基礎上，力求開拓一種新型媒體發展模式的理性設想。「四不」方針的成功實踐，不僅使《大公報》享譽國內，成為全國輿論重鎮，更是「中國資產階級輿論界走向成熟的一個標誌」。〔註83〕對於「四不」方針，學界給

〔註82〕張季鸞：《本社同人之旨趣》，1926 年 9 月 1 日，天津《大公報》（署名：新記公司大公報記者）

〔註83〕方漢奇：《中國新聞事業通史》（二卷），中國人民大學出版社，1996 年，460頁。吳廷俊評價說，「新記《大公報》的『四不』方針，不僅從根本上否定了為黨派私利爭吵不休的墮落的資產階級政黨報紙，否定了以金錢為向背的奴

予了高度評價，並從新聞專業主義、文人論政等角度予以深度闡釋，提升「四不」方針的歷史意蘊，但從民營報紙與 30 年代的黨國體制的角度，對「四不」方針的闡釋相對薄弱。從這個角度而言，新記《大公報》似乎未卜先知，為自己準確地界定了民營報人的職業訴求與訓政政治之間彼此互動的合理、恰當的邊界，進而在 30 年代「不上軌道」的變幻莫測的派系政治中立穩腳跟，贏得了各軍閥派系和知識分子群體的認同。具體而言：

1、原則上等視國內各黨閥派系，以「公民之地位」、國家利益為準繩發表對各黨閥派系的或批評或讚譽的意見，使自身能獨立於黨閥派系的話語攻擊之外，避免因黨派鬥爭殃及自身。政黨報刊史表明，當報紙與「各黨閥派系」緊密結合，乃至合二為一，報紙也就失去了獨立身份，而成為政治的傳聲筒，報紙雖在其支撐下能夠生存，其聲音卻始終被視為政治的喉舌，其宣傳效力、媒介信譽始終受困於政治，並與之同時起伏，構成封閉的、惡性循環的政治傳播系統。當「各黨閥派系」內部團結一致，政治清明，報紙就成為統御人民、建設國家的輿論工具；而當「各黨閥派系」陷入內部紛爭，政治未上軌道，報紙就成了它們相互攻訐的輿論工具，並隨之成為彼此鬥爭的犧牲品。民國時期，正是「各黨閥派系」的內部爭鬥時期，正如胡政之分析，「為某黨某派做宣傳工作」的報紙，「等到宣傳的目的達到了以後，報紙也就跟著衰竭了」。

2、所有媒體均是其隸屬產權者的喉舌，要保持言論獨立，不捲入「各黨閥派系」，只有「經濟自存」，否則聲稱「言論獨立」就是粉飾自身的宣傳話語，故《大公報》由吳鼎昌一人籌措資金，「不受一切帶有政治性質之金錢補助，且不接受政治方面入股投資」，從而保證《大公報》成為民族資本家的喉舌。

3、若僅規定這一點，報紙雖不會淪為「黨閥派系」支配的政治的附庸品，也會淪為民族資本家贏利的工具，《申報》、《新聞報》即為很好的力證，而要規戒民族資本對報紙公共品格的侵蝕，使報紙真正成為公眾喉舌，張季鸞給出的是「不私」、「不盲」的報人自律的藥方，制度規定上是胡、張二人把持

才報紙，同時也以其具體的積極的內涵區別於商業性報紙的『經濟獨立』、『不偏不黨』的八字辦報方針。所以『四不』方針的提出不僅在實踐中促進了中國新聞事業的發展，而且是中國資產階級新聞理論的一個重大發展，是中國報界走向成熟的標誌。」見吳廷俊：《新記〈大公報〉史稿》，武漢出版社，2002 年，104 頁。

《大公報》的編輯權與言論權。張氏以報人自律抵制資本侵蝕的藥方，至今仍是新聞媒體避免政府干涉、公眾指責的有效藥方。大公報的「四不」方針與西方的新聞專業主義的理念相契合，也源於此。

吳、胡、張對《大公報》如此環環相扣的精心設計，目的是使《大公報》在政治、經濟、文化的三角彼此互動的系統中，成爲民國社會公共輿論的平臺與民族資本家的宣傳機關，並保證如胡、張等職業報人掌控《大公報》編輯權與話語權，充分發揮「文人論政」的新聞理念。換言之，就是要使知識精英不受「黨閥派系」、「民族資本」干擾，能理性地、務實地承擔起啓蒙、指導民眾的「社會導師」的角色。從政治傳播角度言，「四不」方針的言論方針及制度設計是不僅從根本上否定了專制主義的、封閉的政治傳播系統，而且還是自由主義的民營報人企望借助於公共輿論平臺，以「不私」、「不盲」的聲音力求突破並改造當時的政治傳播系統，以推動訓政向憲政轉型。當然從新聞自由主義角度言，這一設計契合了民國報人普遍持有的自由主義的新聞理念。

「四不方針」不僅是吳、胡、張三人的「標榜」，其精神與原則被貫徹執行到報社的組織與管理的每個環節。胡就從「四不」方針延伸出「同人公約」〔註84〕，作爲其用人理念，打造出一支精錬、團結、很有戰鬥力的人才團隊。周恩來多次在公開場合說：「大公報培養了很多人才」。列入《中國新聞年鑒》「中國新聞界名人介紹」欄的大公報編輯記者累計達 60 多人〔註85〕，被《中國大百科全書‧新聞出版卷》列爲條目加以介紹的大公報編輯、記者達 12 人，占全部人物條目 108 條的 1/10 強。胡、張二人均選才、愛才、用才、容才，

〔註84〕胡政之曾說，「不私不盲」四個字，「一方面是本社的最高言論方針，另一方面也可以說是本報同人對事的指導原則。「不私不盲」是胡政之對「四不方針」的詮釋，「同人公約」的核心内容是：「信仰正義，服從規律」、「忠誠盡責，愛恕待人」、「事業向前，個人退後」。見《本報「社訓」和「同人公約」的要義》，《大公園地》第 8 期，1943 年 9 月 20 日，《胡政之文集》，1058 頁。

〔註85〕這些人物是吳鼎昌、張季鸞、胡政之、王芸生、張琴南、許君遠、費彝民、徐鑄成、梁厚甫、張佛泉、曹谷冰、金誠夫、李子寬、杜協民、汪松年、孔昭愷、何毓昌、楊歷樵、趙恩源、李天織、馬季廉、王文彬、張警吾、蕭乾、艾秀峰、范長江、楊剛、孟秋江、李俠文、李純青、徐盈、彭子岡、朱啓平、曾敏之、譚文瑞、陸詒、唐振常、季崇威、呂德潤、張高峰、嚴仁穎、李光詒、潘際坰、陳凡、黃克夫、馬季良（唐納）、陳文統（梁羽生）、查良鏞（金庸）、嚴慶樹（唐人）、高元禮、章丹楓、馬廷棟、周雨、蘇濟生、王浩天、張契尼、戈衍棣、吳硯農、羅承勳、蔣逸霄、方蒙、左步青、沈春波、趙澤隆、壽充一、劉克林。

惜才。報社內嚴禁結黨，拉關係，報社內雖有中共秘密黨員，但無地下組織活動，至於其它黨籍和幫派的人，一經發現或略有嫌疑即予以辭職。不僅如此，報社還制定了詳細的規章制度，營造出傳統大家庭的融洽氛圍，為大公報人安心、盡力工作解決了後顧之憂。

（二）與蔣介石建立非常密切的私人關係與不即不離的政治關係

政治系統不僅掌握著媒體生存所需的最豐富的新聞資源，也規定了媒體言說空間的實際邊界大小，甚至還握有媒體的生殺大權。《大公報》雖宣稱與實際政治保持距離，但吳、胡、張三人深知報紙不能離開政治，要實現其政治理念，要「不盲」、「不私」地評說現實政治，不僅需要確定評說政治的基本標準，還需要與現實中實體政治保持密切聯繫，使其鼓吹的政治理念能落到實處。經過近兩年的考察，《大公報》最終選擇了蔣介石為其政治理念的寄託者，報紙言說空間的政治保護者。以蔣介石為影子靠山，是《大公報》的高明之處，也是吳、胡、張三人對黨國政治深刻體認的必然結果。這一選擇不是《大公報》的最佳抉擇，卻是契合黨國體制的實際權力結構的最優選擇。《大公報》選擇了蔣介石，至少擁有了比其它民營報紙，乃至國民黨黨報更為寬鬆的言說空間，尤其是 1929 年 12 月 27 日，蔣介石以「大公報並轉全國各報館均鑒」向全國報館發出求言詔，更是在關鍵時刻確認了大公報在輿論界的首席地位。最終，這一選擇成就了《大公報》常駐青史的崇高歷史地位，蔣卻不是《大公報》理想中的政治家，無奈為其留下「小罵大幫忙」的罵名。〔註86〕

新記《大公報》續刊於北方時，正是南方國民政府準備北伐的時期。其最終選擇蔣介石，有一個從「臭罵」到「擁護」再到「親熱」的過程。〔註87〕續刊之初，吳、胡二人與北洋軍閥集團淵源較深，張雖與國民黨有聯繫，但

〔註86〕「小罵大幫忙」為國民黨認可的一種宣傳策略，把「小罵大幫忙」的帽子扣在新記《大公報》上，最早源於 1949 年 1 月 23 日中共中央給天津市委的電報中，明確提出「該報過去對蔣一貫小罵大幫忙」，如不改組，不能出版。1958年 9 月 30 日，毛澤東接見吳冷西縱論《大公報》時，也說：「人們把《大公報》對國民黨的作用叫做『小罵大幫忙』，一點也沒有錯」。由此，「小罵大幫忙」就成了否定《大公報》歷史功績的政治標籤，改革開放後，方漢奇、吳廷俊等新聞史學家均以厚實的事實為《大公報》的「小罵大幫忙」翻案。筆者認為，以「小罵大幫忙」一概否定《大公報》的歷史功績，而不是分析其具體的歷史環境，是以政治標準替代歷史標準的一種非馬克思主義的歷史觀，其惡果是把歷史作為政治宣傳的材料。

〔註87〕方漢奇：《〈大公報〉百年史》，中國人民大學出版社，2004 年 7 月，188 頁。

與蔣介石集團從無交往。1926 年 9 月，北伐軍兵分三路進攻武漢，同月 2 日，大公報以社評《占卜》（吳鼎昌）、《勸南北猛醒》（張季鸞）對雙方戰爭表達了謹慎、中立的看法，3 日的《南征北戰可以已矣》、4 日的《回頭是岸》也同樣表達了同樣看法，不過《回頭是岸》正式亮出「反對赤化」的底牌，5 日的《注意國內與國際之變化》（吳鼎昌）、13 日的《時局雜感》（張季鸞）、11 月 22 日的《漢口製造工潮之危機》（張季鸞）及 1927 年 1 月 6 日的《明恥》（張季鸞）等社評，為「赤化」扣上了「引來外國干涉」、「導致一黨專政」、「製造工潮、破壞生產」的三項罪名。此外，1926 年 9 月 19 日吳鼎昌在《國聞周報》發表署名社論：《全國實業界應要求蔣介石宣明態度》，以實業界名義逼問蔣氏的「赤化」態度。然而，隨著北伐的順利進展，《大公報》也由「謹慎中立」的言論立場轉向痛恥軍閥，讚揚孫中山的方向。轉向以 1927 年 3 月 6 日至 9 日刊發通訊《南行視察記》為標誌，通訊讚揚了南方國民政府，幾乎與此同時，《大公報》刊發《跌霸》（1926.12.4）為直系軍閥送終，刊登《毋嗜殺》（1927.2.23）譴責孫傳芳，發表《北洋系之末路》（1927.3.5）給整個北洋軍閥宣判了死刑。於 1927 年 3 月 12 日刊發《孫中山逝世二週年紀念》讚揚孫中山。天津《益世報》因《大公報》贊同北伐，而稱其為「坐北朝南的某大報」〔註 88〕。這一時期可視為《大公報》對南方國民政府的基本政策的嘗試性試探、隱蔽示好時期。

　　1927 年 4 月至 1928 年左右，是蔣、汪先後在上海、武漢分別發動「清黨」，以政變方式爭奪國民黨最高領導權的時期，也是《大公報》對蔣介石深入試探、主動示好的時期。「清黨」、「分共」與《大公報》1926 年的「反對赤化」宣傳基調一致，故得到了《大公報》的認同，但「清黨」的血腥和無序及對社會的嚴重撕裂，使《大公報》對蔣、汪又有反感，在其社論中明確提出不同於蔣、汪的「清黨」見解：反對屠殺共產黨員、主張深入瞭解共產主義及「從事實上消除政治經濟社會各方面的病因」。〔註89〕這一不滿還在其抨擊汪精衛的《呼籲領袖欲之罪惡》（1927.11.4）和抨擊蔣介石的《蔣介石之人生觀》（1927.12.2）的著名社論有淋漓盡致的發泄。前者把汪在政治上的反復無常

〔註 88〕張蓬舟：《大公報大事記》，《新聞研究資料》（第 2 期），1981 年，196 頁。
〔註 89〕主要的社論有：《北京逮捕學生事》（1927 年 3 月 25 日）、《黨禍》（1927 年 4 月 29 日）、《如何對付這個世界的搗亂鬼》（社譯，1927 年 5 月 9 日）、《聯俄與反共》（1927 年 7 月 8 日）、《黨治與人權》（1927 年 7 月 30 日）、《中國與俄國》（1927 年 11 月 8 日）、《反共須知》（1927 年 11 月 27 日）等。

斥責為「領袖欲」，後者從人生觀角度，而非政治聯姻角度，責備蔣氏「錯誤」的戀愛觀，可見《大公報》把汪已排除在外，對蔣尚有保留。1928 年新年元旦，《大公報》發表《歲首辭》明確宣佈「吾人之根本旨趣」：「非復古，亦非俄化，則大體之國是可定矣」〔註90〕，而是效法歐美憲政，建立獨立、自主的憲政制度，並以此標準一責「國民黨之少數人」、二責「一般與國民黨對峙之少數人」、三責「社會上中立消極之少數人」，明確表明了該報以後的言論方針。

與此同時，《大公報》對國民黨的態度也發生微妙變化。如前所述，吳、胡、張續刊時並不瞭解國民黨，孫中山的「聯俄容共」助長「赤化風潮」的事實，更使吳、胡、張對國民黨沒有好感。北伐後，國民黨右派「清黨」及國民黨二屆四中全會的《全黨宣言》，讓其看到其政策轉向，認為其「完全拋棄聯俄容共後之一切理論，而歸於原始的三民主義之下」。〔註91〕而《大公報》認為「孫中山三民主義，雖非天經地義，而粗適於現代改革之需求」〔註92〕。這就使它與國民黨右派找到了基本的政治共同點，但國民黨「政策凌亂」、「少數負責要人，目傾心於黨內政權之競爭」、及「名譽之墮落」〔註93〕使其對之仍持謹慎觀望態度，雖如此，但相對於北洋軍閥，《大公報》已明顯傾向於前者，在 1928 年的蔣介石的「第二次北伐」中，《大公報》以胡政之的系列採訪和拿捏到位的社評、張季鸞的親自訪蔣，巧妙送走了張作霖等舊統治者，熱情迎來了蔣介石、閻錫山等新當權人。〔註94〕經過張季鸞在南京的親自考

〔註90〕原文表述是「夫中國改革既有絕對必要，而改革之大義。曰解放創造，非復古，亦非俄化，則大體之國是可定矣。此無他，對內勵行民主政治，提倡國民經濟，採歐美憲政之長，而去其資本家專制之短，大興教育以喚起民眾，爭回稅權以發達產業；對內務求得長治久安之規模，對外必脫離不平等條約之束縛。」見《歲首之辭》，《大公報》，1928 年 1 月 1 日。

〔註91〕《寧會宣言之感想》，《大公報》，1928 年 2 月 9 日。

〔註92〕《歲首之辭》，《大公報》，1928 年 1 月 1 日。

〔註93〕《今後之國民黨》，《大公報》，1928 年 1 月 5 日。

〔註94〕這一過程的基本經過方漢奇的《大公報百年史》（191～192 頁），吳廷俊的《新記〈大公報〉史稿》（77～81 頁）敘述最為詳細。現根據相關敘述扼要概述如下：國民革命軍 6 月初逼近京津之時，胡政之於 6 月 1 日由津入京，進行系列採訪，相繼刊發了《北都易幟記》（1928 年 6 月 10 日）、《第三集團軍入京記》（1928 年 6 月 10 日）、《閻白訪問記》（1928 年 6 月 14 日）、《再度訪閻記》（1928 年 6 月 15 日）、《從北京到天津的印象》（1928 年 6 月 17 日）等通訊，向讀者傳達了奉系的潰敗及對國民黨軍隊及將領的讚美。與此同時，《大公報》刊發社評《五百零七年之北京》（1928 年 6 月 8 日）、《閻

察，吳、胡、張以《大公報》續刊二週年之日向南京政府正式表態：「蓋本報公共機關也，同人普通公民也，今後惟當就人民之立場，以擁護與讚助國民政府之建設」。〔註95〕至此，《大公報》奠定了今後擁護國民黨政府的言論基礎。

1928 年 9 月至 1930 年 11 月是國民黨新軍閥混戰時期，這對於《大公報》是一場新考驗。在這場考驗中，《大公報》在「關係深的『非正統』、『正統』的關係尚不深〔註96〕」的背景下，堅持反對戰亂、擁護正統，敷衍局面的言說方針，這一方針讓蔣介石看到拉攏《大公報》，使之成為與閻、馮等派系爭鬥的輿論工具的利用價值。《大公報》不負蔣氏所望，在中原大戰中以客觀報導的形式維護蔣氏的「正統」，甚至為其提供軍事情報。戰後，《大公報》視蔣為「已成之政治中心」，張季鸞、胡政之也向蔣進言獻策，蔣亦逐步重視張季鸞及《大公報》，二者開始建立密切的私人關係和不即不離的政治關係。這種關係主要表現是：

1、《大公報》擁護蔣介石的基本政策，也抨擊其政策實施的方法、路徑、策略及其不足。九一八事變後，《大公報》倡導「名恥教戰」和「救亡圖存」，與蔣的「攘外必先安內」有異曲同工之處，關鍵時刻，《大公報》不惜犧牲「不黨」的報格，以維護蔣介石。西安事變發生，《大公報》發表了罕見的、煽動性社評《告東北將士書》，替蔣賣命。「小罵大幫忙」的惡名也形成於此。

2、吳、胡、張三人通過報紙或私下向蔣進言獻策，吳還於 1934 年 11 月入閣蔣的「國防設計委員會」。

山就京津衛戍之任》（1928 年 6 月 10 日）、《論蔣介石辭軍職事》（1928 年 6 月 11 日）《國民戰爭成功後之精神》（1928 年 6 月 12 日）、《國民革命軍佔領天津》（1928 年 6 月 13 日）、《珠江流域之思想與武力》（1928 年 6 月 14 日）等社評對之謳歌讚美。如《論蔣介石辭軍職事》對「蔣氏此呈（蔣介石 9 日聲稱辭去國民革命軍總司令及軍委會主席，引者），可謂實獲我心者矣」。胡政之回津後，傳來蔣氏要北上的消息，為瞭解蔣氏真實的政治態度，張季鸞親自出馬，當蔣氏北上專列途徑鄭州，張氏即隨馮玉祥到鄭州迎接，由馮介紹，初識蔣介石，並隨蔣的專列一同回京。《大公報》亦與 7 月 3 日專列進京之時刊發社評《歡迎與期望》，頌揚蔣氏的「為功之大」。8 月，國民黨二屆五中全會召開，張季鸞利用這個機會與各方要人廣泛接觸，並於 8 月 27 日至 9 月 3 日連續刊發 6 篇《新都觀政記》和 3 篇《京滬雜記》。

〔註95〕《本報續刊二週年之感想》，《大公報》，1928 年 9 月 1 日。

〔註96〕方漢奇：《〈大公報〉百年史》，192 頁，《大公報》在蔣桂、蔣馮及中原大戰中的表現，方漢奇的《大公報百年史》（192～194 頁），吳廷俊的《吳廷俊的《新記〈大公報〉史稿》，127～134 頁有詳細描述。

3、蔣對張季鸞及《大公報》多有提攜與照顧。蔣除了於 1929 年以國民政府主席身份，用「大公報並轉全國各報館均鑒」向全國求言詔的形式，確認《大公報》在全國輿論界的首席地位，使其影響力超過《申報》和《新聞報》外，1931 年 5 月 2 日，在紀念《大公報》發行一萬號時，蔣還送來親筆題寫的《收穫與耕耘》賀詞，讚譽《大公報》是「中國第一流之新聞報紙」。對於張季鸞，蔣優禮有加，以「國士」待之，每年夏季請張季鸞上廬山休養。1934 年蔣在南京勵志社大宴群僚，使張在群僚面前成為首席的主客，大有「韓信拜將，全軍皆驚」之感〔註97〕，這既使張深懷「知遇之恩」，也在無形中使《大公報》擁有了遠超於其它各報的言說空間。

4、蔣常約張季鸞晤談，即聽取張建議又以借張之口將其政策意圖透露出去，藉此試探民意，為其政策鋪路。張即能嚴守秘密，又能借助社論在字裏行間透露蔣的意圖，遂使二者相得益彰，蔣獲得了「俯順民意」的美名，《大公報》贏得「先見之名」，在中上層讀者群及知識分子群體中獲得了權威聲譽，甚至國民黨高級官僚常從大公報的社評中探悉、揣摩蔣氏的政策意向。

（三）理性、樸實、嚴肅、力求客觀的報紙風格

一家媒體要生存與發展，形成穩定的讀者群，內部的辦報方針、人事組織、經營管理及外部的言說空間自然重要，它們是支撐報紙生產的核心要素，但報紙內容卻是維繫報紙與讀者的惟一中介。換言之，報紙是否獲得市場認可，是否擁有龐大的、穩定的讀者群，關鍵要看報紙內容（新聞、副刊、廣告等）是否滿足了目標讀者需求，其報導風格是否適應讀者的閱讀胃口與習慣。從這個層面言，《大公報》的成功主要有三個方面的因素。

1、以張季鸞為代表的《大公報》社評〔註98〕和星期論文。《大公報》的

〔註97〕見方漢奇：《中國新聞事業通史》（二卷），中國人民大學出版社，1996 年，466頁。

〔註98〕對以張季鸞為代表的《大公報》社評，歷來是學界研究的重點。歷史學界常以《大公報》社評為資料來源，分析《大公報》的政治、經濟、社會及文化思想，新聞史學界則分析《大公報》社評的特色、新聞思想、辦報方針、政治理念等。前者以賈曉慧額《〈大公報〉新論：20 世紀 30 年代〈大公報〉與中國現代化》為代表，後者的研究相對比較零散，主要有：周建明：《快捷、樸實、犀利、透闢——簡論張季鸞撰寫的〈大公報〉社論特色》（《新聞寫作》）、汪瑛：《報人張季鸞及其社評研究》（中央民族大學碩士論文，2007 年）、申玉彪：《張季鸞社評初探》（碩士學位論文，1992 年）、李浩然的《張季鸞社評特點初探》（《科技信息》，2008 年第 24 期）等。《季鸞文存四版序》，《季鸞文存》，1947 年 4 月第 4 版。

「不私」、「不盲」的敢言社評已被學界公認為是《大公報》的鮮明特色，尤其是張氏的「快捷、樸實、犀利、透闢」文章折服了民國知識分子群體。張的社評，老報人曹谷冰概括為「如昌黎（韓愈——引者），如新會（梁啟超——引者），無僻典，無奧義，以理勝，以誠勝，故感人深而影響遠」〔註99〕。曹谷冰的概括可謂凝練、精闢、到位，準確地解釋了張季鸞社評的文風：語言流暢、淺顯易懂，論證縝密周細、情感樸實中肯，文筆犀利透闢。張曾對王芸生概括他寫評論的要訣是「以鋒利之筆，寫忠厚之文；以鈍拙之筆，寫尖銳之文」。〔註100〕不僅如此，張氏社評均是針對當時紛繁複雜的新聞事件的及時、快捷、深入、理性、誠懇的解疑答惑，對時局發展的客觀、中肯的諍言直諫，及理性、務實的立場表白，這種在樸實、理性中孕含犀利、尖銳的敢言、敢罵風格，正適合接受了中等乃至高等教育的知識分子的閱讀胃口與新聞需求。五四運動後，隨著國民黨推行高等教育，以及中等教育的城市社會中的普及，這一群體在事實上成為民國社會，尤其是民國城市社會穩定及發展的支撐性階層，對國民黨來說，爭取這一階層的支撐是穩固其執政的階級基礎，對於報刊來說，使這一階層成為其目標讀者群即意味著奠定了主流地位。張季鸞的社評顯然做到了這一點，據統計，從 1929～1941 年，幾乎百分之八十的知識分子、公務員、官吏是《大公報》的讀者。〔註101〕為爭取這一目標讀者群，《大公報》還於 1934 年 1 月開設了《星期論文》，請政學兩界的精英撰寫有深度的論文或評論，滿足知識群體對深度信息的渴求。據統計，從 1934 年 1 月刊登「星期論文」到 1937 年 7 月（抗戰爆發），大公報共發表論文約 170 篇，參見撰文的作者有 36 人，他們多是大學教授和社會名流，一般都有出國留學的經歷，從事的專業、研究的學科非常廣泛，包括政治學、法學、文學、史學、化學、地質學、教育學、美學、經濟學、社會學等。〔註102〕

〔註99〕 曹谷冰是張季鸞在北平《民立報》時的同事曹成甫的兒子，二人因反袁被捕入獄，曹死獄中，張被營救得脫。張氏把曹谷冰撫養長成，送入上海同濟大學讀書，1923 年送其赴德國留學，1927 年 5 月回國後進天津《大公報》館，把其培養成《大公報》第二代的領頭人之一。故曹谷冰對張氏社評的概括最有權威性，也最貼近張氏社評的特點。引文見《季鸞文存四版序》，《季鸞文存》，1947 年 4 月第 4 版。

〔註100〕 周雨：《王芸生》，人民出版社，1996 年第一版，210 頁。

〔註101〕 石永貴：《我國報紙社論之流變及影響》，見《大公傳播的挑戰》，臺灣三民書局，1987 年 3 月。

〔註102〕 賈曉慧：《〈大公報〉新論：20 世紀 30 年代〈大公報〉與中國現代化》，234

2、以關係國計民生的「硬新聞」爲報紙主角。自民國初年，新聞漸次取代論說，成爲報紙主角，並產生了黃遠生、邵飄萍、林白水等名記者，胡、張均是新聞全才，非常清楚新聞質量對於一家報社的極端重要性。爲此胡氏以國聞通訊社和《國聞周報》爲班底，構建了包括胡、張及范長江、王芸生、曹谷冰、徐鑄成、蕭乾等在內的一支精幹、有力的記者隊伍〔註103〕，其採訪觸角遍及海內外，使《大公報》在獨家新聞、報導深度、報導質量上遠超於《申》、《新》兩報，在國內新聞競爭中拔得頭籌。胡政之在 1928 年「第二北伐」中的北京採訪，張季鸞於 1928 年的南京採訪，徐鑄成在中原大戰中的訪馮記，胡政之對「九一八」事變的獨家報導，范長江的西北採訪等都是 1926～1937 年間轟動一時的獨家報導，爲《大公報》頻繁增色。其中，范長江的西北採訪及西北系列通訊更是轟動全國，由其通訊合輯而成的《中國的西北角》從 1936 年 8 月首次出版到 1937 年 11 月，先後 9 次再版。〔註104〕至於被《申報》、《新聞報》、《世界日報》等報紙視爲吸引一般市民的「性、星、腥」社會「軟新聞」或「黃色新聞」，《大公報》報導相對來說最少，對其也無故意炒作，藉此提高發行量的嫌疑。另外，版面安排、標題製作對國內外要聞、尤其是重要新聞也非常重視。筆者瀏覽《大公報》發現，《大公報》的二、三版一般爲國內外要聞，社論經常放在首位，新聞注重長短搭配，使之錯落有致，標題力求醒目、準確，版面美觀，圖片安排也相當有講究。

在新聞語言的使用上，《大公報》始終堅持了以事實爲核心的客觀主義的新聞報導手法，不論是系列通訊，還是短篇消息，大都使用中性、平和、客觀的新聞語言，力戒主觀的想像與推測與毫無意義的空話、套話與官話，且在凝練、簡潔、貌似客觀的新聞敘述中，能流露或表現出其新聞傾向與政治立場。在中原大戰中，《大公報》尚不能確定其政治靠山，對中原大戰的報導，基本持中立立場，客觀報導南北各方的態勢、動作和勝敗進退的狀況，對於

～239 頁。

〔註103〕胡政之非常重視新聞人才，對此，大公報社人都有相關回憶。胡氏也深感培養一個好新聞記者的難度。他曾說「養成一個好新聞記者，真比養成學者還難，一需本人有天才，感興趣，二需國文好，常識足，三需體質強，能忍耐，至於評論記者，要需要豐富的知識，熱烈的情感，公正的觀察，周到的判斷，和一個良好的史官一樣，更難培植」。見胡政之：《作報與看報》，《國聞周報》第 12 卷第 1 期，1935 年 1 月 1 日。

〔註104〕藍鴻文：《〈中國的西北角〉到底出了多少版？》，《新聞戰線》，2008 年第 8 期。

其要維護的「正統」的蔣介石，也有痛罵之聲。1930 年 4 月 7 日《大公報》刊發馮、閻兩系將領由鹿鍾麟領銜發出的勸蔣介石下野的電報，就借他人之口罵蔣氏。「罵蔣」的原文是「論者謂善言爲先生說完，而惡行爲先生作盡」。〔註105〕再如「九一八」事變後，《大公報》要聞版於在《本報記者謁張談話》的標題下發表了張的談話，並於同日刊登張學良的 19 日通電：「日兵自昨晚十時開始向我北大營駐軍實行攻擊，我軍抱不抵抗主義，毫無反響」。「毫無反響」一詞明確地表達了東北當局對事變的態度，也折射了該報以後對日抗戰的理性而非激情的立場。這種尊重新聞事實，忠實表現的手法，使《大公報》刊錄的新聞成爲歷史的記錄者，至今仍被現代學人多次摘錄與引用。

　　3、門類齊全、質量上乘的各種專刊副刊起到了擴展、維繫讀者群，服務社會的重要角色。以專刊、副刊擴充報紙版面，豐富報紙內容，是民國報刊的普遍做法。這一做法既維繫了特定目標讀者群，又爲社會團體提供了言說的平臺，這種既節省辦報成本，又增加發行量的做法在 20 世紀 30 年代相當普遍，《申報》、《新聞報》等大報的「厚報化」，很大一部分是各種類型的專刊副刊。略有相當規模的報紙，不論是民辦還是黨辦，都辦有各種類型的專刊副刊，少則兩三種，多則二三十種，《大公報》亦不例外。創刊之初，《大公報》就在八版上半版設立了綜合性的文藝副刊《藝林》，由何心冷主編，到 1927 年 2 月其專門性副刊已初具規模，形成每周固定時間、固定版面、每個副刊出版一期的版面設計：《文學副刊》（周一）、《電影》周刊（周二）、《戲劇》周刊（周三）、《家庭與婦女》（周四）、《體育》周刊（周五）、《藝術周刊》（周六）、《兒童》周刊（周日）。1929 年元旦後，《大公報》專刊與副刊有了新的發展。據統計，從 1929 年元旦到 1936 年 9 月復刊 10 週年，大公報先後創辦了二十多個專業性的副刊。〔註106〕《大公報》的專刊副刊除了少數由社內編輯，多數約請社外人士編輯，但都具有明顯的兩個特點：大眾性與知識性。前者是指其讀者面寬、讀者層偏重中下，後者是指內容上大都面向廣大

〔註105〕惲逸群在《30 年代見聞雜記》中稱這兩句話不失爲蔣介石一生的定評。原文是大公報「曾批評蔣介石『好話爲先生說盡，壞事爲先生做盡』」。

〔註106〕《科學周刊》、《市政周刊》、《社會研究》、《醫學周刊》、《政治副刊》、《讀者論壇》、《社會科學》、《現代思潮》、《世界思潮》、《社會問題》、《經濟周刊》、《軍事周刊》、《文藝副刊》、《明日之教育》、《鄉村建設》、《圖書周刊》、《史地周刊》、《藝術周刊》、《縣政建設》等。李秀雲的《大公報專刊研究》（新華出版社，2007 年 12 月）對 1927～1937 年間的大公報專刊做了系統的研究，目前是這方面研究的唯一的學術專著。

讀者或特定讀者傳播他們所需要的、感興趣的知識。〔註107〕此外，《大公報》還根據其言論方針的需要，適時創辦相應專刊。如根據「明恥教戰」言論方針，創辦《軍事周刊》（1932.1.8～1933.12.30）、《經濟周刊》（1933.3.1～1937.7.21）。

至於廣告，胡政之視「報紙的食糧是廣告」，也深知報紙與發行的關係。〔註108〕據研究，新記《大公報》的廣告經營也堅持「四不」方針，其廣告經營迥異於《申報》的多而雜、繁而亂、包羅萬象的風格，一直保持著「乾淨」的廣告風格。〔註109〕其特點，時人也給予了很高評價：「許多廣告創意之獨到，繪畫之精美，令人拍案叫絕。廣告的生動性與大信息量使讀者在閱讀正文後爭相瀏覽，品評《大公報》『精彩的商品世界』」。〔註110〕這種廣告經營的專業化、美化的策略與做法，符合中上層讀者群的審美需求。

可見，吳、胡、張三人續刊《大公報》，以「四不」方針為辦報方針，從資金來源、報社的組織管理、新聞人才團隊的構建，到社論、新聞、專刊副刊及廣告經營，做到了一體化，始終以民國城市社會的中上層為目標讀者群，以「文人論政」的辦報理念主導了民國輿論的基本走向。這一定位與做法，已被證明是行之有效的成功做法，它既成就了《大公報》的歷史地位，也在一定程度上影響了歷史，推動了中國的現代化進程，其寶貴經驗至今仍值得中國新聞界的借鑒。

二、成舍我的《世界日報》報系的生存與發展模式

成舍我是民國時期以白手起家，其新聞經歷既篳路藍縷、充滿坎坷，又有豐碩成果，可謂是訓政時期非常具有典型性的民營職業報人。與胡政之、

〔註107〕吳廷俊：《新記〈大公報〉史稿》，武漢出版社，2002年2版，89～90頁。

〔註108〕胡政之在《作報與看報》中從報紙是商品的關係，競爭非常厲害的角度，以英美日報紙廣告為參照分析了民國了報紙廣告與發行的關係，認為報紙的生活根據原建築在廣告與發行兩方面，大陸諸國廣告比較差，須依賴廣告發行的收入雙方均勻維持。上海廣告發達，報紙注重銷路卻養成了「報販閥」，全國報紙為此吃虧很大。見《作報與看報》，《國聞周報》第12卷第1期，1935年1月1日。

〔註109〕孫會：《〈大公報〉廣告與近代社會（1902～1936年）》，河北師範大學博士論文，2007年9月。

〔註110〕由國慶著：《〈大公報〉的老廣告》，選自《大公報一百週年報慶叢書》編委會：《我與大公報》，上海，復旦大學出版社，2002年版，408頁。

張季鸞相比，成具有胡、張二人的艱苦創業精神，不具有胡、張二人得天利（以蔣介石為影子靠山）、人和（胡、張、吳三人的緊密配合）的優勢，其政治理想也沒有胡、張二人熾熱。如果說胡、張二人是理想主義者，以「文人論政」方式欲做民國文人的精神領袖，社會的精神導師，成則是現實主義者，力求做中國的赫斯特。與史量才、汪伯奇、汪仲韋兄弟相比，成是嶄露頭角的新聞創業青年，不具有前者得天獨厚的先天條件，與陳銘德、張竹平、管冀賢、張友鶴、張友鸞等民營報人相比，成在活動能力、報業經營戰略、職業追求等方面又高他們一籌，雖經多次挫折，陷入囹圄，又能東山再起，先後於北京創辦《世界日報》、《世界晚報》、《世界畫報》，於南京創辦《民生報》（1928 年初～1934 年 11 月），於上海創辦《立報》（1935 年～），構建了以《世界日報》為核心的報系。因此，成在黨國體制下經營報紙的理念、策略與做法，其成功經驗和失敗教訓，可謂民營報人求生存圖發展的集體縮影。

　　成舍我（1898～1991），生於湖南一破落地主家庭，原名希箕，又名勳。幼年目睹上海《神州日報》駐安慶記者方石蓀，以長篇報導為其父洗去冤屈，遂立志為新聞記者。先為《安慶民嵒報》撰稿。16 歲正式被聘為該報外勤記者，後陸續任職於瀋陽《健報》、上海《民國日報》、北京《益世報》，1924 年起於北京連續創辦《世界晚報》（1924.4.16）、《世界日報》（1925.2.10）、《世界畫報》（1925.10.1），初步奠立其報業基礎，期間，成奔走在安慶、瀋陽、南京、上海、北京之間，曾加入南社，與陳獨秀、葉楚傖、劉半農、李劍農、李大釗、李石曾等各色精英人物有交往，建立了廣泛的人脈關係的同時也嘗盡了艱辛。1928 年南下於南京創辦「首都最早的一份民營報紙﹝註 111﹞」，《民生報》，大獲成功。《民生報》刊行 7 年有餘，「銷數比當時首位大報中央日報多﹝註 112﹞」，因觸怒行政院長汪精衛於 1934 年 11 月 20 日被查封，成氏繫獄 40 天。出獄後陳奔赴上海於 1935 年 9 月 20 日創辦《立報》，亦獲得成功，1937 年其發行量突破 20 萬大關，居全國報紙發行之首位。成氏筆名「舍我」取自《孟子》上的「舍我其誰」，暗示成以新聞報國的堅定信念。成信奉「資本家出錢、專門家辦報，老百姓說話」是最理想的辦報模式，報刊應是超越黨派、經濟獨立，制衡權力的輿論機關和民眾喉舌。在這一理念指導下，於抗戰前夕成舍我在國民黨新聞統制下走了一條相當坎坷與畸形發展的報業經營模

〔註 111〕賴光臨：《中國新聞傳播史》，三民書局，1978 年，174 頁。

〔註 112〕賴光臨：《中國新聞傳播史》三民書局，1978 年，174 頁。

式。

（一）以個人交際方式建立了以國民黨中下層官僚為主體的影子靠山

與胡、張留學日本，有豐富學識和過硬的新聞才能不同，成出身貧寒，學業僅止於半工半讀性質的北大國文系選科生。年少時，成雖立定「欲終身操記者業」〔註113〕，也在瀋陽《健報》、上海《民國日報》、北京《益世報》任職，並表現出較強的新聞能力，其《安福與強盜》一文更為其帶來不少聲譽，但在20年代成基本過著「賣文為生」的生活，個人生存壓力遠大於其新聞抱負。1924年4月以200元私蓄創辦《世界晚報》，其目的與其說是為了新聞理想「賠完了事」，不如說是成看準了北京報業市場的發展機遇，又不願屈人之下的孤注一擲更符合史實。〔註114〕此時，成氏雖小有名聲，也通過採訪活動結識了不少權貴，卻基本屬於北洋舊官僚範疇，《世界晚報》、《世界日報》、《世界畫報》，除了依靠成氏的苦心經營，很大程度上也依靠北洋舊官僚、政客而奠定了發展的初步基礎。成氏利用這些官僚政客看重新聞宣傳的心理，一是為自己謀得拿乾薪的兼差，如通過眾議院議長吳景濂做了眾議院一等秘書，月薪大洋200元，通過教育總長彭允彝的關係做了教育部的秘書，財政總長王正廷舉薦做了華威銀行的監理。二是拉攏他們資助自己辦報。成

〔註113〕舍我：《先考行狀》，原刊1931年9月4日、5日《世界日報》轉中國人民大學港澳臺新聞研究所編：《報海生涯——成舍我百年誕辰紀念文集》，新華出版社，1998年，28頁。

〔註114〕20年代初，北京新聞界有大小報紙70餘家，其中三分之二以上都有政治背景，常為一黨一派之私利，顛倒是非，報紙質量很差（方漢奇：《中國新聞事業通史》（2卷），85頁）。龔德柏甚至將除《晨報》、《益世報》和《順天時報》之外的北京報紙稱為是「一群流氓，藉辦報之名，以行劫掠而已」。龔氏亦認為當時北京需要「一張相當充實的晚報，供公務員與文化人下班後消遣。而辦晚報又較辦日報容易。晚報只要幾條特別消息，與一些小品文字，就能號召讀者。有了銷路，就能養活自己。」（龔德柏：《龔德柏回憶錄》（上）。龍文出版社股份有限公司，1989年6月一版，105頁，112頁。）而當時北京市面上晚報僅《北京晚報》一家（一說17家，見方漢奇：《中國新聞事業通史》，2卷，第481頁），消息陳舊，成氏自信倘若出版一張「絕不採用隔日舊聞」、消息靈確的晚報，一定會有「光明的前途」。龔德柏亦認為當時北京需要「一張相當充實的晚報，供公務員與文化人下班後消遣。而辦晚報又較辦日報容易。晚報只要幾條特別消息，與一些小品文字，就能號召讀者。有了銷路，就能養活自己。」見馬之驌：《新聞界三老兵》，經世書局，1986年10月1版，152頁。

氏利用段祺瑞政府的財政總長賀得霖拉攏報界為己所用的機會，使其先從東陸銀行撥出 3000 元給成，以後又給了三四百，總計約 4000 多元的資金，購置了印刷設備，創辦了對開四版的《世界日報》。成氏於 1926 年被張宗昌抓捕後得以逃脫，也得力於被北方軍政界尊為「三元老」的孫寶琦的營救。可見，成氏深知報紙的輿論資源與官僚政客手中的政治資源之間，存在著一種資源互補的潛規則。不同於一般的政客和報人的是，成能在這兩種資源的互補、互換中能保持清醒的頭腦、獨立的職業追求，不被政客完全利用，出現胡政之所說的「等到宣傳的目的達到了以後，報紙也就跟著衰竭了」的命運。

1927 年 8 月，成氏離京南下到南京另覓新路，與李石曾往來頗多。李石曾（1881～1973），原名李煜瀛，字石僧，高陽人。其父李鴻藻曾任同治、光緒二帝太傅，工部、兵部、戶部、吏部尚書、軍機大臣、協辦大學士，是晚清顯赫一時的重臣。李氏於 1902 年隨駐法大使孫寶琦出使法國，在法留學 3 年習農，1906 年加入同盟會，1920 年初與蔡元培、吳敬恒於北京利用庚子賠款創辦中法大學，並出任董事長。1924 年在國民黨一大上當選為中央監察委員，與吳稚暉、張靜江、蔡元培並稱國民黨四大元老，之後連任第二至第六屆中央監察委員及第七至第十屆中央評議委員。1927 年後，李氏還曾任國立北平大學校長、師範大學校長、國立北平研究院院長等職，是國民黨文教領域資深的黨政要員。成氏與李氏的交往，為成的報系奠定了重要的政治基石。李氏支持成到南京發展，並與之共同創辦《民生報》，還協助成出國考察報業，並在《民生報》案中出力甚多。借助李石曾，利用《民生報》、《世界日報》等報系，成先後結實了《中央日報》社長程滄波、中央通訊社社長蕭同茲，並依此為點建立了包括李石曾、龔德柏、蕭同茲、程滄波、黃少谷、吳中一等國民黨中下層和黨報負責人、宣傳官員為主體的影子靠山。〔註 115〕這一群體處在蔣、汪、胡三人權力爭鬥的夾縫中，也未過多捲入地方派系，是國民黨內比較務實、謹慎、相對正直、聯繫比較鬆散的一個政治小群體。這一群體所提供的媒體言說空間，遠遜於《大公報》的言說空

〔註115〕李石曾與蔡元培、張靜江、吳稚暉關係密切，在教育領域擁有豐富資源；龔德柏是成氏的同學，曾任職於《世界晚報》併兼任《世界日報》總編輯，因其抨擊時政，在新聞界有「龔大炮」之稱。1927 年至 1937 年先後歷任南京《革命軍日報》總編輯、《申報》編輯、外交部特派湖南交涉員、國民政府軍事委員會少將參議、國民黨五大代表等職務。1932 年初於南京創辦《救國晚報》、《救國日報》暗助藍衣社擁護蔣介石，在「彭成訟案」中支持成舍我。

間，不僅使成氏難以實現「要說自己想說的話」和「要說社會大眾想說的話」
〔註 116〕的願望，還致成數次身陷囹圄。《民生報》因於 1934 年 5 月 24 日刊
登 182 字的送檢消息，得罪汪精衛，被迫停刊三日，「彭成訟案」雖得到輿論
界支持，但汪氏卻借 7 月 20 日的送檢消息查封《民生報》。再以范長江為例，
范氏原是《世界日報》在北大的特約記者，1935 年打算去西北採訪〔註 117〕，
請求資助幾十元被成拒絕，而於兩年後轉向了胡政之使范氏成名於《大公
報》。成之所以拒絕范氏，一般論者均認為是成氏苛刻員工，而忽略了西北
採訪的高度政治敏感性可能使《世界日報》遭到滅頂之災：離開江西之後的
紅軍到哪兒去了？是如國民黨宣傳機器所說「赤禍根除了」。如果是，西北
採訪意義不大；如果不是，《世界日報》刊發那就與國民黨新聞政策產生直
接對抗，後果可想而知。事實也是如此，《大公報》刊登范長江的西北旅行
通訊，「主觀上是為了避免與頂頭上司宋哲元發生摩擦，然而，它也無意中
撥動了當時社會另一根繃得很緊的弦——離開江西之後的紅軍到哪裏去
了？〔註 118〕」。而正是後者讓范氏成名於《大公報》，張季鸞也為此遭到蔣
介石大罵。〔註 119〕因此，依靠這一政治主體，成氏建立了自己的新聞事業。
《世界日報》的生命線是教育新聞〔註 120〕，這於李石曾主管北平的教育密

〔註 116〕 成氏創辦《世界晚報》時曾說他那時最大的願望，「第一是要說自己想說的話，
第二是要說社會大眾想說的話」。見黃侯興：《成舍我的三個「世界」》，轉中
國人民大學港澳臺新聞研究所編：《報海生涯——成舍我百年誕辰紀念文
集》，新華出版社，1998 年，72 頁。

〔註 117〕 范氏向成氏申請西北採訪，一說是 1933 年，見吳廷俊：《新記〈大公報〉史
稿》，武漢出版社，2002 年 2 版，164 頁。原文是：「范長江 1933 年就有了考
察西北的設想，也早有瞭解紅軍的願望，並曾經商情《世界日報》的成舍我
先生支持而沒有實現。」從敘述看，范氏向成氏提出考察西北應在 1933 年以
後。而 1933 年是國民黨發動第三次圍剿的時期，此事的有關中國共產黨的新
聞完全由國民黨剿匪司令部下的宣傳機構所壟斷。即使去了採訪，也不可能
通過新聞檢查，若違檢刊登，很有可能面臨「通共」的帽子，導致報社關門。
成氏一向反對中共。而西北採訪若不涉及中共的消息，單純的地質、地貌的
描述，也就沒有多少新聞價值。對時局、新聞事實異常敏感的成氏一定會想
到這一點，這才是他拒絕資助范長江去西北採訪的真正根源。

〔註 118〕 吳廷俊：《新記〈大公報〉史稿》，武漢出版社，2002 年 2 版，164 頁。

〔註 119〕 1937 年 2 月 15 日范長江的《動蕩中之西北大局》一文，被胡政之違檢刊登
在《大公報》上海版和天津版。此時正值國民黨五屆三中全會開幕前夕。此
文刊登揭露了蔣氏的謊言，讓蔣非常尷尬。蔣氏為此大罵張季鸞，但並未給
大公報以處分。參見周雨：《大公報史》，江蘇古籍出版社，160 頁。

〔註 120〕 由賀逸文、夏方雅、左笑鴻寫的回憶性文章：《北平〈世界日報〉史稿》就以

切相關；與《民生報》創辦得到了李石曾的支持，上海《立報》由嚴諤聲（新聲通信社社長）、蕭同茲（國民黨中央通信社社長）、吳中一（前《民生報》駐上海記者、新聲通信社副社長）、嚴服周（新聲通信社南京分設主任）、錢滄碩（國民黨中央通信社上海分社主任）、胡樸安（民報社長）、管際安（民報總編輯）、田丹佛（南京復旦通信社社長）、沈頌芳（新聞報記者）、朱盧白（前南京朝報總編輯）、章先梅及成舍我等人集資 10 萬而創立。〔註121〕與此同時，成氏的新聞事業也受制於這一群體，其所辦的報刊均是地方性大報，而未成為全國性大報，也未能達到《大公報》的影響高度。

（二）以小型報為辦報理念於大報夾縫中探索出新的辦報模式

從報紙篇幅、版面的角度考慮辦報模式，並非始於成舍我，在 20 世紀 20 ～30 年代乃至更早，在上海《申報》、《新聞報》以擴充版面增添副刊專刊及廣告版面作為擴大讀者群、增加發行量以贏利的同時，投資少、篇幅小的小報也與之同時並存。自 1897 年李伯元創辦上海《遊戲報》後，滬上小報遂成風行之勢，至 20 世紀 20 年代，上海小報的總數至少在一千種以上〔註122〕，類別更是千姿百態，有戲報、遊戲報、社會新聞報、生活常識報、文學文藝報、也有揭露內幕、刊載黃色等各色內容的綜合性小報等，小報在養活生活沒著落的下層文人的同時也將新聞觸角深入到社會下層，扮演了啟蒙角色。但小報的消遣性、娛樂性，乃至誨淫誨盜，致使它長期不被知識精英重視，從內容上改革小報內容，做到「篇幅既小、內容又精，使之成為「篇幅小、內容精、版面活、定價低的大眾化政治報紙〔註123〕」，在成舍我看來是彭翼仲

「教育新聞是《世界日報》的生命線」作為其中的小標題，可見教育新聞對於《世界日報》的貢獻。見張友鸞等著的《世界日報興衰史》，重慶出版社，1982 年，82～85 頁。

〔註121〕成氏創辦《立報》，論經濟力量，他在 1935 年能做到獨資經營，只是為了要利用政治、社會力量，所以多約朋友參加，這一考慮很可能受《民生報》被查封的刺激。參見張友鸞：《報人成舍我》，轉張友鸞等著的《世界日報興衰史》，重慶出版社，1982 年 5 頁。另見黃俊華：「小報」大世界──成舍我「小報大辦」思想研究》，河南大學碩士論文，2007 年，12 頁。

〔註122〕祝均宙：《上海小報的歷史沿革》，中國人民大學《新聞研究資料》第 42 輯。另據統計，民國年間上海各種小報有 1266 種，占當時整個報紙出版量的 70.88%。見黃俊華：《「小報」大世界──成舍我「小報大辦」思想研究》，河南大學碩士論文，2007 年，3 頁。

〔註123〕丁淦林：《20 世紀 30 年代中國小型報淺議》，《丁淦林文集》，復旦大學出版社，2005 年 53 頁。

於 1904 年 8 月 16 日在北京創辦的《京話日報》（1904～1922）〔註 124〕，但對成氏「小型報」的辦報理念有直接啟發的是北平的《群強報》。成在北大讀書時發現，北平銷數最多的四大報：《順天時報》、《益世報》、《北京日報》、《晨報》的總銷數竟「竟常不及一小型報的《群強報》多」，「北平的『引車賣漿』之徒，真幾乎人手一紙」。而《群強報》是一張四開紙，內容完全剪自兩天前的上述四大報，字數除了廣告外，總共不到 8 千字，且排版很惡劣。經成氏仔細研究發現，該報的成功在於：（1）內容雖剪自大報，卻縮編為幾十個字，最多不過二三百字；（2）採用淺顯易懂的白話體；（3）售價便宜，大報售銀元二分或三分，該報僅需銅元一枚。然這份至少月贏餘 2000 銀元的報紙，因其主人陸哀信奉「牌子老」是贏利的不二法門，不思進取，終被後起的《實事白話報》、《時言報》等小報搶去市場。至 1928 年 10 月 4 日，管翼賢創辦「北平首先真正實行『大報小型化』的小型報」《實報》時，《群強報》在《實報》的衝擊下，更無法支撐不到一年就因虧累停刊了。〔註 125〕

　　成氏見證了《群強報》的興衰及《實報》、《實事白話報》的崛起，使他意識到城市社會的中下層讀者群是一個龐大的、潛在的報業市場，依靠發行、精心經營是很有可能獲取成功。除了依靠賀得霖 4000 多元創立的《世界日報》外，成氏創辦的《世界晚報》、《世界畫報》均是四開一張的小型報。《世界晚報》以「言論公正、不畏強暴、不受津貼、消息靈通」為宗旨，既注重獨家新聞、教育界新聞也注重副刊，其副刊連載張恨水的《春明外史》，更是一炮打響。

　　1927 年 11 月，成創辦了《民生報》，是成真正、全面實踐小型報的開始。《民生報》採取「小報大辦」、「精選精編」的方針，「重視言論、競爭消息、廣用圖片」，發行提出「永遠保持一元錢看三個月廉價報紙的最低價格」的口號，獲得成功。其發行量一年後增至 1.5 萬份，有時高達 3 萬份，《民生報》亦成為南京最有影響力的報紙。《民生報》成功，一定程度上影響了《新民報》、《朝報》、《南京晚報》、《南京人報》等小型報紙的創辦。待《民生報》停刊後，「與民生報同型之朝報，耐極流行，銷路甚巨」。〔註 126〕1931 年，成氏出

〔註 124〕成氏曾說「遠在幾十年前，小型報的銷數，就往往超過大報，中國的小型報最早也最流行的地區，是北平，滿清末年，京話時報即風行一時」。見成舍我：《由小型報談到「立報」的創刊》，轉李瞻：《中國新聞史》，377 頁。
〔註 125〕成舍我：《由小型報談到「立報」的創刊》，轉李瞻：《中國新聞史》，377～379 頁。
〔註 126〕成舍我：《由小型報談到「立報」的創刊》，轉李瞻：《中國新聞史》，380 頁。

國考察歐美報界，對英法兩國的「小型報」獨有情鍾，並堅定小型報是最符合中國社會現實狀況的「眞正的大眾化報紙」、在全世界新聞事業中都有「美麗遠景」。〔註127〕成認爲：小型報不能與小報混爲一談，小報是西方所指的「蚊子報」（Mosquito Paper），「小型報是 Tabiold，他主張原則是要將一切材料去其糟粕，存其精華。……，小型報乃「大報」的縮影，他每一文章每一條新聞，最好不超過五百字。……，小型報重視言論、競爭消息、廣用圖片。……，他的工作重心，在改寫與精編。」〔註128〕

《民生報》不幸夭折後，成在上海又創辦《立報》，可謂是其實踐小型報的成熟期。《立報》亦採取「精編主義」，在抗日輿論激揚背景下，能在競爭激烈的上海報業不依靠廣告而靠發行站穩腳跟，於兩年內達到日銷 20 萬份，是近代中國報刊史上的一個奇迹，再次證明了成氏對報業市場判斷的準確。

小型報在 20 世紀 20～30 年代大獲成功，走出了不同於《申》、《新》等大報，不同於天津《大公報》的辦報模式，除了成氏的精心經營，更取決於外部的社會環境：

1、中國民族資本發展的嚴重滯後，使除了上海外，其它城市的廣告市場處於畸形狀態，不能支撐民營報紙的正常發展，而報社用紙需要進口，紙價昂貴對報社的沉重壓力，也使資金單薄的報社不敢貿然擴版。

2、資金雄厚的《申報》、《新聞報》及國民黨直轄黨報，佔據了有限的廣告客戶的主要資源，無形中既抬高了民營報業的門檻，也對弱小的民營報社造成巨大的經濟壓力，這一壓力在史量才收購《新聞報》股權案中，報業支持《新聞報》，反對史量才，而不是做大民族報業應對國外媒體挑戰，即是民營報業對《申》、《新》兩報的抗議。

3、民國通訊社的發達，使消息獲得成本急遽下降，依靠通訊社稿是完全能夠填充小報的新聞版面。事實上，通訊社稿件往往在民國報紙佔據了新聞版的絕大多數版面。

4、隨著民族資本的發展，市民社會在上海、北京、天津等主要城市的形成及民國教育的擴張，民國城市社會裏的下級階層，市民、販夫走卒、買漿

〔註127〕成舍我在《我所理想中的新聞教育》（《報學》季刊，1935 年第 112 頁）、《中國報紙之將來》（《新聞學研究》，燕京大學新聞系，1932 年，27 頁）、《由小型報談到「立報」的創刊》等文章中做了深入的闡釋。

〔註128〕成舍我：《由小型報談到「立報」的創刊》，轉李瞻：《中國新聞史》，371 頁。

之流，工人、受過初等或高等教育的學生、中下級官吏、學校普通教員、店員等群體的新聞需求增強，形成了龐大的讀者市場。《申》、《新》兩報以「厚報」方式佔據了 30 多萬讀者群，而國民黨各級黨報的枯燥、單調使之讀者市場局限於國民黨黨員、政府行政官僚體系內，這就使精編、價廉、內容豐實、信息含量大的小型報風靡一時，《立報》更是以「日銷百萬」為號召，且在短期內於報業擁擠的上海發行達 20 萬份，除了時局的影響外，更在於她滿足了這一龐大讀者市場的新聞饑渴，同樣道理，鄒韜奮的《生活》系列能夠獲得讀者認同，也在於他認真踐行了「大眾化」口號。而以小型報為代表的民營報紙在民國城市社會中的普遍下移，其政治傳播的意蘊甚至比《大公報》影響國民黨中上層更為重大。如果說《大公報》是力圖通過影響國民黨中上層、知識精英的方式推動其中國現代化的理念，那麼，以小型報為首的民營報紙則做了更為基礎性的中國現代化的啟蒙工作。成氏亦以此為己任，他曾借助英國報業說，「一切政治問題，又真靠人民意見來決定，那麼，二十多萬泰晤士報所謂『上層』人物的讀者，他們投票的效力，又如何一定能比四百五十萬平民投票的效力？民主政治，人民的投票權，是平等計算的！」。〔註 129〕因此，成氏對小報的改造及其成功，對於推動中國現代化進程，凝聚民族力量，抵抗日本侵略起到了不可估量的歷史作用。

（三）以鄉誼、同學、招錄及自辦新聞教育的方式吸納、培養人才，以嚴厲管理的手段構建成氏報系的新聞隊伍

　　胡政之曾說報紙的「競爭性很厲害」，而關鍵是人才的競爭。〔註 130〕民國時期，民營報紙之間的人才競爭相當激烈、新聞人才流動相當頻繁，時常

〔註 129〕見成舍我：《由小型報談到「立報」的創刊》，轉李瞻：《中國新聞史》，372 頁。另外，成舍我在上海《立報》創刊詞：《我們的宣言》中也說：「且中國多數報紙，定價高，篇幅多，文字深，所載材料，又恒與最大多數國民，痛癢無關。……以致現有報紙，只能供少數人閱讀，最大多數國民，無法與報紙接近，國家大事，知道的集會很少，國民與國家，永遠是隔離著。……要打破這種困難，第一步，必開創一種新風氣，使全國國民，對於報紙，皆能讀、愛讀、必讀，使他們覺到讀報，和吃飯一樣的需要、看戲一樣的有趣，然後，國家的觀念，才能打入最大多數國民的心中，國家的根基才能樹立堅固，《立報》所以揭舉大眾化的旗幟，其意義在此，其自認為最重大的使命，也在此。」

〔註 130〕原文是：報紙因為是商品的關係，所以競爭性很厲害。一方面是人才的競爭，同時也就是資本的競爭，不過如果同一有資本而怎樣去運用，卻又要看人才如何而定。見政之《作報與看報》，《國聞周報》第 12 卷第 1 期，1935 年 1 月 1 日，《胡政之文集》，1050～1051 頁。

威脅各報發展，略有名氣的報人、記者要麼跳槽，要麼獨立單幹，創辦新報紙或通訊社。上海《時報》有主筆陳冷被《申報》於 1902 年挖走之痛，《申報》有總主筆陳冷、經理張竹平、協理汪英賓 1929 年辭職危機，張竹平更是利用《申報》資源創建了申時電訊社；上海《商報》因陳布雷辭職而沒落，等。對此，各報社主持人均以各種辦法建立自己的人才隊伍。胡政之以「同人公約」為理念，以新聞理想和靈活的用人制度建立了「大家庭」式的人才團隊，《申》、《新》兩報資金雄厚，資格最老，處於新聞人才聚集的制高點。以 200 元起家〔註 131〕的成舍我，深知人才的重要，他曾在《如何辦好一張報》把霍華德先生的「辦好一張報，編輯人關係最大」視為至理明言。〔註 132〕但成沒有吸引新聞人才的資本，他是以鄉誼、同學、同事為基點（見表 8-3），以登報招錄、招聘，外聘、挖角和興辦新聞教育等方式招募人才，以「科學管理」為手段建構了自己的新聞人才隊伍。

表 8-3　成舍我報系中的同鄉故舊、親朋好友的關係圖〔註 133〕

姓　名	與成氏關係	職　稱　或　職　權
吳范寰	小學、大學同學	任世界日報總經理長達 15 年
成舜卿	胞兄	掌管《世界日報》的營業部的印刷工人

〔註 131〕成氏以 200 元創辦《世界晚報》常被學界視為一個奇迹。其實，《世界晚報》的創辦資金絕非成氏所說的 200 元現金。在成氏創辦《世界晚報》的同時，北平報界流行拿乾薪的兼差的潛規則，成氏亦不例外，他通過眾議院議長吳景濂做了眾議院一等秘書，月薪大洋 200 元，通過教育總長彭允彝的關係做了教育部的秘書，財政總長王正廷舉薦做了華威銀行的監理。此外，《世界晚報》聲稱不接受津貼，但據《世界日報》的老報人回憶，《世界晚報》也曾接受不少津貼。1925 年 11 月 19 日，《晨報》揭露《世界日報》、《世界晚報》領取六機關「宣傳費」400 元。29 日世界日、晚報刊登緊要聲明，否認曾受到這筆津貼，但據賀逸文、夏方雅、左笑鴻等《世界日報》老報人回憶，聲明與事實不符。見賀逸文、夏方雅、左笑鴻：《北平〈世界日報〉史稿》，轉張友鸞等著的《世界日報興衰史》，重慶出版社，1982 年，49 頁。

〔註 132〕原文是：「霍華德先生概乎言之，『到現在，我還沒有將一張報辦好的把握，一切都在精密研究中。』不過他所說『辦好一張報，編輯人關係最大』，這句話卻是至理名言，特別對我們未來整個的中國新聞事業，將是一項極富意義的啟示。」成舍我：《如何辦好一張報》。

〔註 133〕資料主要來源：張友鸞等著：《世界日報興衰史》，《世界日報興衰史》，重慶出版社，1982 年；唐志宏：《報業集團與媒體知識分子——以成舍我「世界報系」為例》，世界華人傳播學學術研討會論文，2008 年 11 月 26 日；龔德伯《彭學沛與我怨仇記》，見《又是愚話》，成舍我先生紀念網站。

成濟安	族兄	總經理
成世強	弟弟	總編輯
龔德柏	同學、朋友	總編輯，1926 年離職，彭成訟案中擁成。
左笑鴻	吳范寰的妹夫	採訪部主任，社會版編輯，《明珠》主編，世界日、晚報總編輯
張友鸞	吳范寰的老鄉	總編輯：日報 2 年，兩次參加民生報共一年多，立報 3 月
張恨水	同事	《夜光》主編、《明珠》主編，總編輯
楊幡	妻子	長期掌管日、晚、畫的財政大權。
羅敦偉	成、吳的同學	《世界日報》編輯
劉半農	鄉誼	《世界日報》副刊主編
程藝山	豐沛故人	《民生報》初期經理

　　由表 8-3 可知，成氏的《世界日報》有較濃的「家族」色彩。《世界晚報》創刊時，報館設在成氏住處，工作人員只有三個半，成任社長，總編輯龔德柏是成的同學、朋友〔註 134〕，經理吳范寰是成的小學、大學同學，編輯張恨水系兼職編副刊，只能算半個人，張是成在北京《益世報》和「聯合通訊社」的同事〔註 135〕，日、畫兩報創刊後，亟需人手。成把吳范寰、張友鸞、左笑鴻、成舜卿、成濟安等延攬進社，並擔任報社骨幹，《民生報》、《立報》的創刊則直接從《世界日報》調來骨幹。其次，根據北平大專院校雲集，就地取材，邀約大學教授參與報業工作，除了兼任撰稿外，也有聘為專任總編職務者，著名的有林風眠、魯迅、周作人等，有時還臨時找人編報，按日付給費用。三是挖角。成把競爭對手薩空了聘請到《世界日報》擔任該報《新聞學周刊》主編，爾後又任《世界畫報》總編。四是登報招聘編輯新手，登報招聘是民國報人的普遍做法。第一次招聘時（1925 年），投函者有 800 人，錄取了黃少谷、萬枚子、莫震旦、何仁甫等人。1926 年 1 月招聘時規定的招聘條件：25 歲以上，專門學校畢業，有新聞經驗，能編寫 500 字，審核錄用後每月薪金 30 元。四是沿用舊式店鋪的學徒辦法，招考練習生，既獲廉價勞力又易於管理。但成對待員工相當苛刻，薪金待遇又差，致使人員變動頻繁，成亦在民國新聞界留下了「不會籠絡人才」的說法。如，《世界日報》的總編輯先後有龔德柏、羅介邱、張恨水、陶鎔青、黃少谷、周邦式、成濟安、張友

〔註 134〕龔德伯《彭學沛與我怨仇記》，見《又是愚話》，成舍我先生紀念網站。
〔註 135〕賀逸文、夏方雅、左笑鴻：《北平〈世界日報〉史稿》，轉張友鸞等著的《世界日報興衰史》，重慶出版社，1982 年，59 頁。

鸞、左笑鴻等 9 人擔任。至於其它人員流動更爲頻繁。第一次錄取的 4 人，不到兩年，就有 3 人離去，私人介紹的編輯，也因待遇關係，不久辭職。印刷工人工資更低，他們只要聯合起來增加待遇就被成氏解雇。1927 年 1 月，成氏就全部解雇了印刷工人，換了另一批〔註 136〕；1931 年 1 月，《世界日報》和北平《晨報》兩家印刷工人聯合大罷工，要求改善待遇，提高工資。〔註 137〕五是創辦新聞學校，爲報社儲備「人才庫」。人員流動的頻繁及印刷工人的罷工，促使成氏決心創辦新聞學校，儲備人才。1933 年 2 月，成在北平創辦了世界新聞專科學校（下簡稱新傳）。先後開辦了初級職業班（1933.2，學制 2 年），報業管理夜班（1933.11，爲期 6 個月）、無線電特班（1934.1，爲期 3 個月）、高級職業班（1935.9），本科班（1937）等。新傳以《世界日報》的骨幹賀逸光、左笑鴻、張友漁、薩空了等爲教員，以「德智兼修，手腦並用」爲辦學方針，實際是將學校當成培訓工廠，爲成氏報系提供廉價勞動力。第一屆初級職業版的招生簡章規定：「凡願服務者，由本校派赴捐款創立本校之北平世界日報、南京民生報及贊助本校已與本校訂有特約之國內報館服務」。〔註 138〕

　　到成氏於南京創辦《民生報》時，他已初步建立了自己的新聞隊伍。《民生報》及上海《立報》的創辦基本調用《世界日報》的骨乾和招聘、招錄及新傳的畢業生爲主。《民生報》的骨幹力量多數由《世界日報》抽調，張友鸞任總編輯、周邦式任經理；《立報》的總編輯先後由張友鸞、褚保衡、薩空了擔任，經理前後由田丹佛、薩空了擔任，他們基本是《世界日報》的業務骨幹。

　　與胡政之營造「融洽的大家庭」的管理方式不同，成則以「科學管理」方式嚴屬管理員工，力求使員工成爲其一枚棋子。起初，報社很窮，除年節休刊外，員工基本上終年工作，也無輪流休息辦法，妻子楊璠掌管錢政，每

〔註 136〕賀逸文、夏方雅、左笑鴻：《北平〈世界日報〉史稿》，轉張友鸞等著的《世界日報興衰史》，重慶出版社，1982 年，61 頁。

〔註 137〕吳范寰：《成舍我與北平〈世界日報〉》，轉張友鸞等著的《世界日報興衰史》，重慶出版社，1982 年，36 頁。

〔註 138〕對成氏的世界新聞專業學校，賀逸文的《成舍我創辦新聞專科學校》提供了寶貴的史料，陳瓊珂的《民國新聞教育的另一種設計：成舍我與北平新聞專科學校》（國際新聞界，2008 年，4 期）、葉紅的《對成舍我先生新聞教育事業的反思》（《湖北經濟學院學報》（人文社會科學版），2006 年 12 月）有較深入的研究。

月發薪水要搭上一張由楊璠署名的欠條，上寫「茲借到×先生名下×××元」。〔註139〕成遊歷歐美歸來，仿傚王雲五的商務印書館的管理制度，於報社內實行「科學管理」制度。其核心是：

1、1933 年設立監核處，對營業方面實行嚴格管理，並要求讀者監督檢舉。監核處每日對報上所刊廣告、根據收據存根、發行報數、收款等實行監核，發現錯誤即報成處理。

2、1935 年報社遷至西長安街路北的二層樓房後，成全面實行「科學管理」。革新了會計制度，採用新式簿記，實行成本會計，設立會計處，由趙家驊負責。設立總管理處，下設總務、監核、擴充、倉庫四組，編輯、營業、印刷改稱處，連同會計處共 4 處，構成科學管理的核心。總管理處的管理，凌駕於編輯等 4 處之上，大部人員卻是新傳報業管理班及初級職業班畢業生，由他們負責通讀報紙、核對正誤，既能降低工資成本，也能促進他們學習。對於工作人員的文字錯誤，是要罰款扣薪，且相當厲害。〔註140〕

3、實行工作日記制，由社長、總編輯每日審閱日記，對其工作予以批評指導，促進業務提升。全社人員，不論是總編輯、編輯、記者或職員，每天都要寫工作日記，彙報工作，每天下班時寫好上交匯總送到總管理處。各處負責人及編輯記者的日記，由成審閱，一般職員的日記由經理審閱。通常是閱後蓋上圖章，若有錯誤，則寫上批語，非常嚴重的則不寫批語予以開除。以日記方式灌輸、訓練員工的職業技能、職業意識，可謂是成的一大發明。

4、至於福利待遇、輪休制度幾乎沒有。員工除了年節休刊尚能休息幾天，後來以國難當頭為藉口，年節也不休刊。編輯因病因事請假，須自行託人代編，否則報社找人代替，由請假人付工資。職員遲到三次作為請假一天，曠職一天作為請假三天，月底結算，照扣工資。對此職員非常不滿，到 1936 年

〔註139〕張友鸞：《報人成舍我》，張友鸞等著：《世界日報興衰史》，重慶出版社，1982年，9 頁。

〔註140〕據吳范寰回憶，屬於校對或排印方面的錯誤，錯一個五號字罰洋 2 分，一個四號或三號字罰 1 角，一個二號字罰 3 角，一個頭號字罰 1 元。如係大題初號錯字，那就要另議了。一個董某校對員，月薪 25 元，因錯誤較多，有一個月竟被罰去 22 元，只領到 3 元，連飯費都付不起。至於印刷工人，1931 年以前，一般工人每月只有十一、二元，最高 14 元。而且規定許多罰則，錯字未改要罰，送版碰亂了字要罰，出版遲了也要罰，印刷質量不好也要罰。對於送報人，規定遲送一份罰洋 1 角，漏送一份罰洋 2 角。見吳范寰：《成舍我與北平〈世界日報〉》，轉張友鸞等著的《世界日報興衰史》，重慶出版社，1982年，34，36，38 頁。

成才允許每人每週輪流休息半天，輪休前一天晚上要值一天夜班。至於印刷工人更是全年沒有休息，每天須幹完活才能下班，且工資不高，勞動強度大，常加班加點，以致發生了印刷工人聯合北平《晨報》的罷工，要求改善待遇。〔註141〕

成的「科學管理」使其留下「不善於用人」的惡名〔註142〕，但這僅是時人的錯覺。苛刻員工，以節省成本與縮減篇幅辦、精辦小型報的目的是一致的。即如何在有限資金的限制下節省開支，維持報社生存，乃至壯大事業始終是成考慮問題的根本出發點，這是創業之初的資本家所共有的特性。如果說胡政之是在「嚴進」中以企業文化、福利待遇、個人魅力來籠絡新聞人才，打造優秀的人才團隊，那麼，成舍我則是在「寬進」中用苛刻的磨練方式淘汰劣質人才，挑選、籠絡優秀人才。這一策略至少產生三個效果：

1、為成氏報系奠定了原始資本。成的日、晚、畫三報由最初的 200 元現金發展到 50 萬元資產。到 1935 年時日、晚、畫三報的固定資產已達 10 萬。據統計，從 1935 年到 1937 年每月劃入社長（成舍我）提存帳內的款額平均在 5000 元以上，總共約 20 萬元，後又由成個人提取了約 20 萬元。〔註143〕

2、支撐起成氏報系的發展，使成舍我成為民國時期重要的報業家。

3、為民國新聞界培養了一批新聞骨幹。當時，只要是從《世界日報》出身的，其它的報社都樂於接納，形成了「《世界日報》實際上是一所新聞從業人員訓練班」。〔註144〕據統計 1925 年 2 月～1937 年 8 月，北平《世界日報》的重要編輯團隊吳范寰、成濟安、張愼之、龔德柏、張恨水、張友鸞、陶鎔青、黃少谷、盛世強、朱沛人、儲保衡、林風眠、張友漁、左笑鴻、傅築夫、王鐵、王聿修、薩空了、曹聚仁、范長江等離職後或自己創辦報刊或從政或成為著名記者。〔註145〕

〔註141〕見賀逸文、夏方雅、左笑鴻：《北平〈世界日報〉史稿》，轉張友鸞等著的《世界日報興衰史》，重慶出版社，1982 年，114～118 頁。

〔註142〕當時北京報界流傳《世界日報》「開的是流水席，一批人進去了，一批人出來了；又一批人進去了，又一批人出來了」。

〔註143〕吳范寰：《成舍我與北平〈世界日報〉》，轉張友鸞等著的《世界日報興衰史》，重慶出版社，1982 年，28 頁。

〔註144〕畢群：《成舍我與重慶〈世界日報〉》，轉張友鸞等著的《世界日報興衰史》，重慶出版社，1982 年，211 頁。

〔註145〕據唐志宏根據徐乃翔、欽鴻編：《中國現代文學作者筆名錄》（湖南文藝出版社，1988 年），王文彬編著：《中國現代報史史料彙輯》，中國社會科學院新

（四）以「軟」、「硬」並舉的報紙風格佔領城市社會的中下層讀者群

與天津《大公報》以城市社會的中上層讀者群為目標市場不同，成的報系是以中下層讀者群為目標市場，走的是「大眾化〔註146〕」的辦報路線，故其報紙風格迥異於《大公報》，其總體特點是一種追求轟動性、煽情性和趣味性、知識性，「軟」、「硬」並舉的新聞報導模式和風格。某種程度上可說是類似於美國「黃色新聞」與「揭醜新聞」兩種報導風格的混雜體。成氏是一個實用主義者，有著較深的精英情結，出身貧寒的磨練也使其有濃厚的「大眾」情結。這一雙重情結在辦報方針的體現是「資本家出錢，專門家辦報，老百姓講話」；報紙內容上則表現為既對腐敗、墮落，不公、不義等現象予以執著的正義抨擊與輿論援助，給弱者以希望，給正義以慰藉；也迎合中下層民眾對兇殺、暴力、性、情、色等原始欲望的需求，以刺激、煽情的方式讓備受特權、金錢蹂躪的民國中下層民眾在新聞酒精中得到暫時的精神宣泄。從世界日、晚、畫三報到《民生報》、上海《立報》，成氏基本保持了這種既仗義執言又風花雪月的報紙風格。

一是有關國計民生、時局變動等「硬」新聞方面，成氏的報系始終執著於「民眾喉舌」的職業追求，為此成「做牢不下 20 次，報館封門也不下 10 餘次」〔註147〕，方漢奇先生稱其是「為了辦報受到挫折最多的人」。〔註148〕世界日、晚、畫三報宣稱「言論公正，不畏強暴」，它雖曾接受北洋軍閥的津貼、資助，成氏也在段祺瑞政府各機關做拿乾薪的兼職，三報卻尚能在毫無秩序的北平政局中堅守最低線的原則：即接受津貼、資助的機關或權貴其順應民意的政策予以鼓吹，其略有違背民意的政策予以淡化報導或不予以報

聞研究所新聞研究資料編輯室的《〈世界日報〉興衰史》，張友漁的《報人生涯三十年》（重慶出版社，1982 年），甘惜分的《新聞學大辭典》（河南人民出版社，1993 年）等資料彙編而成，見唐志宏：《報業集團與媒體知識分子——以成舍我「世界報系」為例》，世界華人傳播學學術研討會，2008 年 11 月 26 日。

〔註146〕成舍我在《立報》創刊號《我們的宣言》中闡釋了他對「大眾化」的理解：「但我們所標舉的『大眾化』，與資本主義國家報紙的大眾化，確實有絕對的差異。……他們的大眾化，只是使報館變成一個私人牟利的機關，而我們的大眾化，卻要準備為大眾福利而奮鬥，我們要使報館變成一個不具形式的大眾公園和大眾學校，我們始終認定，大眾利益，總應超過於任何個人利益之上」。

〔註147〕成舍我：《我們這一代報人》，《世界日報》，1945 年 11 月 20 日。

〔註148〕方漢奇：《方漢奇文集》，汕頭人民出版社，2003 年，454 頁。

導，其嚴重違反民意的政策與之決裂。《世界日報》1930 年復刊宣言曾自我表白為「本報出版以來，在平津雖不敢自稱為報紙中之錚錚者，然亦非無聲無臭之流」。〔註149〕成也常對其職員說：「只要保證真實，對社會沒有危害，什麼新聞都可以刊登，如果出了什麼事，你們不負責任，打官司、做牢，歸我去」。〔註150〕為此，成於 1926 年因段祺瑞政府製造了「三一八」慘案，而與賀得霖決裂，對段祺瑞政府由鼓吹轉為責難，以使發生了成、賀公案，引起成、龔兩人的筆仗〔註151〕；在國務總理孫寶琦、財政部長王克敏關於德發債票中爭鬥中擁孫貶王〔註152〕；為此，成被張宗昌抓捕，差點丟掉性命。30 年代《世界日報》亦曾多次遭到罰令停刊數日等懲罰〔註153〕，幸運的是經過疏通均能復刊，這逐使《世界日報》在成氏報系中持謹慎、保守的言論態度。〔註154〕南京《民生報》標榜言論態度公正。據統計，從 1928 年 2 月到 1934 年 7 月在該報存續的 7 年多時間內，該報共發佈 688 篇社論，其中只有《國民會議與黨治》（1930.10.13）、《怎樣才能刷新政治》（1930.10.15）兩篇社論是為國民政府唱讚歌，其餘均是對時事精闢尖銳的批評，其中大部分矛頭直指國民黨政府的內外政策。〔註155〕然這份與「政府唱對臺戲」的報紙，最終因揭露

<hr>

〔註149〕張恨水：《本報復刊的意義》，《世界日報》社論，1930 年 1 月 13 日。

〔註150〕張友鸞：《報人成舍我》，轉張友鸞等著的《世界日報興衰史》，重慶出版社，1982 年，3 頁。

〔註151〕見賀逸文、夏方雅、左笑鴻：《北平〈世界日報〉史稿》，轉張友鸞等著的《世界日報興衰史》，重慶出版社，1982 年，48～49 頁。

〔註152〕見賀逸文、夏方雅、左笑鴻：《北平〈世界日報〉史稿》，轉張友鸞等著的《世界日報興衰史》，重慶出版社，1982 年，50 頁。

〔註153〕1930 年初《世界日報》被閻錫山下令停刊，經疏通後 12 天後得以復刊。1933 年夏，成氏因未經許可披露藍衣社的宣傳冊子，被劉健群命令憲兵三團逮捕，經人說情未遭毒手；1934 年 7 月 25 日又因同月 22 日的社評措詞失當，被北平政務整理委員會下令停刊 3 日，實因「彭成訴案」得罪了汪精衛，等。

〔註154〕1934 年以後，《世界日報》營業蒸蒸日上，每月盈利不少，成氏更是採取持盈保泰辦法，絕不冒險，只要官方禁登的新聞，絕對不登。如「一二九」學生救亡運動，以及西安事變之類的重大政治事件，完全按照官方意旨行事。到 1936 年，富有進步意義的社論似已絕跡。見賀逸文、夏方雅、左笑鴻：《北平〈世界日報〉史稿》，轉張友鸞等著的《世界日報興衰史》，重慶出版社，1982 年，114 頁。

〔註155〕王麗娜：《南京〈民生報〉及其政治主張研究》，南京師範大學碩士論文，2008 年，17 頁。該碩士論文對《民生報》如何抨擊國民黨及其政府做了詳細分析。概括而言主要有：指責、抨擊國民政府的政效低下，會議流於形式、人事混亂；揭露官吏貪污、瀆職、腐敗；貶低國民黨對內搜刮政策、鞭撻對外棉麥大借款；抨擊政府浪費資源；批判新聞統制、呼籲言論自由；抨擊、反對對

行政院政務處長彭學沛的貪污舞弊事件，而被汪、蔣聯手予以永久停刊。上海《立報》亦秉承《民生報》的一貫做法，在 1935～1937 年間更是順應民心，極力鼓吹抗日，抨擊日本暴行，呼籲團結對敵。它突出報導「七君子事件」，在「一二九運動」同情學生，西安事變中主張和平解決，抗日宣傳幾乎每天都有，其愛國抗日、痛恨醜惡的態度更為激揚。〔註156〕

二是有關城市市民生活、人情世態等「軟新聞」方面，基本是刺激、煽情、誇大炫奇的「黃色新聞」風格。20 世紀 30 年代，以犯罪、兇殺、性愛情仇、衝突、獵奇為主要內容的社會新聞泛濫成災，這既是國民黨統治下社會道德、倫理失序的表徵，也是民營媒體、小報藉以規避新聞檢查、填充報紙版面、維持生計的法寶。不論是《申》、《新》等民營大報，還是一般的民營報紙或國民黨黨報或是蚊子小報，都熱衷於此類社會新聞的報導，上海、南京等大都市更為突出，靡爛、頹廢的市民新聞文化甚為流行，並深受新聞學者的詬罵。〔註157〕成氏報系也不例外：

1、社會新聞的選材內容偏重於情色兇殺、犯罪、衝突、火災等，如《夫妻口角、少婦自殺》、《劉百昭爬牆而入》等。

2、標題製作、內容描寫、用詞造句等方面盡煽情、刺激之能事，賀逸文等《世界日報》的老報人總結了《世界日報》為獲取消息，用「搶、偷、造」為手段達到出奇制勝的效果。〔註158〕至於標題製作，據筆者大致瀏覽世界日、

日不抵抗的政策、反對與日直接交涉，一味依賴國聯、譴責領袖無責任感，倡議團結抗日等。其批評並非推翻國民政府，而是希望促成廉潔高效的政府，「納國家於途軌」。

〔註156〕黃俊華：《「小報」大世界──成舍我「小報大辦」思想研究》，河南大學碩士論文，2007 年，

〔註157〕《大公報》，1930 年從國民黨「壓迫言論」的角度闡釋黃色新聞的泛濫：「近年因當局者濫用宣傳，惡化新聞之故，經營新聞業者不得不於正式新聞之外，別求出路，以圖維持銷路，發展事業。於是相率搜求奸盜邪淫之社會新聞，繪影繪聲、競爭描寫。試翻近年上海各報，此種徵象，最為顯著，影響所被，全社會為之墮落。此固新聞家之責任，亦當局者過於壓迫言論，逼令走入偏鋒所致。」見（《極度壓迫言論之惡影響》（1930 年 5 月 27 日）。

〔註158〕「搶」是指「搶新聞」，1925 年 3 月 28 日，《世界晚報》因搶登金殿選犯罪嫌疑案被地方審判庭以編登未經公判案件為由罰成氏 30 元，但後成氏上訴勝訴。「偷」是指利用無線電臺偷聽天空中的電報，然後改頭換面，如將本市的新聞改成特訊，外埠的新聞改成專電。「造」不是捏造新聞，而是尋找機會和當時的權貴人物發生糾紛，製造新聞。如和段祺瑞的兒子段宏業打官司，攻擊教育總長章士釗；攻擊敵方檢查廳廳長戴修瓚等。參見賀逸文、夏方雅、

晚、畫三報，及《民生報》、上海《立報》，成氏報業的標題製作基本是多行
題為主，單行題較少。重大新聞常常是多行題，並以醒目、刺激的大字標題
標出，其提要題則根據不同來源的消息予以綜述概括。《立報》的版面注重標
題的運用，善於採用加框、大字黑體、加黑邊、大號字體、通欄題頭和報頭
等不同的手法來展現新聞的重要性，同時注意圖片、照片、漫畫等的運用，
使版面給讀者活潑、清新的印象。

　　3、「策劃新聞」。以誇大炫奇、打筆仗、攻擊中下層權貴等方式「製造」
新聞是成氏的拿手本領。成、龔交惡後二人既在報上相互攻訐；「三一八」慘
案中攻擊段祺瑞政府，攻擊劉半農，攻擊別家報紙的新聞如何不詳實，引起
對方的辯駁，乃至對罵，揭露「藍衣社」的真相，等，都是成的傑作。

　　4、借機炒作新聞，比較典型的案例是成氏以《民生報》因刊登《某院處
長彭某辭職真相》（1934.5.24）被汪精衛下令停刊三日為契機，以抨擊國民黨
新聞檢查為由掀起了維護正義的輿論炒作。據筆者統計，圍繞「彭成訟案」，
從 5 月 29 日到 7 月 24 日左右，《民生報》、《新民報》等南京報界前後刊發了
近 50 篇報導和評論〔註 159〕，使「彭成訟案」成為全國性的輿論焦點。再如，
上海《立報》定於 9 月 20 日創刊是想借助顧竹軒案一炮打響，但因報紙出遲
且印刷很糟而未能開門紅。待顧案同月 27 日開審時，《立報》於 28 日大肆炒
作，頭版頭條是刺激性標題：「顧竹軒昨開庭，庭外大叫囂，旁聽奔逃秩序亂
　看守所鬧監」，三版以半版刊載了獨家的「審訊詳記」並附有顧氏照片。這
使當天報紙增印了 7 萬份，此後《立報》一直關注顧案，報導了 10 餘次，至
顧氏於一個月後被判處 15 年徒刑為止。〔註 160〕

　　　　左笑鴻：《北平〈世界日報〉史稿》，轉張友鸞等著的《世界日報興衰史》，重
　　　　慶出版社，1982 年，62～63 頁。
〔註 159〕1934 年 5 月 29 日復刊的《民生報》刊登署名「舍我」的萬言社論：《停刊經
　　　　過如此！！！敬請全國國民公判，……》拉開炒作的序幕。隨後，彭以妨礙
　　　　名譽罪和公務罪將成告到江寧地方法院，該法院分別於 6 月 4 日、6 月 29 日、
　　　　7 月 14 日三次公審。期間，南京新聞檢查所明令禁止報導庭審，並刪扣相關
　　　　報導，《民生報》、《新民報》、《救國日報》、《世界日報》、《中央日報》及上海
　　　　《申報》等報紙突破新聞檢查，前後刊發了近 50 篇報導。庭審報導從 6 月 4
　　　　日開始，斷續持續到 7 月 24 日左右。各報的報導以動態消息為主，也有長篇
　　　　通訊和評論、啟事。就南京報業言，《民生報》的報導量最多，《新民報》、《南
　　　　京晚報》等民營報紙略次，《中央日報》、《三民導報》、《朝報》、等準黨報、
　　　　黨報最少，但也有例外，龔德柏主持的《救國日報》曾於 6 月 19 日發行特刊
　　　　一張，並為《民生報》、《南京晚報》隨報附送。
〔註 160〕顧竹軒是與杜月笙、黃金榮等齊名的幫會頭子，天蟾舞臺老闆，上海有名的大

至於廣告方面，《世界日報》幾乎未做內容審查，只要付廣告費，賣假藥、騙人的廣告和誨淫誨盜的黃色書刊照登；人事廣告的刊登，甚至在新聞方面予以支持，分類廣告更是細大不捐，無所不包，有時還自編「徵婚」、「出售」等廣告以填充廣告版面。《世界日報》的廣告篇幅經常超過 50%以上。〔註 161〕《民生報》、《立報》時，這種混雜、庸俗的廣告策略有所收斂。

三是以城市市民爲目標讀者群設置副刊專刊。成氏相當重視副刊專刊，在其報系中也設置諸多副刊專刊，既有張恨水、張友鸞等編副刊專刊的高手，也與平津專家學者、社會團體合作出版各種類型的周刊。《世界日報》1926 年後形成了每周七天定期出版周刊的專刊格局，也產生了諸如《世界晚報》的《夜光》、《世界日報》的《明珠》，《立報》的《言林》、《花果山》、《小茶館》都是名重一時的副刊專刊。成氏的專刊、副刊以趣味性、知識性、通俗性、服務性爲主要特色，常刊登一些小品味、詩詞，連載長篇小說及介紹性的知識等。以《世界日報》的周刊爲例，該報從 1926 年 11 月～1928 年 1 月前後出版了 16 種各類周刊（表 8-4）

表 8-4　1926 年 11 月～1928 年 1 月《世界日報》周刊的變動〔註 162〕

星期	周 刊 的 變 動			星期	周 刊 的 變 動			
一	戲劇周刊	綠艾	文藝周刊	四	兒童周刊			
二	婦女周刊	薔薇周刊		五	文學周刊	線下周刊	掙扎	春雷
三	科學周刊	苦果		六	醫學周刊			
日	學園	電影周刊	駱駝					

這些周刊基本是以文學性、科普性、知識性、服務性爲主要特色，文字格調不高，文字輕鬆、活潑中帶有諷刺、幽默，迎合了市民閱讀心理，尤其是成氏報系在副刊專刊中連載張恨水的中長篇小說，更是爲成系報系穩定了一群中小知識群體。據統計，張恨水在報紙上連載了 40 多部中長篇小說，其

亨，因顧氏指示手下暗殺唐嘉鵬，被押在法院的犯人供出，而當時顧氏發了大財，巡捕房分贓不均，心中懷恨，逐襲擊逮捕顧氏送交法院。見張友鸞：《報人成舍我》，轉張友鸞等著：《世界日報興衰史》，重慶出版社，1982 年，6～7 頁。

〔註 161〕吳范寰：《成舍我與北平〈世界日報〉》，轉張友鸞等著的《世界日報興衰史》，重慶出版社，1982 年，38 頁。

〔註 162〕唐志宏：《報業集團與媒體知識分子──以成舍我「世界報系」爲例》，世界華人傳播學學術研討會，2008 年，22 頁。

中成系報系連載了 12 部之多：主要有：《世界晚報》的《春明外史》（1924.4.12
～1929.1.24）、《戰地斜陽》（1929.1.25～2.8）、《斯人記》（1929.2.15～
1930.11.19）、《世界日報》的《新斬鬼傳》（1926.2.19～7.4）、《荊棘山河》（1926.7.5
～9.12，未完）、《交際明星》（1926.9.3～10.4，未完）、《金粉世家》（1927～
2.14～1932.5.22）、《第二皇后》（1932.6.25～，未完）、《開門雪尚飄》（1947
～），上海《立報》的《藝術之宮》（1935.9.20～1936.6.5）、《芒種》（1937.6.6
～，未完）、香港《立報》的《桃花港》（1938.4.1～）《潛山血》（1939.5.8～）
等〔註 163〕，尤其以《春明外史》、《金粉世家》引起轟動，讓讀者翹首以待。
張氏集小說家與新聞記者於一身，他能以輕鬆、詼諧的筆法把社會新聞納入
小說內，使零散、動態的社會新聞小說化，藝術化，是其小說文本脫離純文
學的軌跡，而成為大眾化、通俗化的「新聞集裝箱」。而張氏建構的小說世界
是一個醜惡、狡詐、虛偽、陰謀的都市社會和畸形人生，這一世界正與 20 世
紀 30 年代的紊亂的官場政治、失序的道德倫理秩序、糜爛的市民文化相契合，
故能打動被生活壓力所困的都市市民階層的心弦，深受他們喜愛。

　　除此之外，成氏報系的成功，成氏的堅苦卓絕、執著與勤奮，也占很大
因素。無論從新聞操作、時機把握，還是經營管理、廣告發行等方面，成均
是行家裏手。不僅如此，成對新聞事業非常執著，他沒有什麼嗜好，也不會
享受，「很像個清教徒」〔註 164〕；自強不息、節儉勤奮、耿介勇毅已是成氏人
品、性格的定評。「我可以當一輩子新聞記者，汪先生不可能做一輩子行政院
長」、「絕不做御用記者！〔註 165〕」已是成氏新聞品格的歷史標籤。但是，成
並沒有實現他的「新聞大王」的夢想，在「說自己的話」、「說老百姓的話」
與民國政治高壓之間，他既執著、耿直也謹慎、恐懼。從 20 年代從事新聞記
者工做到 1937 年前，毫無忌憚的攻擊權貴、社會醜惡，到成氏被捕或報紙被
罰令停刊，再到謹慎不語，然後再到攻擊權貴；從北平《世界日報》創刊初
期的毫無畏懼的攻擊到 1934 年後的持盈保泰，從《民生報》的查封到上海《立

〔註 163〕據劉少文的《大眾媒體打造的神話：論張恨水的報人生活與報紙化文本》（中
　　　　　國社會科學出版社，2006 年），附錄統計，見該書附錄 1：張恨水部分小說的
　　　　　重複刊載情況，附錄 2：張恨水中長篇小說的出版刊載情況。225～233 頁。
〔註 164〕張友鸞：《報人成舍我》，轉張友鸞等著：《世界日報興衰史》，重慶出版社，
　　　　　1982 年，11 頁。
〔註 165〕荊溪人：《舍老我師與國民黨》，成舍我先生紀念網站。http://csw.shu.edu.tw/
　　　　　PUBLIC/view_01.php3 敘 main=People&id=345

報》的激昂等「敢言」軌跡，基本是成氏言說的複雜心路。這一心路清晰地表明成氏是如何在抗拒經濟壓力下狙擊國民黨的新聞高壓。成氏的狙擊獲得了部分成功，也付出了慘重代價，可謂嘗遍了民營報人的所有辛酸苦辣。〔註166〕成氏的新聞事業軌迹及其實現新聞夢想的艱難曲折，是國民黨「訓政」下，懷有新聞自由主義理念的民營報人命運的一個集體縮影。

第四節　民營報刊對「自由」、「訓政」、「憲政」的鼓吹與想像——以 1926 年 9 月至 1937 年 12 月的《大公報》的社評爲例

新聞業本質上是社會化的言論事業，民主政治、言論自由既是新聞業得以安身立命的政治根基，也是其執著追求的終極理想。20～30 年代的民營報人對此既有強烈的渴求又有切膚般的五味感觸：國民黨新政權的建立讓其深有脫離北洋軍閥任意鉗制新聞的苦海之感，國民黨以「訓政」路徑通達他們理想中的「憲政」，又讓其看到了未來希望，但國民黨並非他們理想中的政治救星，國民黨建構的黨國體制未能使紊亂的民國政治走上「正軌」，國民政府陷入內外交困，爲應付外患內亂，推進現代化建設，國民黨趨於高度集權，施行更爲精細的新聞統制，遂使民營報人的理想破滅；然「訓政」到「憲政」的六年的過渡期及國民黨的安撫又使他們對自由生出幻想。換言之，在蔣介石「好話說盡、壞事做絕」的悖論政治中，民營報人在希望、消沉、破滅、幻想中深受心靈折磨，而那些堅信自由主義、正直愛國的民營報人所受折磨更是難以想像。

這一矛盾心態不僅影響了民營報人的職業走向，也深刻影響了他們對「新聞自由」、「訓政」、「憲政」這三個關鍵詞的理解與媒介鼓吹。在推動中國民主憲政和爭取更大的言說空間的雙重推動下，民營報人也紛紛以其報刊爲陣地，在「訓政」框架內鼓吹新聞自由，抨擊訓政下各種弊病，推動訓政向憲

〔註166〕據孫景瑞回憶，1948 年舊曆除夕，成舍我在報社和員工共度除夕，「總編輯張慎之爲了祝賀春節，說了句：「成老闆，你這幾十年事業有成啊！」成舍我卻好半天沒答話，凝神望著熊熊燃燒的爐火，而眼睛裏卻含著晶瑩的淚，氣氛一下子沉重起來。過了好一會兒，成舍我才感慨萬端地說：『你們怎會懂得辦民營報紙的艱難啊！』」孫景瑞：《報業巨子成舍我》，《文史春秋》，1997 年 4 月。

政過渡。而這一時期的民營報刊以天津《大公報》的言論尺度最大，以上海《申》、《新》兩報的發行量最廣，商業性最強，以成舍我的世界報系、陳銘德的《新民報》等代表地區性大報，至於期刊雜誌，則以胡適爲中心的自由派學人報刊和魯迅爲中心的左翼報刊爲主陣地。他們對「自由」、「訓政」、「憲政」的想像與鼓吹雖有不同點，但根本目標基本一致。鑒於《大公報》的言論尺度較大，雖傾向蔣介石但未接受津貼，其社評基本能保持獨立表達，故該報 1926 年 9 月至 1937 年 12 月的社評能夠較眞實地表達信奉自由主義的民營報人的集體意志。因此，下面以《大公報》社評和主要民營報紙的社評、時評及民營報人的演講、論文爲輔助資料，論述民營報人是如何在訓政框架下鼓吹言論自由、設計訓政與想像憲政的。

一、反對「赤化」、認同「三民主義」：獲取媒介言說的合法資格

民營報人要在黨國體制下獲得合法的新聞言說資格，在國民黨 1926～1928 年「清黨」運動下，是否反對「赤化」、認同孫中山及其「三民主義」是民營報人的一個政治分水嶺。反對赤化、認同三民主義，即可獲得南京國民黨的政治認可；表現越激烈、越踴躍，就能獲取更多的政治、經濟資源，否則即被視爲異己刊物，面臨被封館、捕人的厄運。《大公報》主要通過兩種路徑獲得這一入場券。

（一）反對「赤化」，獲取媒介言說的入場券

自由主義民營報人基本上反對「赤化」，其根源不在於蔣介石「清黨」下的政治高壓，而在於自身的階層局限性。

1、認爲布爾什維克的意識形態是鉗制思想自由，違背了近代文明的根基。成舍我於 1918 年參加北京「馬克思主義研究小組」第一次集會後說：「中國的布爾什維克今天開成立會了，這個主義是，『你的是我的，我的還是我的』的主義，我可不贊成」。〔註167〕《大公報》在《社論》（1926.10.31）中說，「夫法西底主義標榜反對赤化，實則束縛自由，一黨專制，與蘇俄共產黨，異曲同工，……，布爾什維克主義與法西斯底主義，其弊惟均。其不能得吾人之同情也。亦無二致。」〔註168〕《明恥》（1927.1.6）開頭即言「中國有赤化問

〔註167〕吳范寰：《成舍我與北平〈世界日報〉》，張友鸞等：《世界日報興衰史》，重慶出版社，1982 年版，15 頁。
〔註168〕《兩個國慶》，《大公報》，1926 年 10 月 31 日。

題之發生、中國之恥也」。

2、認爲共產主義不適合中國，絕不採取蘇俄政體。《大公報》首次提出蘇俄政體不適應中國，是 1926 年 10 月 9 日的社論《論十三公請息兵電》：「吾國大多數人既反共產、反赤化。簡言之，既不贊同採蘇俄政體。」《漢口商民大會崛起》（1926.12.9）將列寧的「新經濟政策」視爲共產製度「自認突飛失敗的證據」。〔註169〕《鮑羅廷在漢演詞之懷疑》（1926～12～21）對鮑氏「維護商業」、「勞資解決標準」、「土地問題」表示強烈質疑。《英俄鬥爭與民族自決》（1926～12～24）斷定俄國以「共產革命」、「民族自決主義」爲標榜以擴張勢力、普及宣傳。此後，《大公報》刊發了大量社評、論述，均將蘇俄與法西斯主義相提並論。

（二）認同孫中山及其「三民主義」，獲取媒介言說的合法資格

孫中山及其「三民主義」是國民黨執政的政治基礎，自由主義民營報人早年多加入同盟會，對孫中山的偉大人格及其政治主張都持贊同、欽佩態度，故孫中山及其「三民主義」獲得民營報人的集體認同沒有任何障礙，但民營報人對於三民主義、孫中山革命精神的詮釋與國民黨的闡釋略異。整體上看，他們對「三民主義」的闡述更多地強調「民權」、「民生」問題，也不忽視「民族」問題，其論述有著更多的自由主義的色彩，更接近孫中山三民主義的原意。

《大公報》主持人張季鸞曾負責起草過《臨時大總統就職宣言》等重要文件，對孫中山持贊同、欣賞、欽佩態度，對其「主義」略有微詞。《中國社會之新波瀾》（1927.3.7）斷定「孫中山之革命事業，本爲東方式。即浪漫的、情緒的、個性的」。《孫中山逝世二周紀念》（1927.3.12）謳歌孫的人品，讚美其一貫致力於中國民族解放運動，卻稱「三民主義，陳義本不甚高」。並將孫中山晚年的「聯俄」政策，視爲動機純正的一種策略，而否認「仿傚俄國成法」的觀點：「利用俄國扶助弱小民族獨立的政策」，恢復中國獨立，至於「說他甘心叫蘇俄來宰制中國。這是斷斷沒有的事。」「孫中山所要學者，祇是俄國人的革命方法，並沒有主張中國的政治經濟應當用俄國式去建設」。〔註170〕將孫中山改組後的國民黨認爲是「非昔日之國民黨」，「且欲一

〔註169〕俄國的列寧總算是近代一位大革命家。但是共產製度，終於失敗。私人企業，終於承認，就是自認突飛失敗的證據了。《漢口商民大會崛起》，1926 年 12 月 9 日。

〔註170〕《孫中山逝世二周紀念》，《大公報》，1927 年 3 月 12 日。

變中國民族數千年之精神生活」，改革傳統的「個人主義」，衝擊「孔與老」，
倡導團體生活，「不妥協而尚鬥爭」等。〔註171〕其態度「乃全爲歐洲式，尤
其爲蘇俄式」〔註172〕。至於孫強調的「一切權力在黨，黨有自由，個人無
自由」，則從改變「中國民族數千年之精神生活」角度予以默認，並確認爲
「殆爲一切進步所必需」，是對中國「個人主義」之流弊的糾正；其「不妥
協而尚鬥爭」精神是對老莊「消極主義」的調劑，與儒家並不衝突，不失爲
「救濟末世自私自利之病症」的「一猛烈之劑也」。〔註173〕對於類似的「唯
物派之鬥爭主義」則表示了懷疑態度。〔註174〕這種對前者默許、對後者懷
疑的詭辯式話語，不是《大公報》一貫的樸實、深邃的層層論證的理性精神，
體現出自由主義民營報人的思想缺陷。

　　在獲取媒介言說的合法資格後，「孫中山」、「三民主義」、「反共」仍是民
營報人後續媒介言說的重要的符號資源。利用這個符號資源，《大公報》以謳
歌孫中山的形式，抨擊國民黨的獨裁政治、呼籲踐行孫中山的革命眞精神。
自1927～1937年間，《大公報》刊發了13篇紀念孫中山的社評〔註175〕，至於
文中提到孫中山及三民主義更是不計其數。如，《孫中山逝世三週年》倡導中
山眞精神，抨擊國民黨紀念孫中山的「偶像化」；四週年紀念社評呼籲國民政
府繼承孫中山的遺教；五週年紀念社評謳歌孫中山「寬仁博大公忠愛國之眞
精神」，抨擊黨國要人的內鬥；六週年紀念社評再次抨擊紀念孫中山的「過度

〔註171〕《孫中山逝世二周紀念》，《大公報》，1927年3月12日。
〔註172〕《中國社會之新波瀾》，《大公報》，1927年3月7日。
〔註173〕《中國社會之新波瀾》，《大公報》，1927年3月7日。
〔註174〕「然惟物派之鬥爭主義，是否足以支配今後之國民生活，吾人尚認爲疑問也。
　　　　至國民黨之前途，應視其己身如何，蓋若干部之人，陷於列寧所謂之幼稚病，
　　　　或利用團體生活及徹底鬥爭主義，而實揮個人野心，則前途未可言矣；或
　　　　由嚴整而漸流於腐敗，則亦不可久矣」，《中國社會之新波瀾》，《大公報》，1927
　　　　年3月7日。
〔註175〕這12篇社評是：《孫中山逝世二周紀念》（1927年3月12日）、《孫中山逝世
　　　　三週年》（1928年3月12日）《孫中山先生逝世四週年紀念》（1929年3月
　　　　12日）、《孫中山先生逝世五週年》（1930年3月12日）、《孫中山先生逝世六
　　　　週年》（1931年3月12日）、《願明年今日有以告慰孫先生》（1932年3月12
　　　　日）、《孫中山先生逝世八週年》（1933年3月12日）《中山先生逝世十周紀
　　　　念》（1935年3月12日）、《所以紀念孫中山先生之道》（1928年11月12日）
　　　　《恭送中山先生靈櫬南歸》（1929年5月26日）、《送靈後之感想》（1929年
　　　　5月27日）、《中華民國建國偉人永眠於此》（1929年6月1日）、《贊成知難
　　　　行易說》（1929年9月14日）。

偶像化」；七週年紀念社評則感慨山河凋零、內憂外患、人民陷入水深火熱；八週年紀念社評則呼籲改革政治，實行「廉潔勤奮有計劃有效率之政治，且必爲尊重民權扶助民生之政治」；十週年紀念社評呼籲「精誠團結」，揭示「十年前先生對日外交之遺教」等。

二、想像性鼓吹民主憲政下新聞傳播的有序自由

獲取了媒介言說資格後，在國民黨訓政現實下，要推動國民黨由「訓政」向「憲政」過渡，實現民主憲政體制的言論自由，須營造以自由主義爲核心的意識形態。對此，《大公報》從思想層面謳歌思想自由、言論自由，理性辨析思想自由、言論自由與政治、權力的合理關係；從政治層面鼓吹人心、民意的根基作用，謳歌人權與民權；從現實層面上理清報界與政治的合理邊界和各自職責。

（一）思想層面的言說邏輯：「最有力量的便是思想傳播」

《大公報》信奉孫中山的「知難行易」哲學，曾撰寫社評《贊成知難行易說》（1929.9.14）爲孫的理論辯解。它以「知難行易」哲學爲根基，以「力量」爲比喻，形象地向民眾展示了思想、政治、權力之間的等級關係及處理異己思想的最佳辦法：思想傳播最有力量，高於政治、高於權力，且不可遏止，故對於異己思想，「善導思想」優於「取締思想」。

1、堅信並鼓吹「最有力量的便是思想傳播」

這句話是 1926 年 12 月 5 日的社評《中國與世界》的一個立論點。文章說「因爲世界變得小而且近，最有力量的便是思想傳播。」〔註 176〕思想自由是自由主義者的理論根基，《大公報》對此鼓吹不遺餘力。1926 年 9 月 13 日的社論，就以「蓋思想自由，爲近代文明根本之要素及人類經驗中最大之真理」爲依據，反對俄式之黨治主義。〔註 177〕《新時代精神之創造》（1928.4.14）以「世界最有勢力的是思想」爲立論根據，讚譽「先知先覺」，縱論近代中國「時代精神」的演替。〔註 178〕《善導思想》（1928.4.29）則以壓制「力求『上進』、力求『平等』」的人類思想，「爲中外有史以來彰明較著之事實也」，爲立論點，以日本「貴族院」善導日本共產黨的做法爲例，斷定「惟在今日之

〔註 176〕《中國與世界》，《大公報》，1926 年 12 月 5 日。
〔註 177〕《時局雜感》，《大公報》，1926 年 9 月 13 日。
〔註 178〕《新時代精神之創造》，《大公報》，1928 年 4 月 14 日。

中國，竊以為平流順進之途，祇有此耳」。〔註179〕《思想自由與徹底研究》
（1930.5.4）將汪精衛致電謂「思想自由」、陳公博要求「徹底研究」做橫向
聯想，以五四新文化運動為發表契機，從思想自由的視角闡發「文明進步之
往迹」後，又從思想與權力、思想與政治的關係中佐證思想的不可阻擋：「思
想之為物，挾時代潮淹以俱主，如奔流、如轉石、阻之不可遏，抑之不可當，
要在迎於機先，順其大勢，導之正路而已」。〔註180〕

科學是思想自由的結晶，鼓吹科學，反對迷信，亦從側面為思想自由營
造輿論環境。《大公報》非常注重鼓吹科學、反對迷信、無知、盲從。《社會
科學者應當努力》（1930.2.19）從解決「國家之危機與社會之病態」的高度闡
釋社會科學的社會價值：社會科學是解決思想混沌與青年煩悶，能「從精神
上、思想上、脫社會於崩潰之域」。《協和醫院剖屍案》（1930.8.15）一文以宋
明惠事件引發的輿論熱點事件為點，抨擊迷信，鼓吹民眾要相信科學智識、
信任法官，等。此外，尚有許多社評涉及到科學問題，《大公報》還另開設《科
學周刊》，普及民眾的科學常識。

2、對於思想自由與權力、政治的關係：思想自由高於權力與政治

《社會科學者應當努力》（1930.2.19）中說，「本來真理與權力之爭，乃
歷史習見之事實，亦文化進步所必經。」《思想自由與徹底研究》（1930.5.4）
以經驗判斷思想與權力「常立於敵對地位」。「夫思想與權力，常立於敵對地
位。蓋思想富於排他性，權力素具佔有欲。惟具排他，故常欲破壁飛去，翔
遊於時間空間以外；惟欲佔有，故當不願打毀現狀，致失其傳統的權威。然
兩者相搏，終歸思想戰勝。」解決之道是民主憲政制度，「結果則思想愈自由
者，研究愈徹底，論爭愈激烈者，革命愈稀少，蓋其論之試驗，不必訴諸破
壞手段，而民眾之判斷力。終有以司政權之消長。」而政治真信仰源於思想
自由，「蓋政治本無絕對的是非而改革要須有真確之信仰，思想不自由，則研
究不徹底，研究不徹底則真信仰無從確立。」〔註181〕

3、對於異己思想：「善導思想」優於「取締思想」

既然「思想傳播」最有力量，是人類文明的根基之要素，不可阻遏。那
麼面臨的問題便是如何對待當時盛行的異己思想的問題，國民黨定「三民主

〔註179〕《善導思想》，《大公報》，1928年4月29日。
〔註180〕《思想自由與徹底研究》，《大公報》，1930年5月4日。
〔註181〕《思想自由與徹底研究》，《大公報》，1930年5月4日。

義」於一尊，以其政權鎮壓共產主義，鉗制國家主義、無政府主義及「非正統」的三民主義等異己思想。對此，《大公報》始終持反對態度，主張「善導思想」優於「取締思想」。1926～1928 年的「清黨」期間，《大公報》反對濫殺「赤化」分子〔註182〕，屠殺青年學生，主張借鑒各國「正當辦法」善導思想。《今後之京師治安》（1926.9.30）斷定以「嚴刑峻法以治黨案」是「為叢驅雀」、製造「赤化」，主張借鑒各國取締思想的正當辦法，不要「凡宣傳赤化主張共產者，皆處死刑」。〔註183〕《善導思想》（1928.4.29）則在對理性、客觀的評價日本「貴族院」的「善導思想案」後，認為「善導思想」是中國「平流順進之途」，也提出了「善導」的具體主張〔註184〕」《思想自由與徹底研究》（1930.5.4）以日本近年盛行思想善導之說為例證，佐證善導思想，並沒有破壞日本政治，反而是「日本政治之安全保障」。《論取締文藝政策》（1931.1.28）以魯迅等在滬被捕事為由頭，建議政府不要以政治方式取締文藝，而應以賢明的文藝政策，善導思想界出版界，善導新文壇之作者。《論開放黨禁》（1932.3.24）從憲政角度討論共產黨問題，呼籲開放黨禁，允許共產黨的合法存在，自由活動、公平競爭，促進憲政實現，並從國民黨立場闡釋允許共黨合法活動，對民國政治絲毫沒有負面影響。《再論開放黨禁》（1932.3.30）借梁漱溟的來書同情大公報開放黨禁之主張，再次闡發允許共黨合法活動對社會、對民國政治沒有惡劣影響。《如何善導青年思想？》（1935.3.15）主張用自由討論的方式解決學生思想中的困惑等。

（二）政治層面的言說邏輯：鼓吹人權高於一切

這方面的言說主要有三個層面。

1、「人心」、「民意」是立國的根基

思想自由的最終目的是保證「人心」、「民意」成為國家的根基。故對於「人心」、「民意」的鼓吹在《大公報》中佔有相當重的分量。國以民本，這是古今中外的政治常識，然在武力定天下的 20 世紀 20～30 年代，凸出強調

〔註182〕《毋嗜殺》（1927 年 2 月 23 日）從「政治之大本曰仁」角度強烈反對嗜殺。

〔註183〕「王懷慶就職時，宣佈條例：謂凡宣傳赤化主張共產者，皆處死刑。夫何謂赤化、固無定義，假令上行下效，羅織成風，則凡學術界人，皆可任意加之以罪。且取締思想，各國皆有正當辦法。如日本夏間之共產黨案，首犯□利彥，不過判徒刑九月。最近大檢舉學生案，雖預審有罪，將來判決不過四五等以下刑耳。何以外國不用嚴刑峻法以治黨案，豈不以激則生變，為叢驅雀乎。見《今後之京師治安》，《大公報》，1926 年 9 月 30 日。

〔註184〕《善導思想》，《大公報》，1928 年 4 月 29 日。

這一點更有現實性。《大公報》從兩個方面反覆申述「民意」、「人心」的極端重要性。從各個層面否定黷武行為及思想。1926 年 9 月 2 日《大公報》從中國歷史角度否定了「天下以力征經營者」,「深歎乎人心一失,百戰無功」。〔註185〕同年 10 月 2 日在《陝亂感言》中斷言「凡以私意擁軍隊、行惡政、圖割據地方者,皆國家罪人」〔註186〕。《跌霸》為吳佩孚下了「有氣力而無知識」一生定評,宣判了吳氏和直系軍閥的死刑。〔註187〕1927 年 3 月 5 日又判定「以軍隊供其私利之用」的北洋軍閥的死刑。〔註188〕《老百姓是公道的》(1926～12～11)從豫西紅槍會角度,堅信「中國真正主人翁就是此等公道的老百姓呵」。《雲南起義紀念日感言自民國》(1926.12.25)感慨「袁世凱死而精神(黷武精神——引者)至今不死,蔡松坡未死,而西南義師之精神已死」。《軍事與政治經濟》(1930.3.26)將中國內戰「循環不已」的癥結歸於單純依靠武力,「軍隊之力,雖能變更現狀,決不能澈底刷新」。《時局側面觀》(1927.2.20)痛斥南北當局「以敵人作後盾而辦外交」,並將此視為「此中國極奇特極痛心之現象也」等。對民眾、人心、民意的重視,始終是《大公報》立言的本色,在《大公報》社評中隨處可見。

2、鼓吹人權

人權是人的基本權利,是新聞自由的基石。《大公報》非常注重對人權的鼓吹與謳歌,以啟蒙民眾享受最基本的人權。《毋嗜殺》(1927.2.23)稱政治之大本:「仁」即西方的人道:「『仁』之為義。西人稱為人道,法律觀念,則為人權,人權最大者為生命」。《黨治與人權》(1927.7.3)以「人權」名義抨擊國民黨濫殺中共。《上海之特別軍法處》(1927.8.18)中稱:「不論何黨何派,凡能尊重人權人道者為良勢力,反之為惡勢力。」《願國民力介擁護人權》(1929.3.18)借 1927 年的「三一八慘案」蹂躪人權的事實,呼籲國民政府「尊重人權」。「政治善惡之第一標準,即在於尊重人權,苟重人權,斯可忍矣」。《人權法之實際性》(1930.1.26)借「焦易堂、孔祥熙等近於中央常會提議人權法原則十三條」,鼓吹《人權法》的制定及施行要切合實際。另外,《大公報》還從「約法」、「憲政」、「法律」等角度鼓吹人權,闡釋人權的本質意義,並以「人權」為話語武器,攻擊國民黨及帝國主義者戕害人權的種種罪行。

〔註185〕《戰卜》,《大公報》,1926 年 9 月 2 日。
〔註186〕《陝亂感言》,《大公報》,1926 年 10 月 2 日。
〔註187〕《跌霸》,《大公報》,1926 年 12 月 4 日。
〔註188〕《北洋軍閥之末路》,《大公報》,1927 年 3 月 5 日。

3、抨擊秘密政治，鼓吹新政治

1926 年 10 月 15 日，《大公報》就說「舊時代（陰性的舊政治——引者）快告終，新時代（陽性的新政治）已開始。〔註189〕1926 年 10 月 26 至 11 月 3 日，連續數篇社論，借「中比商約」、「中日改約」問題抨擊「政府並不採納民意」、搞秘密外交。〔註190〕《從外交看到內政外國》（1926.11.17）從「內因」視角斷定民國前 15 年的政治文化都是「自家造出來的因果」。《話說天下大勢》（1926.11.30）再次斷定「吾國舊式政治經濟之組織，固絕對不能施諸今日者也」。《闢謠之道》（1929.3.9）中說，「東方舊式政治之特色，爲陰秘與不測。惟□陰秘也。故謠言易於發生，惟其不測也，故謠言易於取信。」《中國社會之新波瀾》（1927.3.7）認爲中國社會「可謂爲一種擴大的個人主義所支配」

（三）現實層面的言說邏輯

報界與政治的合理邊界。謳歌、鼓吹「思想自由」「言論自由」、「人權」與「民權」、「憲政」等均在務虛層面，解決的是將來的觀念問題，可能對將來產生影響，而難以影響現實層面。現實是國民黨的新聞統制與民營報人的生存逼仄形成難以調和的矛盾，因此，如何確定民國報界與國民黨政治的合理邊界和各自權責，是民營報刊必須面對的現實問題。《大公報》對此也做了不少鼓吹，力求糾正失控的報界與政界的關係。

1、報界和政府應各守法律範圍，且有相互尊重之善意

《闢謠之道》（1929.3.9）從闢謠的角度論述信息傳播與穩定政局的關係：「欲穩定政局，惟有一法，即一切當局人物，皆事實上於法律外無所行動是也」、「欲息滅謠言，穩定政局，必須人人守法，摒棄舊式陰秘不測之行動，

〔註189〕《大公報》以「陰」、「陽」分別喻指專制政治和民主政治，並形象了說明了兩種政治的優劣，依此標準選定有組織、有主義的國民黨，而拋棄北洋軍閥。《時局的趨勢》，《大公報》，1926 年 10 月 15 日。

〔註190〕《軟弱無能之政府》（1926 年 10 月 26 日）以「傳聞政府不採納民意」、搞秘密外交爲由抨擊政府軟弱無能。《今日比約滿期政府並未宣佈失效》（1926 年 10 月 27 日）批評前清延續的秘密外交的思維方式，正告國民「速起」！《中日改約問題之注意點》（1926 年 10 月 29 日）對中日通商行船條約的「改約」中，政府搞秘密外交，「揣測之辭、假造之文，一再宣傳於中日報紙」引爲深憾。《嗚呼秘密外交之成績》（1926 年 10 月 30 日）再次悲哀政府在中比商約、中日通商行船條約、中法越南通商條約中的廢約或改約中的秘密外交行爲，諷刺這是「當局秘密外交絕大之成績」。《欺罔國民之顧代閣》（1926 年 11 月 3 日）則把批判矛頭直接指向顧維鈞，《比約善後如何？希望友邦諒解國民努力！！！》（1926 年 11 月 8 日）再次呼籲國民努力！

一切以法律為歸。」《論宣傳》（1929.6.8）提出了建立宣傳與政府良性互動的機制：「中國，民國也。宜更有言論自由，除黨國政體及中山主義，不得反對。凡文武官吏之行動，宜令人民自由批評。或揭發之，苟有誣告，可使受法律制裁。反之，若屬事實，則政府應加以保護。」《哈爾濱國際協報被搗案》（1930.4.7）中深入闡述了言論自由與政治改良的關係：「夫言論自由，乃策進政治改良，實現法治效率之最上方法。從積極言之，可以造成真正輿論，引政治於正軌。從消極言之，可以宣洩民隱，調節各種黨派感情」。《對於言論自由之初步認識》（1930.4.26）願「有政權者」對言論自由有兩點初步認識：（1）承認中國有獨立的言論界，而不是治者的應聲蟲；（2）承認言論界有主張批評之自由，否認此點「是在政治上為自殺之道。」《關於言論自由》（1935.1.25）以「國難嚴重關頭」為立論，希望政府與言論界以「各守法律範圍，而有互相尊重之善意」為「合作之根本前提」，在「同一戰線上密切合作」。《統制言論之合理化》（1934.10.4）從「時代趨勢」視角認同國民黨的統制言論，抨擊其言論統制的「大抵政策不盡鮮明，定法不盡貫串」，並描繪了一副由言論統制所導致的、惡性循環的悲涼末世圖景。〔註191〕

2、新聞輿論與政策的關係：主張從「人民心理」制訂「合時代性之政策」

新記《大公報》對於國民黨的政綱、政策的基本態度、言論主張，學界已有深入研究，碩果累累，但這僅解決了一個問題：即《大公報》是如何看待國民黨的政綱、政策的問題，沒有解決《大公報》是如何看待新聞輿論如何與政策的制訂、實施、推行及後續的修正、廢止等彼此連動的關係問題。在大公報

〔註191〕「大抵政策不盡鮮明，定法不盡貫串，以致各地奉行者，各依揣摩所得，但求無悖上意，其弊至於張弛不一，寬苛無定，同一事也，因時與地之不同，而處分不必一致，前後不必相通，身受者惶惑，旁觀者危懼，惡意構煽者盡可弄術策以避免注意，其懷誠獻替者，轉多顧慮，不敢申論，相與失望抑鬱，思想苦無出路，於是一部分詫為幽默諷訕之辭以自見，滿幅陰森酷刻之氣，蔚成作風，市井相尚，而坦率光昌之正當主張，經世愛國之建設文字，反幾幾乎絕迹於論壇，此誠國民精神之病態，尤屬國家莫大之危機，循此不改，將見舉國暮氣沉沉，人民以議論國事為戒，爾後政府當軸任如何鞠躬盡瘁，為國宣勤，民眾亦惟以冷淡報之，此由人民既乏政治興趣，對當局不敢貢逆耳之諍言，自亦無心為公道之擁護，藉令為之，或竟無以邀公眾之信任，蓋束縛箝制之極，言論權威，掃地以盡，將欲偶爾利用，直成失靈之鬼。如是持之過久，則上下爾我，各不相謀，政府孤立於上，縱有絕對權勢，恐終不免興寂寞蒼茫之感，是將何以肆應夫非常時局乎？」

社評中，這方面也有一些論述。《經濟政策及財政政策略評》（1930.9.17）痛感民國以來之經濟財政毫無政策。「公家歷年來所發表之文字，絕對與所行之事實相反；文字上有政策，事實上無政策，結果仍等於零點」。並以「以輿論爲業者，對於人民心理知之較審」爲話語評說資格，全面、理性評析汪精衛的提案：「若作爲一種將來之方針，則認爲可贊成之點甚多；若作爲一種現在之政策，則認爲可保留之點較少」，建議當局「規定一種合時代性之政策」〔註192〕，等。

3、「負訓政責任者」應詳盡宣傳各項政策、重大改革措施、重要制度

《訓政與宣傳》（1931.1.13）指出國民黨行政上的重大缺陷：「政府對於訓政時期應有之宣傳，太不盡力是也」，並以日本第一次普選宣傳，昔日黨部制定宣傳方法、大綱對重大問題的宣傳，及「清制，以謄黃布告，遍貼全國城鄉」等方法，及封鎖政策信息引致官吏「變花樣、弄狡獪」的惡劣形象，勸告「訓政責任者，亟宜注意之」。

三、猛烈抨擊鉗制新聞自由主義的一切言行

如果說想像性鼓吹是描繪美好藍圖，給民眾以希望、以動力；那麼，猛烈抨擊黑暗、陰謀詭計，則以發泄不滿的形式促人警醒，努力革新。《大公報》在想像性建構新聞自由主義意識形態的同時，也猛烈抨擊鉗制新聞自由主義的一切言行，尤其對國民黨的新聞統制給予了毫不留情的攻擊。

（一）抨擊取締思想的各種言行

《打倒語言文字》（1927.5.11）以「李大釗死於軍法裁判，葉德輝死於人民裁判，陳獨秀於昏夜爲工人所暗算，漆樹芬於白晝爲商團所狙擊」爲事實，抨擊專制主義以「語言文字殺人」的殘酷現實。《社會科學者應當努力》（1930.2.19）中說「中國今日，國民之精神思想，久陷於迷惘彷徨。」《思想自由與徹底研究》（1930.5.4）直指「中國無思想自由久矣，其弊乃至於標語便算信條，口號等於法令，舉世咸感於思想混沌，精神無出路。」並從陳公博所謂的學問上的「名詞的鬥爭」闡發、引申到社會上的「主義」鬥爭、思想鉗制對青年的嚴重戕害，使青年或昧於或盲從或死於「名詞的鬥爭」。

（二）抨擊鉗制言論自由

新記《大公報》抨擊鉗制言論自由的最早社評，是 1926 年 9 月 17 日是

〔註192〕《經濟政策及財政政策略評》，《大公報》，1930 年 9 月 17 日。

《赤化與反革命》：北方以「赤化」，南方以「反革命」爲藉口封殺所載不利各自事實，抨擊雙方軍界之於言論界「皆取征服者之態度」，並使國民「無從作精確而自由之判斷」而處於「盲從」、「被征服」狀態。〔註193〕9月27日，吳鼎昌在南北對峙中感慨「立言之難，古今同慨」。〔註194〕《哈爾濱國際協報被搗案》（1930.4.7）以哈爾濱國際協報於4月2日因拒登「自由運動大同盟」宣傳被人搗毀案，再次抨擊中國政界鉗制言論自由。《軍事與政治經濟》（1930.3.26）稱「惟國民久在黨治訓政之下，習聞宣傳、聰明錮閉，偶語棄市，尤懼放言」後，並從民意有助於戰爭的角度呼籲給予民眾言論自由〔註195〕，勸告當局注意：「言論誠失權威而實際上重受其害者，便是政府，天下最愚失策之事，莫過於此」。《對於言論自由之初步認識》（1930年4月26日）中說，「各省報紙，對於政治問題，幾完全不許批評。易言之，只許事事稱頌，時時迎旨，……，此革命後最可駭怪之現象也。」《極度壓迫言論之惡影響》（1930.5.27）把國民黨「積極的勒令刊登」視爲「國內政治界打破紀錄之事」，「殆爲古今中外所未有」，比從前「消極的禁制揭載」更爲屬害，其影響更爲惡劣：1）報人「精神上所感苦痛，乃眞臻於極點」。2）「毀壞報界之信用，打消宣傳之效力」，當局者卻「自矜神妙」。3）「奸盜邪淫之社會新聞」泛濫成災，「全社會爲之墮落」。〔註196〕《報紙如何可以爲民眾說話》（1930.7.15）中說，「惜乎國民黨執政以還，摧殘言論，壓迫報界，成爲一時風氣。方法之巧，干涉之酷，軍閥時代，絕對不能夢見」。《言論自由與立言之態度》（1930.7.24）開頭就說：「近年政治上最大之失著，爲錮閉思想。干涉言論，以致士氣消沉，人心萎靡。當局者但求一時的耳根清淨，而不知影響所及。得不償失。」《關於張學良奇謠感言》（1930.8.19）分析「最

〔註193〕《赤化與反革命》，《大公報》，1926年9月17日。

〔註194〕前溪：《難言》，《大公報》，1926年9月27日。

〔註195〕抑茲後民眾所要求者。又有一言論自由在。蓋黨治祇能爲民治之先驅。不能因黨治而剝奪民治之基本權利。言論自由。即基本民權之一。其受摧殘也久矣。因摧殘過甚之故。至今時勢迫切。雖欲藉重民意。助之張目。已不復能運用自如。藉曰能之。亦不復能得民眾充分之信仰。可知摧殘言論之結果。言論誠失權威而實際上重受其害者。便是政府。天下最愚失策之事。莫過於此。今如由當局毅然宣佈。解除束縛。許民眾公開批評政治計劃。指陳制度得失。則海宇有志之士。披瀝肝膽。宣泄情感。其影響及於將來之政治。與現在之軍事者。殆未可以衡量。此又成敗利鈍幾微之關鍵。至少應爲當局之人注意者也。《軍事與政治經濟》，《大公報》，1930年3月26日。

〔註196〕《極度壓迫言論之惡影響》，《大公報》，1930年5月27日。

近關於張學良氏身邊之謠言」迅速傳播的根源，將其原因歸於兩點：一是商業化推動下新聞競爭追求「快」與「怪」，二是將外報記者的造謠的根源歸於「中國當局對於本國報界過分壓迫，以致養成一般人不信本國報，偏信外國報之心理」。《極度壓迫言論之惡影響》（1930.5.27）痛罵國民黨「勒令刊登」行為及引起「奸盜邪淫之社會新聞」泛濫成災等惡劣影響。〔註197〕《論保護人民自由令》（1935.3.9）以事實抨擊國民黨保障人民自由的虛偽性：「凡約法規定之人民自由，實際未得到充分之保障。」

（三）抨擊國民黨的新聞統制

《清議之源泉在政府》（1930.10.16）抨擊南京中央濫用「革命」、「元勳」的政治符號。「然譬如有人焉，其本身實質，明明封建軍閥也，而黨國則以革命元勳目之」。《為報界向五中全會請命！》（1934.12.10）從輿論動員角度證明「統制言論」是損人不利己的事。《國府當局開放言論之表示》（1929.12.29）中稱，「黨國對於言論界之過去。多少有承襲蘇聯式或法西式理論之趨勢，將完全置全國言論界於黨部指導管理之下。而絕對統一之。其所謂統一者，非僅言論已也，紀事亦然。」《統制言論之合理化》（1934.10.4）抨擊其言論統制的「大抵政策不盡鮮明，定法不盡貫串」，並描繪了一副由言論統制所導致的、惡性循環的悲涼末世圖景。《論統制新聞》（1936.6.9）將統制新聞的後果描述為「是以每有大事，社會輒現惶惑之狀，而謠言更乘之。卒之謠言之勢力，大於事實，報紙之權威，降於零點，此近年統制新聞所得之總結論也」。

（四）抨擊國民黨的新聞檢查

《新聞界何敢有奢望！》（1931.8.3）借國民會議期間，遼寧、四川代表提出扶植新聞事業案，抨擊國民黨的新聞和郵電檢查的混亂、無序、不合理。〔註198〕《關於言論自由》（1935.1.25）斷言「中國現在言論界之真相，為一般

〔註197〕《北京逮捕學生事》，《大公報》，1927 年 3 月 25 日。

〔註198〕吾同業所最感苦痛者，莫過於各地檢查新聞電報之嚴峻而不合理。如，南京電報檢查員，有時竟將政府命令，國議議決，亦為扣留不發。至於檢閱怠忽，延擱遲誤，使新聞電不能當日到達，如時上版，致將現金付費之專電，成為明日黃花之舊聞，訪員採訪之辛勞，等於精神虛耗之舉動，尤為新聞界莫大之懊惱。此由奉令檢查電報者，大率無辨別新聞之眼光，遂至有利官方之報導，有時亦受抑止不發之處分。或則其人絕不知報紙乃社會服務之事業，新聞記者，係為公眾而宣勤，故慎重迅速，執行檢查，乃檢查員等在官廳職務以外，對公眾應負之責任，須令關係公益之新聞電報，不因檢查延誤而消失

無力」，並揭破了中央常會電呈「保障言論自由」的虛偽性。《如此檢查新聞！》
（1933.5.29）猛烈抨擊新聞檢查的「雜亂無章，毫無定見，先後不一，各地
異致者，實所罕有」。並從社會安定國家統一的高度，抨擊新聞檢查的惡劣後
果：報紙信譽喪失，無稽之謠言，詭怪之宣傳，勝播社會，既害國家，同時
亦陷政府自身於不利的「公私兩誤」的境地。〔註199〕《檢查電報》（1931.5.28）
中抨擊電報檢查的「結果徒令新聞信用受損失，新聞記者感痛苦，於有力者
本身或團體在政治上之成敗得失絕少關係」等。

（五）呼籲放開言禁，切實保障新聞自由

《送上海記者團南歸》（1929.6.3）以上海新聞記者團從津返滬為契機，
寄希望於輿論重心的上海新聞界能擔負兩項責任：

1、滬報界一致恢復清末民元之精神，倡導全國，為言論自由奮鬥。或聯
合全國請求政府明訂報律，俾在國法範圍之內有自由主張批評紀載之可能。

其傳播廣遠之作用。誠以檢查過嚴，往往反於政府本身有害無益，即如七月
二十三日晨，財長宋子文氏在上海北火車站被暴動槍擊未中一案，理應將其
真相，敏速報告全國，以定人心，而弭謠諑，乃津平漢豫各報駐滬記者，所
發詳電，無論經由水旱線或無線電，竟一律為上海警備司令部檢查員扣留，
不許拍發，以致除上海南京外，全國各大埠報紙，關於是案，均於第二日始
得詳細報告，一時謠諑繁興，夫豈政府之利？方此種非常之事初出，新聞記
者，孰不精神緊張，奔走探索，乃結果，一日之忙勞，卒為不負責任之檢查
員，輕輕抹殺，此尤足令人寒心憤懣，無怪夫各報記者公函詰質也。
此外最近令報界感受苦痛者更有郵電機關之本身。例如各地郵寄新聞雜誌，
動遭遺失，其不能使人信賴，遠非往年之郵政可比，尤以南京郵局，受人指
謫更甚。以前每值報紙寄遞不到，或者認係檢查扣留，迨後調查，有不盡然
者，於此見遞信事業，確有愈趨窳壞之勢。更如各地電信機關，近來效率，
益復墜落，時通時阻，時愈時壞，竟使新聞記者無所遵循。從前建設委員會
主持無線電之時，確有革命氣象，一自交通部收回管理，敏速便遠不如前，
轉使人深悔從前援助交部，主張統一之無謂。上海水線電報，自來異常捷速，
滬發津電，從前一小時即可收到，近自我國收回海線之後，效率遽爾銳減，
有時上海夜午十二時發之電報，竟不及排入翌日之報版。尤可怪者：江西為
剿共中心，全國注目，乃南昌電局，近竟停發新聞電半個月，是豈非故意壅
塞國民耳目乎？

〔註199〕「其事從墮報業之信用，而流言怪謠，反致不脛而走，既害國家，同時亦陷
　　　　政府自身於不利，蓋報紙既失權威，則以後縱為國家利益，政府威信，有所
　　　　建議，或發公論，亦將無以昭民眾之信，此非至愚極拙，公私兩誤而何？」……
　　　　吾人所為聲明抗議者，不止為報業信用前途計，亦為國家利害計，以為毀壞
　　　　報業之關係小，因此而使報紙失權威，喪信譽，將令無稽之謠言，詭怪之宣
　　　　傳，勝播社會，取報紙勢力而代之，則大非安定國家統一輿論之利也。

2、在黨國訓政下宣達民隱。《國民會議與言論自由》（1931.5.12）借陳介石、馬飲冰等新聞方面的提案向國民會議代表呼籲修正出版法，並在無望修正出版法下，從國民會議代表們提議的扶植、輔助新聞事業的角度勸其遵守出版法，等。

四、爲建立適合民國國情的新聞傳播秩序建言獻策

《大公報》爲國民黨諫言獻策相當多，就建立適合民國國情的新聞傳播秩序而言，大公報幾乎時時刻刻都建言國民黨改善其新聞政策，不僅如此，它還爲知識分子如何發言建言獻策。

（一）爲改善國民黨的新聞政策諫言獻策

這方面的獻策較多，但主要集中在以下三個層面。

1、糾正國民黨注重宣傳，輕視建設的思想誤區，主張「惟事實爲最雄辯」的宣傳理念。《大公報》始終主張「惟事實爲最雄辯」的宣傳理念，也強調虛僞宣傳的弊端。《書紅槍會宣言後》（1927.2.25）以河南全省紅槍會的宣傳，南北兩軍的宣傳爲例子，佐證「惟事實爲最雄辯，多助寡助，視此而已」。〔註 200〕《「事實是最雄辯的」》（1928.5.17）以濟南慘案中日本宣傳的破產爲論據，再次強調「事實是最雄辯的」。《北京現狀下之聯想》（1926.12.8）從「不亂要錢,不亂要命」的角度論述宣傳問題：「無論黨軍宣傳好何利害，這八個字最低要價，他不還足；專靠口頭宣傳也是無用的」。

《論宣傳》（1929.6.8）爲宣傳下了界定：「宣傳者，公佈之議也，故其根本義，爲宣佈事實而傳達之，宣佈事實有二義。凡宣佈皆事實。一也。凡事實皆宣佈。二也。」《待遇外國記者之正當辦法》（1929.7.7）中說，「宣傳之□義在乎闡明事物之眞理與□況。無所用其□師鋪張。亦無所用於經濟後盾。」《設立國際宣傳局》（1930.1.24）再次強調宣傳的「正解」：「以事實之眞內容，

〔註200〕「黨軍自粵而湘而鄂而贛。師行所至。相傳人民樂爲之助。說者以爲宣傳之效。於是各方始皆致力於此。抗辭書疊。層出不窮矣。夫宣傳者務在明己之是。斥彼之非。施之金革之閒。略與檄移同用。察人心。審時勢。權彼我。必事昭理辨。氣盛辭嚴。而後可以昭人之心而奪敵之氣。使己無可述。而徵引爛然。事莫能明。而證過其虛。雖植義堅卓。揚辭煒曄。徒勞筆舌。無益觀聽。可繼言也。至稱志而無以實其言。討亂而躬自同其惡。則妻妾僮僕聞之。亦將掩耳而走。而乃以之誓軍戒國。此自伐之道。又不獨無益而已。務宣傳者。其於此宜加之意也。」《書紅槍會宣言後》，1927 年 2 月 25 日。

定社會之眞是非而已。」《宣傳與革命》（1927.6.13）理性、辯證地看待宣傳
與革命的關係，層層剖析了宣傳的流弊對於國家社會與個人的利害關係。奉
勸當政者務虛構事實、顚倒是非、掩蔽眞情、淆惑判斷，而應注重建設，用
言語文字將政策、理論廣爲說明，求得民眾之同情、國人之瞭解。該文是民
國時期反思、抨擊宣傳威力的極少數作品之一。《事實宣傳與理論宣傳》
（1928.7.2）從「事實宣傳比口筆宣傳的力量，更爲強大」的角度，抨擊國民
黨佔領天津後的種種亂象，嚴重戕害了三民主義的理論宣傳。《植樹運動》
（1929.4.5）借植物節，抨擊政府「努力於造林之宣傳」而成績特少；宣傳又
「多屬虛文」，毫無規劃的弊病。〔註201〕《清潔運動》（1929.4.12）中說「夫
宣傳之要，文字不如事實；提倡之法，空言不如實行」〔註202〕，等。

　　2、國內宣傳方面的諫言獻策。《北京逮捕學生事》（1927.3.25），諫言奉
系勿濫殺學生，要維繫北方區域之人心」。1926 年 9 月 17 日的《赤化與反革
命》中說：「軍事時代之制限登載新聞，誠亦有不得已。然制限必應予以範圍、
處分方法，尤須寬大」。《軍事時期之新聞政策》（1929.11.9）就軍事新聞問題
向國民黨進言：統一軍事公報的發佈，由總司令部一處，每日發表公報三次，
通電全國；戰報發佈的時間、地點必須正確及分析前方形勢，而統一戰報表
惟一的正式公報，尤爲急需。《國府停止檢察新聞令》（1929.9.17）從政府立
場向其進言，勸告其對言論取締寬大態度，最有利益。並從三個方面予以論
證。〔註203〕《國府當局開放言論之表示》（1929.12.29）以蔣介石通電全國報
館納「嘉言」爲由頭，以蘇聯和法西斯式的新聞政策爲反面例證，佐證統一
言論的弊端。〔註204〕《統制言論之合理化》（1934.10.4）建議國民黨改善毫無
章法的統制技術，並從「救國要諦，端在政府努力長養人民之政治興趣」的
角度，建議政府「首宜宣示統制言論之最大範圍與開發言論之具體意見，誘

〔註201〕「政府近已努力於造林之宣傳，惜乎文章太多，事實太少，亟宜規定辦法通
　　　　行全國。」見《植樹運動》，《大公報》，1929 年 4 月 5 日。
〔註202〕《清潔運動》，《大公報》，1929 年 4 月 12 日。
〔註203〕這三個論證是：1）從不滿人多，反動人少角度，證明言論自由利於民意發泄、
　　　　怨毒減少，且是消滅政敵煽惑的社會減壓閥，2）言論自由能消除一切腐化與
　　　　惡化，3）絕對言論紀事統一之日，即言論界本身生命消滅之日。言論界失效，
　　　　當局闢謠亦失效，結果公私交敝而已。
〔註204〕其一，宣傳過於統一嚴整之結果，人民神經久而麻痺，反使宣傳失效。其二，
　　　　報紙專爲政府作宣傳機關之結果，全國言論界，單調化、平凡化，根本上使
　　　　人民失讀報之興味，最後足使報紙失其信用。

掖熱心國事之士，以善意批評時政得失，貢獻大局方案，祇須與當前之外交、國防、軍事、政治，無直接危害牴觸之處，即使言論與事實不洽，主張與政府有異，仍可曲示優容，許予發表」。〔註205〕《新聞界何敢有奢望！》（1931.8.3）向政府優待新聞業的最低的三點建議：（一）檢查電報，勿過無理取鬧。（二）拍發電報，務予迅速痛快。（三）郵遞新聞雜誌，當事者多爲注意，勿令動輒遺失。《爲報界向五中全會請命！》（1934.12.10）借五中全會開幕之期，蔣、汪、胡等黨政要人提出保障言論自由之際，以「實際上全中國何處有眞正的言論自由？」、統制言論於「無益有害」角度，向當局提出四條具體的改善言論統制的建議。〔註206〕

《本報解除停郵處分》（1935.12.12）再次就檢查新聞向國民黨進言：「一、須善體法律之精神，凡在法律範圍內，須尊重言論自由。二、檢扣新聞，原則上本應限於影響公安或牽涉重大外交之緊急事項，不得濫用其權。三、對新聞事業，須有理解。須顧及其向國民公眾報告消息之職務。故司檢查者，須與報界取商榷態度，時求一雙方地位互相顧及之方法。」《論統制新聞》（1936.6.9）建議國民黨改變新聞政策：「此後宜斷然改變新聞政策，棄封鎖主義而爲暴露主義。」《關於宣傳工作的建議》（1937.10.14）向最高統帥部建

〔註205〕「關於統制言論，取締新聞，機關應統一而不可分立，處置應一致而不可歧異，苟能完全由中宣會主持於上，檢查所專管於下，取消一切重複的檢閱手續，避免許多苛細的干涉責難」。見《統制言論之合理化》，《大公報》，1934年10月4日。

〔註206〕這四條建議是：一，凡有關於外交軍事國防消息，應該禁登者，中央先訂出一種範圍，規定有效期限，通令各地檢查機關轉知各報注意，各報本此原則，自爲新聞取捨之標準，各地檢查所本此原則執行，力戒苛細，期滿後中央審度情形，另案通知遵辦。此外一切個人問題，次要事件，任何機關，都不許干涉查扣。二，關於臨時特定問題，如軍政要人之言動，黨政有關之要訊，爲大局關係，應當禁登者，須由中央隨時通令各檢查所轉知各報注意，附以期限，指明範圍，不能由各地方機關任便發令，至滋濫用權力之弊。三，各地方高級機關，參與新聞檢查事務，祇應以涉及當地之國防外交軍事性質或與地方治安有重大關係之事項爲限，並應派智識較高明瞭報界情形之高級人員負責參與，必要時隨時得向各該長官直接請示，以負責態度指示辦法，藉免下級官吏迎合揣摩之弊。四，如果各地新聞檢查所不能撤銷，應將各地電報局檢查電報之手續，一律免除，以免收發之際，輾轉查扣，最後尚須經檢查所刪扣，時間既不經濟，電費又多負擔。以上是我們最小限度的希望，請求五中全會爲報界主持，按此原則，交主管機關改良檢查辦法，解除全國新聞界的苦痛。此外我們平津同業，更擬向全會有所請願，即可以發表，內中所列各點，都是平津報界同業的公意，我們也請五中全會必須特別注意！

議：組織民眾的前提是先把宣傳工作者組織起來，並提出了六點具體建議。《改善取締新聞之建議》（1936.4.2）從民族團結的高度，勸諫當局改善取締新聞之方法。〔註207〕《為報界呼籲兩事》（1936.11.4）建議當局給予青年記者採訪便利，再次要求規範新聞檢查。〔註208〕

3、國際宣傳方面的諫言獻策。《大公報》非常注重國際宣傳，除了自身加強國際宣傳報導外，還主張「新聞自主」，對國民黨的國際宣傳提出了許多建設性意見。《注意中國電政主權之危機》（1926～11-29）以大東大北水線合同延長問題，主張收回電政主權。《中國時局與外國新聞記者》（1927.3.28）鄭重提出「新聞自主」問題，說「『新聞自主』這四個字，從沒人提過，真是新聞界的一種恥辱，不但是恥辱，中國國家社會因此所受損失，真是不可計量」。〔註209〕《華北明星報問題》（1929.2.17）以天津英文華北明星報被「扣遞」事為由頭，分析外人與政府之間因傳播隔閡所造成的謠言四起，外報形象惡劣、乃至被禁的現象〔註210〕及其解決辦法。《待遇外國記者之正當辦法》（1929.7.7）認同國民政府對在華外字新聞「時取糾正態度」，並將外報的輕率報導，歸於國民政府聯絡外報記者不力，致使其「失望北歸」，由此再次建議政府切實聯絡外國記者，以使外報記者為我宣傳所用。《取締外國通信社問題》（1931.4.13）借政府因日本聯合通訊社消息誤謬下令取締其發電，再次向

〔註207〕方法主要有：（1）本質上非反動宣傳，雖意見與政府出入，允其自由發表；（2）宜以法律和事實解決各方糾紛；（3）「（一）凡禁載及注意事項由檢查機關列舉通知，其事項應限於中央過去決議之原則，此外概不禁載。（二）對各地報紙於其出版後檢查之。如有違令法之事，依法辦理，而廢止檢查稿件之煩苛辦法。（三）對於各界人之公表言論力採寬大主義。凡批評政府政策及官吏行動者，除非其主張有陰謀反動之嫌，概不禁止，吾人以為此乃目前可行之簡易主張也。」

〔註208〕第一、檢扣新聞，就一般言，應始終依過去中央正式通過之三原則，即以關於國防軍事外交財政之機密為限，此外則為維持公安之必要事項。總之檢扣範圍，應力期其狹，各地官吏不得濫用檢查權。第二、檢查電稿通信，應力期迅速，務顧及報人之職務；第三、各地檢查標準應一律，且務宜避免重複之檢查。

〔註209〕文章開門見山說：我們辦報的人，常常鼓吹收回國權、主張自主。其實新聞界本身許多年就受外國新聞家的支配。『新聞自主』這四個字，從沒人提過，真是新聞界的一種恥辱，不但是恥辱，中國國家社會因此所受損失」。然後猛烈抨擊外國新聞記者的造謠惑眾、誇張失實、製造事端等種種弊端。

〔註210〕「以是在華字報不能登載之流言，每利用外字新聞刊出，外人不知內幕，往往於不知不覺中受人利用，於是外人對華，批評多失正鵠；華人對外報，感情則多惡劣，一概以帝國主義者之機關抹殺之。」

政府建言如何息謠。「欲禁止散播流言。則必須供以正確消息，其最簡單辦法，國府秘書廳外交部，宜每周定期接見外報記者，答覆質問。」此外，該文建議倣仿日本，組建一通訊社，收回國外通訊社在華的發稿權。《設立國際宣傳局》（1930.1.24）以 1 月 22 日中政會議決設立隸屬於中政會外交組的重要國際宣傳局為契機，抨擊國民政府國際宣傳的拙劣技巧，並進言國際宣傳的技巧與方法：（1）認清宣傳之「正解」：「以事實之眞內容。定社會之眞是非而已」，挽回其已失之信譽。（2）當局要人或由相當機關發佈宣言談話；（3）外交人員與外報記者隨時聯絡，供給正確報告，更正訛誤消息。（4）養成一種內外共同信仰之國民的通信機關，代表國家，加入世界通信同盟團體，等。

（二）為知識分子獨立發言諫言獻策

這方面的論述雖沒有向國民黨建言獻策多，但也表明了自由主義報人的自我反省意識。《打倒語言文字》（1927.5.11）以殘酷的事實勸告智識階級要獨立發言：「夫士而果欲以語言文字指導社會，其本身即不得與現實之勢利接近，一與現實之勢利接近，其言語文字，即不復為社會所重。蓋現實勢利所在，亦即現實怨謗所歸，一與作緣，本身自由之量頓減，社會曲解之處尤多，雖善辯者終當默爾而息。」《言論自由與立言之態度》（1930.7.24）主張建設性的立言態度，「夫所貴乎言論者，在有權威，而權威所寄。第一在根據確實，第二在理論正當，第三在方案有效。必如是乃可超脫乎感情論與抽象論之範圍，而具有建設性。不特作政論應當如此，即對社會任何事業或現象之批評與建議，胥宜取此態度」。《報紙如何可以為民眾說話》（1930.7.15）以美國蘭尼萊地區的鋼業工會秘書以誹謗律控告該地明星報案為它山之石，闡述英美報紙為民眾說話的準則，以此希望國民黨開放言禁，使全國報界皆得為黨國之諍友。《論言論自由》（1937.2.18）主張有責任的言論自由。解決言論自由問題：「首視言論界本身之努力如何。要公，要誠，要勇！而前提尤要熟籌國家利害，研究問題得失。倘動機公，立意誠，而勇敢出之，而其主張符於國家利益，至少不妨害國家利益，則無慮壓迫干涉矣。縱意見與政府歧異，政府亦不應壓迫干涉矣。」等。

由此可見，《大公報》為實現她理想中的新聞傳播秩序，可謂嘔心瀝血，費盡了心思。

第九章　結束語
自由與訓政：並存的悖論

正如思想與權力「常處於對立地位」一樣，自由與政治亦是如此。二者本是共存的一對矛盾範疇，既相互制約，又彼此利用，但雙方均無法擺脫、乃至消滅對方而獨立存在。完全沒有自由的政治，是集權專制，是封建暴政，雖能存續一時，卻終是曇花一現，典型如短命的秦王朝。即使是秦王朝也有諫官、監察系統存在，傳統中國的中央集權得以延續輪迴更替延續兩千多年，更在於皇權專制給言論自由特定的活動與表達空間。而沒有政治上的自由，是虛無飄渺的無政府主義。古往今來，不少學者達人鼓吹信奉絕對自由主義，主張不受任何干涉，卻無一能夠實現。過猶不及，自由與政治須保持相對平衡的穩定狀態，人類社會才能和諧、健康發展。而只有建築在公眾觀念基礎上制度化的設計，才能保障二者互動博弈的動態化的平衡。這在於，只有自由言說的狀態，才能讓思想脫穎而出，成為引領人類社會發展的真正引擎與導航，才能讓政治權力置於陽光之下，使政治支配下建構的社會秩序能夠合理理順社會各個階層之間的利益衝突，使人與人之間、人與群體之間的矛盾衝突得以通過對話、協商解決，而不是訴諸武力，乃至升級為社會階級之間的武力對抗，導致社會結構的解體。反之，沒有責任、沒有秩序的自由言說，不僅不能讓真理在與謬論的博弈中勝出，反而使謠諑、偏見、固見、傳統、迷信、流言堵塞社會信息系統，成為社會衝突與對抗的新聞傳播學根源，而徹底屏蔽解決社會衝突的正常的對話與協商機制，使武力成為解決社會矛盾的惟一路徑，進而導致社會結構的解體與重組。

　　歐洲文藝復興的最重要貢獻是喚醒了「人」。換言之，從中世紀的宗教枷鎖中喚醒了自由，在經過工業革命、資產階級革命後，自由主義成爲歐美社會的主流意識形態，並成爲世界發展的不可遏止的趨勢。英、法、美、德等資本主義國家的崛起，乃至稱霸世界，在於它們從制度上比較合理地安排了自由與政治的邊界，這種安排因各國的文化傳統、具體國情而不同，然其發展又各異，共同點卻是：市場經濟基礎上的權力之間的相互制衡，法治至上下的自由主義。《大公報》形象地表述爲：「爲各守法律範圍，而有互相尊重之善意」。〔註1〕權力制衡爲個體的「人」的活動創設了自由言行的空間，使自由競爭狀態下的思想成爲社會發展的重要引擎，繼而讓科技、資本成爲主導社會發展的軌道，法治則保證了無數個體的「人」自由活動的有序秩序及解決人與人之間矛盾衝突的協商、對話機制。當然，歐美社會完成這一轉型，從精英人物的自由民主思想，轉型爲制度化的民主憲政制度，再到這一思想、制度普及爲公眾的基本常識，也用了數百年的時間，支付了昂貴的社會成本，滋生了眾多社會問題。

　　當歐風美雨攜帶洋槍洋炮與清帝國統治下的傳統中國相遇時，正如馬克思所論述的那樣，「滿族王朝的聲威一遇到英國的槍炮就掃地以盡，天朝帝國萬世長存的迷信破了產，野蠻的、閉關自守的、與文明世界隔絕的狀態被打破，開始同外界發生聯繫，這種聯繫從那時起就在加利福尼亞和澳大利亞黃金吸引之下迅速地發展起來。」〔註2〕在清帝國解體、瓦解過程中，清政府拘泥於傳統的皇權思維，未能在其控制下完成自身的近代化轉型，戊戌變法、晚清憲政的失敗，使中國錯失了近代化的一次機遇，辛亥革命的成功意味著皇權政治在制度上最終終結，中華民國的建立卻因文化上、思想上滯後而淪爲披著民主共和的軍閥混戰。而英美政體在中國事實上的破產，一方面催生了新文化運動，使傳統文化在根基上受到巨大衝擊，「民主」、「科學」的理念在社會中上層及知識分子群體中得到普及。另一方面也讓孫中山最終選擇了軍政、訓政、憲政的革命建國的必經路徑。在五四新文化運動催生的新思想的推動下，孫中山以蘇俄模式改組國民黨，陳獨秀、李大釗等知識精英接受蘇俄輸入的馬克思列寧主義思想，在蘇俄幫助下成立共產黨，兩黨合

〔註1〕　《關於言論自由》，《大公報》，1935年1月25日。
〔註2〕　卡爾·馬克思：《中國革命和歐洲革命》，1853年6月14日《紐約每日論壇報》
　　　　　第3794號，《馬克思恩格斯選集》第2卷第1～8頁。

作送走了北洋軍閥。但孫中山逝世後，國民黨上層領導人對三民主義新中國的遠景、對國民黨的組織產生了分歧，而是否發動和組織群眾是其中一個關鍵性的問題〔註 3〕，與其同時，孫中山去世後留下的國民黨最高權力空置，也因這些分歧而造成汪精衛、胡漢民、蔣介石等國民黨黨魁對最高權力的窺視與爭奪，而北伐中舊軍閥雖打倒，新式軍閥卻隨之而生。最後，蔣介石以血腥「清黨」方式建立南京國民政府，並於 1928 年左右完成了國家形式上的統一。南京國民政府的成立，並宣佈實行訓政，則意味著北洋軍閥的徹底結束，即被軍閥武力中斷的中國現代化建設的進程得以大規模的重啓。因而儘管南京政府有種種不盡民意處，它的成立還是得到了當時的社會支撐階層——知識群體——的絕大多數的擁護。

然而，在 20 世紀 20～30 年代仍處在列強不平等條約制約下的中國，國民黨政府要在風雲變幻的國際社會中應對內憂外患，推動中國的現代化建設，就既要集權以政權力量動員社會資源應對國內外危機；又要分權，啓蒙民眾，將訓政過渡到憲政。這一矛盾的巨大張力迫切需要類似日本德川家康那樣的鐵腕政治精英，蔣介石卻不是此類鐵腕政治精英，從而既斷送了中國現代化的歷史機遇，也失去了再次調整早已失衡的自由與政治二者關係的歷史契機。這就是國民黨治理下的自由與訓政呈現出錯綜複雜的歷史景象。

一、自由主義方面

以最能體現自由主義精髓的言論自由（新聞自由）爲例。因國民黨號稱「統制新聞」、「黨化言論界」，且有製造了許多影響全國的報案等「鐵證」，逐使國民黨烙上鉗制言論自由的歷史罪名，也使學界普遍認爲這一時期的新聞自由即使不是最黑暗的時期，也是次黑暗的時期。歷史真實情況並非完全

〔註 3〕 陳志讓先生認爲：「1925 年孫中山死後，國民黨的思想和組織立即呈現出分裂的局面。上層領導人對三民主義新中國的遠景有不同的解釋，對國民黨的組織也有不同的主張。西山派、大元帥府，甚至國民黨左派的高級領導人應有用模糊的政綱和私人感情來團結，抑或用黨的紀律和訓練來團結？統一中國的軍政時期應該由高級領袖和軍人來進行，抑或是應該發動群眾組織群眾來進行？發動和組織群眾是一個關鍵性的問題。從左派的立場看了，發動和組織群眾是積極民主（participatory democracy）的基礎，是中國社會改革的基礎，是以黨治軍的基礎。從右派的觀點來看，這是暴民政治的起點，是反對循序漸進的建國程序的起點，是篡奪黨的領導的起點。群眾問題又因聯俄容共而更加複雜」。見陳志讓：《軍紳政權——近代中國的軍閥時期》，173～174 頁。

如此，這一時期的言論自由的寬鬆程度雖次於北洋軍閥時期，但絕對好於晚清時期。其證據主要有：

（一）如前所述，民國新聞教育的興起，及民國新聞學術期刊的增多，使國統區的新聞從業人員均接受了新聞自由主義理念，國民黨黨報的主持人、國民黨的主要新聞官員、國民黨黨政要員亦不例外，他們都接受了歐美新聞自由主義理念，並據此理念反對、排斥蘇俄和法西斯主義的言論專制，排斥中共的自由理念。不同的是，國民黨主張「三民主義」理念下的言論自由，主張個人的言論自由要服從國家自由。而報刊的言論自由與國民黨新聞統制之間的衝突，其性質亦不是晚清封建專制與新聞自由的衝突，也不是北洋軍閥的武力鉗制與新聞自由的對抗，而是不同的新聞自由主義理念的衝突。

（二）雖然國民黨建立了龐大的新聞檢查體系，制定了無數的新聞法規、條例，也有龐大的新聞宣傳機構，也檢扣了無數的新聞稿件，封殺、懲罰了不少報刊、報人，製造了諸如史量才被暗殺、《民生報》永久停刊、新生事件等著名的報案，但國民黨始終爲自由主義者留存了諸如天津《大公報》、《世界日報》、《民生報》及《申報》、《新聞報》等民營報刊的言論陣地，尤其是天津《大公報》，其媒介言論尺度最爲寬鬆，並形成了以「敢言」著稱的「文人論政」傳統。就《大公報》而言，其尖銳、率直、理性地抨擊國民黨腐敗墮落的廣度與深度，雖未達到晚清資產階級革命黨人在革命情緒支配下刊發的《亡中國者和平也》、《大亂者救中國之妙藥也》等直接抨擊晚清政府的言說高度，但《蔣介石之人生觀》、《嗚呼領袖欲之罪惡》、《跌霸》、《擁護政治修明案》、《看重慶，念中原》等篇篇尖銳痛斥當局的社評及《中國的西北角》爲代表的抨擊國民黨基本政策的報導也不遲於前者言說的高度，而在「敢言」這一點上，「至今還沒有一家報紙能夠超越 1949 年以前的《大公報》」。〔註4〕雖然有不少學者、官員將《大公報》的「敢言」貶低爲對國民黨的「小罵大幫忙」〔註5〕，但即便如此，國內未有一家報紙達到 1949 年以前的《大公報》

〔註4〕 劉泱育：《方漢奇先生與〈大公報〉相關研究的繼思》，《國際新聞界》，2010 年第 1 期。

〔註5〕 對於如何評價《大公報》的「小罵大幫忙」，學界至今主要有兩種態度。一種態度認同，另一種態度反對，前種態度從 1930 年代一直「跨世界」，持論者不乏其人。後一種態度，其聲音則漸響於 1980 年代後，並與時俱進，逐漸成爲學界評價《大公報》事功的主流聲音。（參見劉泱育：《方漢奇先生與〈大公報〉相關研究的繼思》，《國際新聞界》，2010 年第 1 期，穆欣：《〈大公報〉擁蔣反共階級根源》，《新聞愛好者》，2002 年第 1 期，方漢奇：《爲〈大公報〉

的言說高度的事實，就不能確認國民黨統治下的新聞事業是最黑暗的歷史時期（雖然，國民黨統治大陸時期的社會發展與今天的中國共產黨執政下的社會發展不具有任何可比性）。

（三）訓政時期國民黨雖然是一黨專政獨裁，建立了威權政體，卻是不折不扣的弱勢獨裁，蔣介石等黨國要人雖渴望集權，統一思想，卻始終未能實現。

1、蔣介石、汪精衛、胡漢民國民黨黨魁的內鬥，使中央權力始終無法統一，而軍權又被地方派系軍閥把持，蔣介石雖然通過裁兵、戰爭、收買等手段力圖剪除地方派系，但始終未能統一軍權。「這時期（指 1912～1937，引者）中國沒有統一的軍隊，沒有統一的指揮系統，也沒有統一的軍隊管理系統」。〔註6〕而黨權又無法制衡軍權，統領政權，反而是黨權旁落，軍權壓制黨權統

辯証——應該摘掉〈大公報〉「小罵大幫忙」的帽子》，《新聞大學》，2002 年秋季號，徐冠華：《〈大公報〉與「小罵大幫忙」，《中北大學學報》（社會科學版）2009 年第 2 期，周葆華：《質疑新記〈大公報〉的「小罵大幫忙」，》，《新聞與傳播研究》，2002 年第 3 期，方漢奇：《再論〈大公報〉的歷史地位》，見方漢奇主編：《〈大公報〉百年史》，中國人民大學出版社，2004 年，前言第 1 頁，等）筆者認為，「小罵大幫忙」本是一種比喻性的、非學術的評價語言。用此口語化的語言來評價 1949 年以前的《大公報》的歷史功過，其本身就不是學術態度，而是一種非學術的政治標籤。由此所產生的學術爭鳴，很大程度上是由「小罵大幫忙」這一詞語本身所引起的。該詞是是日常生活用語，其內含的褒貶色彩是由具體的談話語境而決定。兩人閒聊中的「小罵大幫忙」是中性的、無惡意的，而政治語境中「小罵大幫忙」則蘊含強烈的貶義色彩。1958 年 9 月 30 日，政治權威毛澤東在與吳冷西的談話中，就使用了這一情感色彩模棱兩可的詞彙，他說：「人們把《大公報》對國民黨的作用叫做『小罵大幫忙』，一點也不錯。」（見吳冷西：《毛澤東談大公報》，《老年時報》，2008 年 9 月 5 日，07 版。）又說「他（指《大公報》總編輯張季鸞——引者注）辦報素以客觀、公正自誇，平常確也對國民黨腐敗加以揭露批評，但每到緊要關頭，如皖南事變發生後，他就幫蔣介石罵周恩來了。王芸生後來接他的班，在國民黨發動內戰前後，也是這樣給蔣介石幫忙的」。毛澤東從共產黨立場上在非正式的談話中如此評價《大公報》是比較客觀、準確的。但若上昇到學術高度，在轉引中摘錄使用，就有產生許多問題（注意，毛澤東是以引語方式使用「小罵大幫忙」的，而且在批評《大公報》的同時，也建議吳冷西學習張季鸞的優點）。但在左傾思潮下，毛澤東的話就是「革命語錄」，無形中就演變成學界、官方評價《大公報》的歷史定論。這樣的歷史定論顯然違背了辯證唯物主義歷史觀，也沒有遵循「論從史出」的治史傳統，故在 80 年代後受到學界的普遍質疑也在情理之中。

〔註6〕 陳志讓：《軍紳政權——近代中國的軍閥時期》，廣西師範大學出版社，2008 年 1 月版，2 頁。

制政權。這種內鬥而非制衡的權力結構，無疑在事實上削弱了國民黨的新聞統制體系。

2、租界和列強的領事裁判權的客觀存在，使國民黨無法統制外籍在華新聞媒體，使新聞媒體在租界內借助列強的領事裁判權而享受相對寬鬆的新聞自由。

3、國共軍事對峙及日本侵佔東北的現實，使廣大農村地區的言論自由遠離國民黨的新聞統制，而東北地區的言論脫離國民黨的新聞管制。全國範圍內，權力由武力決定的權力對壘格局，爲新聞媒體創設了無數的條塊分割、有限制的自由言說的話語空間。簡言之，這一時期的新聞自由的本質依然延續了北洋軍閥時期的不同權力主體掌控下的自由言說的有限空間。不同的是，北洋時期，新聞自由的邊界由佔領該地盤的軍閥說了算，訓政時期則由政黨機關、黨政要人的權力意志實際決定。而不同權力主體之間並非西方制度化的權力相互制衡，而是非制度化的權力內訌。這就使在權力主體（A）的勢力範圍內，可對敵對的權力主體（B）、（C）等自由言說、自由抨擊，但對權力主體（A）的媒介言說要受（A）的嚴厲管制，反之亦然。這種由不同權力主體內鬥而形成的新聞自由的格局，是專制政體向民主憲政政體過渡過程中，未上軌道的政治所孕生的畸形的新聞自由。這種新聞自由是近代中國新聞自由的典型特徵。但在20～30年代國民黨訓政時期，若與北洋時期對待言論界「只許說我好，不許說我壞，如果哪個說我壞，我就以軍法從事」（張宗昌語）的武夫思維與做法，國民黨的宣傳思維與檢查、刪扣、糾正做法就顯得有些人性化、彈性化。從這個角度而言，這一時期的新聞自由度略強於北洋時期。蔣介石、汪精衛等黨魁還多次作爲保障新聞自由、「納嘉言」的政治姿態，允許一定範圍的新聞輿論監督；天津《大公報》的「敢言」、「人權」與「獨裁」的爭鳴，以胡適爲首的自由主義群體，與以魯迅爲首的「左傾」自由主義群體的客觀存在，「五五憲草」的媒介大討論等現象也足以說明訓政時期的新聞自由的寬鬆程度也與北洋時期處在伯仲之間。

在這種不同權力主體披著「訓政」外衣美麗光環，實際籠罩在權力陰霾下的條塊分割的新聞自由空間下，新聞傳播業雖在數量上、物質設備上有明顯增多，但其業務發展仍是畸形狀態。

1、國民黨媒體雖數量龐大、資金雄厚、人才濟濟，其發行量卻始終不高，《中央日報》最高也僅有 3 萬多份，其它各種形式的黨報也就可想而知，不

僅如此，國民黨黨報的發行多為國民黨各機構訂閱。就報刊而言，國民黨媒體僅在數量上佔有絕對優勢，但其媒介生產的質量遠不如民營媒體，其新聞信譽度、媒介的輿論權威、社會影響力也均不如民營媒體，也始終未能獲得民眾認可。雖然中央通訊社、中央電臺因需龐大資金、及政策壁壘等因素，民營資本無法予以抗衡，雖然國民黨也大肆資助民營媒體，以民營色彩宣傳國民黨的政綱、政策，採用種種宣傳策略、宣傳技巧灌輸三民主義思想、文化，也無情刪扣、懲罰不聽話的媒體，但國民黨始終沒有掌控主流輿論的主導權，其塑造的三民主義意識形態也相當脆弱，不堪一擊。

2、雖然國民黨黨政要員多次強調新聞要真實、確切，雖然民國教育也向從業人員灌輸新聞職業道德、抨擊虛假新聞與不實的新聞宣傳，雖然有良知的報人還堅守最底線的職業道德，但是，謠言、政謠、流言、虛構性的宣傳、虛假新聞等失實的媒介信息還是不斷湧現，並成為民國時期普遍性的、備受詬罵的新聞媒介信息現象。與此同時，黃色新聞、社會新聞的泛濫成災、低俗化、娛樂化等媒介信息的盛行，加之國民黨毫無秩序的新聞刪扣、新聞封殺。三者並存更是降低了民眾對新聞真實的約定成俗的信任關係，從而出現媒介新聞報導越多，社會信息系統越被堵塞，致使上下、左右被虛假信息遮隔堵塞，而陷入相互博弈的傳播困境。這一傳播困境雖不同於晚清時期被皇權專製造成的上下信息壅塞、民眾智識未開，百弊叢生的閉塞狀態，但也與之也有幾分類似。前者是由於民眾文化水平極低、社會信息傳播渠道缺失、皇權高壓堵塞社會信息通道，尤其是民意通道所造成；後者，雖然城市民眾文化水平有所提高，報紙發行量增加，然而海量宣傳性、虛假性信息卻紊亂了社會信息的真偽性，致使民眾辨析信息的社會成本提高而使社會信息系統陷入惡性循環，乃至最終癱瘓。而「革命」、「反革命」的政治標籤被國民黨人隨權變而張貼，司法系統的混亂，權力爭鬥，階級鬥爭及中日戰爭等因素更是加劇社會信息的惡性循環。

3、幸運的是，訓政時期的社會信息系統的惡性循環，主要發生在國民黨內部、國民黨與民眾之間，而沒有發生在中日新聞宣傳對壘之間。日本的侵略反而激起了中國社會各個階層的愛國的民族主義情緒，新聞媒體在民族主義情緒下，才得以發揮出整合民眾的媒介力量，使中國面對外敵侵略能夠由一盤散沙凝固成抗日救國的堅強力量。這是訓政時期，民國新聞界對中國歷史發展所做的最大貢獻之一。

二、政治方面

20 世紀二三十年代中國政治的核心主題是對內實現國家統一，建設現代化國家，對外爭取國家獨立，打倒帝國主義。蔣介石以「北伐」、「清黨」的政治行為，建立南京政府，於 1928 年以三民主義在形式上統一了中國。「清黨」運動使蔣介石從國民黨左派手中奪取了國民黨的黨、政、軍最高權，建立了南京黨部和南京國民政府，掌握了「正統」的三民主義革命話語，「寧漢合流」則使國共徹底分家。這意味著國民黨既放棄了組織和動員民眾使之成為革命基礎的激進策略，也就屏蔽了農村，使城市力量成為推動中國現代化的主力軍。這就為中共開闢農村根據地，整合農民，使之成為其力量源泉提供了可能的政治空間。為完成國家實質統一、建設中國現代化的時代重任，掌控黨政軍大權的蔣介石責無旁貸，在解決這一問題上，蔣氏犯了關鍵性政治錯誤，致使其不能成為中華民族的歷史英雄。

（一）蔣氏以血緣、親緣、師緣、拜把子等人脈資源建構了以宋氏、孔氏、陳氏家族及黃埔軍校、藍衣社等為核心的政、經、軍利益集團，其組織結構方式依然是傳統的家族模式，而非制度化的現代模式。這一組織方式既使蔣氏擁有比閻、馮、張、李等新式軍閥更多的政經資源，也使其以鐵腕手段整頓內部顧慮重重，從而使蔣氏以武力、政治許諾、金錢收買等策略剪除各種反蔣集團，統一中國的過程中，不能改革自身，成為深得民心、眾望所歸的政經精英集團，反而滋生出驕橫跋扈、貪污腐化、利益壟斷但卻披著「三民主義」外衣的利益集團。紙包不住火，蔣氏的美妙的政治承諾，媒介的「造神」運動，是不能長久粉飾、掩蓋自身集團的腐敗墮落，以及大大小小民國軍閥們「權失命難保」的凄涼事實〔註7〕。這一事實使蔣氏也陷入了權力崇拜：全力控制軍權，實現獨裁，否則很有可能面臨類似吳佩孚、段祺瑞、張宗昌等軍閥們的歷史宿命。蔣氏沒有突破軍閥們的權力崇拜思維，其集團也就是不折不扣的新式軍閥。

（二）蔣氏在國民黨內部的權力爭奪、新式軍閥的派系爭鬥中可謂縱橫捭闔，得心應手，是政治權術中的高手。但蔣氏國家統一策略並非完美無缺，

〔註7〕 陳志讓先生深入分析了軍閥們的權力心理。「軍閥最重要的工作是養兵，兵養的愈多愈好，軍閥的權力也就愈大；一旦釋了兵權或失了兵權，軍閥連自己的生命財產也難以保存。失掉了兵權的軍閥的處境比破了產的企業家更危險」。陳志讓：《軍紳政權──近代中國的軍閥時期》，7 頁。

而存在許多策略性失誤，導致中華民國的新分裂。〔註8〕對於列強，尤其日本侵華，他採取隱忍退讓的策略，以避免列強的武力干涉；對於閻錫山、馮玉祥、李宗仁、陳濟棠、張學良等地方割據勢力，蔣以「三民主義」爲政治話語資源，以軍事實力爲後盾，以政治許諾、金錢收買、輿論攻擊、軍事圍剿、編遣裁軍等手段，採取分化、利誘、瓦解、拉攏、鎮壓等多種策略於 1937 年底基本解決了地方派系的兵權，卻也留下許多政治後遺症：

1、「二次北伐」使東北易幟，完成全國形式上統一；

2、撤銷各地政治分會和編遣裁軍，卻因裁軍手段不公暴露蔣氏以裁軍「削藩」，搞獨裁的眞正意圖，觸動地方派系的核心利益，引起蔣馮、蔣閻、蔣桂之間的戰爭及 1930 年的中原大戰，戰爭以東北軍入關，閻、馮等出國，蔣氏全面勝利告終，但已觸動國民黨統治根基；

3、1931 年的「約法之爭」，蔣氏囚禁胡漢民，引起寧粵分裂，粵方、孫科等則以抗日爲由，迫使蔣氏下野，蔣氏卻以與孫科政府不合作，「拉汪打胡」的方式迫使孫科政府瓦解得以重新掌權，卻使南京中央四分五裂；

4、蔣、汪、胡等國民黨黨魁貌合神離，內鬥激烈，國民黨中常委、中政委，及其它黨政要員幾乎全部捲入權力內訌的漩渦，使民國政治在事實陷入無序、混亂的權鬥狀態。這樣，蔣徹底改變了「訓政」體制的權力序列，黨權制衡軍權，統領政權的權力序列，被軍權一方控制政權、黨權旁落所替代，而中政會、中常會及五院院長等職位可相互兼任的人事制度，也爲軍人掌權開了方便之門。在 1930 年代，蔣基本完成江浙地區的個人獨裁，而兩廣、西北、四川、華北、東北等地區則形成由地方派系實際控制的弱勢獨裁的政治軍事格局。

日本於 1931 年後步步侵華，致使東北淪陷、僞滿洲國成立，隨後華北陷入危機。然在國難當頭，蔣氏對日仍妥協退讓，固執於「攘外必先安內」政策，一邊揮戈圍剿中共農村根據地，一邊借機繼續削弱地方派系的勢力。通過圍剿紅軍，蔣將勢力深入到四川、貴州等西北地區；通過鎮壓「福建事件」，瓦解了十九路軍；通過解決「六一」事變，削弱了西南桂系的軍事實力，進一步增強了蔣氏的獨裁。然而「攘外必先安內」的政策也使蔣進一步疏離了民心，城市社會的中間力量：知識群體和商人、民族資本家也由國民政府成

〔註8〕　對於蔣介石統一國家的策略，董家強的碩士論文作了簡略、扼要的梳理，可資借鑒。見董家強：《1926～1937 年蔣介石國家統一策略研究》，河南大學碩士論文，2007 年。

立初期的擁護、支持態度也漸次轉變為疏遠、抨擊的敵對態度。而中共的抗日民族統一戰線的政治綱領更是沉重打擊了蔣介石的「攘外安內」政策，瓦解了國民黨集團。最終在張、楊二人的兵諫下，蔣改變態度，宣佈停止剿共、團結抗日，既挽救了個人的政治信任危機也在關鍵時刻為拯救了中國做出了巨大貢獻。紊亂不堪的「訓政」政治也因「共赴國難」而得到暫時修補。戰後，蔣氏恢復獨裁面目，在抗日戰爭中獲得極高威望，軍事勢力大增的蔣氏集團卻在三年間被中共擊垮，敗退大陸，根源在於蔣氏集團完全失去了人心民意。

（三）蔣介石在 20 世紀 20～30 年代的政治行為，至少產生四個方面的惡劣後果。

1、紊亂了「五權憲法」的訓政體制，致使民國政治不能走上正軌，過渡到民主憲政，中國再次失去了現代化的歷史機遇。國民黨定都南京後，主要有胡漢民設計的「五權憲法」，其本質是以黨權限制軍權的方式，對蔣氏的軍權做出制度性的限制，客觀效果是胡氏掌控政權。蔣不甘屈居胡氏之下，他利用軍權及黨國雙軌制的制度缺陷（如許可黨政要人之間在黨政各部門之間的兼職制度，黨政雙軌制度的內在缺陷，黨權只管黨務、宣傳、教化事宜，且僅通過中常會、中政會與國民政府的渠道監督地方政權，致使地方黨政矛盾重重，等），扭曲了黨國體制，如上所述，使軍權凌駕於黨權之上。

2、使本應密切合作，以共赴內憂外患，共建中國現代化的新聞與政治反目成仇，處於尖銳的對立狀態。在國民黨的訓政設計中，負責「訓政」重任的是黨權，然在軍權統攝下黨權備受欺凌。國民黨黨務也因黨政雙軌制的制度缺陷、「清黨」造成的人才逆淘汰、國民黨內部的權力內訌而陷入混亂、停滯狀態，致使黨權不僅不能利用新聞媒體的啓蒙、教導、整合民眾的媒介功能教導、訓育民眾，反而任意摧殘新聞媒體的輿論監督、向導國民的新聞職責，致使國民黨建立龐大的新聞宣傳力量，成為國民黨馴服民眾，服從一黨獨裁的愚民工具，而不是啓迪民眾、馴化民眾，監督政府、督責政治上軌道的訓政工具。新聞媒體角色的嚴重扭曲，既戕害了新聞媒體，也紊亂了社會信息系統，窒息了民眾的精神生活，從而使新聞媒體僅扮演了「訓政」政治的輿論攻擊和麻痺民眾的負面角色，而不是督促「訓政」、啓蒙民權，整合、動員民眾，乃至社會壓力「排氣閥」的正面角色。然而新聞媒介角色的政治變異，既與民國自由主義的新聞理念發生嚴重衝突，與沐浴自由主義的知識

分子群體發生嚴重對壘，也與國民黨宣佈的施政綱領發生嚴重衝突，也與忠實信奉孫中山理論的國民黨人的精神追求發生嚴重衝突。上述種種衝突，既錯綜複雜，又相互交織，從而使新聞與訓政的關係處在尖銳的對立地位。

3、使民國城市支撐階層日益疏遠國民黨政權。自由與專制、民主與獨裁、競爭與壟斷、新聞與訓政的尖銳對立，使知識群體、國民黨左派、正直的商人、民族資本家從無奈擁護到不斷疏遠國民黨政權。而在民國城市社會，上述群體是國民黨執政的支撐性階級，當他們中的絕大多數徹底拋棄了國民黨，國民黨也就土崩瓦解了。抗戰前夕，這一支撐性階層雖不斷抨擊國民黨的腐敗墮落，但尚未完全背離。抗戰結束後，蔣介石集團不顧這一階層的強烈反對而發動內戰，並以血腥手段予以殘酷鎮壓民主人士，加之由內戰而導致的通貨膨脹，致使這一階層也面臨生存危機，從而使這一階層的絕大部分轉向了中共，最終使國民黨迅速敗退大陸。

4、使新聞媒體建構三民主義意識形態的努力化爲泡影。意識形態的建構是一項龐大的話語工程。眾所周知，大陸時期的國民黨建構的是脆弱的意識形態。不可否認國民黨的新聞媒體在建構三民主義意識形態方面是不遺餘力的，但結果與付出的嚴重背離，既毀滅了國民黨的大陸政權，也讓報人們的心血化爲虛無。造成國民黨脆弱的意識形態的原因相當繁多，也有不少文章對此做出分析，從新聞與政治的角度看，國民黨的權力爭鬥形成的新聞與訓政的尖銳對立是最根本的原因。其證據主要是：（1）國民黨的權力內訌紊亂了民國政治系統，使國民黨人大肆宣揚的政治口號與其政治行爲嚴重背離。事實勝於雄辯，國民黨嚴重的言行分裂，消解了國民黨媒體的宣傳效果。（2）國民黨的新聞媒體不能樹立自身的社會威望，也就無法引導主流輿論，致使社會信息系統中的權威聲音長期缺位，進而使謠言、流言、虛假信息代替真實信息，使官與官、官與民、民與民，及社會各機構之間的正常信息溝通陷入傳播博弈狀態。（3）民營報刊，尤其是諸如天津《大公報》等民營大報雖有較高的社會威望，但國民黨不合理的新聞檢查、新聞封鎖和借民營身份做宣傳，強迫民營報刊刊登宣傳文章，及民營報刊嚴厲抨擊國民黨腐敗貪污等大量事實，使民營報刊的媒介功能不僅不能擔任國民黨意識形態的建構功能，反而在某種程度上顛覆了國民黨媒體所營造的虛假的社會意識。而面對民營報刊的正當的輿論監督、新聞批評，國民黨人要麼冷漠處置，要麼予以嚴厲鉗制。無數的報案和類似報案的現象的發生，更是公眾認清國民黨意欲

獨裁的階級本質。

　　總之，作爲 20 世紀二三十年代的後發展中國家，在國際風雲變幻莫測，民族戰爭時刻威脅的時代背景下，要推進中國的現代化建設，以集權方式整合國家與社會資源是歷史性的選擇，任何政黨執政都必須如此。從這個角度言，孫中山的軍政、訓政、憲政的革命過渡程序，既是契合了歷史潮流和個人政治經驗的偉大創造，也是符合近代中國國情的現實選擇。而集權並非專制、獨裁、更不意味著完全統一思想，劃一輿論，倒退到法西斯專制或封建集權的歷史軌道上，其目的是在經濟資源嚴重缺乏的無奈條件下，集中優勢資源快速建設國家、增加社會財富，以對內維持秩序，對外應對外患，維護現代化建設的最基本要件：國家主權獨立。但集權與專權僅有一線之隔，稍有不慎，集權就會變成權力壟斷，形成獨裁局面，故需要有限度的放開言論，提高民眾政治文化素質，養成健全有力的輿論力量，使之能夠防止並制衡政治精英的權力異變。這就需要新聞媒體與威權政治形成既合作又對立的悖論狀態。從媒體角度言，合作是發揮媒體的社會整合、政治教化功能，以動員、組織民眾的方式幫助威權政治快速實現社會資源的集中，對立是發揮媒體的輿論監督、社會啓蒙的功能，輿論監督是防止個別政治精英的墮落及政客的投機取巧，社會啓蒙是提高民眾的政治素養，推動集權型的威權政治向民主憲政的過渡，避免國家決策的重大失誤，給現代化建設造成無法挽回的社會損失。從政治角度言，合作是借助媒介力量向民眾宣達政綱、政策，凝聚人心民意，以降低集權過程中的社會成本與社會風險，並塑造共赴現代化建設的意識形態。對立是借助媒介力量釋放的思想力量，一方面清除民眾中的迷信、固執、偏見、習慣、舊俗等嚴重滯後的社會意識，一方面是以強大民意力量遏止妨礙改革的一切反動力量，革新阻止推動社會現代化建設的舊傳統、舊思維、舊文化，建設適應民主憲政的新文化、新思維、新傳統。孫中山的「訓政」，其本意就蘊含了上述雙重含義。國民黨的訓政扭曲了孫「訓政」本意，推動中國現代化進程亟需的集權蛻變成新式軍閥的個人獨裁，結果是形成了既無法集權，也無法分權的權力紊亂狀態，本應合作又對立的新聞與政治，也因政治的不上軌道，而僅剩下尖銳的對立，並與紊亂的權力系統形成了無法遏制的惡性循環，直至國民黨敗退大陸。而導致惡性循環的最根本的權力因素是軍權的膨脹及不統一；思想根源則是傳統文化遺留下的權力崇拜，及由「敬惜字紙」的文化傳統和從西方輸入的宣傳威力糅雜而成的媒介

威力崇拜情結。

　　雖然，蔣介石順應這一惡性循環而建立個人獨裁，自由主義民營報人卻為遏制這一惡魔而力守言論職責並進言獻策。天津新記《大公報》的主持人張季鸞是其中最為典型的代表。張氏主張負責任的言論自由，期望建立「為各守法律範圍，而有互相尊重之善意」〔註9〕的報界與政府的合作關係，使二者「圓滑進行，共趨一軌」。他和吳鼎昌、胡政之三人主持的新聞《大公報》宣稱「四不方針」，堅守「論政而不參政、經營而不盈利，以言論報國，代百姓講話」的辦報宗旨，既擁護蔣介石政府的基本政策，也對其怒罵，其「敢言」風格贏得國共兩黨的共同認可，「小罵大幫忙」是它摸索出來的新聞界與民國政治的成功模式。這一模式不僅是資產階級民營報人在國民黨新聞統制下的生存之道，從30年代的中國要建設現代化需要集權的角度看，《大公報》確立的「小罵大幫忙」的媒介傳統，確是威權政治下界定新聞與政治的合理邊界的最佳選擇。這一模式至今仍未過時，張季鸞設想的「為各守法律範圍，而有互相尊重之善意」的新聞與政治的關係，二三十年代國民黨的新聞與訓政的實踐，因未能遵守張氏的告誡而留下的歷史教訓，應永為銘記，深為鏡鑒。

〔註9〕　《關於言論自由》，《大公報》，1935 年 1 月 25 日。

參考文獻

一、民國報紙、期刊、著作類

1. 《大公報》、《中央日報》、《申報》、《世界日報》、《世界晚報》、《民生報》、《南京晚報》、《國聞周報》、《中央黨務月刊》、上海《民國日報》、廣東《民國日報》等。

2. 《江蘇月報・江蘇新聞事業專號》第 1 卷 3 期，1934 年 1 月 20 日。

3. 張梓生等：《申報年鑒》（1933 年，1934 年），文海出版社有限公司影印本。

4. 《實報增刊》實報出版社，1929 年 11 月版。

5. 《世界日報・新聞學周刊》，1933 年 12 月。

6. 《中國國民黨中央執行委員會宣傳部十七年度部務一覽》，國民黨中央宣傳部編製，1928 年 4 月。

7. 曹用先：《新聞學》，商務印書館，1934 年 1 月版。

8. 陳彬龢：《申報評論選》（第一集），上海申報館，1932 年 4 月版。

9. 程其恒主編：《記者經驗談》，天地出版社，1944 年版。

10. 儲玉坤：《現代新聞學概論》（增訂本），世界書局，1948 年 4 月版。

11. 大公報館：《季鸞文存》：大公報館承印課，天津，1947 年 4 月第 4 版。

12. 杜超彬：《新聞政策》，上海復旦大學新聞學會，1931 年版。

13. 戈公振：《中國報學史》，中國新聞出版社，1985 年版。

14. 胡道靜：《新聞史上的新時代》，上海：世界書局，1946 年 11 月版。

15. 黃天鵬：《中國新聞事業》，上海聯合書店，上海，1930 年版。

16. 黃天鵬編：《報學月刊》第一卷第二期，光華書局，1929 年 4 月版。

17. 黃天鵬編：《報學月刊》第一卷第一期，光華書局，1929 年 3 月版。

18. 黃天鵬編：《新聞學演講集》，上海現代書局，上海，1931 年版。

19. 季達：《宣傳學與新聞記者》，暨南大學文化部，1932 年版。

20. 金仲華：《報章雜誌閱讀法》，中華書局，1935 年 10 月版。

21. 李劍農：《最近三十年中國政治史》，上海太平洋書店，1932 年。

22. 梁士純：《戰時的輿論及其統制》，燕京大學新聞學系，1936 年版。

23. 燕京大學新聞學系編：《燕大的報學教育》，北平燕京大學新聞學系，1940 年。

24. 燕京大學新聞學系第五屆新聞學討論會：《新聞事業與國難》，北平：1936 年。

25. 馬星野：《新聞自由論》，南京：中央日報社，1948 年版版

26. 內政部年鑒編纂委員會編：《內政年鑒》（C），上海：商務印書館，1936 年 4 月初版。

27. 戈公振、周孝庵、李子寬編：《記者周報》，上海新聞記者聯合會創辦，1930 年。

28. 邵力子等著：《抗戰與宣傳》，漢口：獨立出版社，1938 年 7 月初版。

29. 申報年鑒社：《第四次申報年鑒》，上海：申報館售書科，1936 年 6 月初版。

30. 申時電訊社編：《申時電訊社創立十週年紀念特刊》，申時電訊社，1934 年。

31. 王瀣如編：《新聞學集》，天津：天津大公報西安分館，1931 年版。

32. 王文彬編：《報人之路》，三江書店，上海，1938 年 6 月初版。

33. 許晚成編：《全國報館刊社調查錄》，上海龍文書店，1936 年版。

34. 燕京大學新聞學系：《中國報界交通錄》（新聞學研究，第二號）北平：擷華印書局，1932 年 12 月初版。

35. 余家宏等，《新聞文存》，北京：中國新聞出版社，1987 年版。

36. 袁殊：《新聞法制論》，群力書店，1937 年版。

37. 張靜廬：《中國的新聞記者和新聞紙》，現代書局，1932 年版。

38. 張憂虞：《新聞之理論與現象》，太原中外語文學會，1936 年版。

39. 趙君豪：《中國近代之報業》，商務印書館，1938 年版。

40. 趙占元：《國防新聞事業之統制》，血汗書店，1937 年版。

41. 榛村專一著，袁殊編譯：《新聞法制論》，群力書店，上海，1937 年 2 月初版。

42. 中國青年記者學會編：《戰時新聞工作入門》，重慶，生活書店，1940 年

3 月版。

43. 中國文化建設協會編：《十年來的中國》，商務印書館，1937 年版。

44. 中央政治學校新聞學研究會主編：《新聞學季刊》第一卷第二期，中央政治學校印刷所，重慶，1931 年 12 月版。

二、民國數據庫

1. 《大公報》「百年社評」數據庫：
   http://www.takungpao.com/history/history_topic.asp。

2. 《中央日報》（1928～1949）標題檢索版數據庫：
   http://www.ewen.cc/zyrb/。

3. 孫中山先生紀念館：http://szs.chinaspirit.net.cn/。

4. 蔣介石與近代中國研究中心：
   http://www.ch.zju.edu.cn/jjsandchina/index.php。

5. 成舍我紀念館：http://csw.shu.edu.tw/demo_index.htm。

6. 《國防最高委員會檔案目錄檢索》：
   http://www.chungcheng.org.tw/html/kmt.htm。

7. 《近代中國雙月刊目錄檢索》：
   http://www.chungcheng.org.tw/html/cjk.htm。

8. 《總統　蔣公思想言論總輯》：
   http://www.chungcheng.org.tw/thought/default.htm。

9. （注：以上三個數據庫均屬於「中正文教基金會」網站：
   http://www.chungcheng.org.tw。）

三、檔案、文集、回憶錄和傳記類

1. 中國第二歷史檔案館編：《中國國民黨中央執行委員會常務委員會會議錄》（影印本）（1～22 冊），廣西師範大學出版社，桂林，1999 年。

2. 王熙華，朱一冰：《1927～1949 禁書『刊』史料彙編》（全四冊），北京圖書館出版社，北京，2007 年。

3. 葉再生：《中國近代現代出版通史》（全四卷），華文出版社，2002 年。

4. 張靜廬：《中國現代出版史料》（甲、乙、丙、丁，補編），中華書局，1959 年。

5. 中共中央宣傳部辦公廳、中央檔案館編研部：《中國共產黨宣傳工作文獻選編輯》（4 冊），學習出版社，1996 年。

6. 郭衛編：《中華民國憲法史料》，文海出版社（臺灣），1973 年版。

7. 中國第二歷史檔案館編：《中華民國史檔案資料彙編・第五輯第一編文化》，江蘇古籍出版社，1998 年。

8. 榮孟源主編：《中國國民黨歷次代表大會及中央全會資料》（上、下冊），光明日報出版社，1986 年。

9. 林德海主編：《中國新聞學書目大全（1903～1987）》，北京：新華出版社，1989 年版。

10. 劉哲民：《近現代出版新聞法規彙編》，學林出版社，1992 年。

11. 上海文藝出版社編：《中國新文學大系：史料・索引一（1927～1937）》，上海文藝出版社，1985 年。

12. 邵元沖：《劭元沖日記》，上海：人民出版社，1990 年 1 版。

13. 何廉著，朱祐慈等譯：《何廉回憶錄》，中國文史出版社，1988 年 2 月版。

14. 張奚若：《張奚若文集》，北京：清華大學出版社，1989 年。

15. 陳布雷：《陳布雷回憶錄》，傳紀文學出版社 1981 年。

16. 王泰棟：《陳布雷傳》，東方出版社，1998 年 1 月。

17. 傅學文編：《邵力子文集》，中華書局，北京，1985 年 8 月第 1 版。

18. 陳立夫：《成敗之鑒：陳立夫回憶錄》，臺北正中書局，1994 年版。

19. 李宗仁口述，唐德剛撰：《李宗仁回憶錄》，桂林：廣西師範大學出版社，2005 年 12 月版。

20. 馮玉祥：《我所認識的蔣介石》，陝西師範大學出版社，2007 年

21. 〔美〕布賴恩・克羅澤：《蔣介石傳》，內蒙古人民出版社，1995 年。

22. 馮志翔：《蕭同茲傳》，臺北：傳記文學出版社，1975 年 1 月再版。

23. 唐縱：《在蔣介石身邊八年——侍從室高級幕僚唐縱日記》，北京：群眾出版社，1991 年版。

24. 戴書訓：《愈經霜雪愈精神——鄒魯傳》，臺灣：近代中國出版社，1983 年版。

25. 董顯光：《董顯光自傳》，臺北：臺灣新生報社，1981 年版。

26. 馬之驌：《新聞界三老兵：曾虛白、成舍我、馬星野奮鬥歷程》，臺灣，經世書局，1986 年 10 月 1 版。

27. 龔德柏：《龔德柏回憶錄》，龍文出版社股份有限公司，1989 年 6 月 1 版。

28. 沈劍虹：《半生猶思：沈劍虹回憶錄》，聯經出版事業公司，1989 年。

29. 中國國民黨中央委員會黨史委員會編：《陳布雷先生文集》，臺北：中國國民黨中央委員會黨史委員會，1984 年版。

30. 中國國民黨中央委員會黨史委員會編：《葉楚傖先生文集》（三冊），臺北：中國國民黨中央委員會黨史委員會，1983 年版。

31. 中國國民黨中央委員會黨史委員會編：《胡漢民先生文集》（四冊），臺北：中國國民黨中央委員會黨史委員會，1978 年版。

32. 畢萬聞主編：《張學良文集》（一、二冊）（内部發行），新華出版社，1992 年 2 月第 1 版。

33. 中央研究院近代史研究所編印：《王子壯日記》（二、六冊）。臺北：中央研究院近代史研究所，2001 年。

34. 胡漢民：《胡漢民自傳》，臺北：傳紀文學出版社，1987 年。

35. 王瑾、胡玫編：《胡政之文集》（上、下冊），天津人民出版社，2007 年 4 月。

36. 中國社科院近代史所編：《孫中山全集》（1～11 卷），中華書局 1985 年版。

37. 孫中山研究學會：《孫中山文集》（上、下冊），團結出版社，1997 年。

38. 陳旭麓、郝勝潮主編：《孫中山集外集》，上海：上海人民出版社，1991 年版。

39. 郝盛潮主編：《孫中山集外集補編》，上海：上海人民出版社，1994 年。

40. 黃彥編著：《建國方略》，廣東人民出版社，2007 年。

41. 黃彥編著：《三民主義》，廣東人民出版社，2007 年。

42. 黃彥編著：《革命方略》，廣東人民出版社，2007 年。

43. 高軍，李慎兆，嚴懷德，王檜林編：《中國現代政治思想史資料選輯》，四川人民出版社，1983 年版。

44. 蔡鴻源主編：《民國法規集成》（33、69 卷），黃山書社，1999 年出版。

45. 中共中央黨校中共黨史教研室：《中國國民黨黨史文獻選編：（1894～1949）》，1985 年（内部發行）。

46. 中央統戰部，中央檔案館編：《中共中央抗日民族統一戰線文件選編》，檔案出版社，1984 年。

47. 毛澤東：《毛澤東選集》（第 1 卷），北京：人民出版社，1991 年再版。

48. 賀崇鈴主編、清華大學校史研究室編：《清華大學九十年》，清華大學出版社，2001 年。

49. 黨史委員會編，《革命文獻第 79 輯——中國國民黨歷屆歷次中全會重要議決案彙編》，臺北：黨史委員會，1979 年 6 月。

50. 中國第二歷史檔案館編：《中國國民黨第一、二次全國代表大會會議史料》，南京，江蘇古籍出版社，1985 年。

51. 中國第二歷史檔案館編：《蔣介石年譜初稿》，檔案出版社，1992 年版。

52. 中央統戰部，中央檔案館編：《中共中央第一次國內革命戰爭時期統一戰線文件選編》（内部發行），北京：檔案出版社，1991 年 5 月版。

53. 施養成：《中國省行政制度》，商務印書館，1947 年版。

54. 內政部總務司第二科：《內政法規彙編禮俗類》，重慶：商務日報館，1940 年 11 月版。

55. 中國國民黨浙江省黨務指導委員會訓練部編印：《總理紀念周詳解》，1929 年 3 月版。

56. 廣東省檔案館等編：《廣東區黨、團研究史料》，廣東人民出版社，1983 年版。

57. 中國第二歷史檔案館：《曾虛白工作日記選》（1～5），《民國檔案》，2000 年第 2 期至 2001 年第 2 期。

四、新聞傳播類論著

1. 方漢奇：《報刊史話》，北京：中華書局 1979 年版。

2. 方漢奇：《方漢奇文集》，汕頭人民出版社，2003 年版。

3. 方漢奇：《方漢奇自選集》，北京：中國人民大學出版社，2007 年版。

4. 方漢奇：《中國近代報刊史》，山西人民出版社，1981 年版。

5. 方漢奇：《中國新聞傳播史》，中國人民大學出版社，2004 年版。

6. 方漢奇：《中國新聞事業編年史》（三卷本），福建人民出版社，2000 年版。

7. 方漢奇：《中國新聞事業通史》（三卷本），北京：中國人民大學出版社，1996 年版。

8. 方漢奇編：《〈大公報〉百年史》，北京：中國人民大學出版社，2004 年 7 月版。

9. 〔美〕W・蘭斯・班尼特：《新聞：政治的幻象》，當代中國出版社，2005 年版。

10. 〔美〕馬克斯韋爾．麥庫姆斯（Maxwell Mccombs）著，郭鎮之、徐培喜譯：《議程設置：大眾媒介與輿論》，北京：北京大學出版社，2008 年版。

11. 〔美〕斯蒂文・小約翰：《傳播理論》，北京，中國社會科學院出版社，1999 年 12 月第 1 版。

12. 〔美〕威爾伯・施拉姆，威廉・波特著：《傳播學概論》，新華出版社，1984 年版。

13. 〔日〕山本書雄：《日本大眾傳媒史》（增補版），桂林：廣西師範大學出版社，2007 年版。

14. 《掃蕩二十年》，臺灣中華文化基金會，1978 年 9 月版。

15. 〔美〕埃德溫・埃默里、邁克爾・埃默里著，蘇金琥等譯：《美國新聞史》，北京：新華出版社，1982 年 12 月版。

16. 白文剛：《應變與困境：清末新政時期的意識形態控制》，中國傳媒大學出版社，2008 年。

17. 蔡銘澤：《中國國民黨黨報研究（1927～1949）》，團結出版社，1998 年版。

18. 陳建雲：《中國當代新聞傳播法制史論》，山東人民出版社，2005 年。

19. 丁淦林：《丁淦林文集》，上海：復旦大學出版社，2005 年版。

20. 丁淦林：《中國新聞事業史》，高等教育出版社，2002 年版。

21. 丁淦林編：《中國新聞事業史》，武漢：武漢大學出版社，1990 年版。

22. 方蒙主編：《大公報與現代中國——1926～1949 年大事記實錄》，重慶出版社，1993 年版

23. 馮悅：《日本在華官方報：英文〈華北正報〉研究（1910～1930）》，新華出版社，2008 年版。

24. 傅國湧：《筆底波瀾：百年中國言論史的一種讀法》，桂林：廣西師範大學出版社，2006 年 5 月版。

25. 甘惜分：《新聞學大辭典》，河南人民出版社，1993 年版。

26. 赫伯特・阿特休爾著、黃煜、裘志康譯：《權力的媒介——新聞媒介在人類事務中的作用》，北京：華夏出版社，1988 年版。

27. 洪煜：《近代上海小報與市民文化研究（1987～1937）》，上海：上海書店出版社，2007 年。

28. 侯傑：《大公報與近代中國社會》，南開大學出版社，2006 年 4 月

29. 胡春陽：《話語分析：傳播研究的新路徑》，上海：上海世紀出版集團，2007 年 8 月版。

30. 胡太春：《中國近代新聞思想史》，山西人民出版社，1987 年版。

31. 胡有瑞主編：《六十年來的中央日報》，臺灣中央日報社，1988 年 2 月版。

32. 胡愈之，夏衍等著：《不僅長江滾滾來：范長江紀念文集》，群言出版社，2004 年版，

33. 黃瑚：《中國近代新聞法制史論》，上海，復旦大學出版社，1999 年 8 月版。

34. 賈曉慧：《大公報新論：20 世紀 30 年代大公報與中國現代化》，天津人民出版社，2002 年版

35. 拉斯韋爾：《世界大戰中的宣傳技巧》，北京：中國人民大學出版社，2003 年版。

36. 賴光臨：《七十年中國報業史》，臺灣中央日報社，1981 年 3 月版。

37. 賴光臨：《中國近代報人與報業》，臺灣商務印書館，1968 年版。

38. 賴光臨：《中國新聞傳播史》，臺灣三民書局，1978 年 10 月版。

39. 藍鴻文主編：《新聞倫理學簡明教程》，北京：中國人民大學出版社，2001年 11 月版。

40. 李彬：《中國新聞社會史》（插圖本），北京：清華大學出版社，2009 年版。

41. 李宏、李民等：《傳媒政治》，中國傳媒大學出版社，2006 年版。

42. 李建新：《中國新聞教育史論》，北京：新華出版社，2003 年版。

43. 李金詮主編：《文人論證：知識分子與報刊》，桂林：廣西師範大學出版社，2008 年版。

44. 李秀雲：《〈大公報〉專刊研究（1927～1937）》，北京：新華出版社，2007年版。

45. 李秀雲：《中國現代新聞思想史》，北京：中國社會科學出版社，2007 年版。

46. 李秀雲：《中國新聞學術史（1834～1949)》，北京：新華出版社，2004年版。

47. 李元書：《政治體系中的信息溝通：政治傳播學的分析視角》，河南人民出版社，2005 年版。

48. 李瞻：《世界新聞史》，臺灣政治大學新聞研究所，1966 年 5 月初版

49. 李瞻：《新聞學》，臺灣三民書局，1972 年 5 月版。

50. 李瞻：《中國新聞史》，臺北：臺灣學生書局，1979 年版。

51. 林語堂著，王海、何洪亮譯：《中國新聞輿論史》，北京：中國人民大學出版社，2008 年 6 月版

52. 林子儀：《言論自由與新聞自由》，臺灣月旦出版有限公司，1994 年版。

53. 劉少文：《大眾媒體打造的神話：論張恨水的報人生活與報紙化文本》（中國社會科學出版社，2006 年）

54. 劉淑玲：《大公報與中國現代文學》，河北教育出版社，2004 年版。

55. 劉曉紅：《西方傳播政治經濟學研究》，上海人民出版社，2007 年。

56. 馬光仁：《上海新聞史》，上海：復旦大學出版社，1996 年版。

57. 馬光仁：《中國近代新聞法制史》，上海：上海社會科學院出版社，2007年 6 月版。

58. 馬凌：《共和與自由：美國近代新聞史研究》，復旦大學出版社，2007 年12 月版。

59. 馬起華：《主義與傳播》，黎明文化事業公司，1986 年版。

60. 〔美〕梅爾文‧德弗勒、埃弗雷特‧丹尼斯著，顏建軍、王怡紅、張躍宏等譯：《大眾傳播通論》，北京：華夏出版社，1989 年版。

61. 寧樹藩：《寧樹藩文集》，汕頭大學出版社，2004 年版。

62. 邱小平:《表達自由——美國憲法第一修正案研究》,北京:北京大學出版社,2005 年 1 月版。

63. 任桐:《徘徊於民本與民主之間——大公報政治改良言論述評(1927～1937)》,三聯書店,2004 年。

64. 森茂芳:《美學傳播學》,雲南民族出版社,2001 年版。

65. 劭培仁:《政治傳播學》,江蘇人民出版社,1991 年版。

66. 邵培仁主編:《政治傳播學》,江蘇人民出版社,1991 年版。

67. 孫旭培主編:《華夏傳播論》,北京:人民出版社,1997 年版。

68. 臺北市新聞記者公會編印:《中華民國新聞年鑒》,1981 年版。

69. 湯承業:《國父革命宣傳志略》,中央研究院三民主義研究所,1977 年 11 月初版。

70. 唐海江:《清末政論報刊與民眾動員——一種政治文化的視角》,北京:清華大學出版社,2007 年版。

71. 王洪鈞:《新聞法規》,臺北:允晨出版社,1984 年版。

72. 王淩霄:《中國國民黨新聞政策之研究(1928～1945)》,中國國民黨中央委員會黨史委員會出版,1996 年 3 月 29 日初版。

73. 王曉嵐:《喉舌之戰 抗戰中的新聞對壘》,桂林,廣西師範大學出版社,2001 年版。

74. 王芝琛、劉自立:《1949 年前的〈大公報〉》,山東畫報出版社,2002 年。

75. 威爾伯‧施拉姆:《大眾傳播媒介與社會發展》,北京:華夏出版社,1990 年 7 月版。

76. 威爾伯‧施拉姆等著,中國人民大學新聞系譯:《報刊的四種理論》,北京:新華出版社,1980 年版

77. 溫世光:《中國廣播電視發展史》,作者自印,1983 年 1 月版。

78. 沃特曼‧李普曼著,閻克文、江紅譯:《公眾輿論》,上海:上海人民出版社,2002 年 6 月版。

79. 吳道一:《中廣四十年》,臺北,中國廣播公司,1968 年 8 月版。

80. 吳廷俊:《新記〈大公報〉史稿》,武漢:武漢出版社,2002 年版。

81. 吳廷俊:《中國新聞事業新修》,復旦大學出版社,2008 年版。

82. 吳予敏:《無形的網絡——從傳播學的角度看中國的傳統文化》,國際文化出版公司,1988 年版。

83. 徐詠平:《新聞法規與新聞道德》,臺灣世界書局,1982 年版。

84. 嚴帆:《中央革命根據地新聞出版史》,江西高教出版社,1991 年版。

85. 楊師群:《中國新聞傳播史》,北京:北京大學出版社,2007 年 8 月版。

86. 姚福申：《中國編輯史》，上海，復旦大學出版社，1990 年版。

87. 由國慶著：《〈大公報〉的老廣告》，選自《大公報一百週年報慶叢書》編委會：《我與大公報》，上海，復旦大學出版社，2002 年版。

88. 曾虛白：《中國新聞史》，三民書局，1966 年 4 月初版

89. 詹姆斯·卡倫著，史安斌、董關鵬譯：《媒體與權力》，北京，清華大學出版社，2006 年 7 月版。

90. 張國良：《20 世紀傳播學經典文本》，上海：復旦大學出版社，2003 年版。

91. 張巨岩：《權力的聲音：美國的媒體和戰爭》，北京，生活·讀書·新知三聯書店 2004 年。

92. 張昆：《大眾媒介的政治社會化功能》，武漢，武漢大學出版社，2003 年版。

93. 張友鸞等：《世界日報興衰史》，重慶，重慶出版社，1982 年版。

94. 張友漁：《報人生涯三十年》，重慶，重慶出版社，1982 年版。

95. 張育仁：《自由的歷程——中國自由主義新聞思想史》，雲南人民出版社，2002 年 11 月版。

96. 趙玉明：《中國廣播電視通史》，北京，北京廣播學院出版社，2004 年版。

97. 甄樹青：《論表達自由》，北京：社會科學文獻出版社，2000 年 6 月版。

98. 鄭保衛：《中國共產黨新聞思想史》，福建人民出版社，2004 年版。

99. 中國人民大學港澳臺新聞研究所編：《報海生涯——成舍我百年誕辰紀念文集》，新華出版社，1998 年。

100. 周鴻鐸：《政治傳播學概論》，中國紡織出版社，2005 年版。

101. 周佳榮：《近代日人在華報業活動》，香港：三聯書店（香港）有限公司，2007 年版。

102. 周雨：《大公報史（1902～1949）》，江蘇古籍出版社，1993 年 7 月版。

103. 周雨：《王芸生》，北京：人民出版社，1996 年第 1 版。

104. 朱傳譽：《先秦唐宋明清傳播事業論集》，臺灣商務印書館，臺北，1988 年 12 月版。

105. 朱傳譽：《中國民意與新聞自由發展史》，臺灣正中書局，1974 年 7 月版。

106. 朱傳譽：《中國新聞事業研究論集》，臺灣商務印書館，1988 年 3 月版。

五、民國史及一般社科類

1. 〔美〕哈羅德·D·拉斯韋爾：《政治學》，北京：商務印書局，1992 年版。

2. 〔美〕吉爾伯特·羅茲曼主編：《中國的現代化》，比較現代化課題組譯，

江蘇人民出版社，2003 年版。

3. 〔美〕庫恩：《科學革命的結構》，北京：北京大學出版社，2004 年版。

4. 〔美〕易勞逸：《流產的革命——1927～1937 年國民黨統治下的中國》，中國青年出版社，1992 年版。

5. 〔日〕佐藤慎一：《近代中國的知識分子與文明》，江蘇人民出版社，2008 年 4 月版。

6. 〔蘇〕A·B·巴庫林：《中國大革命武漢見聞錄》，中國社會科學出版社，1985 年版。

7. 〔英〕菲奧納·鮑伊著，金澤、何其敏譯：《宗教人類學》,北京，中國人民大學出版社，2004 年版。

8. 《國民周報》社編，《評論選輯》（1～4），臺灣文海出版社，1985 年影印出版。

9. 《中國國民黨與文化教育》，臺北：正中書局，1984 年。

10. J·勒高夫、R·夏蒂埃（主編）：《新史學》，上海譯文出版社，1989 年版。

11. 本尼迪克特·安德森：《想像的共同體：民族主義的起源與散佈》，上海，上海世紀出版集團，2005 年版

12. 陳紅民：《函電裏的人際關係與政治：讀哈佛——燕京圖書館藏「胡漢民往來函電稿」》，生活·讀書·新知三聯書店，2003 年版。

13. 陳萬雄：《五四新文化的源流》，北京：生活·讀書·新知三聯書店，1997 年版。

14. 陳孝威著：《爲什麼失去大陸》（沈雲龍主編近代中國史料叢刊第八十七輯），文海出版社有限公司，臺灣，1964 年。

15. 陳永森：《告別臣民的嘗試——清末民初的公民意識和公民行爲》，北京：中國人民大學出版社，2004 年。

16. 陳志讓：《軍紳政權：近代中國的軍閥時期》，桂林：廣西師範大學出版社，2008 年 1 月版。

17. 費約翰著，李恭忠等譯：《喚醒中國：國民革命中的政治文化與階級》，生活·讀書·新知三聯書店，2004 年。

18. 費正清等編：《劍橋中華民國史》，中國社會科學出版社，1994 年版

19. 付春楊：《民國時期政體研究（1925～1947)》，北京，法律出版社，2007 年 2 月 1 版。

20. 胡奇光：《中國文禍史》，上海：上海人民出版社，2006 年版。

21. 謝蒼霖、萬芳珍：《三千年文禍史》（修訂本），江西高校出版社，2002 年版。

22. 陳開科：《古代帝王文禍要論》，嶽麓書社，1997 年 6 月版。

23. 李鍾琴：《致命文字：中國古代文禍眞相》，安徽人民出版社，2008 年 7 月第 1 版。

24. 金耀基：《中國民本思想史》，法律出版社，2008 年 4 月第 1 版。

25. 李劍農：《中國近代政治史（1840～1926）》，復旦大學出版社，2002 年版。

26. 李新：《中華民國史》，中華書局，北京，2002 年版。

27. 李雲漢：《從容共到清黨》，臺北：中華學術著作獎助委員會，1966 年。

28. 李雲漢：《中國國民黨史述》（第五編），臺北：中國國民黨中央委員會黨史委員會出版，近代中國出版社，1994 年 11 月 24 日初版。

29. 李澤厚：《中國近代思想史論》，天津：天津社會科學院出版社，2004 年 10 月第 2 版。

30. 魯迅：《且介亭雜文》，北京，人民文學出版社，1973 年。.

31. 茅家琦、徐梁伯等：《中國國民黨史》，鷺江出版社，2005 年版。

32. 倪偉：《「民族」想像與國家統制——1928～1949 年南京政府的文藝政策及文學運動》，上海教育出版社，2003 年 9 月版。

33. 諾曼‧費爾克拉夫（Norman Fairclough）：《話語與社會變遷》，華夏出版社，2003 年版。

34. 錢存訓：《中國紙和印刷文化史》，桂林：廣西師範大學出版社，2004 年 5 月第 1 版。

35. 錢端升：《民國政制史》（上、下），上海：上海世紀出版集團，2008 年版。

36. 錢理群、溫儒敏、吳福輝：《中國現代文學三十年》（修訂本），北京：北京大學出版社，1998 年。

37. 史華慈等：《近代中國思想人物論：自由主義》，臺北時報文化出版事業有限公司，1985 年版。

38. 孫懿華：《法律語言學》，長沙：湖南人民出版社，2006 年 12 月版。

39. 臺灣中華民國各界紀念國父百年誕辰籌備委員會：《國父思想論文集》，1965 年版。

40. 臺運行：《大別山紅軍戰歌》，安徽人民出版社，2006 年 9 月。

41. 陶東風：《社會轉型與當代知識分子》，上海三聯書店，1999 年版。

42. 田湘波：《中國國民黨黨政體系剖析》，湖南人民出版社，2006 年版。

43. 萬建中：《禁忌與中國文化》，人民日報出版社，2001 年版版。

44. 汪暉：《現代中國思想的興起》（一、二部），北京：生活‧讀書‧新知三

聯書店，2008 年版。

45. 汪兆剛：《國民黨訓政體制研究》，北京：中國社會科學出版社，2004 年版。

46. 王洪鈞：《新聞法規》，臺北：允晨出版社，1985 年 7 月初版。

47. 王鴻生：《歷史的瀑布與峽谷——中華文明的文化結構和現代轉型》，中國人民大學出版社，2007 年。

48. 王奇生：《黨員、黨權與黨爭——1924～1949 年中國國民黨的組織形態》，上海，上海書店，2009 年。

49. 王向民：《民國政治與民國政治學：以 1930 年代爲中心》，上海：上海世紀出版集團，2008 年。

50. 謝振民編著，張知本校：《中華民國立法史》，北京：中國政法大學出版社，1997 年版。

51. 徐小群：《民國時期的國家與社會：自由職業團體在上海的興起（1927～1937）》，新星出版社，2007 年。

52. 許紀霖、陳達凱主編：《中國現代化史（1800～1949）》（第一卷），學林出版社，2006 年 10 月版。

53. 許紀霖等，《近代中國知識分子的公共交往（1898～1949）》，上海：上海人民出版社，2008 年版。

54. 閻潤魚：《自由主義與近代中國》，新星出版社，2007 年版。

55. 楊天石：《抗戰與戰後中國》，北京：中國人民大學出版社，2007 年 7 月 1 版。

56. 楊天石：《晚清史事》，北京：中國人民大學出版社，2007 年 7 月 1 版

57. 楊天石：《哲人與文士》，北京：中國人民大學出版社，2007 年 7 月 1 版。

58. 楊天石：《中華民國史》（第二卷第五編），北京，中華書局，1996 年版。

59. 楊庸一譯：《圖騰與崇拜》，中國民間文藝出版社，1986 年。

60. 余英時：《文史傳統與文化重建》，生活・讀書・新知三聯書店，2004 年。

61. 張其昀：《黨史概要》（第三冊），臺灣中央文物供應社，1979 年版。

62. 周質平：《胡適與中國現代思潮》，南京，南京大學出版社，2002 年 9 月版。

63. 鄒魯編著：《中國國民黨史稿》（內部發行），北京：中華書局，1960 年版。

64. 戴逸：《18 世紀的中國與世界・導言卷》，遼海出版社，2007 年 6 月版。

五、參考論文類

（一）碩博論文類

1. 王潤澤：《北洋政府時期的新聞業及其現代化（1916=1928）》，中國人民大學博士論文，2008 年。

2. 曹立新：《在統治與自由之間——抗戰時期國民政府的新聞政策與國統區媒體的新聞實踐》，中國人民大學博士論文，2009 年。

3. 展江：《戰時新聞傳播諸論》，中國人民大學博士論文，1996 年。

4. 黃旦：《「耳目」與「喉舌」的歷史性轉換：中國百年新聞思想主潮論》，復旦大學博士論文（1998 年）

5. 高郁雅：《國民黨的新聞宣傳與戰後中國政局變動（1945～1949）》，臺灣大學博士論文，臺灣大學出版委員會 2005 年初版。

6. 陳建新：《〈大公報〉與抗戰宣傳》，浙江大學博士論文（2006 年）向芬：《國民黨新聞傳播制度研究》，中國社會科學院博士論文，2009 年。

7. 孫會：《〈大公報〉廣告與近代社會（1902～1936 年）》，河北師範大學博士論文，2007 年 9 月。

8. 魏永生：《南京國民政府出版政策研究》，碩士論文，2006 年。

9. 王靜：《國民黨統治前期（1927～1938）新聞政策研究》，山東大學碩士論文，2007 年。

10. 郭達鴻，《中國國民黨公眾關係政策與執行（民國 39 年～民國 79 年）》，臺北東海大學公共行政研究所碩士論文，1991 年。

11. 董家強：《1926～1937 年蔣介石國家統一策略研究》，河南大學碩士論文，2007 年。

12. 汪瑛：《報人張季鸞及其社評研究》，中央民族大學碩士論文，2007 年。

13. 申玉彪：《張季鸞社評初探》，碩士學位論文，1992 年。

14. 王麗娜：《南京〈民生報〉及其政治主張研究》，南京師範大學碩士論文，2008 年。

15. 黃俊華：《「小報」大世界——成舍我「小報大辦」思想研究》，河南大學碩士論文，2007 年。

16. 武偉：《十年內戰時期國民黨新聞思想和政策初探》，復旦大學新聞系，1985 年。

（二）一般論文類

1. 《上海法界部委對中央擴大會議決議案的意見書》，1926 年 8 月 29 日，《上海革命歷史檔彙編》，1986 年。

2. 《中央之宣傳品審查條例》，《大公報》，1929 年 1 月 12 日。

3. 《中央執行委員會宣傳部工作報告》,《中央黨務月刊 三屆三中全會特刊》,1930 年 4 月。

4. 《中央宣傳部工作經過 (六月份)》,《中央黨務月刊》,第 24 期,1930 年 8 月。

5. 《中央宣傳部工作經過》,《中央黨務月刊》,第 13 期,1929 年 9 月。

6. 《中央宣傳部宣傳工作指導員視察規則》,《中央黨務月刊》,第 99 期,1936 年 11 月。

7. 孫中山:《中華民國建設之基礎》,1922 年,《孫中山集外集》,1991 年。

8. Michael Schudson,唐維敏譯:《傳播研究的歷史取徑》,《大眾傳播研究方法——質化取向》,1996 年。

9. 《中國與世界》,《大公報》,1926 年 12 月 5 日。

10. 《中國社會之新波瀾》,《大公報》,1927 年 3 月 7 日。

11. 《中國現代政治思想史資料選輯》上策,四川人民出版社 1983 年版。

12. 《書紅槍會宣言後》,《大公報》,1927 年 2 月 25 日。

13. 《今後之京師治安》,《大公報》,1926 年 9 月 30 日。

14. 《今後之國民黨》,《大公報》,1928 年 1 月 5 日。

15. 《毋嗜殺》《大公報》,1927 年 2 月 23 日。

16. 《北京逮捕學生事》,《大公報》,1927 年 3 月 25 日。

17. 《北洋軍閥之末路》,《大公報》,1927 年 3 月 5 日。

18. 《四全大會議題討論大綱》,《中央黨務月刊》,第 37 期,1931 年 9 月。

19. 《寧會宣言之感想》,《大公報》,1928 年 2 月 9 日。

20. 《對於常務委員會及組織訓練宣傳三部工作報告之決議案》,黨史委員會編,《革命文獻第 79 輯——中國國民黨歷屆歷次中全會重要議決案彙編》,1979 年。

21. 《市黨部監督市政府頒發》,上海《民國日報》,1930 年 3 月 5 日。

22. 《本報「社訓」和「同人公約」的要義》,《大公園地》,第 8 期。

23. 《本報重要啟事》,《華北日報》,1929 年 2 月 8 日。

24. 《本報續刊二週年之感想》,《大公報》,1928 年 9 月 1 日。

25. 《電各省市黨部宣傳部通訊社與逐日刊行之畫報應與日報一同履行登記周刊等定期刊物緩辦由》,《中央黨務月刊》,第 16 期,1929 年 12 月。

26. 《訓政與宣傳》,《大公報》,1931 年 1 月 13 日

27. 《關於日報及通訊社登記及立案事件請審核由》,《中央黨務月刊》,第 21 期,1930 年 5 月。

28. 《關於言論自由》,《大公報》,1935 年 1 月 25 日。

29. 《軍事與政治經濟》，《大公報》，1930 年 3 月 26 日。

30. 《在上海中國國民黨本部會議的演說》，1920 年 11 月 9 日，《孫中山全集》第 5 卷。

31. 《地方自治實行法》，1920 年 3 月 1 日，《孫中山全集》第 5 卷。

32. 《孫中山逝世二周紀念》，《大公報》，1927 年 3 月 12 日。

33. 《歲首之辭》，《大公報》，1928 年 1 月 1 日。

34. 《論闢謠》，《大公報》，1929 年 9 月 13 日。

35. 《兩個國慶》，《大公報》，1926 年 10 月 31 日。

36. 《時局雜感》，《大公報》，1926 年 9 月 13 日。

37. 《時局的趨勢》，《大公報》，1926 年 10 月 15 日。

38. 《極度壓迫言論之惡影響》，《大公報》，1930 年 5 月 27 日。

39. 《赤化與反革命》，《大公報》，1926 年 9 月 17 日。

40. 《國民會議與言論自由》，《大公報》，1931 年 5 月 12 日。

41. 《國民政府建國大綱》，1924 年 1 月 23 日，《孫中山全集》第 9 卷。

42. 《國民政府宣言》，《國聞周報》，5 卷 43 期，1928 年 11 月 4 日。

43. 《國府當局開放言論之表示》，《大公報》，1929 年 12 月 29 日。

44. 《學生運動的現勢與我們目前的任務——中央通告第六十二號》，《列寧青年》第 2 卷第 1 期，1929 年 10 月。

45. 《所以紀念孫中山先生之道》，《大公報》，1928 年 11 月 12 日

46. 《經濟政策及財政政策略評》，《大公報》，1930 年 9 月 17 日。

47. 《軟弱無能之政府》，《大公報》，1926 月 10 月 26 日。

48. 《思想自由與徹底研究》，《大公報》，1930 年 5 月 4 日。

49. 《戰卜》，《大公報》，1926 年 9 月 2 日。

50. 《統制言論之合理化》，《大公報》，1934 年 10 月 4 日。

51. 《陝亂感言》，《大公報》，1926 年 10 月 2 日。

52. 《通令各省市黨部宣傳部頒佈修正指導黨報條例》，《中央黨務月刊》第 22 期，1930 年 6 月。

53. 《清議之源泉在政府》，《大公報》，1930 年 10 月 16 日。

54. 《清潔運動》，《大公報》，1929 年 4 月 12 日。

55. 《善導思想》，《大公報》，1928 年 4 月 29 日。

56. 《植樹運動》，《大公報》，1929 年 4 月 5 日。

57. 《跌霸》，《大公報》，1926 年 12 月 4 日。

58. 《擺脫「土匪史觀」，跳出「內戰思維」》，《南方周末》，2007 年 11 月 29

日。

59. 《新時代精神之創造》,《大公報》,1928 年 4 月 14 日。

60. 《新聞史料述評——論南京檢查所之「緩登辦法無法的根基」》,《世界日報：新聞學周刊》,1934 年 6 月 28 日 13 版。

61. 《闢謠之道》,《大公報》,1929 年 3 月 9 日。

62. 丁海燕：《法語語言中的隱喻機制》,河海大學學報（哲學社會科學版）,2009 年 3 月。

63. 丁淦林：《20 世紀 30 年代中國小型報淺議》,《丁淦林文集》,2005 年。

64. 丁淦林：《20 世紀中國新聞史研究》復旦學報（社會科學版）2000 第 6 期。

65. 丁淦林：《中國新聞史研究需要創新——從 1956 年的教學大綱草稿說起》《新聞大學》,2007 年第 1 期。

66. 馬元放：《如何確立本黨的新聞政策》,《江蘇月報‧江蘇新聞事業專號》,1934 年 1 月 23 日。黃樂民：《江蘇新聞事業的現在與將來》,《江蘇月報‧江蘇新聞事業專號》,1934 年 1 月 23 日。

67. 馬元放：《江蘇新聞事業鳥瞰》,《江蘇月報‧江蘇新聞事業專號》,1934 年 1 月 23 日。

68. 馬光仁：《中美新聞界有好交流的先驅：簡介美國著名新聞學家威廉博士五次訪華》,《新聞大學》,2005 年秋季號。

69. 馬克思：《中國革命和歐洲革命》,《紐約每日論壇報》第 3794 號,1853 年 6 月 14 日。

70. 馬星野：《三民主義的新聞事業建設》,《青年中國》,1939 年 9 月 30 日。

71. 馬星野：《論戰時新聞政策》,《戰時新聞記者》第五期,1939 年 1 月。

72. 馬星野：《國民精神總動員與新聞界》,《新聞學季刊》第 1 卷第 1 期。

73. 尹述賢：《創設中央社的一段經過》,《自由談》,第 28 卷第 9 期,1977 年 9 月。

74. 尹韻公：《2000 年以來新聞傳播史研究的現狀及其走勢——以〈新聞與傳播研究〉和〈新聞大學〉為例》（《北方論叢》,2008 年第 1 期）。

75. 文柏：《孫中山革命程序論思想述評》,《社會科學翻輯刊》,1988 年第 4 期。

76. 方漢奇：《1949 年以來大陸的新聞史研究》（一、二）,《新聞寫作》,2007 年第 1、2 期。

77. 方漢奇：《七十年來的中國新聞教育》,《方漢奇自選集》,2007 年。

78. 方漢奇：《為〈大公報〉辯誣——應該摘掉〈大公報〉「小罵大幫忙」的帽子》,《新聞大學》,2002 年秋季號。

79. 方漢奇：《花枝春滿　蝶舞蜂喧——十一屆三中全會以來的新聞史研究工作》，《新聞研究資料》，1986 年第 34 輯。

80. 方漢奇：《新聞史是歷史的科學》，《新聞縱橫》，1985 年第 3 期。

81. 方冶：《新聞檢查與統一民志》，《報學季刊》創刊號，1934 年 10 月。

82. 毛澤東：《中國的紅色政權爲什麽能夠存在》，《毛澤東選集》（1 卷），1991 年。

83. 王文彬：《國民黨統治時期報業遭受迫害的資料》：《新聞研究資料》第 1 輯，1981 年。

84. 王永祥、王兆剛：《論孫中山對訓政時期的政治設計》，《史學月刊》，2000 年第 1 期。

85. 王芸生、曹谷冰：《1926 至 1949 年的舊大公報》，《文史資料選輯》，第 25 輯。

86. 王芸生：《努力做一個有靈魂的新聞記者》，《國聞周報》第 14 卷第 15 期，1937 年 4 月。

87. 王陸一：《輿論與監察》，《申時電訊社創立十週年紀念特刊》，1934 年。

88. 王奇生：《從「容共」到「容國」——1924～1927 年國共黨際關係再考察》，《近代史研究》，2001 年第 4 期。

89. 王奇生：《清黨以後國民黨的組織蛻變》，《近代史研究》，2003 年第 5 期。

90. 王奇生《國民黨中央委員的權力嬗蛻與派系競逐》，《歷史研究》，2003 年第 5 期。

91. 王繼樸：《九一八以後中國報紙之文藝副刊》，燕京大學新聞系學士畢業論文，1941 年 5 月.

92. 包明樹：《如何方不愧爲標準的新聞記者》，《江蘇月報·江蘇新聞事業專號》，1934 年 1 月 20 日。

93. 盧家銀：《民初報界抵制報律的深層原因分析——以〈暫行報律〉事件爲中心》，國際新聞界，2009 年 03 期。

94. 葉紅：《對成舍我先生新聞教育事業的反思》（《湖北經濟學院學報》（人文社會科學版），2006 年 12 月。

95. 葉楚傖：《爲國民黨請願於言論界》，《國聞周報週年紀念特刊》，1925 年 8 月 2 日。

96. 葉楚傖：《新聞界應有眞是非：民十八年十一月在中央宣傳部招待記者時報告之摘要》，《葉楚傖先生文集》，1983 年。

97. 田明：《媒體輿論中的「民族主義」——以 20 世紀 30 年代前後的朝鮮排華事件爲中心》，《民國檔案》，2009 年，第 4 期。

98. 田湘波：《1949 年以來國內外關於中國國民黨黨治理論和制度的研究》，

《二十一世紀》網絡版 2003 年 4 月號。

99. 白純：《蔣介石與法西斯主義在中國的傳播（1931～1937)》,《求索》,2003年第 5 期。

100. 石永貴：《我國報紙社論之流變及影響》,《大眾傳播的挑戰》,臺灣三民書局,1987 年 3 月。

101. 記者：《國民黨第三次全國代表大會紀》。《國聞週報》第 6 卷 11、12 期,1929 年 3 月 24、31 日。

102. 關志鋼：《孫中山「黨治」學說與蔣介石集團「黨治」獨裁之異別》,《求索》,2002 年第 6 期

103. 劉泱育：《「〈民國暫行報律〉風波」的再研究》,《國際新聞界》,2009 年 03 期。

104. 劉泱育：《方漢奇先生與〈大公報〉相關研究的繼思》,《國際新聞界》,2010 年第 1 期。

105. 劉秋陽：《孫中山訓政及憲政思想評析》,《蘭州學刊》,2005 年第 3 期。

106. 劉益璽：《中國戰時新聞檢查制度研究》,燕京大學新聞系學士畢業論文,1943 年。

107. 劉繼忠：《南京《民生報》停刊事件再審視》,《國際新聞界》,2010 年第 1 期。

108. 劉景修：《抗戰時期國民黨對外宣傳紀事》,《檔案史料與研究》,1990 年第 1～3 期。

109. 孫華：《《西行漫記〉的傳播對中共領導的抗日戰爭及中美關係的影響》（《出版發行研究》,2009 年第 6 期）

110. 孫景瑞：《報業巨子成舍我》,《文史春秋》,1997 年第 4 期。

111. 成舍我：《中國報紙之將來》（《新聞學研究》,燕京大學新聞系,1932 年。

112. 成舍我：《由小型報談到「立報」的創刊》,李瞻：《中國新聞史》,1979年。

113. 成舍我：《我們這一代報人》,《世界日報》,1945 年 11 月 20 日。

114. 成舍我：《我所理想中的新聞教育》,《報學》季刊,1935 年。

115. 朱傳譽：《兩字破家,一葉知秋——從我的文字冤獄看臺灣人權》,《新聞春秋》,1996 年 1～2 合刊;

116. 江沛：《南京政府時期輿論管理評析》,《近代史研究》,1995 年第 3 期。

117. 湯中：《中日邦交轉變之關鍵》,《外交評論》,第 4 卷第 2 期。

118. 許孝炎：《我所見到的中國新聞事業》,《新聞學季刊》第 3 卷第 1 期。

119. 許孝炎《本黨的宣傳機構及其運用》,《新聞學季刊》第 2 卷第 2 期

120. 阮榮：《民國時期紀念日的確定與變更》,《民國春秋》,2000 年第 1 期。

121. 嚴慎予：《黨應確定新聞政策》，黃天鵬編：《報學月刊》第 1 卷第 2 期，1929 年 4 月

122. 何應欽：《本報的責任》，《中央日報》，1928 年 2 月 10 日。

123. 余英時：《反智論與中國政治傳統——論儒、道、法三家政治思想的分野與匯流》，余英時：《文史傳統與文化重建》。

124. 余英時：《關於中國歷史特質的一些看法》，余英時：《文史傳統與文化重建》，2004 年。

125. 吳廷俊：《〈報人張季鸞先生傳〉史實考訂》，《新聞與傳播研究》，1994 年第 2 期。

126. 吳廷俊：《對「耳目喉舌」論的歷史回顧與反思》，《新聞與傳播研究》，1989 年第 2 期。

127. 吳冷西：《毛澤東談大公報》，《老年時報》，2008 年 9 月 5 日 07 版。

128. 吳孝楨：《報業巨子史量才之死》，《團結報》，2001 年 12 月 11 日第 3 版。

129. 吳范寰：《成舍我與北平〈世界日報〉》，張友鸞：《世界日報興衰史》，1982 年。

130. 吳鐵城：《新聞事業與政治社會之關係》，《申時電訊社創立十週年紀念特刊》，1934 年。

131. 宋慶齡：《國民黨不再是一個政治力量》，《申報》，1931 年 12 月 19 日。

132. 張化冰：《1935 年〈出版法〉修訂始末之探討》，《新聞與傳播研究》第 14 卷第 1 期。

133. 張友鸞：《開天窗》，《新聞研究資料》第 1 期。

134. 張雙志：《清朝皇帝的華夷觀》，《歷史檔案》，2008 年第 3 期。

135. 張詠、李金銓：《密蘇里新聞教育模式在現代中國的移植——兼論帝國使命：美國實用主義與中國現代化》，李金銓主編：《文人論證：知識分子與報刊》，2008 年。

136. 張季鸞：《本社同人之旨趣》，《大公報》，1926 年 9 月 1 日。

137. 張季鸞：《祝實報一週年》，《實報增刊》，1929 年 11 月再版。

138. 張季鸞：《新聞記者的根本》，王文彬：《報人之路》，1931 年 4 月 1 日。

139. 張明煒：《近卅年來北平報業》，臺灣《中央日報》，1957 年 3 月 20 日，

140. 張威：《「密蘇里新聞幫」與中國》，《國際新聞界》，2008 年第 10 期。

141. 張恨水：《本報復刊的意義》，《世界日報》社論，1930 年 1 月 13 日。

142. 張奚若：《廢除一黨專政，取消個人獨裁》，《張奚若文集》，清華大學出版社，1989 年。

143. 張濤：《新華日報的回憶史實考訂，《新聞研究資料》，第 37 期。

144. 張謙：《激活歷史——評 30 年中國新聞傳播史研究》(《新聞與傳播研究》，2009 年第 1 期。

145. 張蓬舟：《大公報大事記》，《新聞研究資料》，1981 年，第 2 期。

146. 李五洲：《論近代中國對新聞自由思想的認識偏差》，《新聞大學》，2001 年冬季號。

147. 李友廣：《中國民本傳統溯源》，《榆林學院學報》，2009 年 5 月，第 3 期。

148. 李開軍：《「無冕之王」一說在中國的出現》，《青年記者》，2005 年第 4 期。

149. 李慶林：《從傳播的分類看傳播學的研究重點》，《國際新聞界》，2008 年第 3 期。

150. 李秀云：《梁啓超的新聞輿論監督思想》，《南開學報（哲學社會科學版）》，2003 年第 5 期。

151. 李澤厚：《論孫中山的思想》，《中國近代思想史論》，天津社會科學院出版社，287 頁。

152. 李金銓：《從威權控制下解放出來——臺灣報業的政經營觀察》，朱立、陳韜文編：《傳播與社會發展》，1992 年。

153. 李金銓：《新聞史研究：「問題」與「理論」》，《國際新聞界》，2009 年第 4 期。

154. 李恭忠：《「總理紀念周」與民國政治文化》，《福建論壇》（人文社會科學版），2006 年第 1 期。

155. 李恭忠：《黨葬孫中山——現代中國的儀式與政治》，《清華大學學報》（哲學社會科學版），2006 年 3 期。

156. 李浩然：《張季鸞社評特點初探》，《科技信息》，2008 年第 24 期。

157. 李豔華：《「康乾盛世」與戰略機遇縱橫談》，《南京政治學院學報》，2009 年第 1 期。

158. 李清棟、曹立新：《評趙君豪的〈中國近代之報業〉》，《湖北廣播電視大學學報》，2007 年 5 月。

159. 李焰生：《「容共政策」與「聯共政策」》，《現代青年》第 73 期，1927 年 4 月 9 日。

160. 李黎明：《胡漢民「訓政」思想的形成和特點》，《齊魯學刊》，1995 年第 2 期。

161. 李瞻：《國父與總統　蔣公之傳播思想》，《新聞學研究》第 37 集，1986 年。

162. 楊爾瑛：《季鸞先生的思想與軼事》，臺灣《傳紀文學》第 30 卷第 6 期。

163. 楊奎松：《一九二七年南京國民黨「清黨」運動研究》，《歷史研究》，2005

年第 6 期。

164. 楊奎松：《從歷史的眼光看待中國的民族主義問題》，《國際政治研究》，2006 年第 1 期。

165. 楊奎松：《孫中山與共產黨——基於俄國因素的歷史考察》，《近代史研究》，2001 年第 3 期。

166. 楊奎松：《蔣介石從「三二○」到「四一二」的心路歷程》，《史學月刊》，2003 年第 11～12 期。

167. 楊梅：《敬惜字紙信仰論》，《四川大學學報（哲學社會科學版）》，2007 年第 6 期。

168. 谷長嶺：《清代報刊的發展軌迹和總體狀況》，《國際新聞界》，2009 年第 12 期。

169. 邵力子：《十年來的中國新聞事業》，中國文化建設協會編：《十年來的中國》

170. 邵力子：《輿論與社會》，黃天鵬編：《報學月刊》第 1 卷第 1 期，1929 年 3 月。

171. 陳立夫：《創造在艱苦之中》，胡有瑞編：《六十年來的中央日報》，1988 年。

172. 陳先澤：《報紙檢查法》，燕京大學新聞系學士畢業論文，1935 年 5 月。

173. 陳紅民：《九一八事變後的胡漢民》，《歷史研究》，1986 年第 3 期。

174. 陳紅民：《胡漢民年表（1931 年 9 月～1936 年 5 月）》（上），《民國檔案》，1986 年第 1 期。

175. 陳進金：《「電報戰」：1930 年中原大戰的序曲》，載《史學的傳承》，第 134 頁，（臺灣）近代中國出版社 1991 年版。

176. 陳進金：《另一個中央：1930 年的擴大會議》，中華民國史專題第五屆討論會秘書處：《中華民國史專題論文集·第五屆討論會》，臺北：國史館，2000 年 12 月初版，下冊。

177. 陳熾：《庸書·報館》，《戊戌變法》（第 1 冊），1953 年版。

178. 陳畏壘：《新聞紙之本質與任務》，黃天鵬編：《報學月刊》第 1 卷第 1 期，1929 年 3 月。

179. 陳淩：《國民黨政府迫害新華日報檔案探略》，《學海》，1994 年第 4 期。

180. 陳銘德、鄧季惺：《新民報二十年》，《新民報春秋》，1987 年版

181. 陳博生：《做新聞記者的幾個原則》，《新聞記者》創刊號，1938 年 4 月。

182. 陳斯白：《新聞事業與自由》《江蘇月報·江蘇新聞事業專號》，第 1 卷 3 期，1934 年 1 月 20 日。

183. 陳瓊珂：《民國新聞教育的另一種設計：成舍我與北平新聞專科學校》，《國

際新聞界》，2008 年，4 期。

184. 陳德徵：《三全大會之黨應確定新聞政策案》黃天鵬編：《報學月刊》第 1 卷第 2 期，1929 年 4 月。

185. 陳蘊茜：《時間、儀式維度中的「總理紀念周」》，《開放時代》，2005 年第 4 期。

186. 周建明：《快捷、樸實、犀利、透闢——簡論張季鸞撰寫的〈大公報〉社論特色》（《新聞寫作》）、

187. 周葆華：《質疑新記〈大公報〉的「小罵大幫忙」，》，《新聞與傳播研究》，2002 年第 3 期。

188. 定榮：《訓政時期報紙所負的使命》，王潨如編：《新聞學集》，1931 年。

189. 羅志田：《「天朝」怎樣開始「崩潰」——鴉片戰爭的現代詮釋》，《近代史研究》，1999 年第 3 期。

190. 舍我：《先考行狀》，《世界日報》，1931 年 9 月 4 日、5 日。

191. 鄭大華：《理性民族主義之一例：九一八事變後的天津〈大公報〉》，《浙江學刊》，2009 年第 4 期。

192. 鄭永福、呂美頤：《地方自治——孫中山關於中國政治近代化的一個重要設計》，《史學月刊》，1997 年第 4 期。

193. 前溪：《難言》，《大公報》，1926 年 9 月 27 日。

194. 姜紅：《現代中國自由主義新聞思潮的流變》，《新聞與傳播研究》，2005 年第 2 期。

195. 思聖：《中央社創立史證》，《中央日報》，1963 年 4 月 1 日第八版。

196. 柯武韶：《中國新聞紙標題之研究》，燕京大學新聞系學生本科畢業論文，1935 年 5 月。

197. 津庸：《言論自由》，《記者周報》第 25 號，1930 年 11 月 2 日。

198. 祖澄：《新聞界請復議修正出版法彙輯》，《報學季刊》第 1 卷第 4 期

199. 祝均宙：《上海小報的歷史沿革》，中國人民大學《新聞研究資料》第 42 輯

200. 胡漢民：《三民主義的立法精義與立法方針》，《國父思想論文集》，1965 年。

201. 胡漢民：《什麼是我們的生路》，《三民主義月刊》，第 1 卷第 3 期，1933 年 3 月。

202. 胡漢民：《論中日直接交涉》，《三民主義月刊》，第 2 卷第 5 期，1933 年 11 月。

203. 胡漢民：《遠東問題之解決》，《三民主義月刊》第 5 卷第 5 期，1935 年 5 月。

204. 胡漢民：《黨外無政，政外無黨》，《中央日報》，1929 年 2 月 20 日。

205. 胡漢民：《黨權與軍權之消長及今後之補救》，《三民主義月刊》，第 1 卷第 6 期，1933 年 6 月。

206. 胡政之：《作報與看報》，《國聞周報》第 12 卷第 1 期，1935 年 1 月 1 日。

207. 胡適：《新文化運動與國民黨》，《新月》第 2 卷第 6～7 號，1929 年 9 月。

208. 賀逸文、夏方雅、左笑鴻：《北平〈世界日報〉史稿》，張友鸞：《世界日報興衰史》，1982 年。

209. 唐志宏：《報業集團與媒體知識分子——以成舍我「世界報系」爲例》，世界華人傳播學學術研討會論文，2008 年 11 月 26 日

210. 唐海江：《論新聞自由言說的當代轉向》，《新聞與傳播研究》，2000 年第 1 期。

211. 唐魁玉、徐華：《污名化理論視野下的人類日常生活》，(《黑龍江社會科學》，2007 年第 5 期。

212. 夏勇：《民本與民權——中國權利話語的歷史基礎》，《中國社會科學》，2004 年第 5 期。

213. 夏春祥：《新聞與記憶：傳播史研究的文化取向》，《國際新聞界》，2009 年 04 期。

214. 徐冠華：《〈大公報〉與「」小罵大幫忙》，《中北大學學報》(社會科學版) 2009 年第 2 期。

215. 徐思彥：《官與民：對〈中央日報〉〈大公報〉七七社論的文本分析》，《學術界》總第 121 期，2006 年第 6 期。

216. 徐彬彬：《無冠皇帝罪己詔》，黃天鵬編：《報學月刊》第 1 卷第 1 期，1929 年 3 月。

217. 徐詠平：《中國國民黨中央直屬黨報發展史略》，李瞻《中國新聞史》，1979 年。

218. 桑良至：《中國古代的信息崇拜——惜字林、拾字僧與敦煌石窟》，《北京大學學報》(哲學社會科學版)，1996 年 3 期。

219. 益群報：《新聞檢查條例與言論自由》，王瀚如編：《新聞學集》，1931 年。

220. 秦英君：《論蔣介石的「訓政」思想》，《史學月刊》，1988 年第 4 期。

221. 耿雲志：《孫中山憲法思想芻議》，《歷史研究》，1993 年 4 月。

222. 郭溪士：《略評孫中山的訓政思想》，《牡丹江師範學院學報》(哲社版)，2006 年第 3 期。

223. 錢端升：《對於六中全會的期望》，《獨立評論》第 162 號，1935 年 8 月 4 日。

224. 陶希聖：《遨遊於公卿之間的張季鸞先生》，臺灣《傳記文學》第 30 卷第

6 期。

225. 陶鶴山：《關於二、三十年代法西斯主義在中國傳播的幾個問題》,《南京大學學報（哲學·人文·社會科學)》,1996 年,第 2 期。

226. 曹立新：《新聞歸新聞,政治歸政治——大公報歷史形象》,《二十一世紀》（香港）,2007 年 10 月號。

227. 曹增祥：《中國戰時新聞檢查制度概論》,燕京大學新聞系學士畢業論文,1945 年 12 月。

228. 梁士純：《新聞統制與國際宣傳》,《報學季刊》第 1 卷第 4 期

229. 薩空了：《由華北檢查新聞談到新聞檢查問題》,《報學季刊》第 1 卷第 2 期

230. 黃少谷：《政治改進與新聞宣傳》,《申時電訊社創立十週年紀念特刊》,1934 年。

231. 黃旦：《二十世紀中國新聞理念的研究模式》,《北京廣播學院學報》,1995 年第 4 期

232. 黃旦：《中國新聞傳播的歷史建構——對三個新聞定義的解讀》,《新聞與傳播研究》,2003 年第 1 期。

233. 黃旦：《媒介是誰：對大眾媒介社會定位的探尋》,《新聞與傳播研究》,1997 年第 2 期。

234. 黃旦：《新聞專業主義的建構與消解——對西方大眾傳播者研究歷史的解讀》,《新聞與傳播研究》,2002 年第 2 期。

235. 黃金麟：《革命與反革命——「清黨」再思考》,《新史學》第 11 卷第 1 期。

236. 黃侯興：《成舍我的三個「世界」》,中國人民大學港澳臺新聞研究所編：《報海生涯——成舍我百年誕辰紀念文集》,1998 年。

237. 喻春梅：《20 世紀 90 年代以來中國近代報刊史研究回顧》《吉首大學學報（社會科學版)》,2006 年 3 月。

238. 程滄波：《七年的經驗》,程其恒編：《記者經驗談》,1944 年。

239. 程滄波：《敬告讀者》,《中央日報》,1932 年 5 月 8 日。

240. 董岩、楊楠：《戰爭與傳媒,誰塑造了誰？——對百年戰爭與傳媒的透視與反思》,《國際新聞界》,2004 年第 1 期

241. 蔣介石：《今日新聞界之責任》,《新聞學季刊》第 1 卷第 3 期。

242. 蔣介石：《對中國國民黨第四次新聞工作會談特頒訓詞》,《總統、蔣公思想言論總集》40 卷。

243. 蔣介石：《黽勉新聞界戰士》,《總統、蔣公思想言論總集》,17 卷。

244. 蔣介石：《怎樣做一個現代新聞記者》,《新聞學季刊》第 1 卷第 3 期

245. 蔣介石：《敬告全體黨員諸同志書（對第三次全國代表大會的感想）》，《國聞周報》第 6 卷 11 期，1929 年 3 月 24 日。

246. 蔣永敬：《南京國民政府初期實施訓政的背景及挫折——軍權、黨權、民權的較量》，《近代史研究》，1993 年 5 期。

247. 蔣廷黻：《革命與專制》，《獨立評論》八十號，1933 年 11 月。

248. 謝六逸：《新聞教育的重要及其設施》，《教育雜誌》，1930 年 12 月號。

249. 謝萌明：《衝破文化「圍剿」的北平左翼文化運動》，《新文化史料》，1992 年第 6 期，第 28 頁。

250. 韓英軍：《中國國民黨訓政的淵源述評》，《新東方》，2005 年第 8 期。

251. 魯學瀛：《論黨政關係》，《行政研究》第 2 卷 6 期，1937 年 6 月。

252. 藍鴻文：《〈中國的西北角〉到底出了多少版？》，《新聞戰線》，2006 年第 8 期。

253. 賴璉：《請確定新聞政策取締反動宣傳案》，黃天鵬編：《報學月刊》第 1 卷第 2 期，1929 年 4 月。

254. 管健：《污名：研究現狀與靜態——動態模型構念》，《湖南師範大學教育科學學報》，2007 年 7 月。

255. 管雪齊：《言論自由檢討（上、下）》，《新聞學季刊》第 2 卷第 1、2 期

256. 蔡廷凱：《回憶十九路軍在閩反蔣失敗經過》，全國政協文史資料研究委員會編：《文史資料選輯》第 59 輯，1979 年。

257. 蔡銘澤：《三十年代國民黨新聞政策的演變》，《新聞與傳播研究》，1996 年第 2 期。

258. 蔡銘澤：《專制主義政策與新聞自由運動——中央日報新聞自由運動分析》，俞旭、郭中實、黃煜主編：《新聞傳播與社會變遷》，香港中華書局，1999 年 9 月版

259. 蔡銘澤：《論三十年代初期中國的輿論環境》，《中國人民大學學報》，1994 年第 3 期

260. 蔡銘澤：《論中國國民黨地方黨報的建立和發展》，《廣州師院學報》（社會科學版），1995 年第 1 期。

261. 潘公弼：《報紙的評論》，黃天鵬編：《新聞學演講集》，上海現代書局，1931 年。

262. 潘家慶：《新聞史研究的困境》，《國際新聞界》，2009 年 04 期。

263. 顏德如、寶成關：《古代中國民本思想長期存在的原因、價值及其揭示的問題》，《雲南行政學院學報》，2009 年第 3 期。

264. 穆欣：《〈大公報〉擁蔣反共階級根源》，《新聞愛好者》，2002 年第 1 期

265. 戴豐：《掃蕩報小史》，李瞻編：《中國新聞史》，1979 年。

266. 戴季陶：《關於新聞事業經營和編輯的所見》，黃天鵬編：《報學月刊》第 1 卷第 1 期，1929 年 3 月。

267. 魏定熙（Timothy B. Weston）：《民國時期中文報紙的英文學術研究——對一個新興領域的初步觀察》，《國際新聞界》，2009 年 04 期。

六、外文文獻

1. United States Government Printing Office ,ed., *Foreign Relations of the United States Diplomatic Papers, 1929~1945* Washington: United States overnment Printing Office , 1943~1969.

2. Hsu Ting, Lee-Hais, *Government Control of the Press in Modern China, 1900~1949.* Cambridge, Mass. Harvard University Press, 1974.

3. kung-chunan Hsiao, Rural China: Imperial Control in the Nineteenth Century, University of Washington press,1967.

4. Lin, Yu-tang, *A History of the Press and Public Opinion in China,* Chicago Hllinois, The University of Chicago Press, 1936.

5. Maurice.Bloch,1977, The Past and the Present in the Present, Man, New Series,12（2）.Published by: Royal Anthropological Institute of Great Britain and Ireland. Publishers, 1978. Snow, Edgar，The Ways of the Chinese Censors，Current History，July 1935。

6. The Council of International Affairs，ed. The Chinese Year Book,1937 Issue（Shanghai: The Commercial Press Limited, 1937。

7. The Minister in China （Johnson） to the Secretary of State, Foreign Relations of the United States Diplomatic Papers, 1935mVolumn ⅲ（United States, Government Printing Office, Washington: 1953）Tong, Hollington K, Deteline:China-The Beginning of China』s Press Relations with the World. New York, Rockport Press,Inc, 1950.

9. White ,Theodre H. ,In Search of History: Apersonal Adventure New York: Haper&Row, Yuezhi zhao, *Media Marker, and Democracy in China between the Party Line and the bottom Line,* University if Illinois Press Urbana and Chicago, 1998.

七：主要電子數據庫

1. 中國期刊全文數據庫：http://dlib.cnki.net/kns50。

2. 中文科技期刊數據庫：http://www.lib.xznu.edu.cn/dzzy/vip.jsp。

3. 讀秀知識庫：http://www.duxiu.com/。

附　錄

附錄一　歷屆中常會會議記錄中與新聞業有關議題一覽表（1928.3.30～1939.3.9）

中常會會議	與新聞業有關議題
28.3.30（2.124）	1.宣部秘書兼代部長葉楚傖到部視事。（4.4） 2.通過葉楚傖提議：陳立夫、周佛海、曾養甫、陳布雷為中宣部設計委員。（4.10～11） 3.通過《中央日報》經費：縮減每月 5000 元，原初定每月 14366 元。（4.12）
28.4.6（2.125）	1.通過中宣部提案：北伐宣言（4.4）
28.4.12（2、126）	1.前宣部部長丁惟汾呈：於 3 月 16 日交待部務完竣。（4.54～55） 2.要宣部議定：組織部臨時提議的五月的紀念節的紀念辦法。（4.61）
28.4.19（2.127）	1.駐美總支部稱：西山派鄒魯等在美鼓吹反對四中全會，組織偽三藩市總支部及盤踞少年報事，致美洲黨務糾紛。交組織部宣傳部擬辦。（4.96） 2.通過葉楚傖請求：中央日報 4、5、6 三個月的經費酌加至 9 千元。（4.97～98） 3.通過葉楚傖請求：委任謝福生為國際宣傳科主任、朱雲光為征集科主任、林君墨為出版科主任、沈君匋為總務科主任、崔唯吾兼代普通宣傳科主任。（4.98）
28.4.26（2.131）	通過葉楚傖請求委任徵審科主任朱雲光兼宣部代秘書。（4.148）
28.5.3（2.132）	1.宣部呈送該部各科工作計劃大綱（4.160） 2.紐約、芝加哥等分部電陳：許、鄒宣言反對中央。由宣部發表駁正文字（4.169）
28.5.7（2.135）	1.組織部函：電三藩市總支部舉動及少年報登載反對四次全會事件。交宣部審查（4.201） 2.彭學沛函：請撥付中央日報 3 月份補助 9 千元，（已領 6000 千）。交宣部審查。（4.202～203）

28.5.10（2.136）	1.通過中宣部擬定的「五三慘案」標語、宣傳方略、宣傳大綱。（4.319）
28.5.14（2.137）	1.浙江省指委會爲「五三」事要求六項。（4.239） 2.組織部轉來胡祖、姚建議書，請注意陳公博在貢獻上發表「國民黨的危機和我們的錯誤」一文。中宣部呈審查結果：文中所云：「一切行動應站在革命的立場而不應站在黨的立場」、「我不能斷定國民黨人人個個能夠革命」、「另組織第三黨我以爲也有相當討論的價值」、「現在國民黨的領域已充滿地方主義和割據思想」，對於言論的立場和事實的判斷均非黨員所宜。擬請中央明令黨員以後須站在黨的立場立言並函陳公博請其注意。交各部部長審查。（4.241～242） 3.經上海指委會要求定6月3日下半旗一天爲五三慘案誌哀。（4.243）； 4.宣部要求派視察員調查、指導各省反日運動（4.244）； 5.酌量給全國學生總會津貼（要求1000元）（4.244～245）
28.5.17（2.138）	1.通過中宣部擬定5月18日陳英士殉國十二週年紀念辦法（4.268） 2.通過中宣傳部制定的宣傳大綱及標語頒發六條（4.270～271）
28.5.24（2.139）	1.山東指委會5月6日成立，張丕介任宣傳部長。（4.290～291） 2.湖北省指委員會5月11日成立，習文德爲宣傳部長（4.291） 3.暫撥給中宣部5000元組織國際宣傳委員會。（4.295） 4.通過中宣部提議的各級黨部按月呈送工作報告案（4.295） 5.著秘書處辦理，中宣部提議的刊行《黨務月刊》。
28.5.24（2.140）	1.戰地指導委員會成立，李錫恩爲宣傳科主任（4.299） 2.廣州指導員會5月9日成立，馮超俊爲宣傳部長（4.301） 3.通過宣部提議由該部刊行《中央周報》（4.304） 4.要秘書處電令各地黨部應付「五三」方案的一項目的是隔離英日聯合（4.304～305）
28.5.28（2.141）	1.把中央通訊社主筆余維一呈送該社改訂預算案交財務委員會審核（4.321～322）
28.5.31（2.142）	1.准武漢政治分會把前《中央日報》機件接受留作宣傳之用（4.351） 2.《修正對日經濟絕交辦法案》由組織宣傳兩部再行考慮（4.353） 3.通過中宣部提議擬編輯《中山全集》。（4.355）
28.6.7（2.144）	1.把上海指委會的由黨部搜羅濟案寫眞攝影案，交宣部委託報辦理（4.431～432） 2.中宣部提交《審查刊物條例草案》、《設置黨報條例草案》、《指導黨報條例草案》；、《補助黨報條例草案》、《指導普通刊物條例草案》。交組織、宣傳兩部及訓練部民眾訓練委員會及經享頤、白雲梯審查（4.432）
28.6.11（2.145）	1.柏文蔚函：本署少校副官葛傳賦報告昨夜共產黨散佈「濟南慘案告民眾書」等傳單。同日壽縣縣長曹運鵬也呈報類似情況，二人請中央確定正本清源之辦法。（4.459）
28.6.14（2.146）	1.針對南京指委會的疑惑，明確檢查報紙由市政府辦理，取締由黨部決定（5.5） 2.警告福建《民國日報》及福建總工會《工人日刊》記者違背黨紀.前者攻擊中央，後者反對指委宣言。（5.5） 3.准彭學沛呈：《中央日報》補助經費每月九千元，從7月延長兩月。（5.6） 4.准閻錫山電：暫緩北京指委會張貼標語。（5.6）

	5.丁超五報告：福建現爲反動局面，中央標語均未張貼，只見反對中央之標語，有擁護中央者則被市黨部搜捕，學校宿舍被焚前後 6 次損失計數十萬元，又強迫工人罷工如有不從，則被毆擊，查此等舉動均是林壽昌等少數人所主使。交政府下令拿辦林壽昌（6.8）
28.6.21（2.148）	1.准宣部提議：安徽指委會即日停刊並改組安慶《民國日報》，因該報 6 月 18 日刊載「安徽省總工會等污蔑中央特派調查員周燕孫等代電一件」，實屬於違背黨章蔑視黨紀。（5.49） 2.通過中組部、中宣部提交的設置黨報條例、指導黨報條例。（5.49～50） 3.通過中組部、中宣部審查的「修正對日經濟絕交辦法」（5.50）
28.6.25（2.149）	1.剋日再議中宣部審查的《暑期學生工作方案》（5.115） 2.令各地黨部注意僑日各界及日本大同盟歸國代表，因上海指委會稱其有「反動嫌疑」（5.121） 3 通過的《各省各特別市及各特別區黨部黨務經費登記概數表》。內規定了辦公費含「黨報用費」。（5.139）
28.6.28（2.150）	1.代宣傳部部長兼秘書葉楚傖因受《夾攻》周刊攻擊，請求辭職。慰留（5.149～150） 2.准宣部訓令黨員學生於暑假中宣傳「「反日」及「提倡國貨」等。（5.151） 3.禁止各級黨部，未經中央批准擅自在報紙登載或發通電，對於中央的建議。（5.152） 4.交組織部、監會查辦鄒魯及其方棣棠、楊潛。因其主持的三民社搞亂旅法華人反日救國大會。（5.155）
28.7.2（2.151）	1.葉楚傖被《夾攻》攻擊，聲明四點，並再次請求辭職。（5.189） 2.南京指委會再次請示，檢查報紙權限與取締權限問題（5.190） 3.嚴行禁止《燈塔周刊》，並讓上海指委會秘查發行人上海勞動大學的黃建立。因該刊攻擊「對於中央及國民政府肆意攻擊，主張推翻國民政府」。（5.190） 4.通過葉楚傖提議：自本年 7 月份起月津貼上海中華電訊社（熊光瑄）1500元。（5.190） 5.通過葉楚傖提議：北平設立中央通訊社分社。（5.191）
28.7.5（2.152）	1.全國學生總會呈：派遣代表參加世界青年和平大會事，決議 3 項：旅費由國府撥發；人數暫定七人；發言要旨及宣傳大綱由訓練宣傳兩部會擬。（5.216～217） 2.南京指委會丘河清等提「對報紙言論應取何種態度」，決議 2 項：停止檢查新聞，交國民政府通令照辦；由宣傳部通告各報館，慎重新聞記載。（5.217） 3.把首都衛戍司令谷正倫要求明確「反動刊物」標準交秘書處審查酌辦。（5.218） 4.准葉楚傖提議，宣部設置圖書室，並撥款 1500 元購置。（5.220）
28.6.30 財（7）	1.准彭學沛按月撥發 2000 元清還上海商報館 1 萬元欠款（館址及機件。（5.238） 2.葉楚傖擬在北京設立中央社分社的各類預算，交常務會議。（5.239） 3.發給山東指委會 1 萬元在全國宣傳「濟案」費（預算 3 萬元）。（5.243） 4.准宣傳部請撥發國際宣傳委員會經費洋 6000 元。（5.245）

28.7.9（2.154）	1.中華留日各團體對日外交後援會代表鄒光烈對日提出三事。（5.257～258） 2.下次討論葉楚傖轉呈南京指委會丘河清的「紀念國恥條例五條」。（5.259～260） 3.全國學生總會推王開基、程瑞林、李祖禕、樓光縣、謝多仁出席世界青年和平大會。交秘書處斟酌派遣（5.263）
28.7.12（2.155）	1.緩議南京指委會丘河清呈的「紀念國恥條例五條」（5.311） 2.通過中宣部提議：籌設廣播無線電臺計劃案，開辦費 34040 元，經費費 1730 元（5.312） 3.南京指委會僅憑報紙登載，即彈劾吳稚暉在漢對報界談話，違反紀律、破壞黨務，並未奉中央批覆分送各報印發彈劾呈文。准中監會決議：此舉動爲重大錯誤，應予警告。（5.315） 4.葉楚傖呈，浙江指委會宣傳部稱：福州總工會印發「五卅慘案紀念宣言」言論荒謬，用意叵測，請予以警告。宣部審查呈請予以警告。俟閩省政府改組後交省政府查辦。（5.315）
28.7.7 財（8）	1.經中宣部函，發給北平指委會臨時宣傳費五千元（所請 1 萬元）。（5.323～324） 2.審查中宣部藝術股宣傳計劃籌備設置幻燈影戲 1500 元設備費（5.324）
28.7.16（2.156）	1.緩議中宣部呈：上海指委會廢止舊曆遵行國曆案。（5.363） 2.由秘書處詳細解釋並批駁抗議答覆上海黨務指委會，抗議第 150 次中常會議決，禁止各級黨部向外發表政治主張及向各地黨部徵詢意見案。
28.7.14 財（9）	1.照發葉楚傖呈：積欠民智書局曰 6 千元書籍費印刷費。（5.419） 2.審查南京黨務指委會預算書。不續辦《國民新聞》，其款移作別種宣傳。（5.420）
28.7.23（2.158）	1.准葉楚傖呈《設置黨報辦法四項》：於首都、上海、漢口、重慶、廣州、天津或北平、廣州或開封、太原、西安各地各設一黨報，由中央直接管理監督；各省省黨部得於其所在地設一黨報歸各該省省黨部負責、經理、指導，惟在已有黨報區域，不必另設；除（1）須經費由中央支出；（2）項經費由省黨部支出外，其他由黨員創辦之報，除已經中央核准補助外，非有特殊成績及必要狀況，概不予以補助；海外黨部及黨員創辦之報不在此限。（5.430～431）
28.7.26（2.159）	1.針對全國反日會代表李維章呈：令上海市指委會調查處理全國反日大會出席代表資格問題，令秘書處酌批大會補助費。（5.452）
28.7.14 財（2.9）	1.針對宣部呈爲準組織部轉來河北省指委會呈，命河北省政府照發創辦河北民國日報預算費。（5.456）
28.7.30（2.160）	無相關議題
28.7.28 財（2.11）	1.針對中宣部呈請補助廣州通訊社（曾集熙）500 元經費。交宣傳部查具其組織後再議。（6.45）
28.8.23（2.161）	1.給予方棣棠、楊潛等警告處分，因其三民社搗亂旅法華人及反日救國大會。（6.68） 2.把大學院院長蔡元培呈令飭音樂院製就「國民革命歌譜」案交宣部研究。（6.69）

28.8.27（2.162）	1.緩議中宣部提議獎勵黨義著作案，交二屆五中全會（6.76） 2.緩議中宣部提議的「最近最大宣傳計劃並確定經費案。交二屆五中全會（6.76） 3.緩議陳嘉祐（？）提議的各級黨部曾辦通俗日報案，交二屆五中全會（6.76）
28.8.30（2.163）	1.針對中宣部向五中全會提議「最近擴大宣傳並確定經費一案」關係目前切要，擬設立中外通訊社、成立中央印刷所案，決議：中外通訊社應就原有逐漸擴充，中央印刷所應就事實需要縮小規模。（6..91） 2.外交問題，議決：外交委員會不必改組，國際宣傳事務由葉楚傖、孔祥熙、王正廷三委員負責注意隨時商議辦法（6.93～94） 3.通過中央秘書處提議的設置中央短波無線電臺案。（預算開辦費 11600 元）（6.95～96）
28.9.3（2.164）	1.准葉楚傖呈，規定宣部各種宣傳大綱及小冊子印刷費每月五千元，並實報實銷案（6.109～110）。
28.9.6（2.165）	1.宣部提出「查北平地方重要，黨報之設置刻不容緩」並派沈君匋前往籌備。請將「北平舊財部、交部」函送國府就該兩部中指撥兩架及應需附件；將「舊印鑄局及舊農商部稅務處房屋」函指撥為黨報社址案，決議：交國民政府查酌辦理。（6.115～116）
28.8.31 財（2.12）	1.針對葉楚傖呈：安徽省指委會宣傳部長李蔚唐呈送安慶民國日報預算案，請核准轉飭安徽省政府照發，及該報館經理余仲謀呈明預算案的臨時設備費係為添置機器之用案。交宣傳部審查照核辦（6.128～129） 2.針對葉楚傖呈：吉林省黨務指委會請補助長春大東報社開辦費及經常費等案，議決，每月補助六百元並發開辦費六百元（東三省黨務現尚未能完全公開）（6.129～130） 3.針對葉楚傖呈：籌備設置幻燈影片案，決議：照發但不可購日貨（6.130） 4.針對中宣部函：自本年八月份起月撥發廣州通訊社津貼五百元，決議：每月補助三百元（6.130）
28.9.10（2.166）	1.中宣部呈：南京指委會宣傳部所擬標語十條，經審查尚妥，似可酌准張貼，但治安機關對於任何標語均一律撕毀。暫緩張貼（6.141） 2.准秘書處提議：成立中央黨務月刊編輯處，由文書科蔡壽潛為主任。6.143）
28.9.13（2.167）	1.由中宣傳部召集新疆省指委會審查後即發表宣傳《告新疆民眾書》（6.164） 2.通過北平日報社組織大綱及開辦費經常費預算案。開辦費定五千元（6.164～165）
28.9.20（2.168）	無相關議題
28.9.24（2.169）	1.通過中宣部提議的「雙十節國慶紀念儀式」案。（休假一日，懸旗紀念，首都慶祝由宣部負責）（6.187～188）
28.9.27（2.170）	1.針對宣傳部呈請為南京《國民晚報》（掌牧民）月補助經費 1 千元，決議一次給 300 元。（6.198） 2.交宣部審查南京《新中華報》（於緯文）籌備印機情形在核定一次津貼數千元。（6.198～199）
28.10.1（2.171）	針對中宣部等議議，決議褚民誼主持國慶紀念活動，函國民政府令財政部撥發二萬元實報實銷。（6.205）

28.10.3（2.172）	主要通過了中華民國國民政府組織法，訓政綱領兩案，未涉及宣傳事宜。
28.10.8（2.173）	1.通過葉楚傖提議的中執會「爲全國統一後之國慶紀念日告民眾書」。（6.227） 2.慰留要求辭職的代理宣傳部長葉楚傖，辭職理由是戴季陶已回京。（6.229） 3.通過葉楚傖臨時提議的黨旗國旗圖案及尺度比例案（6.233）
28.10.11（2.174）	無相關議題
28.10.13（2.175）	1.決議戴季陶、胡漢民、繆斌審查「中華民國教育宗旨案報告書」（6.262） 2.通過秘書處會計科編造中央黨部每月經費預算表，其中涉及媒體預算（6.263）
28.10.15（2.176）	1.通過中宣部提議的把上海《中央日報》移設首都，由宣部負責辦理，社長由宣部部長兼任，以便指揮而期完善案（6.280～281）
28.10.18（2.177）	1.中央政治會議函爲中執會即日發表第 159 次政治會議中央宣傳部提出所擬中國國民黨關於全國工會及工人告誡書（6.286～287） 2.針對中宣部奉發，上海指委會、上海市政府、淞滬警備司令部等銜電，恢複檢查新聞案，查停止檢查新聞，第 152 次常會已有決議，決議：准如所請辦理（6.289～290）該案稱，報章新聞關係社會視聽，若紀載不愼，足以鼓動風潮，妨害治安，上海工潮迭起，未始不由新聞騰播發生影響，茲經上海市第九次黨政軍聯席會議議決，呈請恢復新聞檢查辦法並擬由上海市各機關合組新聞檢查委員會。
28.10.22（2.178）	1.准中宣部函擬，總理誕辰紀念日慶祝辦法（6.301）
28.10.6 財（2.13）	1.針對北平指委會請發撥特別宣傳費一萬元，決議先電河北省商主席撥兩千元由中央發還。（6.315） 2.准中央廣播無線電臺主任吳道一所請 4000 元材料費。（6.316） 3.准中宣部呈，自 1928 年 10 月份起追加中央社社每月無線電費二百元（6.316～317）
28.11.11（2.179）	通過了下層黨部工作案，未涉及相關議題
28.11.1（2.180）	1.警告南京指委會，因其下級黨部有不尊重中央決議之言論行、有違背中央決議之集會。（6.337～338）
28.11.8（2.181）	1.通過中宣部擬具的修正《宣傳部組織條例草案並附說明書及改定組織系統表（6.348） 2.把中宣部提交的中央社月支經費預算、中央印刷所開辦費預算書、中央社預算中西文部電報費一項，因外商電報公司須先交押款擬請於成立時預發電報費三月案，交財務委員會核發。（6.347～348）
28.11.15（2.182）	1.針對中宣部呈：（1）該部審查宣傳刊物經過及困難情形　嗣後應如何根本統籌劃一標準。（2）速日審查各地各級黨部級黨員言論，發現詆毀中央之印刷品多件，其屬於各級黨部宣傳部者，已由部經函警告，其非本黨印行，而有編輯機印發地址可查者，均經臚列審查意見呈請轉知國府令行當地政府嚴密查禁，決議：著宣傳部負責辦理，如有所列各種情事發生，即分別警告或提常會交國民政府切實查禁。（6.369） 2.通過中宣部呈，國府秘書處抄送山東省政府主席孫良誠電，山東國民新聞屢載反動言論請將該報切實改組案，中宣部查山東國民新聞八九兩月言論確屬調撥離間，已由部警告該省指委會宣傳部令其切實糾正並更換負責編輯人。（6.369～370）

	3.針對中央宣傳部提議的黨國旗案，決議：關於國旗者由政府規定，關於黨旗者由常務委員及宣傳部會同審查修訂。（6.370）
28.11.16（2.183）	1.訓令各級黨部以後不准攻擊中央委員個人，其不接受此項警告命令者，即移付監察委員會懲戒（6.376） 2.准中宣部的人事安排：朱雲光爲秘書，崔唯吾爲編撰科主任，張廷休爲指導科，謝福生爲國際科主任，蕭同茲爲征集科主任，沈君匋爲出版科主任，陸雲章爲總務科主任（6.376～377） 3.中宣部提議恢復各部會處聯席會議。中央各部處會爲解決有相互關係之次要事件者得開事務會議，其規則由各部秘書處擬定。（6.377）
28.11.29（2.184）	1.准中宣部函查禁國家主義派及其印刷品。原因：「國家主義派勾結軍閥，反對革命，近復在各處分發印刷品（國家主義青年團重慶部爲國慶紀念告民眾書），捏造謠言煽惑人心」。（由南京市政府宣傳股轉自郵局）（6.392） 2.准戴傳賢臨時提議：山東國民新聞議論記載時有違背主義，反對中央，中傷中央領袖之處。請中央決定辦法，先行交山東省政府查辦停止其出版，再趕速由宣傳部派員接辦案。（6.392～393） 3.江蘇指導委員會請求：1、請求中央迅速確定區黨部經費。2、請求中央迅予規定補助民眾團體經費3、請求中央訊定肅清共黨方略，俾有遵循。4請求中央督促江蘇省政府嚴辦各縣勾結土豪劣紳地痞陷害黨員傾覆黨部之反動官吏案。1、2兩項，俟財務委員會提出報告後核議。3項交宣傳、組織兩部會商辦法。4項交江蘇省政府審查。（6.400～401）
28.11.28財（2.14）	1.關於辦理中央日報遷寧案，中宣部呈，該報財產項下應受各款，責成彭學沛負責收取；負債項下應還各款，實報實銷，並對遷商報費及紙價等共17645,88元，分兩期照付。（6.408～408） 2.對中宣部呈爲在平籌設華北日報，因交、財兩部所允撥發印刷機，迄未移交，請加撥開辦費3000元，即行交該報經理沈君匋案，決議爲「存」（6.409） 3.對中央秘書處函爲中央通訊社月支預算書、中央印刷所開辦預算書、中央通訊社西文部電報費，請於成立時，預發電報費三月案。1、中央通訊社暫照舊；1、提交常會，將北平財政部印刷所移南京（6.409～410）
28.12.6（2.185）	1.關於廢除舊曆普用新曆法之決議案，中宣部擬具辦法三條，決議通過該三條辦法，並函復國民政府行政院關於宣傳事項，中央可協助辦理，但政府應注意準備工作，對於行政院院決議第二項，不宜處頒禁令。（6.421～422） 2.中宣部查，上海北四川路復旦書店批發，並在南京光天書局分售之檢閱周刊，對於中央決議，妄事詆謗，並捏造粵、桂、滇、黔、鄂五省聯盟等謠言，蓄意反動，妨害治安案，決議：交國民政府令飭嚴切查究，對於發售此種反動刊物之書店，應予以封閉。（6.422） 3.南京特別市第一區黨部，對於中央訓令各級黨部，與中央決議案，不得對中央委員個人妄事攻擊一案，提出疑點二端，准中宣部給予解釋文。（6.422）
28.12.7（2.186）	臨時常會，無相關議題。主要議題是國民黨的第三次全代會。
28.12.13（187）	無相關議題，主要討論國民黨的第三次全代會。

28.12.20（2.188）	1.通過中央宣傳部的「中華民國成立紀念日辦法」（6.466～467） 2.將中宣部的《華北日報》修正的組織大綱和預算書交胡漢民、戴季陶、葉楚傖審查。該組織大綱和預算書經李石曾協商：（1）改經理制爲委員制，（2）增設擴充部，另出通俗小報，（3）增加經費爲每月 9056 元，定 1929 年 1 月 1 日出版。（6.467） 3.將中宣部提議，江蘇省指會宣傳部呈，本黨所規定之直接民權與間接民權，無明顯之分別而總理民國十年對國民黨辦事處之演講詞與十三年第一次全國代表大會宣言又復顯有歧異，轉請解釋案，交由胡漢民，戴傳賢，葉楚傖審查。（6.468）
28.12.27（2.189）	1.中央宣傳部呈總理靈襯奉安四項：（1）總理按安葬日紀念辦法（2）全國舉行總理安葬紀念大會宣傳計劃（3）北平送襯沿途及首都迎襯大會宣傳計劃（4）迎襯宣傳列車計劃案，決議：戴傳賢、孫科、葉楚傖審查。（2）安葬總理所用哀樂哀譜推蔡元培，孫科於三星期內征集，提出本會審查。（7.9～10） 2.中央宣傳部提議的黨徽黨旗法，交王寵惠、蔡元培、孫科、葉楚傖審查。（7.10） 3.戴傳賢，葉楚傖臨時提議，編輯中國國民黨年鑒，國民政府年鑒及蒙藏叢書案，決議：（1）由中央黨部組織編輯年報委員會，宣傳部組織年報編輯處，經於明年 3 月底止，將本黨過去一切經過及法令規章，地方黨部情況並各種統計匯集編成，中國國民黨年僅第一卷，並趕於明年六月底以前印成。（2）令國民政府文官處照前項期限編輯國民政府年鑒（3）由中央宣傳部趕速搜集國內外，關於東三省、蒙古新疆青海西藏等地之著作圖冊等編集蒙藏叢書。（7.10～11） 4.關於取締新聞紙任意登載會議中應守秘密事件，或不確實之消息案；決議（1）嗣後關於會議消息，非由各該處秘書處正式交出發表者，不許登載，由宣傳部通令遵照，並召集各新聞記者加以說明（2）由宣傳部擬定出版法草案。
29.1.10（2.190）	1.准中央宣傳部，請給上海世界新聞社津貼 300 元。該社主任陳無我係本黨黨員，曾辦民呼、民鐸等報，最後開辦世界新聞社，尚能遵守本黨主義，致力宣傳。（7.31） 2.通過中宣部擬定的《宣傳品審查條例》
29.1.17（2.191）	1.修正通過戴傳賢、孫科、葉楚傖提出關於宣傳部所擬（1）總理按安葬日紀念辦法（2）全國舉行總理安葬紀念大會宣傳計劃（3）、沿途各地應襯紀念大會宣傳計劃（4）南京應襯紀念大會宣傳計劃（5）北平送襯大會宣傳計劃（6）迎襯宣傳列車計劃一案，審查報告。（7.66～67）
29.1.8 財（2.15）	1.中央廣播無線電臺呈添購手提增音機，暨鋼琴等共需 2000 元，決議：鋼琴已買餘照發（7.76）
29.1.24（2.192）	1.通過中央宣傳部提議的，各級黨部宣傳工作方案六種：（1）省級特別市黨部宣傳工作實施方案（2）軍隊特別黨部宣傳工作實施方案，（3）海員鐵路特別黨部宣傳工作實施方案，（4）縣市黨部宣傳工作實施方案，（5）區黨部宣傳工作實施方案，（6）區分部宣傳工作實施方案（7.112） 2.戴季陶、葉楚傖提出，華北日報社組織大綱及預算案審查報告案，決議：1、通過華北日報社組織大綱；2、核准經費爲每月 7056 元，至原預算所列擴充費二千元即以報館收入抵補（7.113～114） 3.通過中央宣傳部的請核定中央日報社經常費案：該案擬預算月支 11367 元，經審查後核減新聞及副刊費 200 元，報紙費 500 元，總計減爲 10667 元，除以收入 2000 元抵補助外，實需經常費 7676 元（7.116）

29.1.28（193）	1.對中宣部報告的審查選定國花案，決定爲採用梅花爲各種徽飾，至於是否定梅花爲國花，交第三次全國代表大會。（7.165～166）
29.1.31（2.194）	1.中央宣傳部提議，總理安葬中央似應有告全國民眾書一類之文字印爲散頁之宣傳品核案，決議：由宣傳部提出本案節目後再議（7.175） 2 准戴傳賢、葉楚傖提議，撥給中華圖書館協會一次補助費 2000 元，以後每月津貼費 100 元（7.175） 3.把山東民國日報社的預算書交回宣傳部再加修正後提出。該方案中每月經常費 6380 元（7.176） 4.准中宣部提議，修正該部組織條例（秘書設二人），任用沈君匋兼任該部秘書。（7.178）。
29.1.23 財（2.16）	1.准中宣部提議，撥發山東省黨部全省宣傳會議特別宣傳經費 3500 元案（7.186） 中央財務委員會第十六次會議記錄，1929 年 1 月 23 日
29.2.4（2.195）	1.修正通過中宣部呈，爲下層工作綱領爲訓導民眾之基礎關係建設前途，擬具下層工作七項運動進行辦法七項案（7.192） 2.通過中宣部提議，在漢口設立中央社武漢分社（每月預算 1387 元）（7.193～194） 3.對國民政府文官處函據駐德公使蔣作賓呈擬擴大宣傳計劃案，中宣部擬定辦法三點，決議：仍交宣傳部會王籠惠、孫科及國民政府外交部王正建審查。（7.194） 4.准中宣部呈攝製奉安電影，計需經費 6000 元，請由中央、國府、及京市政府各分擔 2000 元。（7.194） 5.葉楚傖臨時提議，由宣部購置上海各影片公司攝的總理生前事迹及革命戰事等影片，以供迎襯宣傳列車北上時演放之用，約需 2600 元，決議由宣傳部核價購置（7.195）
29.2.7（2.196）	無相關議題
29.2.14（2.197）	無相關議題
29.2.18（2.198）	1.通過戴季陶、陳果夫、葉代楚傖提議，擴充中央廣播無線電臺案，並指定陳果夫，葉楚傖負責籌備。（開辦費 40 萬，經費費 7500 元）（7.276～277）
29.2.21（2.199）	1.修正通過央宣傳部提出的「總理逝世四週年紀念辦法」八條。（7.337） 2.通過中宣部修正後的山東《民國日報》經費預算書（日出一大張，每月預算 3080 元），決議：由宣傳部派員負責辦理，預算交財務委員會核定。（7.338） 3.將中央訓練部提議的，山東指委會訓練部呈的要求撥給該省特別宣傳費 3500 元交中財會（7.338～339）
29.2.14 財（2.17）	無相關議題
29.2.25（2.200）	無相關議題
29.2.28（2.201）	1.葉楚傖提議，對美洲《少年中國晨報》予以津貼 2000 元，並加以名譽獎勵；懲美洲《民國日報》，該報於 1927 年 6 月 15 日創辦，在美洲三藩市假冒本黨機關報名義創辦，反對中央、離間本黨與僑胞之感情。給予：1、由中央通告海外同志，揭破該報等冒名之事實及種種反動罪惡 2、函國府交外交部，令三藩市總領事向華僑公佈上列事實。（7.365～366）

29.3.4（2.202）	通過中宣部提議的「第三次全國代表大會慶祝辦法」。（7.394）
29.3.7（2.203）	1.准中宣部呈：改組北平特市指委會宣傳部，撤銷許超遠的平市指委職務。因該市宣傳部所印行的《國民周刊》，言論失當，經部予以警告，該刊第 24 期措詞尤屬荒謬，且多挑撥離間之語。許超遠爲該刊主辦人。（7.436）
29.3.1 財（2.18）	1.通過中央秘書處轉送山東民國日報社經費預算書。（7.439～440） 2.對中央秘書處轉送山東省指委會訓練部呈稱，召集全省訓練會議計劃書草案，按例撥發特別訓練費 3500 元予以緩辦。
29.3.11（2.204）	1.對中宣部提議的，海外總支部直屬支部、支部、分部級區分部宣傳工作實施方案各一種，交蕭佛成、孫科、葉楚傖審查（7.458） 2.准中宣部提議，北平臨時政治分會張繼電、胡漢民函，爲北平民國日報爲黃伯耀創辦，擁護中央，竭力反共，成績極佳，請此照華北日報經費半數，每月津貼國幣三千五百元。其數目交財務委員會核定以後並由宣傳部嚴密指導。（7.469） 3.准中宣部提議，委任中央廣播無線電臺代理主任吳道一爲主任，代理從 1928 年 7 月開始。（7.460）
29.4.15（3.2）	1.通過中宣部呈爲建都南京二週年紀念辦法（8.12～13） 2.修正通過中宣部的「五一勞動節紀念辦法」，「陳英士殉國紀念辦法」，「五月革命周紀念辦法」（8.13）
29.4.18（3.3）	1.把中宣部呈懲誡上海《字林西報》案，交國民政府照辦。查該報言論記載詆毀本黨，造謠惑眾，雖經外交部向該國領事交涉，飭令更正，迄無效果，請予以：（1）令全國海關及郵局扣留該報不予遞寄；（2）令外交部向美國駐華公使交涉，將該報記者索克司基驅逐出境的處分。（8.29～30）
29.4.22（3.4）	1.通過中宣部提議任朱雲光、張建休兩爲本部秘書，郎醒石爲國際科主任，傅啓學爲指導科主任，蕭同茲爲征集科主任，崔唯吾爲出版科主任，沈君匋爲總務科主任（8.43）
29.4.25（3.5）	1.准中宣部提議，據海外各級黨部及海外歸國同志先後報告：共產黨國家主義派等近在海外肆行反動宣傳，本黨新聞記者每因當地政府，無理摧殘，無法糾正，請轉國民政府飭外交部速與各國商定，不得妨害本黨宣傳並代取締反動宣傳案（8.54～55）
29.4.29（3.6）	1.修正通過蔣中正儉電「擬定國恥紀念辦法」（8.66） 2.准對孫科臨時提議，關於處分字林西報案。並即通知國民政府。（1）由政府通令：1、郵局停止傳遞，2、海關制止運送，3、鐵路制止運送，4、政府機關海關郵局鐵路省市政府法院地方行政機關及人民團體等停止送刊廣告，5、政府機關及職員停止購閱。以上五項由五月十日起，嚴屬執行，違者以反革命論。（2）由中央黨部通令全國各級黨部通告黨員停止購閱。（8.66～67）
29.5.6（3.8）	1.把宣傳、組織、訓練三部會呈的，審查「各種紀念日舉行方式「一案，交訓練部詳加校正，下次提會通過（8.100） 2.中宣部呈，河南省指委會違背紀律，反對第三次全國代表大會，業經撤職查辦；又發現該省非法之 78 縣市聯席會議，印發通電肆意詆毀三全大會，顯係反動分子應請嚴加制止，並函國府令行該省嚴飭各報館不得刊載該會一切反動新聞以遏亂萌案，決議：照辦並下令解散此種非法組織，在河南省指委未就職以前，由河南省政府執行。（8.103）

29.4.23 財（3.1）	1.中財會准津貼北平《民國日報》每月經費 3500 元。（8.111）
29.4.30 財（3.2）	1.中宣部，據中央日報社呈撥付 2000 元購置電力案，決議由中央發電機輪用不必購機。（8.120） 2.下次再議，中宣部提出撥給 4000 元特別費給華北日報案。（8.120）
29.5.9（3.9）	1.通過中宣部擬具的《五卅國恥紀念辦法》四條（8.139～140） 2.准中宣部，將武漢《中央日報》的機器交曾集熙，負責籌備武漢直轄黨報。（8.133） 3.對浙江省執委會呈，浙省政府非法拘禁胡健中（浙省候補監察委員兼該會直轄《民國日報》主筆）、非法搜報館、勒迫停刊，請求將胡開釋，將報復刊，決議：交秘書處起草分別告誡（8.135）
29.5.10（3.10）	臨時常會，無相關議題：主要討論中組部提出的各級黨部經費分配方案。
29.5.13（3.11）	1.原則通過中宣部擬具的《中央圖書館計劃書》，並決定由各部各推一人會同組織籌備委員會（預算開辦費 50 萬國幣，經常費暫定每年 5 萬，面向海內外募捐）（8.161） 2.修正通過中宣部修正的「學校學年學期及休假日期規程及修正各機關及學校放假日期表」，並交國民政府公布施行（8.161）
29.5.16（3.12）	1.中宣部呈，中國憲政黨及政公黨在美國發行《世界日報》、《公論晨報》等詆毀黨國肆行反動宣傳煽惑僑胞，爲害茶烈。准予處分：1、秘函國府轉飭外交部交涉取締，飭交通部令全國郵局不予遞寄；2、通令海內外各級黨部一體查禁，並密函國府通令各省市政府暨駐外各使館一體協助查禁。（8.188） 2.中宣部呈，查四川民眾社 4 月 25 日通訊載改組派果然在四川設立省黨部新聞一則，內有僞中央黨部訓令僞四川省黨部令一件，覈其論調，確非僞造，查彼輩在川既有組織，其它各地難保無同樣情事，似此借用名義、混淆人心；又宣傳部臨時提出，近發現有所保護黨革命大同盟成立宣言案，決議：令各級黨部並函國民政府轉飭各省市政府一律查禁。（8.189）
29.5.20（3.13）	1.中宣部呈，5 月 3 日《民權導報》所載社論新聞均爲反動論調，顯屬共黨宣傳機關，該報社址設濟南後宰門六十三號，准中宣部請轉國府電令山東省政府迅予查封，並查明該報主持人。（8.208～209）
29.5.14 財（3）	1.准中宣部函，因中央發電機輪不能供給《中央日報》電力，由查上海泰末洋行現貨 22 馬力柴油引擎及發電機，請撥 3500 元購買。（8.215～216） 2.中宣部函，上海晚報社經理沈卓吾請發該社 1928 年度 6 個月津貼（每月 500 元），決議：自本年五月份起每月津貼 500 元（8.216）
29.5.23（3.14）	1.通過中宣部提議，特種宣傳費 1 萬元實報實銷案（8.228） 2.討論馮玉祥謀叛事件之處置案，決議：1、永遠開除馮玉祥黨籍並通知監委會。2、革除馮玉祥中央委員政治會議委員國民政府委員。3、所有下令討伐以及關於軍事與緊急之政治處置據授國民政府以全權辦理。4、另由宣傳部起草黨員告民眾書。（8.228～229） 3.對上海特市執委會呈。據所屬第三區黨部呈以國家主義派在滬張貼標語暗中活動，指示對於國家主義派處置方法，決議：交宣傳部擬定辦法（8.229）
29.6.3（3.15）	1.修正通過中宣部呈「總理廣州蒙難七周紀念」辦法六條（5.16）（8.239）
29.6.16（3.16）	未討論相關議題，但通過的第三次全國代表大會未及討論各案審查報告，卻有許多相關議題。

29.6.20（3.17）	1.將中央宣傳部呈擬的「黨報登記條例草案」，交戴傳賢、葉楚傖、劉盧隱審查（8.353） 2.中宣部呈，天津特市黨部宣傳荒謬、不守紀律、污衊中央、掩護馮逆，並將各項披髮之反動文件附印平津特種宣傳報告之後案，決議將該特別市黨部執行委員兼宣傳部長周仁齊及宣傳部秘書周德偉撤職並交中央監察委員會議處。（8.361～362）
29.6.24（3.18）	1.修正通過中宣部擬具的「國民革命軍誓師北伐三週年紀念辦法」6 條（8.374） 2.通過陳果夫、葉楚傖變更擴充中央廣播無線電臺計劃，改用五十基羅瓦特電力，將機械經費增爲六十萬元案，並仍由陳、葉負責辦理（8.374～375） 3.照辦中宣部呈，前奉編輯蒙藏新疆東三省叢書，因材料缺乏，難以編纂，請指定前理藩院及蒙藏院所存一切檔案劃歸該部整理（8.375）
29.6.27（3.19）	1.李文範委員函，整理紀念日奉行儀式及革命紀念日紀念式案，交宣部再加整理（8.405） 2，徐永煐、施煌、石佐、黃士俊、郭季賢、蔣希曾、慧慈僧等發行反動刊物攻擊本黨，查該生等多係清華官費留學生，准中宣部請函教育部取消其公費資格，並將他們一律交國民政府通緝其係公費留學者，應由教育部即行取消其公費，並著教育部通令各地留學生監督隨時注意留學生之言行，具報查考。（8.411）
29.7.1（3.20）	1.修正通過中宣部提交革命紀念日簡明表、革命紀念日紀念式（8.418）
29.7.4	1.將訓政時期地方黨部督促地方自治之工作範圍與公眾進行方法案交訓練部擬定（8.459～460） 2.繆斌臨時提議，高統勳等實係共產黨員，及江蘇省黨務狀況及共黨反動活動情形，決議交葉楚傖、陳立夫、余井塘三委員審查，由葉召集（8.464）
29.6.21 財（4）	1.核發浙省執委會 34395 元會費，其中宣傳費（報館津貼等）預算 4000 元。按月由省政府實數照發（8.467） 2.核發湖南省指委會呈 1929 年度預算書每月需 38546 元，其中黨報預算 3080 元，按月由省政府實數照發。（8.469） 3.湖南省指委會呈送《中山日報》預算書計開辦費 2651 元，每月經常費 3080 元案，決議：核准開辦費 1000 元，由省政府照發，每月經費預算另案核准（8.469） 4.武漢中央直轄黨報專員曾集熙電籌備經過，並造具武漢日報社開辦經常兩費預算書。中宣部擬准予撥發開辦費 2000 元實報實銷，每月經常費核定爲 8997 元，除月入營養費 2000 元外，實由中央月撥 6997 元，決議是月撥 5000 元。（8.472～473） 5.准中宣部函，呈同新建儲藏室略圖，請即雇工按圖造，因現有儲藏室不敷容納該部出版刊物（8.473）
29.7.8（3.22）	1.孫科函爲招待美國新聞團須留滬一日，請假一天。（8.487） 2.通過中宣部擬定的查禁各刊物匯列成表，通令各級黨部並函國民政府轉令各機關飭屬一體嚴密查禁，並令宣傳部嚴密偵查（8.490）
29.7.11（3.23）	1.中宣部呈，擬具於遼寧創辦東北民國日報，預算開辦費 9570 元，每月經常費 7200 元，每月收入以 2000 元計，每月津貼經常費爲 5210 元。預算請中央核准撥交國民政府令飭遼吉黑三省政府共同負擔，所有主持編輯人員由中央遴派，決議：交財務委員會（8.501）

29.7.15（3.24）	1.駐日總支部執行委員王培仁等呈，以該會宣傳科所發之五卅慘案四週年宣言，言論荒謬。目無中央。中宣部查該宣言係攻擊中央，詆毀黨國之辭。請即下令查辦該總支部常委周咸同宣傳主任林國珍，或竟改組該總支部，決議：交組織部查明核辦（8.512）
29.7.18（3.25）	1.山西省執行委員會呈報，陝西省黨務主辦之中山日報反動，中宣部查確該報確屬公然反動，決議：1、陝西省黨務指導委員黃統、宋哲元、張守約、安漢、通之翰、王惠、孫雛棟等七人一律撤職分別查辦。2、令陝西省政府查封陝西中山日報（9.7～8）
29.7.22（3.26）	1.通過戴傳賢、胡漢民、葉楚傖、陳果夫提出黨義黨德之標準案，並交宣傳訓練兩部作爲宣傳訓練之準則（9.13）
29.7.25（3.27）	1.葉、陳、余井塘報告，審查高統勳案，查前次中央取消其通緝，顯有姦人蒙蔽，請嚴查仍予通緝，決議交中央監察委員會議處（9.44～45）
29.7.12財（5）	1.青島特市指委會造送青島《民國日報》經常費、開辦費預算書，及該會宣部呈報，購買膠東新報舊機器於本月一日籌備出版等情。中宣部審核：購置舊機開辦費減爲 7000 元，除由青島接受專員公署津貼 1000 元所餘 6000 元應予照發令該報社實報實銷，經費擬准予照發 1000 元，決議是，核准該報社經常費爲 3425 元，中央月補助 1000 元，餘 2425 元由青島市政府按月照發開辦費由中央發 6000 元。（9.55） 2.平漢路特黨部籌委會宣傳委員茹馥廷經中宣部，呈財會，原核定該會宣傳費資每月 650 元不敷支用，請變更預算增加宣傳費 300 元，決議：俟正式黨部成立後再議（9.56） 3.婦女共鳴社請補助該社半月刊經費每月 400 元，中宣部審查該社刊物立論向屬妥善且爲本黨婦女主持之唯一婦女運動刊物，決議補助 200 元由七月份起（9.56） 4.江蘇電政管理局函稱，中央社自 1927 年 10 月份起至本年四月份止共計結欠新聞電費洋 234151.15 元，未領。現因修理杆線需用鉅款，肯將結欠付清嗣後照章付現，否則須先付半數或按月給八千元以維電政。中宣部請中央社預算書電政費項下按月追加 1000 元，決議：緩議（9.58） 5.准中央秘書處呈報，東北《民國日報》的開辦費 9570 元，每月經常費 7200 元，每月收入以 2000 元計，每月津貼經常費爲 5210 元，核准撥交國民政府令飭遼吉黑三省政府共同負擔。並函國府令遼吉黑政府照辦（9.59）
29.8.1（3.28）	無相關議題
29.7.24財（6）	1.中宣部爲無哈日報亟應革新，請增加該報津貼 3000 元案，決議加經費 1500 元。（9.82） 2.注中宣部請迅予以核發華北日報社添設印機臨時費 3000 元（9.82） 3.上海特市執委會擬舉行反俄大宣傳，請撥發特別費 1 萬元，決議發臨時宣傳費 3000 元。（9.83） 4.准中央圖書館籌備會准予撥發 8000 元建一臨時藏書館（9.84～85）
29.8.8（3.29）	1.中組部調查，駐日總支部執委會常委周咸堂擅發「五卅宣言」詆毀中央案，前據該執委會呈報停止周之常委各職並請開除黨籍，准予推薦。並送中監會。又據該部執委王培仁陳述此案係周個人行動。（9.107～108） 2.中宣部提出出版法條例原則草案，決議送政治會議交立法院（9.110） 3.決議：前宣傳部草擬黨徽黨旗法，黨國旗使用條例，黨國旗製造條例及對黨國旗禮節各草案一案，令准葉楚傖、古應芬審查（9.110～111）

	4.中宣部，呈據福建省指委會呈據建甌縣指委員會上海天際醫室發行肺形草藥名濫用黨徽爲商標，又據各種商品濫用總理遺像及中上爲物品名，函請國府轉商標局嚴禁：決議：函國民政府轉令商標局遵辦。（9.116～117）
29.8.15（3.30）	1.山西省執行委員會宣傳部呈送在郵局檢得陝西省黨務指委會民眾訓練委員會即行之民眾半月刊，言論反動詆毀領袖，攻擊中央不遺餘力。中宣部查陝西省指委會前因主辦之中山日報公然反動，經 25 次常會議決得該省指委會黃統等七人一律撤職查，但該省黨務尚未切實整頓，因之此類反動刊物層出不窮，關係甚爲重大，應如何迅速整理，俾使根本取締案，決議：反動刊物函國民政府查禁，糾正整理交宣傳、組織兩部辦理。（9.126～127）
	2.中國府文官處函轉天津特別市社會局局長魯蕩平呈擬改組河北《民國日報》意見，准宣部審查意見：河北《民國日報》辦理不當，從未報告工作來部，曾予警告，仍未改善。當茲河北省執行委員會自動離職之際，宣部更無從負指導之責，請暫時停辦，由中央派員接受，另籌設改組計劃（9.127～128）
	3.將中宣部提議擬具全國重要都市郵件檢查所組織通則交葉楚傖、王正建、王伯群三委員審查，由葉召集。（9.128）
	4.通過葉楚傖等 9 委員報告防止反革命案。（9.136～137）
29.8.29（3.31）	1.中政會函送修正通過，中宣部所擬出版條例原則草案，並請交立法院（9.159）
	2.修正通過王正廷、葉楚傖、王伯群的「全國重要都市郵件檢查辦法審查修正」案（9.165）
	3.准中宣部審查蕭吉珊等呈送紀念丁未黃崗一役殉難烈士辦法一案的意見：不必另設委員會主持，甲、丁、戊三項交廣東省黨部辦理，乙、丙兩項由國府轉令廣東省政府查核辦理，所有建築物經費，即由該省政府籌（9.165～166）
	4.蔣委員中正函，以北平民國日報時有反動言論，請收回北平市黨部辦理或停止其津貼等，中宣部查該報言論失當，迭經警告在案，准宣部自本月份起即行停止其津貼（9.166）
	5.准中宣部提議，爲推廣宣傳指導外報便利起見，與上海文匯英文晚報訂立契約，按月津貼該報國幣 2000 元。（9.166～167）
29.8.9 財（7）	1.對上海特市指委會呈，經費困難，民訓會預算 3155 元，監委員 1000 元，反俄大會 7639.76 元，請電匯 3000 元，令生活費津貼無著落，決議：除臨時宣傳費由宣傳部核覆外餘照前案（9.179）
	2.山東省黨整委會請准月增經費 5000 元並造具預算書，決議：1、膠濟路由路局另撥，2、中央已有黨報無庸另設機關以上兩項已 x 4000 餘元在案，整理期內仍照前案辦理。（9.180）
	3.中宣部，據中央日報社呈以奉發清債任積欠款項被曾前任移墊遷移費洋 8117.97 元，決議所欠起交政治會議核銷。（9.186）
	4.爲裝運前武漢圖書編印館印刷機件費用請撥發 7000 元在案，准中宣部請先行撥發 3000 元交該部匯漢，待常委批准後再補發 4000 元一併實報實銷。（9.186）
29.8.16 財（8）	1.上海日報工會管際安函，美國記者團來華批評中語對係詆毀，恐返美後散佈惡言並經該會決定先將美記者團設招釋，登各報加以批評，再由中國評論社發刊專號加以糾正，業蒙蔣主席嘉納允助經費，擬籌 5000 元請補助。准中宣部請發該部 1000 元以轉發之。（9.192）

	2.浙江省執委會呈，浙省扣發該會應領經費自由津貼國民新聞社，經呈請訓令省府不得越權支配扣發在案，頃准浙省財廳函撥該會四月九日之六月份積欠仍將省府津貼國民新聞社四個月經費 4800 元和除經呈核示並肯訊令浙江省府將擅扣之經費如數補發案，決議：以前由省政府直接發給不必追溯以免糾紛，以後由省黨部發給，省政府不必另撥以免重複。（9.194） 3.中宣部爲派員接受武漢圖書編印館印刷機件費用，經呈請先行撥發大洋七千元以資應用，業以領到 3000 元匯漢在案，茲據張秘書廷書送次電請續匯款項接濟等清，查所稱屬實，相應函請訊將未發之 4000 元即日撥發，決議：照給 4000 元（9.195）
29.8.23 財（9）	1.上海特市執委會於二月舉行市民反俄大會，已匯撥 3000 元，不敷之數業已造具決算，電請匯撥 1 萬濟急各在案，迄今多日未蒙照發有懇請迅電匯反俄餘費 4639.36 元及經費 1 萬元。中宣部核對該會呈送市民用回中央收回中東路主權大會，決議擬定辦法（1）由中央加發 1000 元（2）餘由該市府核發（3）嗣後凡臨時用款非經中央核准不得時候請發，決議：照宣傳部所擬辦法（9.197～198）
29.9.2（3.32）	無相關議題
29.9.5（3.33）	1.中宣部提議，查關於對新聞出版之前檢查，對於新聞事業之影響極爲重大，亦爲全國新聞界最感困難之一事，經再四審議，認爲此項出版前之檢查，應一律停止，並請遍令各級黨部，並函國府通飭所屬一體遵照案，決議：凡新聞紙之一切檢查事宜，除經中央認爲有特殊情形之地點及一定時期外，一律停止。（9.235） 2.修正通過中宣部提出的日報登記辦法（9.235）
29.8.30 財（10）	上海特市執委會呈的爲收回租界宣傳費，至少需 1500 元，決議爲在平時宣傳費內開支（9.245～246）
29.9.（3.34）	1.中財會提議，准陳果夫、葉楚傖提議擴充中央廣播無線電臺案，經中央 18 次常會通過在案，查機價銀約 60 萬元可分四期交款，房屋約需十萬元亦可陸續交付，現第一期至少需銀 20 萬元，請籌的款備領，又擬聘總工程師一人，月薪至少需 400 元，其餘工務方面人員亦請特予規定，不按中央職員生活費標準支給一案，經第 11 次財務會議決定辦法五項：1、每月在中央經費內提撥 2 萬元存儲，2、暫在華僑捐款項下借 20 萬元，按月還 2 萬元，從第四期歡慶機款後撥換。3、餘候向承購人商定詳細付款等方法後，並案呈請常會核准。4、技術人員薪給另辦。5、三全大會餘款及國慶紀念餘款，罰金黨員印花，浴室盈餘，本年六月份及以前之各項利息，概行撥交，決議：第二項改爲十五萬元餘照通過。（9.287～288） 2.准中監會函，天津特別市黨部宣傳部長周仁齊及該部秘書周德峰，宣傳荒謬，污蔑中央，決議永遠開除黨籍。（9.290）
29.9.12（3.35）	1.河南省指委會呈送擬辦河南《民國日報》計劃書、組織大綱草案及預算案，中宣部認爲河南地居中原實有設置黨報之必要，核發經常開辦費一節請將原預算書送中財會核定確數，函交國民政府轉飭河南省政府照發，決議：照辦預算書送財務委員會（9.300） 2.北寧鐵路特別黨部籌備委員會呈，擬《北寧日報》計劃及開辦經常費。中宣部查所請設立北寧日報殊切需要，請將預算交中財會核定後交國府令鐵道部轉飭北寧路局照發，決議：交回宣傳部另行計劃（9.300） 3.中宣部擬具中央印刷所組織原則及籌備開辦費預算表，決議：照辦，名稱改爲中央黨部印刷所，預算交財務委員會（9.300～301）

29.9.6 財（11）	1.江蘇電政管理局函催撥付中央社積欠銀費，截止 6 月份止共 258541.265 元。中宣部擬議辦法自本年 7 月份起應按照各處電費 1/10 付給電局至，以前給欠應請中央函國府轉令交通部准其正項核銷，決議：並前案（9.309～310） 2.《華北日報》社稱，該報欠河北電政局報費截止本年 5 月底止 16941.92 元，若不如數撥付，電政聲稱不負傳遞責任。中宣部呈請一面函請交通部轉飭河北電政局仍准該社繼續記賬，決議：令照新聞電辦（9.310） 3.陳果夫、葉楚傖提議籌發擴充中央廣播無線電臺經費及規定技術人員薪級案；決議：一、每月在中央經費內提撥 2 萬元另行存儲。二、暫在華僑捐款項下借 20 萬元按月還 2 萬元後第四期付清機款後還返。三、餘候向承購人員定詳細付款方法後並案呈請常會核准，四、技術人員薪給照辦。五、三全大會餘款及國慶紀念餘款，罰金黨員印花，浴室盈餘，本年六月份及以前之各項利息，概行撥交。
29.9.19（3.36）	1.將中宣部提議的讓國府通令全國從 19 年 1 月 1 日起，凡商標賬目，民間契約及一切文書薄據等，一律通用國曆上之日期，並不得附用陰曆函交國民政府酌辦（9.329） 2.中宣部提議，請確定宣傳訓練兩部工作職權案（本案係第 19 次常會會議，交宣傳訓練兩部查復由戴傳賢劉盧隱葉楚傖陳果夫四委員會同研究擬定解決辦法）決議：關於學校用教科圖書類之編審事宜定為訓練部之主管工作，關於教科圖書以外一切出版品編審事宜定為宣傳部之主管工作，如需要共同工作事宜，由兩部各就其主管性質彼此通知會同辦理。（9.342）
29.9.23（3.37） （臨時常會）	1.中宣部提議請速規定黨務工作人員制服，並限用國產材料，通令各級黨部一律切實遵行案，決議：原則通過交法規編審委員會擬定施行辦法（9.383） 2.准修改中宣部提議，請修改日報登記辦法第六條第一項，「須填繳保證書」改為「須填繳志願書」案。（9.383～384） 3.中宣部提出首都國慶紀念八方四項，並附業在準備中之國慶紀念宣傳品名目，決議：一、由中央黨部本京特別市黨部召集各級共同負責籌備，二、由中央撥洋 8000 元作宣傳印刷費，交中央宣傳部辦理，撥 5000 元補助籌備處費用。三、宣傳品由中央宣傳部編印。（9.384）
29.9.26（3.38）	報告事項：宣傳部報告；其它無相關議題，且報告內容也無。
29.9.20 財（3.12）	1.中央會計科畫撥廣播無線電臺各項收入數目共計 45074 元（9.404） 2.針對中央印刷所預算案，決議：函覆宣部關於開始建築及維持工人生活等費先付 3 萬元餘再議（9.405） 3.上海特市黨部宣傳部再請准予照撥收回租界宣傳運動費一項 1500 元，中宣部上呈後決議是「緩議」。（9.405） 4.中央秘書處函為河南《民國日報》預算經 35 次常會議決送交本會審核，決議：照准飭撥（9.409） 5.中央秘書處為奉常委批交太原《民國日報》社經費預算書，決議：照准飭撥。（9.409）
29.10.3（3.39）	1.對中宣部提議規定邊遠省區之黨務，應先集中於宣傳工作案，決議：交宣傳組織訓練三部會同核議（9.424） 2.第 9 次常會通飭各省市縣黨部籌設圖書館，中宣部擬具各省市黨部宣傳部圖書館設立辦法。提議請通令各省市黨部遵照辦理，並函國府轉令各

	省市政府照撥開辦經常費，俾資成立，再各縣黨部籌設圖書館事宜，應由各省黨部負責籌劃案，決議：交財務委員會（9.425） 3.通過中宣部提議，規定中央對於政治方面之一切決議，國府概不發表爲中 x 交辦之件，省以下之黨部，對於地方政治之建議，其同級政府亦同樣辦理案。（9.427） 4.中宣部提議調查黃花崗之役烈士之後裔，予以適當補助，決議：交宣部委託革命紀念會詳細調查列表具報（9.427～428）
29.9.27 財（3.13）	1.浙江省指委會呈國民新聞社並非黨報，浙省政府酌予津貼，並從該會經費項下扣除，要求中常會函以後該社津貼由省黨部給一節，預算書中並未列入，請查前卷再令國府直接撥付案，決議：國民新聞社應否繼續津貼可由該省黨部斟酌辦理（9.431） 2.中宣部呈派遣趙雨蘇接受河北民國日報遷津籌備，業已接受完竣，請陳常委函國府轉飭津市政府先撥該報籌備費 5000 元，決議：由市府撥 3000 元爲搬遷及籌備費。（9.434～435） 3.中組部轉據三藩市支部呈請每月另加津貼 2000 元，決議：津貼特別宣傳費 2000 元自 10 月份起。（9.435） 4.准葉楚傖、劉廬隱爲邵委員主辦之《建國月刊》，請求中央按月酌予補助 500 元。（9.435）
29.10.7（3.40）臨時	中宣部呈報編輯中國國民黨年鑒第一卷的經過，擬就征集材料方案，確定編造方案，於一月內編輯完成，再編輯年報委員會負責年鑒最後審定之責，於一月內即組織成立，決議：辦法通過，即常務委員會審定，不必另組年報委員會（9.454）
29.10.4 財（3.14）	中宣部轉送浙江黨部擬具舉行全省宣傳會議預算書，請核定轉省府照撥案，決議：費用由省撥給，另請秘書處通知各省市凡此種會議須先呈中央核准。（9.459）
29.10.17（3.41）	1.針對中央組織、宣傳、訓練三部，僑務委員會及外交部函第 33 次常會交審查關於外交部擬覆海外黨務意見一案，決議：1、海外黨部從事黨務工作不妨礙當地治安，二外交部向各國建設，：1、承認各地黨部爲合法機關，在各該地得只有公開辦理，對於黨員非經法定正當手續，不得妨害其自由及安全，2、三民主義書籍及本黨各種宣傳品，不得加以扣留。（9.470～471）
29.10.11 財（3.15）	准中宣部提請按月津貼《北平導報》3000 元，並從 10 月份起（9.480）
29.10.21（3.42）	1.准葉楚傖、劉廬隱提議爲北平《民國日報》，經中央第 31 次常會停止津貼後，已努力改善其態度，現值北方多事，本黨宣傳尚感單薄，擬暫許恢復其原有津貼，同時由宣傳部逐日審查其紀載案。（9.506） 2.中宣部函送天津《民國日報》組織大綱草案，及經常費預算書，請核定並轉國府轉飭天津特別市政府按月照發案。說明：一、中宣部前以河北民國日報辦理不當，提議請暫令停辦，由中央派員接受，另籌改組計劃，當經第 30 次常會決議照辦，嗣該報擬具接受改組辦法四項：1，北平已有黨報，該報移至天津出版 2、遴派趙雨蘇赴平接受，並赴津籌備，3，電河北省黨部轉飭該報遵辦，4、預算俟接受後核實編造呈送核定後，由天津市政府撥給，經常會批准照辦在案。二、第 13 次財會核定撥給籌備費 3000 元，由天津市政府照發，決議：組織大綱應改爲組織簡章，由宣傳部審定經費預算交財務委員審核。（9.506～507）

29.10.24（3.43）	報告事項中有宣部報告，但無內容，其它未涉及相關議題。
29.10.28（3.44）	無相關議題
29.10.25 財（3.16）	1.湖南省黨務指委會爲所辦《中山日報》曾經呈請增加月支經費 1000 元，開辦費准支 2651 元，均未覆，特轉核示；又國府文官處函據湖南省政府呈覆湖南《中山日報》開辦費實超中央核准預算洋 1651 元，決議：開辦費已付者可不還，每月增加者不准。（10.16～17） 2.中宣部呈，請核發南京特別市執委會特別費 1000 元，整頓首都油漆標語案，決議：由宣部規定必要處所更實預算再議（10.19）
29.10.31（3.45）	1.中宣部提議，爲海外反動分子到處活動，反動宣傳更爲猖獗，擬派定海外黨務宣傳視察員，以期整頓海外宣傳工作，並訂辦法案，決議：原則通過，其派遣方法及公眾要領，由中央組織、宣傳訓練三部會同決定（辦法附後）（10.36） 2 准中宣部提議，爲中國於暹羅因未締結條約，以致華僑屢被虐待，黨務橫被壓迫，凡駐暹總支部之結社、集會及三民主義之印刷品，均不能在該國自由散佈，如被發覺，輕者驅逐，重則監禁。現在僑胞方面企求政府與暹訂約之呼聲甚爲迫切，請函令國府轉飭外交部速與暹羅進行訂約事宜，以保僑民而利黨務案。（10.37）
29.11.4（3.46）	1.對中宣部提議爲擬具的「訓政時期黨義宣傳方針與方法」案，決議交回宣傳部修正提會審查。該案是本屆第 2 次全體會議，訓政時期黨務進行計劃案第二項及縣以下各級黨部之工作，應以集中工作於縣自治爲原則，而以（一）黨義之宣傳，（二）社會之調查（三）地方自治之督促，三種辦法行之，關於第一項之方針與方法規定由中央宣傳部詳細規劃，限兩個月內頒發之。（10.56～57） 2.中宣部提議，核定增撥宣傳工作活動費每月 5000 元，按月撥交應用案，決議：交財務委員會（10.57～58）
29.11.7（3.47）	1.准中宣部呈爲河南黨務整理未久，工作未見緊張，擬請即電何應欽就近負責指導，依照中央決議，集中宣傳工作，喚起民眾，促進討逆，並分電該省黨務指導委員會遵照案（10.69）
29.11.14（3.48）	1.中宣部提議，爲香港反動報紙異常猖獗，經先後查禁，苦無積極的指導民眾之新聞機關，再四籌維，認爲設置中央直轄黨報實爲刻不容緩之圖，茲擬具香港設立中央直轄黨報辦法，並開辦費經常費各預算書案，決議：原則通過，其辦法及預算，由宣傳部會同胡漢民、孫科、吳鐵城商定之。（10.77） 2.中宣部提議爲日報登記辦法案，業經第 33 次常會通過，令飭遵行，其外國人在中國境內所辦之報紙及通訊社，按之主權法理自應一體遵照，但揆諸目前外交情勢，事實上似不無問題，應如何辦理，期與主權外交兩無窒礙之處案，決議：俟出版法頒佈後再議（10.77）
29.11.8 財（3.17）	1.中宣部函請核准天津民國日報社經常費支出預算書案，決議：核准每月 7000 元由市政府照發（10.85）
29.11.18（3.49）	1.駐日總支部執委會呈，中國青年黨、中國國家主義青年團級改組派在日本大肆活動機器猖獗，應如何取締案，決議交組織宣傳訓練三部長妥議防止消弭及取締方法呈會由訓練部召集（10.98）
29.11.21（3.50）	1.中宣部提議，爲準駐日總支部辦一周刊，每月由中央撥給 500 元並責令依照下列方針切實進行：（1）國內政治經濟的建設宣傳並辯證反動刊物的政治攻擊（2）指出各類反動集團危害黨國之陰謀，及其利害衝突之弱點，並說明又有現在的中央能負以黨訓政，以黨建國之責任（3）覺

	醒日本民眾，反抗其帝國主義的侵略政策，及煽動中國內亂之新聞政策（4）以豐富的材料發揮三民主義的學理案，決議：維在經常費項下增加 500 元，辦法照宣傳部意見通過。（10.113～114）
29.11.25（3.51）	1.決議指定陳玉科爲雲南省指委會宣傳部長，彭綸爲四川執委會宣傳部長。（10.125）
29.11.22 財（18）	1.中宣部函請審核山東民國日報爲擴充篇幅增加每月經常費預算書案，決議：所加預算及全部修正爲每月 5000 元改由省政府照撥，經理編輯之組織由黨部政府商定扔受中宣部所派社長指導（10.127） 2.中宣部轉送江蘇省黨報預算表，請轉核實案：決議：暫緩（10.127） 3.中宣部函核議鄂省黨部特種宣傳經費數目並函國府轉飭鄂省府照撥案：決議：1、特種宣傳機關無存在之必要，宣傳費連已由省府撥付不得超過 3500 元。1、以上兩點交宣傳部照批。（10.127） 4.中宣部因海外各報館新聞電訊費由收電人擔任，惟照章程在發報之電局先行存款一月，擬請中央墊付撥案，決議：暫行照辦，另交宣部向無線電臺接洽，比較經濟辦法。（10.128） 5.中宣部函請核定閩省指委會宣傳部藝術宣傳設計委員會經費案，決議：無例可援不發（10.129）
29.11.28（3.52）	第 146 次常會議決議，將「訓政時期黨義宣傳方針與方法」案交回宣部重新修正，此次修正完畢再呈，決議：交葉楚傖、劉盧隱詳細審查後發表（10.163）
29.12.2（3.53）	1.針對中組部提議，江蘇省黨部自成立以來，所屬下級黨部時有反動情事發生，其執行委員中且有反動主要分子，監察委員未能盡職案，決議：解散江蘇省執監委員會，另派張道藩、吳保豐、葉秀峰、祈錫勇、朱堅白、張淵揚、武葆岑七人爲該省黨務整理委員會，並指定祈錫勇爲組織部長，張道藩爲宣傳部長，吳保豐爲訓練部長。（10.177） 2.修正通過中宣部提出重新修正該部組織條例。（10.180）
29.11.29 財（2.19）	1.中央秘書處函中宣部提議的駐日總支部擬辦一周刊，每月由中央撥給 500 元，經中央第 50 次常會議決經費項目下增加 500 元，案，決議：加黨務經費 500 元自 12 月份起（修正預算數爲 2940 元）（10.187） 2.中宣部函爲決定建築中央印刷所徵用土地之房屋樹木等給價數目，並擬就致土地局公函一件，又函請飭所撥中央印刷所未領之 7 萬餘元迅速如數撥給等案，決議：先撥給 5000 元下次再議（10.188） 3.中宣部提議按月撥給四川民報經費五百元案，決議：由宣傳部活動費項下開支（10.189）
29.12.5（3.54）	1.中央組織宣傳訓練三部，呈奉 45 次常會會商海外黨務宣傳視察員派遣方法及工作要領，會商結果是每區由組織宣傳訓練三部各派一人，決議：派遣方法修正通過，工作要領照辦，預算交財務委員會（10.208） 2.中央組織宣傳訓練三部呈會商第 51 次常會，中國國民黨實施黨員訓練之基本原則一案，決議交訓練部再議。（10.208～209） 3.中宣部呈提議，爲據湖南省指委會宣傳部長電稱，所屬中山日報經費原定 3080 元，因擴充篇幅非增加 1000 元不敷開支案，決議：通過，送中財會（10.209） 4.通過中央訓練組織宣傳三部爲第 49 次常會據駐日支部呈請取締東京各種反動分子活動一案，決議交三部妥議，防止消弭及取締方法等因，茲遵由訓練部邀同組織宣傳兩部代表議定防止消弭及取締在日反動分子之辦法七項案。（10.211）

29.12.9（3.55）	中宣部提議修正各級黨部宣傳工作實施方案中之區分部及區黨部宣傳工作實施方案，決議：修正通過（10.237）
29.12.12（3.56）	香港黨報董事羅延年等電稱，報紙決於款到 10 日內出版，暫定資本 10 萬元，先電匯 5 萬元開辦，餘仍肯陸續匯下，中宣部查所稱各節尚屬切要，香港爲反動淵藪，此項黨報尤應積極進行，決議：交財務委員會（10.272）
29.12.16（3.57）	1.楊愛源等文電稱到察哈爾並報告相關事項，其中有查禁反動新聞由（10.278～279） 2.中宣部提出第 50 次常會交擬之告全體黨員書，請核定並報告，同時交擬之告武裝同志書，業經常委會核定，先行發表，並請追認案，決議：通過（10.279～280）
29.12.13 財（20）	1.中央秘書處函爲湖南中山日報經費增加 1000 元（第 45 次常會）（10.293） 2.中央秘書處函爲準宣傳部提議擬具各省市宣傳部圖書館設立理由及辦法，經常會決議交財會核辦，決議：緩議（10.287） 3.中宣部呈爲據漢口特別市黨部臨時整委會宣傳部呈，奉令籌辦郵件檢查所，已籌商辦法，請撥付 600 元，電漢口市政府照付案，決議：返回漢口市政府接洽（10.287～288） 4.中宣部爲請飭中央印刷所未領之開辦費 73718 元。茲准財委會函知縣撥 5000 元急需款案，決議：撥 1 萬元由政治會議借用（10.288）
29.12.19（3.58）	報告事項中有宣傳部報告，但無相關議題。
29.12.23（3.59）	1.通過中宣部提議，由中央慰勞蔣中正。因在改組派勾結國內外反動軍閥，當東北對俄異常吃緊之際，煽惑叛變，泰豫桂粵，騷然不靖時，賴蔣中正同志奉命討伐，奮揚武威等。（10.346）
29.12.20 財（21）	中宣部函送南京特別市整理標語預算表，決議：在該市宣傳費項下分期支撥。（10.352）
29.12.26（3.60）	1.修正通過中宣部擬具的民國 19 年元旦舉行撤廢領事裁判運動辦法，及請迅電各省市黨部一體遵行並函國府轉飭遵照辦法案。
29.12.30（3.61）	1.中宣部提議請函國府通令禁止本京各機關另設廣播無線電臺以免擾亂中央播音聲調，分散宣傳效力，如爲學理之探討，供實驗起見，只批准限用七個半瓦特之電力，及 200～550 公尺之波長，暫行試驗，仍不得按時放送節目，其已經設立之廣播無線電機，一律以此標準，概予以取締案，決議：照辦（10.371）
29.2.27 財（22）	會議討論了中央所屬各部處會每月經費預算，自 1930 年 1 月起實行。其中宣傳部預算費 38230 元。（10.375～376）
30.1.6（3.62）	無相關議題
30.1.9（3.63）	1.對中宣部提議的爲擴大國際宣傳起見，請將該部現有之國際科改組，設立中央國際宣傳局，隸屬於政治會議外交組，並受中宣部指導，附擬辦法案，決議：原則通過，交政治會議討論（10.392）
30.1.13（3.64）	無相關議題
30.1.10 財（23）	無相關議題
30.1.16 財（65）	無相關議題
30.1.20（3.66）	無相關議題

30.1.17 財（23）	1.中宣部函爲中央印刷所收用土地房屋樹木花竹價值及草房折遷費共9458,9 元案，決議：先撥 5000 元餘數續付（10.451～452） 2.中宣部函請迅予核發中央印刷所所需用經費案，決議：款照付向政治會議借撥。（10.452） 3.中宣部函請轉陳核發武漢日報社年底工友雙薪補助費 1000 元與該社本月份經常費同時撥發案，決議：交回宣傳部辦理（10.452）
30.1.23（3.67）	無直接相關議題，但此次會議通過了文化團體組織大綱案。
30.1.27（3.68）	1.中宣部提議，請規定中央派赴各省市黨部收音員生活費由中央廣播無線電臺依照收音員任用規則，達黨部幹事薪級，隨時考覈成績，函知各該但黨部，照額增列經常費項下支付，至於工程材料及辦公郵電各費仍暫在各項宣傳部活動費項下支用，至於應付添派收音員及助理人員之各級黨部屆時再行增加，以應需案，決議：准照幹事支薪由各地宣傳部職員生活費項下發給，工程等費仍暫在各該宣傳活動費項下支用（10.490～491）
30.1.24 財（3.25）	內有各省市黨部撥發經費 145917.831 元。（10.494～495）
30.1.30（3.69）	1.中宣部提議，嗣後電影審查之權，應以直屬中央爲原則，所有地方黨部負責審查之規定，以及政府機關頒佈之檢查規則一律廢止，另由中央頒佈審查條例並於上海天津兩地啥呢里審查機關，由宣部直接管轄，以一事權而期實效案，決議：1、由各地市政府教育局負責，2、甲地審查後乙地等免檢查，3、檢查條例由宣部草擬呈會（10.502） 2.中宣部呈爲該部編撰科主任因鄭重色人選起見，迄今久懸，擬請以方治問題該科代理主任，決議：照辦（10.506）
30.2.3（3.70）	中宣部呈報遵照中央決議派員會同外交部所派人員辦理改組英文導報之經過情形.請核備案由（11.3）
30.26（3.71）	無相關議題
30.2.10（3.72）	1.陳果夫、葉楚傖呈報籌備擴充中央廣播無線電臺辦理情形，及選擇德商律風根公司承辦五十基羅瓦特電力播音機原由案，決議：照辦（11.30） 2.中宣部呈爲關於外國人在中國境內所辦之報紙及通訊社，應否登記前經決議俟出版法頒佈後再行核辦在案，惟查外人在我國創辦之日報遍佈通商巨埠，大抵造謠侮辱儘其煽惑之能事，亟應加以適當之限制，以減少反動宣傳保持國家主權，茲由部商得外交部同意擬就外報登記辦法十條，以作管理外報之標準案，決議：交國民政府轉飭外交部辦理。（11.30～31）
30.2.7 財（26）	1.秘書處函爲準中央政治會議秘書處函爲重要印刷所建築費借款 18000 元奉抄查照（11.33） 2.對中宣部提案確定各省各特別市各鐵路特別黨部宣傳經費案決定下次再議。（11.34～35） 3.中宣部呈，北平指委會宣傳部呈，撤廢領判權宣傳方法七項並肯請補助宣傳費。宣部審查後擬准予該指委會原活動費項下增發 300 元，決議：應由該市指委員會活動費下開支。（11.36）
30.2.13（3.73）	無相關議題
30.2.17（3.74）	無相關議題
30.2.14 財（3.27）	中宣部提議請確定各省各特別市各鐵路特別黨部宣傳經費案，決議：照審查意見辦法（11.58）

30.2.20（3.75）	無相關議題
30.2.24（3.76）	無相關議題
30.2.21 財（28）	1.宣部提議，中常會呈爲據北平市指委會宣傳部長李遠大函稱該會每月全部活動費 1500 元，該部僅分配得 150 元不敷用以致工作困難，請辦理，查各特別市黨部活動費分配比例宣傳部應得全部三分之一，該部應得 503 元，今每月僅 150 元，未與中央規定不符，應請迅飭北平特別指委會自三月份起務必遵中央規定，以利宣傳，決議：緩議（11.87～88）
	2.中宣部呈常會爲據天津特市整委會宣傳部先後呈電，以該部經費減半工作緊張，請補助經費至少月撥 400 元，自 2 月份起，宣部查照天津爲反動宣傳匯集之地，特請補助 400 元，決議：緩議（11.88）
30.2.17（3.77）	1.中宣部劉副部長盧隱報告天津民國日報經費原係市政府撥發，現市府延不發給，意在使該報不能照常出版本部以在此時期津地宣傳工作重要，經電匯 3000 元接濟進行，特報請鑒核並予追認。（11.115）
30.3.13（3.78）	無相關議題
30.2.28 財（3.29）	1.中宣部提議對閻宣傳異常緊張一切進行端賴經費提請撥發特別宣傳費 5 萬元歸該部隨時應用，將來實報實銷案，決議：照准（11.149）決議：准發短波發報機款 1580 元（11.149）
30.3.17（3.79）	1.中宣部呈送的中國國民黨年鑒稿件，決議推陳立夫邵元沖劉盧隱審查，由陳召集（11.156）
	2.葉楚傖呈爲近奉國府新命，勢難常在首都，中央宣傳部長職務，事實上決難兼顧，請即日准予解除，免妨黨務進行案，決議：葉委員楚傖既難常在首都，中央宣傳部長一職，准由劉副部長盧隱代理。（11.158）
30.3.14 財（3.30）	1.秘書處函常會交下中宣部，總理逝世五週年宣傳品印刷費一次撥發 6000 元國幣，決議：照發（11.162～163）
	2.駐日總支部委員會呈撥發總理逝世五週年紀念會用費國幣 500 元，決議：照付（11.163）
30.3.20（3.80）	無相關議題
30.3.24（3.81）	1.陳立夫、劉盧隱、邵元沖審查第 79 次常會交中國國民黨年鑒，決議交黨史史料編纂會重編（11.176）
	2.中宣部呈關於駐暹羅總支部黨務指導委員會呈，以華暹新報停版，本黨喉舌中斷請指示辦法等請，茲擬 1、援美洲少年中國晨報前例，由中央一次補助國幣 2000 元令即繼續出版 2、新聞電由中央通訊社免費拍發，三由中央選派幹練同志前往任總編輯，是否有當，決議：照辦（11.177）
	2.中宣部呈爲第二第 148 次常會決議通過之指導黨報條例及設置黨報條例，施行已久，關於組織管理逐漸發現未盡妥當之處，亟應加以修正，以臻妥善，擬具修正指導黨報條例草案，請核議示遵，至原設置黨報條例，應即廢止案，決議：1、指導黨報條例修正通過，2、設置黨報條例應即廢止（11.177）
30.3.27（3.82）	1.中宣部呈送電影檢查條例案，決議：送政治會議交立法院按左列原則制爲法律由政府頒布施行：1、電影檢查事宜，由各特別市政府負責辦理，但特別市黨部應派員參加指導，2、甲地檢查後乙地等免檢查，3、檢查手續應力求簡單與迅速，4、國產影片免收檢查費（11.200～201）

30.4.3（3.83）	1.陳果夫、葉楚傖報告簽訂購擴充中央廣播無線電臺電力所需機械合同，請鑒核並函政府備案（11.215） 2.中監會函，山西省監察委員會呈黨員田兆渭言論激烈措施失當，決議予以警告。（11.215） 3.中監會函駐南洋英屬總支部執行委員會呈黨員余訓先宣傳反動言論，決議停止黨權三個月，予以警告（11.216） 4.中宣部呈，據津浦路特別黨部執行委員會呈請規定六月一日爲總理奉安紀念日，並列革命紀念日一覽表，決議是不必規定。（11.219） 5.中監會函，南洋英屬總支部執行委員會呈報，黨員劉旭光在星洲日報發表攻擊黨部詆毀黨員及破壞黨的決議一案，予以永遠開除黨籍，決議照辦（11.223） 6.中監會函，河南省黨務指導委員會呈報，開封市黨員趙自鳴爲該市宣傳部長，竟加入改組派，言論反動請准予開除黨籍並飭國府明令通緝，決議：照辦（11.224） 7.中監會函，爲準移送駐安南總支部執行委員會呈以該部民國日報管理委員鄧學如、劭壯志，勾結改組派把持黨報攻擊中央，又西堤支部執監委員梁次達等四人與鄧等聯同一起，自行宣傳停止工作，經決議永遠開除黨籍，鄧學如、劭壯志、楊獲洲、趙澤華、黃靜波六人永遠開除黨籍，決議：照辦（11.224～225） 8.中監會函，爲準移送駐安南總支部執行委員會呈，以高棉支部黨員馮覺愚攻擊中央，詆毀三全會，爲改組派做宣傳，曾根榮譽馮狼狽爲奸，近議決，馮永遠開除黨籍，曾開出黨籍一年。（11.226） 9.中監會函，首都衛戍司令部特別黨部執行委員呈，黨員丁在寬言論乖謬離間官兵感情，決議永遠開除黨籍（11.226～227）
30.4.7（3.84）	1.湖北省黨部某縣幹事朱蔚武言論荒謬違反紀律，停止黨權半年（11.253） 2.中宣部呈爲十七年年鑒事。（11.260）
30.3.28 財（3.31）	1.中央圖書館籌備委員會請撥 5307.3 元購置書架，決議：照准（11.267） 中央財務委員會第 31 次會議記錄，1930 年 3 月 28 日
30.4.10（3.85）	無相關議題，其中多爲中監會懲戒黨員的報告和議題
30.4.14（3.86）	1.中宣部呈爲中央津貼海外黨部經費用途之分配，前經審定爲（甲）小學教育經費、（乙）識字運動費、（丙）國際宣傳費但按之實際殊有變通辦理之必要，特擬具辦法五項，決議：各級黨部經費支配辦法雖定對於海外黨部之津貼應於三項用途中專辦一項其辦法由宣部定之（11.304）
30.4.11 財（32）	1.中央秘書處會計科報告支付中央印刷所經費情形計付 11.0458.9 元（四月十日止），尚餘 9780 元（11.312） 2.中宣部函撥發製印獎慰討逆軍人袖珍日記十萬本需國幣 6000 元，決議：下次再議（11.314～315） 3.中宣部提議請續撥對閻特別宣傳費 5 萬元，又函請將北平民國日報英文導報華北日報中央通訊社北平分社等每月之津貼非及經費按月由本部領作特種宣傳費用，決議：準備特別宣傳費 5 萬元（11.315） 4.中宣傳呈常會文爲據吉林省龍井村商埠、民聲社關俊彥等呈，爲該社經費斷絕勢得停刊，懇請補助等，查該報爲本黨忠實同志所經營，宣傳主義開發人心成績甚佳，擬每月津貼國幣六百元，決議：在津貼各報經費項下移發。（11.316） 5.決議：中華電訊社津貼自四月份起停發（11.316）

30.4.17（3.87）	1.中監會函，准移送前江蘇省執委會呈報，太倉縣黨員朱鐵夫主辦莫邪報文字措詞荒謬穢褻詆毀縣黨部，傷害風化，經同級監委會議決，停止黨權三個月（11.326）
30.4.21（3.88）	蔣中正等 12 委員提議，改定注音字母名稱爲注音符號並擬具推行辦法案，決議：通過（11.346）
30.4.24（3.89）	1.修正通過中宣部擬具的各縣市郵電檢查辦法（1.361） 2.中監會函，中組部移送山東黨務整理委員會呈報，滋陽縣黨部執委董錫璋幹事於敦友發表發動言論，又諸城縣黨部宣傳部部長王卓先對於該部出版之黨聲，言論反動，顯係加入改組派，最後決議均開除黨籍（11.362）
30.5.1（3.90）	1.山西省執行委員會呈，閻錫山於 3 月 22 日派軍警包圍該省黨部及山西民國日報館大事搜查，擅家封閉之經過，請轉國府迅速討伐以振紀綱（11.381～382） 2.中監會函爲移送河北省黨務整理委員會呈報，唐山市指委會宣傳部所發表軍事壁報，造謠惑眾，助長反動，決議將該市指委會宣傳部長許文星撤職，並永遠開除黨籍。（11.386）
30.4.25 財（33）	1.中宣部呈核發製印獎懲討逆軍人袖珍日記十萬本，需經費國幣 26000 元，請核發，決議：核定 1 萬元。（11.392）
30.5.8（3.91）	1.中宣部呈爲據四川省黨務指委會宣傳部部長彭綸電，稱川省交通不便，反動派極其囂張，宣傳工作至爲重要，該部宣傳經費可否照邊遠省區推及，以黨部經費三分之一爲標準，決議：照准（11.409～410）
30.5.15（3.92）	1.代宣傳部長劉盧隱赴滬請假 1 日。（11.437） 2.中宣部提議爲國旗體制問題。（11.439）
30.5.9 財（3.34）	1.南京特別執委員會呈補助五月份革命紀念經費 2500 元，決議：由該部黨部活動費項下支付（11.452） 2.漢口特市黨部臨時整理委員會根據該會宣傳部擬具的五月各革命紀念宣傳品翻印，等需 2200 元，決議：由該黨部活動費項下支付（11.452） 3.中宣部提議爲駐法總支部印字機一部合價 500 元，決議照付（11.452） 4.中宣部函請核定補助新京日報書數目，決議：按月津貼 1000 元，自五月份起。（11.452～453） 5.中宣部函爲本京時事月報社請予每月津貼經費 800 元，決議：按月津貼 500 元，自 5 月份起。（11.453） 6.中宣部函請將北平英文導報之津貼暫行移作英文周報經費支付該部，以期早日開辦，決議：照發（11.453） 7.中宣部函請撥發香港黨報進犯或確定分歧撥發辦法案，決議：發 7000 元餘俟籌備就緒後再議（11.453） 8.中宣部函爲據南洋荷屬總支部請接濟荷屬民國日報經費按，決議：按月津貼 1000 元自 5 月份起。（11.454） 9.中宣部函據國語統一籌委會駐京辦事處請補助國語注音符號無線電話傳習會經費，決議：俟中央通盤籌劃後再議（11.454）
30.5.22（3.93）	1.中宣部呈爲據中央第 20 次常會通過頒佈之革命紀念日簡明表記革命紀念日紀念儀式，根據施行以來之經驗，及各地宣傳人員之報告，感覺有亟待修正之必要，（1）減少紀念日數（2）合併性質相類似之紀念日增入革命殉難烈士紀念日（3）刪除影響較小之紀念日，以集中宣傳力量

	增進紀念意義茲特分別擬具修正草案，請核定後再草擬紀念日史略及宣傳要點案，決議：推蔣中正、吳敬恒、王寵惠、胡漢民、譚延凱、鄧澤如古應芬、戴傳賢、邵元沖、葉楚傖、林森張繼 12 委員審查，由胡漢民召集（11.486～487） 2.中宣部呈請慰勉將中正，決議：電文修正通過（全文附後） 3.中宣部呈擬任代理編撰科主任方治為編撰科主任，決議：照准任用（11.488）
30.5.16 財（3.35）	無相關記錄
30.5.29（3.94）	1.中宣部函為定於本年七月第一個星期六日——世界合作紀念日——起由各省各特別市黨部宣傳部會同當地省市政府舉行合作運動宣傳周，並由各省黨部宣傳部轉飭各縣市黨部會同，縣市政府同時舉行，以廣宣傳，除分別函令外，請查照轉陳案（12.3） 2.中宣部呈，奉批交克與額恩克巴圖兩委員請開辦蒙漢文合刊日報一案，囑將組織系統等項擬定，再將預算交財務委員會，核議等因，茲經復加審核擬定辦法二項：（1）宜加藏文改日報為周刊（2）宜定為重要直轄並將蒙藏委員會所辦之蒙藏周刊接受歸併，至應需經費按照實際需要之最低限度另造預算計每月共洋 3805 元，以上各節，如蒙核准，即請（1）函行政院轉飭蒙藏委員會將所辦之蒙藏周刊社連同房屋用具等項及職工姓名履歷一併造冊移交職部接受，其每月津貼該刊之 1600 元仍照舊繼續，按月撥發交職部轉發（2）經常費預算除抵扣行政院原津貼 1600 元外，不敷之數，請交由財會核定，按月照發，決議：照辦（12.10～11） 3.中財會呈，為奉第 90 次常會交調查前軍隊政治訓練處經常額及其分配一案，經派員調查擬具報告案：（說明）第 90 次常會據中央宣傳部呈，為現值討逆期間，軍隊宣傳工作至關重要，請（1）修正軍隊特別黨部師執行委員會組織條例，增設宣傳科以專責成（2）增加軍隊黨部幹部經費並輔助戰時經費等情，經決議（1）師執行委員會組織條例暫緩修改（2）交財會調查前政治訓練處經費額數及分配再由常務委員決定，決議：交組織宣傳訓練三部會商辦法（12．12～13） 4.中監會函，為轉送中宣部呈報荷屬棉蘭新中華報言論紀載屢見反動，該報經理陳勁倪、編輯洪警民均繫本黨黨員，應寓於處分，決議二人開除黨籍（12.16）
30.6.5（3.95）	1.中監會函，中宣部函為奉飭查明安徽民國日報副刊登載迹近共黨，宣傳文字又登載該省下級黨部反對中央圈定之省監委一案，經飭據該省執委會宣傳部呈業經將該報副刊晨光編輯高歌，黨務編輯陸善議一併撤職，編輯主任卓衛之予以警告，決議。照辦（12.43）
30.5.30 財（3.36）	1.中宣部函請核定平漢鐵路特別黨部討逆宣傳隊經費案，決議：在該特別黨部活動費項下支（12.46～47） 2.照付中宣部函請撥付中央黨部印刷所開辦費 16467.18 元（12.47～48） 3.中宣部函請轉陳核發河南省黨部討逆宣傳經費，決議：已發 2000 元在中宣部討逆宣傳費項下核扣（12.48） 4.江蘇省整委會呈請補助延巡宣傳隊經費 3000 元，決議：准予補助函江蘇省政府照發（12.48） 5.中宣部函為據青島特別市黨部指委會宣傳部呈，每月津貼青島民報經費等，決議：每月津貼 1000 元，由市政府按月核發自六月份起（12.49）

30.6.12（3.96）	1.據福建省黨務指導委員會呈報，甘澧爲宣傳部長，康紹周爲福建民國日報社社長（12.68） 2.准中宣部呈通令各級黨部，凡各級黨部主辦之黨報，均應直轄於各級黨部宣傳部，由宣傳部直接負責管理監督指導之，即以前直接隸屬於各級黨部者，今後亦宜該隸於各級黨部宣傳部，以符修正指導黨報條例而利宣傳事業之進行案。（12.70） 3.中監會函，據中組部函，山西省執行委員會呈報，郭樹棟、武肇煦等八人組織小組，散發反動文字，經同級監會議決，除武肇煦一人經中央開除黨籍，其餘郭樹棟等七人永遠開除黨籍，決議是，郭樹棟、武德頤、孫培文、賀紀堂、王朋江、王聰之、李樹葉均永遠開除黨籍（12.72）。
30.6.6 財（3.37）	1.中宣部呈據中央日報社爲擴充篇幅，請每月加撥經常費 7243 元，並撥發臨時費 5150 元，擬准予照發，決議。追加預算及臨時費均照准自 7 月份起（12.80） 2.中宣部據駐南洋英屬總支部呈，添辦英文報與馬來西報合辦，請補助資本，決議：緩議（12.82） 3.中宣部函請遴選派專員充任本部各附屬機關會計，決議：（1）先擬定會計人員任用條例（2）會計人員服務規則由中央秘書處任用。（12.83）
30.6.19（3.97）	1.中央組織、宣傳、訓練三部會呈，改組四川黨務，決議交下期常務委員談話會討論辦法之後再行決定（12.94～94） 2.中宣部呈召集推行國曆經過，決議交交下期當我委員談話會討論辦法之後再行決定（12.95） 3.中宣部呈，調查黃花崗之役各烈士後裔，生還烈士合計 339 人，死難烈士計 48 人，決議：交撫恤委員會（12.98）
30.6.26（3.98）	1.中宣部呈報召集推行國曆會議經過並呈送大會決議案，決議修正爲「推行國曆辦法」六項，交政治會議轉送國民政府（12.122） 2.中央財務、宣傳、組織、訓練呈，奉 94 次常會關於增加軍隊黨部平時經常費並補助戰時經費一案，擬定辦法四項（1）軍隊黨報平時經費預算根據財會所擬定原則辦理（2）在戰時每月增加宣傳費 400 元，行軍費 600 元（特黨部內部 240 元，每團 60 元以六團計算）（3）前政訓處經費全部依歸中央事作支付軍隊黨部經費之用（4）各師黨部每月收入所得捐暨黨費數目，須按月呈報中央，即在應發之經常費內扣除，決議：交常務委員談話會討論（12.123）99 次常會，議決暫不規定一般原則，酌量各部隊情形隨各個決定辦法，政訓處無專款（12.155）
30.6.20 財（3.38）	1.中宣部函爲籌辦英文民族周刊，除將北平英文導報每月津貼 3000 元移撥外，計尚欠 2627 元，決議：通過預算每月暫照發（12.127） 2.中宣部函請增撥中央社武漢分社每月經常費 159 元，決議由中央通訊社經常費項下撥發（12.127～128） 3.決議：（1）核發東京直屬支部每月經費 1200 元宣傳費 400 元，自六月份起（2）神戶支部 500 元，橫濱 400，長崎 400，仙臺 300，均是直屬支部，均每月自 5 月份起（12.128） 4.中宣部請據爲文化日報呈請津貼 500 元，決議：暫緩（12.128～129） 5.中宣部函，核議河南省特別宣傳隊經費，自六月份起，每月撥發津貼 1000 元，決議：自 6 月份起每月津貼 1000 元，在中央討逆宣傳費項下。（12.129）

30.7.3（3.99）	大體通過中央組織、宣傳訓練三部呈審查軍隊特別黨部工作綱要一案（12.150）
30.6.27 財（3.39）	1.十九年度中央黨務經費每月預算案，（419300 元）：決議，1、預算案暫通過自七月份起實行，2、中央秘書處不得支付超過預算案之款項（12.159～160） 2.中宣部函送創辦亞細亞半月刊預算表，請按月撥發日金 500 元，又據駐日總支部所辦之海外評論既已停版，該項津貼請予停止案，決議：自 7 月份起每月津貼國幣 600 元（12.161） 2.中央秘書處函為據地 94 次常會據宣部擬定開辦漢蒙藏周刊，預算每月共洋 3805 元，除接受蒙藏委員會所辦之蒙藏周刊，原有津貼每月 1600 元，抵扣外不敷之數交財會安，決議：每月津貼 2000 元，6 月自宣部接受之日起補發津貼（12.161） 3.中宣部函審送中國文藝社經費預算書，每月經常費 1740 元，活動費 160 元，請予以按月撥發 1 年，決議：暫緩（12.161～162）
30.7.10（3.100）	1.中宣部呈前請修正革命紀念日簡明表記革命紀念日儀式一案，經 93 次常會議決推蔣中正胡漢民十委員審查，決議：革命紀念日簡明表及革命紀念日史略及宣傳要點均修正通過。（12.201）
30.7.17（3.101）	無相關議題
30.7.4 財（3.40）	1.中宣部臨時提議增加預算案，決議：暫緩（12.245） 2.中宣部臨時提議撥發討逆宣傳費，決議：由秘書處準備下次報告數目（12.246）
30.7.24（3.102）	中宣部呈請修正中央印刷所章程第四條條文，決議通過（12.270～271）
30.7.18 財（41）	中央 6 月份總收 116991.042，總支 279.852.170，所得捐總收 88570.272 支 25657.435。（12.276～277）
30.8.7（3.104）	1.決議：由宣部起草堆特局宣言經常務委員核定文字即行發表（12.340） 2.中宣部呈為湘贛匪共組織反動宣傳隊分向民眾及軍隊大肆煽惑 x 辭所蔽影響甚鉅，中央各部隊自政治部取消後，缺乏專責人員主持宣傳，茲擬於湘贛各軍隊中設宣傳大隊，特擬具各師宣傳大隊組織大綱暨預算書案，決議：通過預算交常務委員談話會再加審定（組織大綱附後），函總司令部通令各軍隊尊重宣傳人員以利工作進行（12.340）
30.8.14（3.105）	無相關議題
30.8.8 財（3.42）	1.中宣部提議擬具討共宣傳大隊經費每月預算簡表計每師 2234 元，決議：酌予增加核准每月預算 2794 元送請常務委員談話會核定（12.358～359） 2.中宣部函請核發宣傳品印刷費 28457 元，抄附預算書，決議：先準備 1 萬元（12.359）
30.8.21（3.106）	無相關議題
30.8.15 財（43）	1.秘書處函為裁兵協會餘款實存 85545.65 元.經報告中央第 101 次常會決議.發借中央廣播無線電臺建築費.函達查照（12.388） 2.准中宣部函送中國文藝社重造核減預算書，請核准開辦費 200 元，按月撥發，經費費 1570 元（12.390～391）

	3.中宣部函請核議自 7 月份起文匯報停止津貼之 2000 元移撥英文民族周報之不足數案，決議：暫照辦連前核准 3000 元共計 5000 元。（12.391）
	4.浦民枉函爲廣州日報經費支絀，日前曾具文呈請中宣部按月補助 3000 元，決議：仍函該省政府照舊補助（12.391）
	5.中宣部函據江蘇省黨部宣傳部請補助共信月刊經費，決議：不補助（12.391～392）
30.9.4（3.107）	1.秘書處報告上上星期一（8 月 25 日）常務委員會談話會以上海特別市執行委員擅將呈報改組上海《民國日報》呈文披露於各報，毀壞黨報信用，忽視紀律，經決定予以申戒並飭查明負責人員呈報議處。（12.405）
	2.中央組織訓練宣傳三部會擬海外黨務工作綱要，請議，決議：保留（12.411）
	3.通過中宣部呈擬就的肅清匪共宣傳辦法及肅清匪共宣傳方略案（411）
30.8.25 談話會	1.中央組織訓練宣傳三部會擬就海外黨務工作綱要，請議，決議：保留（12.453）
	2.通過中宣部呈爲擬就各縣肅清匪共宣傳辦法及肅清匪共宣傳方略案。（454～455）
30.9.11（3.108）	1.中監會呈，南京特市執行會呈報該市第八區一、三兩分部委員巫寶三、駱繼綱言論反動，經江蘇省整理委員會函請首都警察廳緝捕在案，現據該區監委員賀知詩提出檢舉，決議開除黨籍。（12.464～465）
30.9.18（3.109）	無相關議題
30.9.12 財（44）	1.駐東京直屬支部整委會呈請增撥該會宣傳費國幣 800 元自 8 月份起轉飭財會賜予撥發，決議：增加宣傳費 300 元連前衛 700 元自九月份起。（12.477）
	2.上海特市執委會尊令定於 8 月 29 日舉行鏟共討逆祝捷市民大會，經費 1780 元，請撥發，決議：應在該會經常費項下開支所請不准（12.478）
	3.中宣部函指山東民國日報暫由山東省整委會接受出版之及經過，並舉該會呈請中央撥發經費等，決議：函國府由魯省照原預算數按月撥發（12.478）
	4.中國合作學社稱，該社二年來工作情形，定於本年十月九日至十三日在杭州舉行第二次年會，經濟困難青補助合作運動宣傳費每年至少五萬元項下撥助 1000 元，決議：准補助 1000 元（12.480～481）
30.9.25（3.110）	1.何應欽電，關於宣傳隊組織事，現遵照中央通過之組織大綱先成立第一大隊，擬劉廣爲隊長並以中央派來各同志分任各項職務，責令剋日組織成立.及歸行營直轄，稱爲武漢行營第一宣傳大隊，派赴共區不必各師分設，以便統一指導，將來如有必要再組織第二第三大隊，可否盼覆（12.493）
30.9.19（3.46）	中宣部函爲轉呈嶺東民國日報預算書及廣東省宣傳部原呈，請查核辦理案，決議：無案可稽（12.499）
30.10.2（3.111）	1.中監會函，爲據中宣部呈駐英屬 xx 支部黨員蓋渭橋主辦檳榔嶼小報宣傳反動，煽惑僑胞，迭予取締，迄無結果，請給該員開車黨籍，決議：照辦（13.5）
30.10.9（3.112）	無相關議題

30.10.3（3.46）	1.中宣部函請自十月份起恢復華北日報社及中央社北平分社經常費原預算，決議：預備照發（13.21） 2.照准中宣部函請，自 8 月份起撥發新亞細亞月刊每月經費 1600 元，又英文民族周刊每月不敷經費 627 元，並核發，決議：1、新亞細亞月刊准予備案，由革命外交經費移撥；2、英文民族周刊照預算除移撥文匯報津貼 2000 元外不敷數 3627 元照准（13.21） 3.中宣部函爲請將北平英文導報每月津貼 3000 元自十月份起照舊撥發，至英文民族周刊請照原預算另撥補充案，決議：並第二案。（13.22） 4.駐東京直屬支部整委會呈，爲本屆國慶紀念節擬印行雙十幾年特刊及在青山會館舉行國慶大慶祝會，請迅電匯日金 600 元，決議：國慶紀念由各地自行捐資辦理（13.23）
30.10.16（3.113）	1.中央組織宣傳訓練三部會呈，爲遵照第 18 次常務會談話會決定共匪猖獗區域內黨務進行辦法原則三項，擬具剿共區域黨務進行暫行辦法、剿共區域黨部臨時組織條例，請核，決議：交回談話會再行討論，並請朱培德、方覺慧參加（13.56）
30.10.23（3.114）	1.中監會函據中宣部，函爲巴城新報機泗濱新報言論反動迭予警告毫無覺悟，查該報總編輯謝佐舜葉善如均爲本黨黨員，請予以開除黨籍，決議通過（13.69） 2.中監會函爲准駐南洋荷屬總支部監察委員會呈報，巴達維亞黨員黎尚恒等四人假借名義濫發代電攻擊該會檢舉同級執委會常委張公悌等侵佔黨所基金一案，該執委會宣傳部主任徐一球主編該黨民國日報副刊 xx 登載影射鼓動文字，似此法外煽惑均屬違反紀律，決議：蔡尚恒、李菊輝、馬建桂、張劍舉、徐一球五人予以警告。（13.70～71）
30.11.6（3.115）	1.政治會議函爲關於電影檢查條例一案，前經交立法院按照四項原則制爲法律，茲據函覆經第 113 次會議通過，電影檢查法 14 條，並說明該法第二條之規定維與原則第一項標準微有出入，然按諸原則第三項力求簡單迅速之旨，似更貫徹等，業經第 248 次會議通過。（13.78） 2.中宣部呈爲討逆軍事業告結束，檢查新聞已屬無此必要，擬請明令停止檢查，並肯訓令各級黨部屬行新聞登記，藉防反動而便指導案，決議：照准函國民政府並通令各級黨部（13.82～83）
30.10.24 財（47）	1.中宣部函爲捐助加拿大醒華日報鉛字經中央印刷所估價爲洋 1821.6 元.決議：准在津貼加拿大總支部款內分期扣付（13.94） 2.中宣部函請補發軍人袖珍日記超過核定印刷費 2387 元，決議：照發（13.95） 3.中宣部函請自十月份起恢復北平民國日報原有津貼案，決議：保留（13.95） 4.中宣函請爲文化日報呈請津貼應否予以津貼，決議：緩議（13.95～96） 5.中宣部函擬給俄羅斯研究社每月津貼 300 元，請核議，決議：照准自 11 月份起（13.96） 6.流露文藝社蕭作霖等呈請津貼以便續刊流露月刊案，中宣部擬請月給該刊津貼 200 元，決議：准每月給 200 元自 11 月份起，俟陳立夫審查後在定（13.96） 7.中宣部函請將新亞細亞月刊每月經費 160 元仍照原預算核准由中央按月撥發，決議：核准每月經費 1600 元自十月份起（13.96）

	8.中宣部函爲據陳暑木同志等請給予暹羅晨鐘日報津貼，請查照，決議：准在津貼暹羅總支部款內按月撥 300 元自 10 月份起（13.96～97） 9.中宣部函請自本月份起每月擬提撥 7000 元由該部支配平津各報津貼以宏宣傳效力，決議：照准實際支出由宣部隨時報告（13.97） 10.中宣部函爲據南洋英屬檳榔嶼光華日報附刊英文東方向導周刊請求津貼，擬請自本年 11 月份起每月津貼該刊物國幣 500 元，決議：暫緩（13.97） 11.中宣部函爲據新西本通訊社呈請每月津貼 500 元，擬請准予照廣州通訊社之例按月津貼，決議：准每月津貼 200 元自 11 月份起（13.97）
30.11.24（3.116）	1.葉楚傖提議爲身兼別職不能專心任時，請准予辭去中央宣傳部部長職務，另推同志專任案，決議：准予辭職繼任人選下次再定。 2.秘書處報告河北省黨務整委會等五黨部呈送各級黨部每月預算表，並經中財會核定。 3.決議：（1）暫定華北各省市鐵路黨部經費預算如左：河北省黨部 15460 元.天津市黨部 12300 元，北平市黨部 11500 元，北寧路特別黨部 4700 元,察哈爾省黨部 8000 元，天津市各下級黨部暨民眾團體津貼 2000 元。以上兩項均自 11 月份起發給。（13.107）
30.12.4（3.117）	1.國民政府文官處函爲第 115 次常會通飭各地停止檢查新聞案,已分令總司令部行政院轉飭所屬一體遵照。（13.115） 2.通過經常務委員談話會議決的黨務經費案。該案係常務委員會於第 4 次全體會議上提出，並原則通過，實行日期及詳細辦法有常會研究規定。研究結果是，黨費以自給爲原則，並明確了黨費範圍及三項原則，並擬交財會。1、黨部之職員生活費單純事務費及活動費稱爲黨費；2、黨部之事業費如七項運動宣傳刊物報館津貼等類，其性質乃屬於社會教育及文化事業，原文政府應辦之事，不過由黨代辦，其經費仍應由政府供給，但不能列入黨費預算；3、現在中央經費如僑務委員會黨史委員會廣播無線電臺中央政治學校革命先烈撫恤派遣黨員留學等費，均非單純之黨費應劃歸政府開支但仍由中央承領轉發。（13.119～120） 3.中央黨部印刷所印刷事務紛繁，常務理事一人不能兼顧，准中宣部提議增加常務理事爲三人，並將該所章程第四條常務理事一人修正爲三人案。（13.135）
30.11.7 財（3.48）	1.決議：自 11 月份起武漢日報經費改由漢口市政府撥發 2000 元，餘由中央發給並函漢市政府不得支付中央未核准之款項（13.138） 2.駐東京直屬支部整理委會呈，爲本屆國慶紀念大會經費本係由本地各機關團體捐，應擔日金 300 元（合國幣 510 元），因東京支部駐京總支部歷次紀念大會經費均由中央津貼，現有成例，請准撥給雙十節紀念經費國幣 510 元以償欠債，決議：照原案辦理（13.139） 3.中宣部函爲倫敦直屬支部呈請援例撥給中文鉛字一副，決議：緩議（13.140） 4.中宣部函爲廣州特別市黨部函請補助廣州日報經費，決議：不必由中央補助可向省市政府設法（13.140） 5.中宣部函請核議准予增加時事月報每月津貼 500 元，決議：緩議（13.140）

30.11.28 財（3.49）	1.中宣部函送河南省指委會呈中央爲河南民國日報案，已經續出，請照核准預算轉飭照發並請在未撥發以前仍有中央每月補助 2000 元，決議：由河南省政府撥發（13.144～145） 2.中宣部函請發給北平民國日報 11 月一個月原額津貼 2300 元，自 12 月份起核減爲 1800 元，決議：照准（13.145） 3.中宣部爲據中央半月刊社函每月酌予該刊津貼千元，決議：每月津貼 1000 元（自 11 月份起）（13.145）
30.12.11（3.118）	中組部呈，安徽省黨務整理委員會委員熊文煦堅辭，決議：安徽省黨務整理委員會熊文煦撤職，遺額以陳一郎補充，該省宣傳部長職務准寧坤代理（13.189）
30.12.18（3.119）	1.中宣部呈，爲討逆軍事已告結束，反動分子紛紛逃往海外，難免不捏造種種謠言蠱惑僑胞，茲擬擇海外報舘託其代派中央電訊將黨國正確翔實消息，傳播海外，查中央津貼海外總支部之經費，前經指定專作宣傳用途，此項新聞電費，擬即以該項津貼移充，茲特繕具代派中央電訊報舘表，請核准，並通令各該地總支部知照案：決議：交回宣部再議（13.227～228）
30.12.12 財（3.50）	1.決議：新疆黨務特派員經費預算除日報社學校經費暫緩外治裝費應酌外核准（1）旅費治裝費 8000 元（1）生活費辦公費每月共 3000 元。（13.238） 2.中宣部函，爲國府文官處來函，據魯省府呈覆關於山東民國日報經費案，該省經費困難，肯附准減發一案，請轉陳等，決議：仍照前案撥發（13.238） 3.中宣部函覆轉希查日本研究月刊社呈請按月津貼 600 元，暫以一年爲期，審查意見認爲必要之刊物，決議：緩議再送宣部審查（13.240） 4.青島特市指委會呈爲青島民報挪借該會圖書舘經費前後事實，祈鑒核至中宣部，令准該款 2000 元核銷，決議：准予報銷（13.241）
30.12.25（3.120）	1.中宣部呈爲關於湘贛各軍隊中附設宣傳大隊，前經擬具各師宣傳大隊組織大綱及預算表，經第 104 次常會通過，茲查關於剿匪區之黨政事項，均由中央委託蔣總司令指導其剿匪宣傳似應一併劃歸指揮，以期劃一，決議：（1）廢止各師宣傳大隊組織大綱；（2）剿匪各部隊宣傳事宜統歸總司令指揮處理其應如何組織宣傳隊亦由總司令部另定辦法（13.286～287） 2.中宣部呈該部編撰科主任自方治奉中央派充青島特別市黨務指委會委員，呈請辭職後，黨派該科總幹事胡天冊兼行代理俟有相當人員再行補充，茲查有鍾天心堪爲充任該科主任，決議：通過（13.289）
30.12.29（3.121）	僅有兩項議題，蔣中正等 14 委員提出國民會議代表選舉法草案，其次是推蔣爲下星期一中央紀念周報告。無相關議題。
31.1.8（3.122）	1.中財會呈爲汕頭嶺東民國日報前經 15 年第二屆 11 次常會議決設立並補助經費 3000 元，現該報頗能獨立金鷹，無庸補助，茲經第 51 次會議議決撤銷補助費，除轉飭停發外，呈報備案由（13.339～340） 2.中監會函，山東省黨務整理委員會呈，黨員顏學回言論反動於石唐叛變之際，密赴各縣活動，肆意造謠，又淄川縣整委翰國楨與顏狼狽爲奸，決議永遠開除黨籍（13.354）

30.12.26（51）	1.中宣部函送留美黨員曹立濂等擬發行定期宣傳刊期，請求補助，決議：由宣部指導與在美格黨報聯合宣傳方法，所請補助暫緩（13.358） 2.中宣部函送重印剿共宣傳品預算計國幣 3450 元，決議：照辦（13.358～359） 3.中宣部函為檳榔嶼光華日報附刊之英文東方嚮導周刊續呈請求先行核准補助，俾便向外設法復版，決議：准予補助其數目俟刊復版後再議（13.359） 4.中宣部函擬由蘇省府按月津貼新江蘇寶 500 元，決議：準補助 500 元由省政府照發（13.359） 5.劉盧隱、馬超俊、余井塘、陳立夫四委員提議，查汕頭嶺東民國日報經 13 年 3 月 9 日第 2 屆中央第 11 次常會決議設立並補助經費 3000 元，現因該報頗能獨立經營，無補助應將前案撤銷，決議：准撤銷並報告常會（13.359） 6.中宣部函轉中央交下據廣東省黨部宣傳部呈稱嶺東民國日報社呈覆關於 15 年 3 月 9 日中央第 11 次常會議決創辦該報並停止津貼經費按，決議：查前案覆（13.359～360） 7.中宣部函，請核發印訂三民主義十萬本估洋 20376.91 元，決議印三民主義軍人精神教育合訂本 2 萬份，其預算下次核定（13.360）
31.1.15（3.123）	無相關議題
31.1.8 財（3.52）	1.中宣部函送印訂三民主義及軍人精神教育合訂本 2 萬份印費 2 角 3 分 8 釐 5 毫（0.2385 元）合約 4800 元，決議：照發（13.395） 2.中宣部函送，皖省黨整委會宣傳部前部長熊文照手向中央請求墊付特別活動費 2000 元之報銷，決議：送秘書處由特別費項下開支（13.395）
31.1.22（3.124）	參謀部呈送調查蘇俄最近在我國宣傳共產之情形及其軍隊駐我邊疆之地點數量說明書及附圖。（13.441～442）
31.1.16（3.53）	1.中宣部函為委託淩昌炎同志辦理北平學生刊物從事黨的宣傳此項設計極為必要，切實可行，擬定開辦費 300 元每月經費 1000 元，決議：照准（13.458） 2.中宣部函為據中國晚報社呈請中央自本年起每月加給津貼 5000 元，決議：准每月加津貼 500 元，自 2 月份起（13.458） 3.中宣部函為據時事月報社再陳該社經費情形，懇請再給津貼 500 元，決議：准每月增加 500 元自 2 月份起（13.458）
31.1.29（3.125）	通過中宣部呈送的該部組織條例修正草案。（14.14）
31.2.5（3.126）	1.安徽省黨務整理委員會推寧坤為宣傳部長（14.51～52） 2.中宣部呈為省及特別市黨部宣傳工作實施方案，自前屆第 192 次常會通過，頒行以來已閱兩載，根據以往施行之經驗，就現在事實之需殊有修正之必要，特擬具修正草案，請公決，決議：修正通過（14.57） 3.褚民誼、吳敬恒提議，為電影事業為各種事業宣傳之最利工具，其功遠在文字語言之上，當茲訓政時期，建設伊始，百廢待舉，欲圖辦各種事業必須先有相當宣傳，茲提議由中央組織中央電影文化宣傳委員會及組織草案，決議：交宣部審查（14.57）

31.1.30 財（3.54）	1.中宣部函送河南省政府呈覆撥發河南民國日報經費已由財廳按月津貼1000元，俟該報擴充業務再爲酌加情形請查照（14.61） 2.中宣部函爲本京外交評論社經費支絀，呈請按月津貼600元，決議：暫緩（14.64） 3.中宣部函爲據天津市黨部宣傳部以轉據該市民報社呈請，補助該部以黨務費迄今未撥定，對該報由維護之心無資助之力，轉請核定補助，決議：暫緩（14.64）
31.2.12（3.127）	修正通過中宣部呈擬的海外總支部及直屬支部宣傳工作實施方案草案（14.124）
31.2.19（3.128）	1.中宣部，青島特市宣傳部秘書吳尊明補方治的青島黨務指導委員的遺缺。方另外任用（14.175） 2.通過中央組織宣傳兩部呈送的處理福建省黨務糾紛的五項辦法。 3.中央宣傳部呈，爲上海民國日報之地位與歷史爲重要之黨報，茲擬請確定該報爲中央直轄，並推定張人傑、吳稚暉、于右任、戴傳賢、葉楚傖、劉廬隱、陳立夫七委員爲董事組織董事會負責整理：決議：通過（14.178～179） 4.中監會函，爲準移送江蘇省黨務整理委員會呈，據句容縣黨部執監委員巫蘭溪、胡傑、黃香山、張榮春、紀詳麟、王振堯、陳崇七人化名投稿反動機關出版之活力刊物，詆毀本黨鼓吹階級鬥爭，決議：黃香山、陳棠、王振堯等三人係被誘惑誤入歧途，情有可原，各給予開除黨籍1年，巫蘭溪、胡傑、張榮春、紀詳麟等四人反動有據，給予永遠開除黨籍。（14.182） 5.中宣部呈爲該部修正之組織條例規定設秘書二人至三人，蕭秘書同茲已派往北方視察宣傳工作，內部辦事，殊感繁重，準請任用方治爲該部秘書。（14.184）
31.2.13 財（3.55）	1.中宣部函送中央秘書處轉來天津市政府函覆天津民國日報經費已奉令遵辦等，請查照（14.186） 2.中宣部函爲據察哈爾省黨務特派員谷毓傑等請津貼察省民國日報社每月1500元，決議：催省政府實數照發，黨務經費日報經費在黨務經費內月撥1000元。（14.187～188） 3.准中宣部函爲開辦中央通訊社開封分社請撥發每月經費1000元（14.190～191） 4.中宣部函據哈爾濱濱江時報爲擬增加附張宣傳主義，請津貼，又准孫科等來該報函通前清擬每月津貼四五百元，決議：每月津貼400元自3月份起（14.191） 5 暫緩中宣部函爲送第三屆中央執監委員錄稿本1萬冊，附估價單。（14.191） 6.中宣部函轉瀋陽醒時報擴充計劃，擬給擴充費1萬元分五個月發給並補助每月1000元，擬津貼復旦通訊社每月2百元，決議：醒時報下次再議，准發復旦通訊社津貼200元自3月份起（14.191～192） 7.中宣部函爲據張君實呈請繼續發給民聲報津貼並補發19年5月至12月八個月津貼，決議：准每月津貼6百元自三月份起（14.192）

31.2.26（3.128）	1.中宣部函：陝西李範一敬電請接收西安日報改爲黨報，派員主持，並津貼經費，經已電覆決定令該省黨部接收由中央派員主持言論，並擬具預算，呈由中央核發津貼請查照轉陳由。（14.227） 2.甘肅省執行委員會多數委員言論荒謬行爲反動，經決議一律撤職，中監會議決：蘇振甲、駱力學、楊慕時、楊儉榮、李世軍、吳至恭等六人永遠開除黨籍，李環、王定元、王振綱、閻重義、潘鎮、王昇榮等六人開除黨籍三年，曾三省、何履享免予置議，決議：暫行保留俟調查實情再議（14.235）
31.3.2（3.130）	臨時常會，通過蔣中正等 12 委員提議制定約法，推吳敬恒等 11 人爲起草委員，吳敬恒、王籠惠召集。（14.263～265）
31.3.5（3.131）	准中組部、秘處、宣部、訓部，中央指定駐東京直屬支部執行委員會各科主任，劉莊爲宣傳科主任。（14.275）
	1.中宣部函送 19 年份該部經辦預約發售書刊數目及收入賬款表：19 年 7～8 月至 12 月，預約書刊收入報告，應收：3753.295 元，已收 3186.880 元，未收 566.412 元，應出（代）售書刊應收 5058.280 元，已收 1515.480 元，未收 354.800 元。（14.283～284） 2.中央統計處函，經商務印書館代售，須俟該館六月底結算特使能報告，又國民政府建都南京後各項革新與建設經時事月報社代售，夾售書價 30.21 元計支出 187.795 元，退書郵費 60.425 元。（14.284） 3.中組部、宣部函達：古巴民聲日報電已函中央會計科即發古巴總支部津貼 5000 元，歸還民聲日報債（14.285） 4.中宣部函送中央通訊社新預算書，月支出經費 2606.2 元，決議：預算准追加自 3 月份起實行，嗣後每月電稿收入繳會計科。（14.286） 5.中宣部函爲設置特別編撰員十人，每月需費 3500 元，決議：緩議。（14.286） 6.中宣部函送拍發海外各報電訊經費預算表海外黨報九處月需 5291 元，核准 3000 元由宣部重行計劃。（14.286） 7.中宣部函爲謀中央與重要省區之消息靈捷起見，擬在上海、漢口、瀋陽設置短波無線電收報機各一座，每座 4300 餘元，共需 1200 餘元。准先購兩架。（14.287） 8.中宣部函爲國民會議舉行期漸屆，擬添收音機，其購機費合計洋 12700 元：暫緩（14.287） 9.中宣部函送奉中央交下山西省執委會呈送山西民國日報擬購三號鉛印機一架並銅模等件，需洋 1 萬餘元，宣部擬核減約 8981 元，決議：准由中央分期撥發（14.288） 10.中宣部函覆日本研究月刊社請求津貼一案，經審核內容尚佳，可按月津貼該刊三、四百元，決議：准每月津貼 200 元自 3 月份起。（14.288） 11.中宣部函爲請在國民會議進行期內暫由中央增加天津民國日報每月經費 2000 元，決議：暫照辦（14.288） 12.中宣部函爲據文化日報來呈重申請准予每月津貼 1500 元，決議：每月津貼 500 元自 3 月份起。（14.289） 13.中宣部函爲據檀香山總支部第七次代表大會請求津貼中華公報，決議：准每月津貼國幣 1000 元自 3 月份起以 1 年爲限。（14.289） 14.中宣部函爲據趙素昂等呈擬發行中韓文刊物，請予以補助抄送計劃書清核議案，決議：緩議（14.289） 決議：駐檀香山總支部補助費停發（14.289） 15 中宣部函提請以 x 滿揚君完清理中央印刷所財產及制定該所一切成本會計賬冊職務，決議「暫由宣部聘請（14.290）

31.3.19（3.132）	1.中宣部函奉第 126 次常會交審查關於褚民誼、吳敬恒量委員所提組織中央電影文化宣傳委員會一案，經審查完竣，認爲中央電影文化宣傳委員會實有成立之必要，惟原案所擬之組織法有可商榷之處，特乃擬組織條例及進行計劃大綱草案各一件，決議：通過（14.310～311）
31.3.19 財（57）	1.中宣部函送上海電訊處預算每月需 773 元，決議：照發（14.315～316） 2.中宣部函請核發總理逝世 6 週年紀念宣傳叢刊即印費 7037.63 元，決議：照發（14.316） 3.中宣部函轉瀋陽醒時報所送擴充計劃，擬給擴充費 1 萬元分五個月發給並每月補助 2000 元。查 35 次會議議決，下次再議，決議：先給擴充費 1 萬元分 5 個月發給（14.316） 4.中宣部函送荷屬民國日報招股辦法，請轉陳備案，決議：准予備案（14.317）
31.3.26（3.133）	貴州省黨務指導委員會呈報改組，其中推定賀子濟任宣傳科主任（14.246）
31.3.20 財（58）	1 中宣部爲文化日報改名建業日報函達查照（14.361） 2.中宣部函：北平導報社呈請自 20 年 1 月起每月增爲國幣 4000 元，決議：從 4 月份起每月准增加 1 千元。（14.363）
31.4.2（3.134）	陳果夫、葉楚傖報告擴充中央廣播電臺籌備概況及建築工程招標選定華中營業公司，商定建造合同，計價 197601 元，於 2 月 27 日正式開工、請鑒核備案（14.395～396）
31.3.28 財（59）	1.中宣部函爲準復以拍發海外電訊經費預算一案，經提出 56 次會議議決准 3000 元由宣部重訂計劃，函達查照辦理，茲經另核計劃並附拍發簡則函達查照（14.407～408） 2.中宣部函爲據華北日報社呈請增加經常費每月 1000 元，擬請自 5 月份起如數增發，待金價紙落後即行停止，決議：（一）由中宣部統籌各直轄黨報通訊員集中辦法（二）催各直轄黨報每月收支報告（14.409～410） 中宣部函爲據哈爾濱東華日報呈計劃，決議：准每月津貼 500 元自 4 月份起。 3.天津整委會魯蕩平爲創辦社會雜誌，肯按月賜予津貼 2000 元：准每月津貼 600 元自 4 月份起（14.410） 4.中宣部函：詹顯哲函請核發訂購德譯戴委員孫文主義哲學的基礎 5 百冊，書價約洋 1600 元，決議：發 1000 元。（14.410～411）
1931.4.9（3.135）	無直接相關議題
31.4.16（3.136）	1.中宣部呈爲電影檢查法暨電影檢查法施行規劃，電影檢查委員會組織章程，業經政府先後公佈，所有各級黨部所設之電影檢查機關，自應一律撤銷俾一事權。請察核通令遵辦（14.468） 2.中宣部呈爲郵件檢查原爲防止反動宣傳品之流傳，同時又以不侵犯人民之正當言論爲原則，現查各地部檢工作，多有未妥，理合縷陳工作困難情形及其弊端，擬具整理計劃，決議：交回宣部另擬辦法（14.475～476） 3.中監會函：中宣部函爲暹羅中華民報編輯陳逸民屢登反動言論詆毀本黨，決議：永久開除黨籍（14.477）
31.4.23（3.137）	無相關議題，修正通過吳敬恒等 11 委員提出中華民國訓政時期約法草案，並決定提臨時全體會議（15.6）

31.4.17 財（60）	1.秘書處報告據會計科主任趙隸華呈稱中財會第 19、32 次兩次決議撥發中宣部討逆宣傳費共 10 萬元，嗣由宣部先後領取 145794.89 元.超出之數英如何處置請核示由（15.8～9） 2.中宣部函爲攝製國民會議電影照相需國幣 4190 元，決議：照發（15.13） 3.中宣部函爲山東省整委會呈以膠濟路特黨部發行膠濟日報，每月經費不敷 800 元，請咨鐵道部令膠濟路管理委員會按月照發一案，決議：照准（15.14） 4.中宣部函：顧祝同發起西北文化日報，請中央津貼千元，決議：准每月津貼 1000 元自 5 月份起（15.14） 5.中宣部函請核發華北日報損失費 1181 元案，決議：照發（15.14～15）
31.4.27（3.138）	1.中宣部呈爲查近來社會科學之理論書籍，充塞坊間，均多偏重介紹馬克思主義與國情不相容，請迅予確定，凡與我國國情不相容之理論論著概予禁止出版，俾審查或審訂理論出版品級原稿等工作有所根據，決議：推丁惟汾、于右任、戴傳賢、劉廬隱審查由劉廬隱召集。（15.53）
31.4.30（3.139）	無相關議題
31.5.4（3.140）	主題是國民會議.無相關議題
31.5.28（3.141）	剿匪宣傳隊第 52 師第六分隊電請示遵令後集會恭讀總理遺囑，其中開國民會議一語是否繼續仍舊誦讀案，決議：不能刪改交宣傳隊擬一說明，由中央通告各級黨部。（15.116）
31.5.30（3.142）	無相關議題
31.6.4（3.143）	陳果夫葉楚傖提議，爲擴充中央廣播電臺籌備工程，尚需國幣洋 121 萬元，請函國府令財政部迅行撥付並對各項進口機件概予免稅放行，以完成中央特創事業案，決議：通過（15.155～156）
31.6.8（3.144）	准中宣部臨時提出派員赴贛鄂等剿匪區域社址電影片，以暴露共匪罪惡，預算需經費 4000 元（15.170）
31.6.11（3.145）	1.141 次常會讓中宣部擬定說明，關於總理遺囑中開國民會議一語，是否仍舊誦讀，通告各級黨部，請轉陳察核由（說明附後）（15.173）
31.6.18（3.146）	無相關議題
31.6.24（3.147）	1.准中宣部所呈：當茲剿匪宣傳工作緊張之時，特編印剿匪宣傳品八種，計需洋 8322.323 元（15.237） 2.關於增加本會經費預算總額爲每月 50 萬元，決議通過，所有財政部積欠中央之款，並請政府飭令盡數付清。（15.242）
31.6.19 財（61）	1.中央秘書處函中央常會據中宣部提擬派員赴贛鄂等剿匪區域攝製電影片經費 4000 元案，決議照辦（15.247） 2.中宣部函爲轉請增加神戶直屬支部每月津貼 1000 元，又中央組織部函請增加神戶直屬支部每月津貼 200 元，仙臺直屬支部 100 元案，決議：准每月加神戶直屬支部津貼 200 元，仙臺直屬支部津貼 100 元，自 7 月份起（15.250） 3.中宣部函請自五月份起准予增加華北日報經費 1000 元，俟金價低落後即行停止案，決議：由中宣部派員調查後再議（15.250）

	4.中宣部函送山西省執委會請撥發山西民國日報購置印機不敷款一案，決議：不必購買舊機，按照原預算另行設法購印刷機。（15.250～251） 5.准中宣部函送中央贈送國議代表、總理遺教及遺像卡片鏡框各 1000 份需費 4986.915 元（15.251） 6.中宣部函擬定購英譯孫文學說 5 百冊需洋 1200 元：照付（15.251） 7.中宣部請撥給中央臺購機費 3000 元以便裝設陸海空軍總司令部傳話等機，向各部隊播音訓話，決議：照辦（15.251） 8.決議：發福建省黨部特別宣傳費 1 萬元（15.252） 9.中宣部函擬津貼漢口晨報每月三百元以一年爲限，決議：准每月補助 300 元，自 7 月份起 10.中宣部函送河南民國日報社經費支出預算書，每月 5565 元，除由省照發 3865 元外，請由中央津貼 1700 元，決議：由河南省政府照舊預算數撥，另由中央按月補助 1000 元自 7 月份起。（15.253） 11.中宣部函送綏遠民國日報預算每月 3985 元，決議：每月補助 2000 元自 7 月份起。（15.253） 12.中宣部函爲朱居正同志創辦紐約中山日報，決議：准每月補助 2000 元自 7 月份起（15.253） 13.蔣中正提議爲北平民國日報黃伯耀呈請增加津貼等情，擬每月增加（乙）千元，決議：准加 500 元自 7 月份起。（15.254） 14.照辦中宣部函，津貼新加坡民國日報每月 500 元，先由 19 年份英屬總支部津貼項下撥發（15.254） 15.菲律賓總支部代表方鍾微呈以中央津貼積欠八個月，請撥清作爲黨辦公理報基金，嗣後津貼千元劃 500 元衛該報補助之用，決議：補助 1000 元劃分辦法可照准由總支部辦理。（15.254） 16.中宣部函爲鄭州日報，請求補助，決議：暫由隴海路特別黨部酌量補助（15.254） 17.中宣部函據檀香山中華公報經理呈請增加津貼 1000 元，決議：候中央財政充裕時再行補助（15.254～255） 18.中央訓練部函：亞洲文化協會請每月津貼 3000 元，決議：仍照原案俟工作有成功時再議預算發還。（15.255）
31.7.2（3.148）	無相關議題，有黨國旗的相應討論
31.7.8（3.149）	無相關議題
31.7.16（3.150）	1.陳果夫、葉楚傖提議爲籌備擴充中央廣播無線電臺將近完成，特報告進行概況，並草擬中央廣播無線電臺管理處組織條例草案及組織系統圖，決議：中央廣播無線電臺管理處組織條例及組織系統圖修正通過（15.362～363） 2.中央組織宣傳訓練三部會呈，爲會同擬具萬寶山事件及反日人慘殺在韓華僑案舉行反日運動方式草案：決議：（1）方案推孔祥熙、葉楚傖、蔡元培、陳布雷、王正廷、邵力子會同中央三部審查。（2）密令各級黨部爲防止日本帝國主義趁機搗亂計，避免露天大會及示威遊行（15.364） 3.中宣部呈爲編撰科主任鍾天心辭職擬請任胡天冊同志爲編撰科主任，決議：通過（15.365）

31.7.10 財（62）	1.中央秘書處函以中央第 147 次常會決議撥中宣部編印剿匪宣傳品計 8322.323 元（15.367～368） 2.中宣部函請核議將海外新聞電報費增加為 5300 元案，決議：准增加為 5300 元（15.368） 3.中宣部函為據天津民國日報呈以金貴銀賤之秋季報尚未達營業化時期，仍請維持原案由中央月撥經費 2000 元，決議：暫准加 1000 元自六月份起由宣部派員調查（15.369） 3.中宣部函為山西民國日報請求補助經費案，決議：由省黨部會商省政府辦理（15.369） 4.中宣部函為派員添購修改電影片字幕材料計用 529.26 元，應請予追認以資案。（15.370） 5.丁作韶呈請補助論文印費 7000 法郎，題為（中國海關…）以資國際宣傳案，決議：不准（15.371） 6.關於增加津貼新加坡民國日報案，據本會秘書簽呈本案業經第 61 次財會議決每月 500 元先由 19 年英屬總支部津貼項下撥給，迭據吳士超函稱該報困難情形，決議：准照原案每月加發 500 元（15.371～372） 7.中宣部函據武漢日報社請撥特別宣傳費 1000 元，決議：准其在經常費項下作正開支實報實銷（15.372） 8.中宣部函西北文化日報社社長周中禮呈中央文件為經費不敷，請增加補助乙千元，決議：不准（15.372） 9.中宣部函據安南總支部呈請補助民國日報經費請一次發撥越幣 2 萬元，否則每月撥匯越幣乙千元，決議：核准每月 1600 元候特派員呈報中央後決定再發（15.372） 10.中宣部函請核議增加荷屬民國日報津貼至 2000 元，決議：照准自 7 月份起（15.372） 11.中宣部函轉送中央婦女日報請求津貼原呈一件，再本京婦女晨報前請津貼經批覆中央經費困難愛莫能助該報，同為首都婦女界主辦之報紙，決議：不准（15.373） 12.中宣部函送國華通訊社侯石年等請中央資助該社經費，決議：不准（15.373）
31.7.23（3.151）	1.秘書處報告上次常會關於中央三部提出為萬寶山事件及日人慘殺在韓華僑案舉行反日運動方法一案，當經決議推孔祥熙等六委員會同三部審查，旋准孔委員報告審查結果，將原案標題改為「為萬寶山事件及在韓華僑慘遭殺案舉行對日運動方式」，並將內容分別刪改其原草案第五章第四項及第六項改由中央分電王委員寵惠及駐外使領辦理，並附具修正方式一件到會，當以時間關係經陳奉常務委員核定提前頒行，特報告備案（15.409） 2.湖北省黨部臨時整理委員會呈報，遵照新組織條例變更組織，艾毓英為宣傳科主任（15.410） 3.黑龍江省黨部呈報，推於中和為宣傳科主任（15.411）
31.7.30（3.152）	1.外交部函送（1）關於萬寶山案致日本代辦照會底稿，（2）鮮人仇華暴動案與日代辦往來照會各二件，請查照轉陳由（15.434～435） 2.中央宣傳組織訓練三部函為關於通俗講演員檢定條例，經第 147 次常會議決交三部重行研究，遵經會商結果認為此項條例仍應存在並由中央交國府令教育部另訂通俗講演員獎勵辦法，決議：交常務委員談話會（15.442～443）

31.8.6（3.153）	1.告海外各級黨部書案，決議：通過交宣部發表（全文附後）（15.489） 2.中宣部呈爲剿赤勝利迄破匪巢前方將士 xxxx 後方民眾應舉行慶祝表示慰勞，爲此擬具舉行慶祝剿赤勝利大會辦法擬令各級黨部領導人民舉行決議：暫緩（15.489） 3.中宣部呈前據整理蒙藏周報辦法，呈奉核准照辦法在案，惟該社組織既感紛岐，人事亦復複雜，經考慮協商之結果，似以交還蒙藏委員會管轄爲宜，如蒙核准，請將中央月給該社津貼 2000 元撥交職部作爲今後擴充蒙藏黨務宣傳羅致蒙藏編撰工作人員之費用，以期對於迄奉中央加緊蒙藏宣傳之決議，得以次第實施，決議：交常務委員談話會（15.489～490）
31.7.31.財（63）	1.中央秘書處函爲宣傳部添用臨時工作人員 10 人，每月生活費共以 800 元爲限（15.497） 2.請修正通過中央黨部職員生活費登記表（15.498） 3.中宣部函爲據天津民國日報社呈以奉電准加經費 1000 元，因該社經費萬分困難維持非津貼 2000 元，原案無法維持進行；又天津民國日報代理社長魯蕩平呈陳該報奮鬥經過及經費困難情形，仍請每月由中央發 2000 元，決議：准再加 1000 元自 6 月份起有中央發（15.499） 4.中宣部函請轉陳核發中央日報社墊付寄贈海外留學黨員報紙郵費（自 19 年 5 月 10 日起至本年 6 月止）共計洋 1977.87 元，決議：准其做正開支實報實銷（15.499） 5.中宣部函爲奉交第九師特別黨部呈以奉命隨師出發南昌維經費支絀，按月補助 1000 元並酌發剿匪特別宣傳費，決議：由總司令部統一辦理（15.501） 6.中宣部函爲奉中央交到陸軍第一師特別黨部呈請月撥宣傳費 1000 元以便組織宣傳大隊，決議：並同前案（15.501） 7.中宣部函爲據警衛軍特別黨部籌委會呈爲組織宣傳隊，請予以月撥經費 1000 元，決議：並同前案（15.501） 8.中宣部函爲據天津民國日報呈請核發購置新五號字銅模款 2500 元，決議：暫緩（15.501） 9.蔡元培函請增加日本研究月刊補助每月 500 元俾可維持，又中宣部函轉蔡元培函同前由轉請核議案，決議：准加 300 元連前爲 500 元自 8 月份起（15.502） 10.中宣部函爲本京國民周刊社請每月補助 500 元，決議：准津貼 200 元自 7 月份起（15.502） 11.中宣部函爲據緬甸仰光覺民日報總經理黃壬戊同志等請撥款津貼以資維持等，查該報努力海外宣傳駁斥反動似宜酌予津貼，決議：准每月津貼 500 元（15.502～503） 12.中宣部函擬按月給予四川新報津貼 300 元，決議：照準自 8 月份起（15.503） 13.中宣部函送福建指委會計劃鏟赤宣傳經費預算表（計宣傳費共 6000 元）決議：已由中央發給鏟赤宣傳經費預算暫存（15.503） 14.軍人與政治旬刊社呈爲該社自創辦以來發行旬刊已逾七期，請每月津貼 500 元，決議：交宣部審查（15.503） 15.軍人小叢書社呈請津貼 800 元以資補助推廣軍隊黨化教育案，決議：並前案（15.504） 16.中宣部函送印製中央贈送海外華僑學校學生紀念品——建國大綱及嘉言鈔合訂本樣本及估價單計需洋 24957 元，決議：照發由所得捐項下開支（15.504）

31.8.31（3.154）	1.中宣部呈前據整理蒙藏周報辦法，奉核准照辦法在案，惟該社組織既感紛岐，人事亦復複雜，經考慮協商之結果，似以交還蒙藏委員會管轄爲宜，如蒙核准，請將中央月給該社津貼 2000 元撥交職部作爲今後擴充蒙藏黨務宣傳羅致蒙藏編撰工作人員之費用，以期對於迭奉中央加緊蒙藏宣傳之決議，得以次第實施，決議：（一）蒙藏周報仍交還蒙藏委員會負責辦理。（二）該社財產照原日移交清冊交還蒙藏委員會，其中中央接辦後陸續增加者，仍由中央保留。（三）原有經費 1600 元仍撥給蒙藏委員會領取。（四）中央原給該社津貼 2000 元撥充另辦蒙藏文刊物之用，由宣部另擬計劃（16.10～11） 2.中宣部呈爲在西安設立黨報名曰西北新報，謹斟酌當地情形擬具設立西安黨報計劃，西北新報社組織大綱及開辦費預算、經常費預算，決議：西北新報組織大綱通過，開辦及經常費預算交財會審核（16.11） 3.關於南京民治報記載失檢言論乖謬之處置案，決議：交中宣部辦理（16.11） 4.中央宣傳訓練組織三部函關於通俗講演員檢定條例，決議：（一）通俗講演員檢定條例及通俗講演員檢定委員會組織通則軍修正通過（全文附後），（二）通俗講演員獎勵辦法暫毋庸訂（16.13）
	第四次全國代表大會經費預算表（16.22～24）總數爲 445840 元
31.8.20（3.155）	無相關議題
財（63）	修正中央黨部職員生活費等級表（16.62）無日期，送 3.155 次常會。
31.8.27（3.156）	1.中宣部函爲關於本京郵件檢查各項信件類由衛戍司令部所派之員辦理，新聞或刊物及包裹類由中央派員辦理，已密令郵電檢查所遵照，並規定凡用信封寄遞者屬於信件類，包裹類則僅限於寄遞出版品之包裹，以免檢查時發生困難，請查照轉陳（16.107～108） 2.中宣部呈請任張任天爲中央宣傳部徵審科主任案，決議：通過（16.114）
31.8.24 財（64）	1.中宣部函爲中央通訊社武漢分社請增加預算每月 195 元，決議：准追加（16.120） 2.中宣部函請准予增加贛鄂等剿匪區域攝製影片經費 1000 元，俾得購置應用材料，決議：照發（16.120） 3.照發中宣部函，中央慰勞剿匪將士紀念品「三民主義革命軍人精神教育合刊」印製費 22310.13 元。（16.121） 4.中宣部函請轉函中央秘書處會計科匯發安南民國日報 7、8、9 三個月津貼案，決議：津貼自 8 月份起先發兩個月（16.121～122） 5.中宣部函爲據華僑通訊社呈請津貼等情爲提倡華僑通訊事業起見，擬月給津貼 200 元，決議：暫准每月津貼 200 元自 8 月份起候宣傳部考覈成績再議（16.122） 6.中宣部函請核議可否每月津貼中國通訊社南京總社 200 元，決議：准每月津貼 200 元自 8 月份。（16.122） 7.北平覺今通訊社呈請撥給臨時設備費 450 元，並自 8 月份起按月津貼 800 元，決議：暫准每月津貼 200 元自 8 月份起。（16.122） 8.中央組織部函擬請由中央月給印度報及公理報補助費各國幣 500 元，決議：印度報公理報每月各津貼 500 元自 8 月份起。（16.122） 9.中宣部函：拔提書店出版刊物經分別審查，擬定津貼辦法，又該書店出版刊物尚多不能一一津貼，應以此次爲限，決議：（一）軍人小叢書每月津貼 200 元須送 1000 本由中央宣傳部轉發各軍隊特別黨部（二）青春月刊及創作月刊每月各津貼 100 元均自八月份起。（16.123）

31.9.3（3.157）	無相關議題
31.9.10（3.158）	中宣部擬具召集第四次全國代表大會暨紀念國慶慶祝辦法，決議：國慶紀念典禮照例舉行，其他一切娛樂宴會一律停止（16.205）
31.9.17（3.159）	1.中宣部呈爲據中央黨部印刷所理事會擬修正該所章程第 2、80、35、67 等條，決議：照修正（16.238～239） 2.河南省黨務指導委員會呈請將中央廣播無線電臺舊播音機撥交該會領用，決議：照廣播電臺所陳意見暫後緩議（16.239～240）
31.9.11 財（65）	1.中宣部函爲檀香山總以粵多發生地，該地黨報或有劫持之慮，爰將黨報中華公報股份中該總支部所有 665 股讓與該部現已接受，轉陳備案（16.243） 2.山西省政府函爲準函請會商省黨部創辦民國日報經費一案，經決議該報經費自 7 月份起按月增加現洋 1800 元，按二五折發六月以前虧累准予補助省鈔 1 萬元，山西省執行委員會呈同前情由。（16.244） 3.決議：核定遼寧省黨務指導委員會每月經費 15987 元，吉林每月經費 13000 元，黑龍汀每月經費 10000 元，熱河 12160 元，哈爾濱特派員每月經費 8600 元。（16.244） 4.中宣部函請按月增發拍發海外電訊經費 500 元，決議：准加 500 元連同前共 5800 元自 9 月份起（16.246） 中宣部函爲據武漢日報社呈請將核准之特別宣傳費乙千元，另行撥給查所呈各界確屬實，決議：仍照前案辦理不必另撥（16.246） 5.中宣部函請准撥蒙藏旬刊社每月最少經費 600 元及開辦費 500 元，決議：核准開辦費 500 元，每月經常費 2600 元，自 9 月份起（16.247） 6.中宣部函爲據武漢日報社呈請中央借墊 2000 元安，請查核轉函秘書處飭科准（自 21 年 2 月起）分期在該社津貼項下扣還案，決議：核發水災損失補助費 1000 元不能預借經費（16.250） 7.中宣部函爲上海密勒氏評論報刊印一種建設特刊，擬定購 5 百冊應用計需價洋 1000 元，決議：准發 1000 元。（16.250） 8.中宣部函據中央婦女日報社請求補助案，擬一次津貼 200 元，決議：照發 200 元。（16.250～251） 9.中宣部函爲青海黨務特派員具報籌辦黨報請求補助，決議：暫緩（16.251） 10.日本研究會執行委員會呈爲該會事業擴展，乞准予增加津貼 2150 元，決議：准加 600 元連前共爲 1200 元自 9 月份起（16.251） 11.中宣部函爲暹羅晨鐘日報前因經費困難宣告停版，擬請自 9 月份起按月津貼國幣 3000 元決議：准加 1700 元連前共爲 2000 元自 9 月份起（16.251）
	重編第四次全國代表大會經費預算表（16.253）總數 356672 元，比原預算書少了 89168 元。
	中央黨部印刷所章程（16.269）本所資本金爲 12 萬元。
31.8.27（3.160）	臨時常會，僅討論了日軍強佔瀋陽事件之應付案。1、由常務委員電請蔣主席回京，2 根據正式報告繼續對日方提出抗議，並電令駐外代表向國際間宣佈，3、即日發對各級黨部訓令；4、從明日起每日開中央委員談話會一次（16.276～277）

31.9.24（3.161）	1.對各級黨部訓令（16.278～279） 2.安徽省黨務整理委員會遵令恢復 8 月 5 日以前組織，推定寧坤兼宣傳部長（16.283） 3.青島特市執行委員會呈報，該會第一次會議議推劉幼亭爲民國日報社社長（16.284） 4.黃委員培成電告，養午由晉抵平，定漾日回京，並津各界對日軍暴行憤慨異常，連日耘讀甚積極，一切均能秉承中央意旨進行由（16.284） 5.常務委員提議，第四次全國代表大會延期舉行案，決議：第四次全國代表大會展期至 11 月 12 日開會（16.284～285） 6.中央訓練部函爲訓政時期需才孔急，中央暨各省市行政機關多有設立訓政工作人員養成所等機關，以期應需要，本部爲欲明瞭此類訓練機關眞實情形，以圖改進起見，特制定「調查全國訓政工作人員訓練機關辦法」，決議：通過（16.288） 7.中央訓練部呈爲擬具「對日經濟絕交辦法」，決議：將要點訓令各級黨部由行動組起草（16.288） 8.（15）中央訓練部呈爲擬具「學生自強救國運動」方案，決議：推曾養甫、方覺慧、陳果夫、陳肇英、朱家驊、張道藩、陳布雷七委員審查，由曾委員召集。（16.288～289） 9.中央訓練部呈爲擬具令各學校舉行哀悼國難大會，默哀三分鐘以誌哀悼並演講國恥痛史記此次日人強佔東三省之經過，決議：並第 15 案付審查。 10.秘書處呈爲中央各部處秘書聯席會議以對日事急，黨員須自負捍衛之責，經決議：（1）中央黨部工作人員一律須受軍事訓練（2）組織中央黨部宣傳隊分區宣傳，是否有當，決議：並第 15 案付審查（16.289） 11.中央訓練部呈爲獎勵黨義著述審查委員會組織規則第，擬請修正爲本會審查委員會定爲 5 人或 9 人，除中央宣傳部部長訓練部長爲當然委員外，餘由中央執行委員會任用之，決議：通過（16.289～290）
31.10.1（3.162）	1.秘書處報告：上次常會關於對日問題各案：（1）訓練部提出學生自強救國運動方案，經曾委員養甫等審查修改爲學生義勇軍教育綱領提經第 62 次談話會核定頒行。（2）訓練部提出令各學校舉行哀悼國難大會案，經並前案審查，提經同次談話會通過（3）中央黨部工作人員受軍事訓練案，經同次談話會決定參照義勇軍教育綱領辦理，並推定褚民誼、方覺慧兩委員爲正副指揮。（4）對日經濟絕交辦法按，經行動組擬定要點提經第 62 此談話會核定，密令各級黨部遵行，特報告備案由（學生義勇軍教育綱領附後）（16.329～330） 2.戴傳賢臨時提議，中央應發表對於滿蒙回藏各族同胞之宣言（並譯成蒙藏文）案，決議：通過交宣部起草。（16.334） 3.中宣部呈爲日本自蠻橫佔據東省以來圖淆惑國際視聽以掩蔽其暴行，積極向國際間作顛倒是非之宣傳，我國非加緊國際宣傳，不足以某抑制而喚起國際之同情，茲已請寬籌國際宣傳經常費及活動費以資應用，決議：先撥 10 萬元。（16.334） 4.陳肇英提議爲擬具簡明標語 9 月 19 日日軍襲擊我東三省任意屠殺搶掠我同胞速各奮起團結以雪此恥，請通令全國地方政府暨黨部指導人員挨戶張貼，全體黨員應一律臂纏黑紗，特表哀痛案，決議：原則通過，由常務委員審核辦理（16.335） 5.戴傳賢等九委員提議爲新亞細亞學會一切舉辦之事業及其將來之計劃於國家民族及本黨主義之推進爲助甚多，擬請中央一次補助基金 5000 元一以爲該會設立總會所之用，按月補助 500 元，以爲該會研究邊疆地理歷史之經常費，用以資獎勵等，決議：交財會照發（16.336）

31.10.8（3.163）	1.上海市政府呈據該市公安局呈報 10 月 1 日五區民眾與警察發生衝突釀成槍傷命案詳細情形經派秘書長俞鴻鈞會同市黨部委員吳開先警備司令部副官長蔣毅徹查，並將該區區長遊伯麓停職查辦（16.361） 2.張群電，爲日政府籍口排日派大批軍艦來滬，上海形勢益見緊張，民眾運動頗難納諸軌範，除盡力制止軌外行動，並特別嚴密保護外僑外（16.361） 3.駐神戶直屬支部呈報，奉到效號兩電，及中宣部密電二件，一面籌備保護僑民，一面努力宣傳，惟各地黨部負責同志均被監視，往來信件，亦被檢查，轉發效電鏡被大阪府延令 x 港通訊處通訊員李亞珠交出致泄機密，此後僅能用口頭宣傳。又此次日本出兵多由北海道運來以其耐寒忍苦，日魯戰役之退伍軍人激怒被徵發無遺，似有久占東省之意，再重要呈文不敢郵寄，值秘魯支部代表來京之便呈報檢核。（16.362） 4.對日問題宣傳組提議，請用中國國民黨名義發表告日本國民書，決議：通過其方式及發表時期推陳布雷、戴傳賢商定（16.370） 5.中宣部函爲據浙江省慊縣執行委員會呈以日軍暴力占我東三省，請明定 9 月 18 日未國難日等語，查所陳頗有理由，應否即予明定爲革命紀念日，決議：綏議（16.370） 6.政治會議函，張學良爲閻錫山請免除通緝會反復黨籍。（16.373），決議交第四次全國代表大會（16.373）
31.10.15（3.164）	主要是確定四大代表問題，無相關議題
31.10.9 財（66）	1.秘書處函爲籌撥中宣部國際宣傳費 10 萬元除飭科照發外錄案查照（16.415） 2.中組部函爲駐暹羅總支部之津貼費自 4 月份起請如數發給不用扣發 300 元發給晨鐘報（16.416） 3.中宣部函爲據武漢日報呈以鄂財廳定自 7 月份起各報社津貼按七五折發給該報社每月將短發 500 元，轉請准予補發或由鄂財廳仍照原額撥發案，決議：自 7 月份起由中央按月補發 500 元。（16.418） 4.決議：駐日仙臺長崎各直屬支部自 10 月份起每月各增加 200 元（16.420） 5.中國合作社呈請補助合作學社出版宣傳費 3000 元及該社年會補助費 1000 元，決議：准補助 3000 元，年會補助 1000 元（16.420） 6.中宣部函爲黃紹美創辦中印青年周報，決議：暫緩（16.420〜421） 7.中宣部函爲擬請每月津貼線路社經費 200 元，准每月補助 200 元自十月份起。（16.421） 8.中宣部函爲據安南特派員請津貼法文報每月乙千元，決議：暫緩（16.421） 9.中央秘書陳函爲 162 次常會議決一次補助新亞細亞學會 5000 元，決議：照辦（16.421） 10 中宣部函爲中華公報請購置 5 號鉛字二幅，估計需製價 2000 元，請核以利海外宣傳案，決議：准贈銅模一副連運費以 2200 元爲限（16.421）
31.10.19（3.165）	臨時常會，無相關議題。
31.10.22（3.166）	1.戴傳賢臨時提議，關於外交事件之情報有切實統一之必要，前曾請宣傳部與外交部會同組織一特別情報部，現在更感覺此事之迫切。一切涉及外交之情報，擬請有宣傳部程天放同志及外交部情報司司長切實負責，所有發出通信辦法辦事地點及時間由宣外兩部商定如何，決議：通過（16.450）

	2.陳布雷程天放呈，為中央通訊社誤發國際消息，引起社會種種誤會，審查未周，督率無方，以致發生此項重大錯誤，謹自行檢舉，請加以嚴重處分以嚴紀律而儆將來案，決議：中宣部副部長陳布雷、程天放應予警告，中央通訊社負責人交宣傳部查明嚴予處分（16.450～451）
	3.戴傳賢臨時提議，請電鎮江葉楚傖上海張群指導當地最高黨部關於抵制日貨事件發生騷擾行為，如侵犯國家行政司法權，擅自逮捕拘禁處罰，侵入人家等非法行為，黨部政府機關應一致努力，並切實教導同志及人民當此國難正亟之時，必須舉動文明，擁護國家法律行政之尊嚴，方能收政府人民一致對外之效案，決議：通過（16.451～452）
31.10.29（3.167）	陳布雷程天放呈，中央通信社誤載國際消息予以警告，敬謹接受沈後當格外審慎。至中央社負責人員已查明係該社總幹事劉正華所發，依照中央工作人員服務規程與以記大過之處分，該社主任余惟一失於督察予以嚴重申誡.謹具報告如上由（16.467）
31.10.23 財（67）	1.中宣部函送武漢分社水災後損失臨時補助費數目表一份計 412.5 元，決議：照付（16.477） 2.中宣部函為甘肅省黨部請津貼甘肅民國日報津貼，決議：准每月由中央津貼 1500 元，以三個月為限以後由省政府照中央原核定數撥（16.477） 3.中宣部函為駐法總支部電請匯特別宣傳費三萬元即除暫先由國際特別 x 費十萬元項下墊發外請查照，決議：照發（16.478） 4.中宣部函請按月津貼北平進展月刊社 200 元，決議：准每月補助 200 元自 10 月份起（16.478） 5.中宣部函為董霖同志呈請補助現代月刊經費 840 元，決議：准每月補助 300 元自 10 月份起（16.478） 6.中宣部函為古巴總支部續辦民聲日報每月津貼 1000 元並先發 6 個月，決議：暫緩（16.478～479） 7.中宣部函為據秘魯利馬直屬支部請津貼民醒日報每月 1500 元，決議：請宣傳部統籌辦理（16.479）
31.11.5（3.168）	無相關議題
31.12.3（4.2）	無相關議題
31.12.10（4.3）	無相關議題
31.11.4 財（68）	1.決議：每月發遼吉兩省黨部負責同志繼續工作津貼 5000 元（17.27） 2.決議：准每月發廣州市廣東省黨務特派員辦事處經費 2 萬元（17.27） 3.中央秘書處會計科函以 64 次財會議決核發中宣部印製三民主義及革命軍人精神教育合刊費 22310.13 元，現已超出原數 159.3 元請予追認案，決議：准追認。（17.29） 4.中央訓練部呈為京市執委會呈據首都各界抗日救國會呈送預算，請中央按月津貼 2000 元，查前案津貼 800 元，決議：津貼 1000 元由京市黨部頒發（17.29） 5.中宣部函覆統籌津貼海外黨報經費每月需 2 萬元請核議，又函在 2 萬元內每月津貼醒華日報 1000 元中暹國杜國 500 元，決議：暫緩（17.29～30） 6.中宣部函請核議按月撥中央通訊社拍發哈爾濱市黨部及東華日報新聞電費 200 元，決議：暫緩（17.30）

	7.中宣部函爲據朝野通訊社呈請擬每月津貼 200 元，決議：暫緩（17.30～31）
	8.中宣部函請按月津貼大陸報 3000 元以資國際宣傳案，決議：准每月補助 3000 元自 12 月份起（17,31）
	9.杭州各級及反日救國聯合會呈請准撥恰存救國基金 3 萬餘元爲該會合作準備金，決議：救國基金既經中央指定用途不得移作別用（17.33）
31.12.15（4.4）	臨時常會.無相關議題：蔣介石辭去國民政府主席、行政院長等職。
31.12.16（4.5）	臨時常會： 1.決議 12 月 21 日召集第四屆中央執行委員會第一次全體會議。 2.陳布雷程天放呈請辭去中央宣傳部副部長職務案，決議：慰留（17.53）
32.5.10（4.19）	1.中宣委會提議，本會組織條例前經呈奉第 11 次常會議決，大體通過並飭自行整理，茲經將組織條例整理完竣，決議：陳第九條暫保留，由宣傳委員會再行修正提回外，餘照通過。（17.64）首次出現汪兆銘
32.5.17（4.20）	1.中宣會呈，爲該會組織條例經第 19 次常會議決，除第 9 條暫保留再行修正外，餘照通過在案，茲將第 9 條條文再行修正。第九條：文藝科設文藝電影兩股；（1）文藝股：編製及徵審各種詩歌小說及戲劇等作品；規劃關於聯合各文藝團體並扶助其事業之發展；（2）電影股：製作及徵審各種電影圖畫及照片等作品；規劃關於聯絡各電影及藝術團體或個人並扶助其事業之發展，決議：通過（17.88～89）
32.5.24（4.21）	1.中央財務委員會呈報，中央經費預算增加爲 30 萬元，增加數目重新支配一案，經第 1 次會議議決，超過中央常會核定預算之生活費 24586 元，海外黨務委員會每月經費預算以 5000 元衞定額在增加之 5 萬元內動支（17.115）
32.5.16 財（4.1）	1.秘書處函爲中央經費預算經第 17 次常會決定增加爲 30 萬元，所有增加數目交財會重行支配，決議：超過中央常會核定預算之生活費 24386 元在增加之五萬元內動支（17.129）
32.5.31（4.22）	1.修正通過葉楚傖、邵元沖、羅家倫呈爲奉第 18 次常會交商擬宣傳品審查標準，經會同商定標準三項計 17 條決（17.139～140） 2.汪兆銘臨時提議，北平京報爲邵飄萍先生所倡辦，總理北上，因該報持論公正，曾予津貼，嗣是爲本黨極力宣傳，觸當道至忌。十六年間遂以身殉。其夫人秉承遺志茹苦奮鬥，數年來北平各報非由黨辦而能爲本黨宣傳者惟該報一家，決議：從 6 月份起月給 1000 元（17.141） 2.中監會函，爲准中央宣傳部函送南洋英屬總支部呈報，吡叻支部黨員陳瘦傖勾結共黨設霹靂星期日報，實行反動宣傳，經當地政府逮捕在案，請予開除黨籍，決議：照辦（17.145）
32.6.7（4.23）	1.中宣會呈報：決定將華北日報改爲專任社長制，並委派沈尹默爲社長。（17.170） 2.中央宣傳委員會函爲擬定中央宣傳委員會直轄報社組織通則，決議：通過（17.177） 3.中監會函，准移送中宣部呈報湖南省當我指導委員會於粵事緊急之際，泄露中央刪日密電，致被長沙市民大公兩報發表，請予以嚴重警告一案，經第五次臨時常會決議予以警告，決議：照辦（17.181～182）

32.5.27 財（4.2）	1.中宣會函：請中央社職員生活費併入該社經費內以免混合。中央社職員生活費為 3559 元，中宣會生活費共為 19804 元，今減上數計共 16245 元。（17.189） 2.秘書處函為檢送中央廣播電臺經費概算表，經第 14 次常會通過，除職員生活費外，每月經費 1 萬元，函達查照（17.190） 3.中央廣播無線電臺呈為造送該臺管理處職員生活費每月概算表，除處長副處長生活費應請決定後再行填注外計共 16660 元，決議（1）處長生活費照委員例支給（2）副處長生活費照秘書例支給（3）暫核支生活費每月以 8610 元為定額（17.192） 4.中宣會函為轉送中央通訊社及北平武漢兩分社新預算又傷害電訊處改設分社新預算，決議：核准增加中央通訊社經費 5785 元共為 18385 元（電報費 11000 元在內）上海電訊處改設分社增加經費 670 元共為 1570 元，武漢分社增加 300 元共為 1300 元北平分社增加 200 元共為 1100 元，除上海分社自 5 月份起外餘均自 6 月份起（17.192～193） 5.中宣會函送中央通訊社設立南京等七大都市自用無線電臺開辦經常預算書，決議：核准無線電臺七所開辦費共 40040 元（分 5 個月籌發）每所每月經常費以 500 元為限（17.193） 6.中宣會函為據中央社呈稱遷移新址擬具臨時預算計 2500 元，決議：准發 1500 元實報實銷（17.196）
32.6.17（4.24）	1.推葉委員楚傖起草關於訓政憲政各級黨部同志書（17.199） 2.推陳立夫唐有壬兩委員起草關於言論自由之方案，1、政府官吏，2、黨員；3 黨外團體及個人分別規定。要點：（1）對政府官吏不能有與政府相反之言論行動（2）黨員言論行動經中央糾正時，不得違反如有異議可向中央申辯但不得向外發表。（3）對於一般：一、軍事新聞非經檢查不得登載，二、對於黨的主義及政綱不得詆毀，三對於政府用人行政容許其為嚴正的批評，但不得涉及污蔑及污辱、（5）凡各種團體之函電須有會長署名如採取委員制者須有主席署名（6）凡黨員參加黨外團體各種會議時，必須得黨部之許可並須順隨時報告（17.199～200）〔註1〕 3.中宣會函為第 22 次常會通過之宣傳品審查標準第三項第二條宣傳共黨主義，黨字係產字之誤由（17.208） 4.中宣會函為擬定直轄報社管理規則及各項報告表格，陳察核備案（17.208） 5.中宣會函為奉第 18 次常會交解釋關於浙江省執行委員會轉請解釋報紙泄露本黨秘密及縣黨部處置犯法報紙之手續各節，查報紙泄露黨的秘密應依據情節之輕重而定。處置辦法似不能一概而論。浙江省黨部所之例關係頗為重大，倘經報紙宣佈，影響實非淺顯，應受出版法第 19 條第 2 款之限制一經違犯，應施以同法所規定之行政處分，至於縣黨部對於泄露黨的秘密之報紙，應函當地主管行政機關辦理，自不必直接處理，以明職責而一事權，決議：通過（17.218～219）
32.6.23（4.25）	1.中宣會函送：（1）中央津貼新聞機關辦法（2）指導與黨有關各報（受中央津貼之各報）辦法，鑒核備案（17.263） 2.中組會提議，延聘對三民主義及社會科學有深切研究之同志或黨外學者編撰三民主義社會科學書籍，並切實獎勵此類著述案，決議：送政治會議教育組並案討論（17.269）

〔註 1〕　說明：原文如此，缺少 4 項。

32.6.13 恤（32）	中宣部函爲據天津民國日報經理趙雨蘇呈，爲王弢樓於民 15 年入黨 18 年奉命北上在河北民國日報工作，後移天津該稱天津民國日報即任會計主任，閻馮之役報館被封王同志即擔任華北宣傳組事務，甚爲努力，不意爲當局所捕在獄 4 個月，出獄後即卒請加撫恤案，決議：給四等一次恤金 300 元。（17.276）
32.6.30（4.26）	1.暫行言論自由保障法，既黨員及公務人員言論自由限製法。說明：本案係談話會之決定推有壬、陳立夫兩委員起草，決議：（1）暫行言論自由保障法交政治會議，（2）黨員及公務人員言論自由之限制毋庸規定法律由中集國府按左列原則分別令黨員及公務人員遵照。1、黨員對於政府之設施或當局之言論行動認爲不滿時，得經由區分部遞級轉呈中央陳述其意見各級黨部除能直接指正或答覆者外，不得留中不報，如此項意見，未經上項手續而逕向外發表者，應受黨之處分。2、黨員之言論行動如經黨部檢舉或中央認爲不合而提出糾正時，不得違反，如對與此項檢舉或糾正不服時，可向黨部或上級黨部申辯，但不得對外發表，違者應受黨之處分。3、公務人員對於政府之設施如認爲不妥，可用書面函建議於長官不得逕向外發表，違者得分別情由之輕重由主管長官交付懲戒。（17.310～313）
32.7.7（3.27）	7 月 9 日北伐逝師紀念，推吳敬恒報告洛陽方面推李敬齊前往報告（17.337）
32.6.27（4.3）	1.秘書處函爲第 22 次常會議決從 6 月份起津貼北平京報 1000 元函達查照由（17.339） 2.南京特市執委會預算 13000 元，決議准每月加 1000 元連前定法書爲 10000 元自 7 月份起 3.中宣會函：擬具津貼海外各黨報新預算表計 9300 元，擬請核定每月 1 萬元，決議：核定每月補助海外黨部預算 1 萬元自 7 月份起。（17.342） 4.中宣會函：英文北平時事日報社呈爲國難期間實發 3000 元不敷支出，請恢復原有導報經費每月 4000 元原數等，決議：准加 1000 元自 7 月份起。（17.342～343）
32.7.14（4.28）	1.中央海外黨務委員會工作大綱案（17.369～370） 2.中宣會提議：天津民國日報銷路不甚擴大，辦理爲難，擬移設西安，改名出版，又行都之洛陽日報原係應付一時需要，一俟中央南遷自應結束。將來西安設黨報，其經費即以天津民國日報及洛陽日報津貼再增加 750 元，似亦數用。天津民國日波結束費必須償付者缺少 3800 餘元，如津市政府能將欠撥津貼如數撥發可以相抵，倘不能撥發擬請中央核發。又該報移陝開辦費共約 6000 元英請中央核發。再青海省黨務特派員辦事處以該省無鉛印機，渴望中央核給購置此項機件之津貼，擬即於洛陽日報結束後，將該械件鉛字撥給，就近西運，所有運費洛潼間由中央函商免費運輸，潼西陸運由該辦事處自行負擔，決議：通過（17.371）
32.7.21（4.29）	無相關議題
32.7.28（4.30）	1.中宣會函送中央日報社組織規程，察核備案（17.427） 2.中宣會函：該會國際科科長羅時寶辭職，准暫派江康黎代理，請察核備案（17.427）

32.8.4（4.31）	1.汪兆銘臨時提議，上海發生血魂除奸團事件，京滬各報竭力宣揚，影響殊巨應如何處置以免引起意外事變案，決議：（1）由常務委員約上海市黨部委員一人來京面詢內容（2）x 切密令京滬各報勿得張揚（3）由中央宣傳委員會及民眾運動指導委員會即日召開聯席會議，商定對於此事之一切辦法，密令各級黨部進行。四、推定蕭忠貞、余井塘、王柏齡、谷正綱、唐有壬、王陸一、張道藩七委員研究抵貨之根本政策，由王陸一召集；（5）函政治會議促日貨傾銷問題審查會從速開會（17.451） 2.中財會呈，為重中央經費自 4 月份起每月預算 30 萬元，實際支出超過五六萬元之多，經第 4 次會議討論，以中央經費已屬節無可節而各種新興事業又復需款浩繁，自未便以經費短絀影響黨務之推進，經決議請常會通過中央 21 年度每月增加特別費 10 萬元，決議：通過（17.452）
32.7.29 財（4）	1.中宣會函：中央積欠華北日報經費 19000 餘元，現該報改組請先發 2000 元以字應用案，決議：送秘書處核辦（17.470） 2.中宣會函：中央通訊社呈報收函前指定由路透社使用之上海、南京兩處無線電臺請撥發應付之機器材料價一案，請，決議：准增加電臺開辦費為 3807 元（連第二次會議通過之電臺開辦費合併計算）（17.470） 3.中宣會函：天津民國日報不能如期結束，請准發 7 月份雜支及八月份薪資遣散費等共 3500 元，決議：追認（17.471） 4.中央海外黨務委員會函為據印度總支部常委王志遠呈以該黨部及黨報經費苟窘等，請迅速津貼，決議：查承覆海外黨務委員會（17.472） 5.中宣會函送出版通俗畫報計劃及預算計開辦費 400 元每月經費 1619.68 元，決議：緩議（17.472） 6.中宣會函請資助良有公司照相底片 500 包，估價 2095 元，以便編印中國之今日及將來畫冊藉宏國際宣傳案，決議：下次再議（17.473） 7.中宣員會函為擬按月津貼暹羅曼谷國欄暹文日報 500 元，並由該會前次統籌海外黨報津貼預算一萬元餘存 700 元內按月照發，決議：通過（17.473） 8.方覺慧提議請資助新東方月刊經費每月 2000 元自 4 月份起俾繼續發刊，決議：送宣傳委員會（17.473） 9.外論編輯社呈為傳譯國內外字報機各國報童雜誌關於華事一切紀載評論逐日印發通訊請按月酌給補助案，決議：送宣傳委員會核辦（17.473～474） 10.中宣會函為據北平進展月刊呈送復刊計劃及預算請照預算數按月補助一案，查該刊原津貼 200 元確難敷用，請酌予增加，決議：先由宣傳委員會酌給補助俟中央經費充裕時再議（17.474） 11.中央民眾運動指導委員會函為中國合作學社呈請按月津貼 1500 元，又呈以本年 10 月在吳縣舉行豐會並請援例補助 1000 元，決議：下次再議（17.474）
32.8.7（4.32）	臨時常會，僅一項議題：汪精衛請辭職行政院院長，決議慰留，並請何應欽居正親往挽勸。(18.3)
32.8.11（4.33）	1.通過中央臺管理處呈：擬訂各地黨部設置收音機辦法及派往各地黨部收音員服務規則（18.13）
32.8.17（4.34）	兩項議題均與蔣介石有關，一是暫停北平綏靖公署，二是任命軍事分會委員

32.8.25（4.35）	1.中宣會函送海外各地受有中央津貼之黨報最近狀況一欄表（18.91） 2.中宣會密函為使黨的整個文藝運動普及全國深入民間起見,特先提倡通俗文藝運動,使各級黨部一致進行,茲擬就通俗文藝之運動計劃,決議:修正通過。 3.中宣會函:擬具九一八國難紀念週年紀念辦法,決議:（1）由中央於九一八以前發表一宣言,推葉楚傖起草,（2）是日全國停止娛樂,全體黨員公務員及軍警各機關各學校工廠各住戶應於上午 11 點鐘時,停止工作五分鐘起立默念國恥並對東北及淞滬殉難同胞致沉痛之哀悼。（18.96） 4.中央廣播電臺管理處呈為擬修改該處組織條例,決議:交秘書處審查如屬妥適即予核准（18.99）
32.9.1（4.36）	1.通過中宣會和中央民眾運動委員會會商擬定的九一八國難紀念辦法。（18.158）
32.8.26 財（5）	1.照發中宣會函:關於派遣內蒙黨務宣傳員吳熙憲等 8 人共經費預算本年底止共需 2900 元（18.162） 2.中宣會函送中央通訊社上海分社電臺預算書每月經費乙千元,又中央通訊社南京無線電臺預算每月經費 800 元,決議:上海電臺增加 400 元連前為 900 元自 7 月份起,南京電臺增加 200 元連前為 700 元自 8 月份起（18.162） 3.中宣會函送攝製「今日之南京」影片計劃及預算表需 3503 元,決議:核准 2500 元,仍請宣傳委員會詳細審查內容。（18.163） 4.中宣會函轉張竹平函請按月照發津貼案,決議:准每月津貼 1000 元自 9 月份起。（18.165） 5.中宣會函為良友公司定 8 月底出發攝製中國之今日及將來影片,請補助該公司 2095 元,決議:准補助 2000 元。（18.165） 6.中宣會函請核議東北外交研究委員會請求補助經費,決議:經費困難暫難補助（18.165）
32.9.8（4.37）	通過中組會統一下級黨部名稱辦法四項。（1）凡已經正式成立之黨部其執行機關通稱某省（縣）執行委員會;（2）凡曾經正式成立後復經派員改組或整理之黨部一律稱為某省（縣）黨務整理委員會,（3）凡從未正式黨部或黨員人數現尚不足成立正式黨部之省或縣一律稱為某省（縣）黨務指導委員會（4）凡派往各地辦理黨務之人為一人時稱為特派員其機關稱為某省（縣）黨務特派員辦事處（18..181～182）
32.9.15（4.38）	1.中宣會、中央民眾運動指委會報告關於上海血魂除奸團問題宣傳方面已由宣委會擬具辦法通令各級黨部遵行,指導方面擬俟抵貨研究會具體方案核准後再行照令知各級黨部遵行（18.216） 2.中央廣播無線電臺管理處呈請任吳道一兼總務科科長,馮簡為總工程師劉振清為技術科科長兼副總工程師,王勁為傳音科科長,範本中為報務室主任案,決議:通過（18.221） 3.關於九一八紀念決定之事項案:決議:（1）是日應下半旗一天,（2）是日雖屬星期例假,各機關仍應照常辦公,各學校照常上課各工廠照常工作。（3）各機關應於是日上午自行集會紀念（18.221～222）

32.9.22（4.39）	1.中宣會提議爲關於設立西安黨報並將天津民國日報社及洛陽日報社經費合併移用一案，前經 28 次常會議決通過在案，有洛陽日報自應早日結束，茲擬就洛陽日報結束辦法，決議：通過（18.251）
32.9.29（4.40）	1.中宣會呈：擬定本年雙十節紀念辦法兩項：（1）儀式方面依照革命紀念日一覽表內之規定舉行紀念會，但際此國難期間，不必遇事鋪張（2）宣傳方面除遵照本會頒發國慶紀念宣傳要點宣傳大綱外，並應注意收復東北失地，努力抗日禦侮，及國軍剿匪勝利之宣傳，上項辦法因距期甚迫，已電各地黨部遵照（18.290） 2.通過中宣會呈：爲謀各級黨部所轄報社管理便利並使其與上級黨部關係密切起見，擬定各級黨部所轄報社管理規則 11 條，請核議施行並請將三屆第 81 次常會修正指導黨報條例予以廢止，以免重複案。（18.294） 3.民運指委會提議：擬具修正文化團體組織原則組織大綱施行細則草案，決議：文化團體組織原則修正通過，組織大綱及施行細則由民眾運動指導委員會修正整理後再行體提核議（18.295） 4.中財會呈：爲準中宣會函請規定國際宣傳電報費每月 1 萬元列入預算。經第 6 次會議議決通過，但以三個月爲限，款由常會在捐款項下借墊在案，及究宜制定在何種捐款內暫行借墊，決議：暫由華僑捐款項下借墊，但此項支出，事關外交仍又財政部於三個月內分期撥付。（18.296）
32.10.6（4.41）	1.中組會提議：爲現在社會輿論對於黨治誤解滋多，往往混黨治與黨部制度爲一談，黨內少數黨員對此根本理論亦對認識不清，非有詳明之指正，確切是解釋，不足以糾正輿論，闡明遺教，特擬就以黨治國的眞義一文，經本會第 21 次會議通過，請核定俾便分發下級黨部遵照，決議：由常務負責先行審查並由各委員簽注意見於下星期一以前送秘書處（18.336～337）
32.9.23 財（4.6）	1.秘書處函：會計科報告表截止 8 月底積欠各處經費津貼爲數甚鉅及中央近來經費困難情形。（18.354～355） 2.中宣會函：軍人小叢書社等呈請補發津貼（上年 12 月至本年 3 月份止）計 4 個月 1600 元（18.355） 3.中宣會函：請規定以後國際宣傳電報費每月 1 萬元列入預算飭科按月支發案，決議。通過以三個月爲限款由常會在捐款項下借墊（18.355～356） 4.中宣會函：中央社擬設西安分社開辦費 1000 元經常費每月 1000 元預算書，決議：保留（18.356） 5.中宣會函：擬加抗日影片一套需款 1000 餘元，決議：先發 500 元（18.357） 6.中宣會函：中國國民聲社發行英文刊物等請按月津貼紙費郵費 1000 元，決議：不准（18.359） 7.中宣會函：據新加坡民國日報呈以經濟枯竭難以維持，請撥發積欠等情，函請特予通融得欠發津貼 6000 元分歧撥付案，決議：案關舊欠不准（18.359）
32.10.13（4.42）	1.中宣會密呈：中央查禁之各種反動刊物各地書店仍多售賣以牟利者，亟應舉行檢查以資取締，特擬定審查書店辦法 11 條，決議：通過（18.388） 2.中央廣播無線電臺管理處呈：大電臺籌備工作將次完竣現正式試播音，對於各地收音亟待推廣以期盡量利用，普instance宣傳，特擬定各地設置收音機辦法，設立收音員訓練辦法，各縣市係送學員辦法，各縣市收音員服務通則等草案，決議：交管理處修改後由葉楚傖陳立夫兩委員審查，再提會討論。（18.389）

32.10.20（4.43）	1.秘書處呈：關於教育文化委員會之組織原則，昨經談話會決定：(1) 委員以有此學問經驗興趣為標準，(2) 職員調用支原機關項下生活費，(3) 無經常費，(4) 每一計劃須有預算及擬定等款方法，(5) 先舉行一二簡單事業，決議：通過（19.11～12）
32.10.14 財（7）	1.中央秘書處函為 40 次常會決議關於貴會第 6 次會議通過中宣會國際宣傳電報費每月 1 萬元以三個月為限，請在捐款內借墊，准暫由華僑捐款項下借墊，仍由財部於三月內分期撥付。（19.19） 2.中央廣播無線電郵管理處：中央短波電臺劃歸該處管轄請追加預算月增經常費 500 元生活費 1360 元，決議：通過（19.20） 3.中宣會函請續發加印撫日影片 1100 餘元以便早日完成，決議：下次再議（19.22） 4.中央秘書處函為新加坡民國日報呈以經濟窘迫情形，請予維持，經中央談話會決定交財務委員會籌備，決議：(1) 准發新加坡幣 15000 元每 4 個月發三分之一款由總預算節省各費移撥 (2) 由三民晨報及醒華日報津貼移撥 6000 元，(3) 先增加 200 元由宣委會津貼海外各報餘款撥付（19.23） 5.中宣會函為暹文國柱日報社請擔負暹譯三民主義印費 3000 餘元以請補助千元俟印成出書送審後再行核給，決議：暫予備案俟書出版後再議（19.23～24） 6.中宣會函：青島市黨部所辦島上通訊社經費預算表，決議：送宣傳委員會（19.24）
32.10.27（4.44）	1.葉楚傖、陳立夫報告，中央廣播無線電臺管理處所擬各地設置收音機辦法、設置收音員訓練班辦法，各縣市保送學員辦法、各縣市收音員服務通則等草案，經該處遵照第 42 次常會決議，酌量修改移送審查認為尚無不妥之處，衡以各縣市宣傳需要，亦似應從速舉辦，決議：照修正案通過（19.72～73）
32.11.3（4.45）	無相關議題
32.11.10（4.46）	1.中宣會函為修正中央日報社組織規程.請備案（19.136） 2.陳果夫、葉楚傖報告：中央廣播大電臺定於本月 12 日上午十時舉行開幕式（19.136） 3.關於擬定改進教育方案.決議：由常務委員會商定人選（19.141）
32.11.17（4.47）	無相關議題
32.11.9 恤（35）	中宣會函：該會助理唐壽曾於 17 年入黨 18 年來中國宣佈工作頗多努力於 21 年 5 月病故，計已滿 3 年以上，茲據該員遺族唐嘯徵呈請撫恤，決議：准三等一次撫恤 600 元（19.184）
32.11.24（4.48）	中宣會函：關於查禁挑撥民族惡感激侮辱各民族之文字刊物一案，經擬具標準兩則，擬分別加入宣傳品審查標準（二）、(三) 兩項內，決議：修正通過如左：(1) 謬誤的宣傳項內家「對法律認可之宗教實從事學理探討徒事詆毀者」一則；(2) 反動的宣傳項內加：「挑撥離間及分化國族間各部份者」一則（19.243～244）
32.12.1（4.49）	1.中宣會依照第 19 次談話會決定擬具關於電影之標準兩種：(1) 國產影片應鼓勵其製造者之標準 (2) 我國所需外國影片之標準，說明：本案經談話會討論決定由常務委員整理提會，茲經常務委員決議：通過交宣傳委員會（19.238～239） 2.中財會核准第三次全體會議經費預算 73400 元，決議：通過函國府飭財政部照撥（19.239）

32.11.25 財（4.8）	1.中宣會函：軍人小叢書社九月份應送書籍已據送會，該社 9 月份津貼已函請秘書處飭科照發（19.243） 2.決議：1、中央總預算內洛陽本部預算數每月 7000 元，自 12 月份起停止，2、中央總預算內民眾運動指導委員會生活費項係調往童子軍總會之職員生活費 1870 元應停止支給。3、修正中央職員生活費折發數目表（19.246） 3.秘書處函：中宣會函請出版科發行股代寄海外黨部中央日報計每月需郵費 1218 元，決議：照辦（19.246） 4.中宣會函：中央社西安分社開辦費經常費預算：准發開辦費 500 元核准每月經費預算 500 元（19.247） 5.中宣會函：武漢日報社請撥發積欠共 11500 元自 10 月份起，由中央每月加發 1500 元，決議：1、准由中央另案發給維持費 5000 元，2、前由湖北省政府每月撥發之 2000 元改由漢口市政府自 11 月份起每月減撥為 1500 元。（19.249） 6.秘書處函：擬具四屆三中全會經費預算計需 73400 元，決議：核准 73400 元呈常會（19.250） 7.中宣會函：據中央通訊社呈送北平分社修理房屋估價單由該社節餘項下照給 270 元：照給（19.250） 7.中宣會函：擬在津貼各報及通訊社預算積餘內移撥華北日報武漢日報購機費共 10300 元，決議：停發天津民國日報洛陽日報經費及四川新報、新西北通訊社、和平通訊社、中央月刊登津貼截止本年份 12 月止之預算數，除另案撥用外仍積存 16390 元准撥給華北日報購置機器費及臨時費共 5000 元，武漢日報購置機器費 8000 元由會計科分期撥發（19.250） 8.中宣會函為擬具接受香港東方日報辦法及按月津貼數目，決議：1）停發之英文民族周刊原預算每月 3000 元自本年 4 月至 11 月 8 個月積存共 24000 元撥 19000 元作接受香港東方日報歸中央直轄之用，撥 5000 元補發武漢日報本年 1 月至 3 月三個月維持費（2）自本年 12 月份起每月津貼香港東方日報社 2500 元在原有英文民族周刊預算內移撥（19.251～252） 9.中宣會函為停發和平通訊社津貼減發北平甘肅民國日報津貼請追認，決議：追認：自 10 月份起停發和平通訊社津貼（每月 500 元）減發北平民國日報社津貼為 500 元（原額 800 元）甘肅民國日報津貼為 500 元（原額 900 元）（19.252） 10.中宣會函：擬就停發各報紙通訊社津貼 2200 元撥 2 千乙百八十元津貼新民等報社，決議：自 22 年 1 月份起停止四川新報（每月 300 元）新西北通訊社（每月 200 元）中央月刊（每月 500 元）各津貼連同已停止之和平通訊社津貼及減發北平甘肅與民國日報津貼共積存預算每月 2200 元以 2180 元津貼下列各報社刊物亦自 22 年 1 月份起照發：新民報 500 元，南京晚報 100 元，新南京報 80 元，北京日報 500 元，大亞畫報 100 元，中國日日新聞社 200 元，申時電訊社 300 元，新大華電訊社 300 元，青年生活旬刊 100 元。（19.252～253） 11.中宣會函：澳洲民國請求津貼擬由海外報紙津貼預算內現已停發之三民晨報項下移發 300 元，決議：照發（19.253～254） 12.中宣會函：和國記者東陸客軍態度公正為我國國際宣傳之助擬每月津貼 500 元，決議：暫由宣傳委員會每月津貼 200 元（19.254） 13.中宣會函：暹譯三民主義經已出版特檢送原書請核議津貼，決議：准一次補助 1000 元。（19.254） 14.中宣會函：社會雜誌社社長魯蕩平請恢復每月津貼 600 元自 10 月份起，決議：准每月津貼 400 元自 11 月份起（19.254）

32.12.8（4.50）	無相關議題
32.12.2 財（4.9）	1.中宣會函：中央通訊社發報機添購材料估單計需 2944 元，決議：加發電臺設備費 2944 元（19.292） 2.中宣會函：新疆黨務特派員請發給國難影片全份以便攜往放映查國難影片共抵一套，擬加印一套計需經費 800 元，決議：發 600 元（19.293） 3.中宣會函：據北平京報呈請增加特別補助費每月乙千 500 元以一年爲限. 決議：不准（19.294）
32.12.29（4.51）	1.第三次全體會議關於孫委員科提整理本黨實施方案案（19.347～348）其中有宣傳六點極爲切實。
33.1.5（4.52）	無相關議題
33.1.12（4.53）	1.中宣會提議爲擬具航空救國宣傳周辦法並附一二八紀念辦法，決議：一二八紀念可舉行各界代表紀念會並自 23 日起至 28 日止舉行航空救國宣傳周（20.19～20）
33.1.6 財（4.10）	1.中宣會函：鐵道部函覆輸運前天津民國日報機件須付半價運費現全查西京日報開辦費並未列入運輸費除函請記帳外，請備案，又函此案已函覆鐵道部照半價付現（20.23） 2.中宣會函：擬再加印國難影片一套，由李福林帶往南洋宣傳請發印費 620 元：准發 600 元（20.27） 3.中宣會函爲擬具豫鄂皖三省黨報維持及整理辦法，決議：核准安慶皖報補助費 2000 元河南民國日報補助費 2000 元武漢日報補助費 1500 元，函三省總司令部轉令皖豫鄂省政府自 1 月份起按月照發（20.28～29）
33.1.19（4.54）	1.中宣會密函：中央通訊社與蘇聯塔斯社訂定合作辦法五項，請備案（20.46） 2.中宣會提議：擬具重要都市新聞檢查辦法及新聞檢查標準：檢查辦法修正通過，檢查標準照通過（20.51） 3.中央民眾運動指導委員會提議，爲榆關失陷北方形勢嚴重，謹請決定北方工作方針與在北方組織中央各會聯合機關應變應付，決議：交組織宣傳民眾運動三委員會商辦法，由組織委員會召集（20.52） 4.中監函：據中宣會函仰光興商日報多挑撥言論，對於國民會議辦法肆行攻擊尤爲反動，該報經理林葆華係黨員請開除黨籍，經查該員平日絕少反動言論對於興商日報所爲反動言論非其職權所能主持，決議給予警告，決議：照辦（20.56）
33.1.26（4.55）	1.葉楚傖等報告，奉交審查王委員祺等提議積極準備抗日案，經與 1 月 21 日開會審查，其原案第一項關於從速編練各級地方保衛團一節，經詳加研究擬具辦法三項，秘書處注：本案已有常務委員會決定將審查結果交政治會議討論（20.83～84） 2.通過葉楚傖審查王祺等提議積極準備抗日案中的第三項第一款一致提倡國貨一節。（20.86）
33.1.20 財（4.11）	1.中宣會函送中央直轄報社會計規程請備查（20.111） 2.中組會提議：請按月增加活動費 2000 元爲調查共產黨經費按，決議：准在 2000 元以內由中央活動費項下定支（20.112） 3.中宣會函：內蒙古黨務宣傳員限已滿現日人侵熱該地宣傳不能停頓茲另擬辦法所有旅費及宣傳費仍希核議案，決議：准發 2950 元（分三期）（20.114）

	4.中宣會函：西京日報經常費核准每月津貼 5000 元並發開辦費 6000 元，擬請自 1 月份起照發津貼，又函請追加開辦費 4990.75 元，決議：由一月份起撥發津貼開辦費不必追加（20.117）
	5.中宣會函：杭州民國日報呈請撥助購置捲筒機費 47000 元，並請自本年 1 月份起按月津貼 1000 元，決議：准每月補助 1000 元自 1 月份起（20.117）
	6.中宣會函：河洛日報支出預算書，請查照並自 1 月份起按月給予津貼 500 元，以利宣傳，決議：准每月補助 300 元自 2 月份起（20.117）
	7.中宣會函：抄送北婆羅洲砂勝越新民日報呈請津貼案，擬將已停之三民晨報津貼內按月撥發 300 元津貼新民日報，決議：照准（20.117～118）
	8.中宣會函：駐美特種宣傳員徐伯園呈請增加郵費津貼每月美金 1 百元，擬增加國幣 400 元，決議：由宣傳委員會酌辦（20.118）
33.2.2（4.56）	關於北方工作方針（20.133～134）
33.2.9（4.57）	1.中宣會提議：照片新聞在新聞事業中與文字新聞具有同等之重要地位，有時更能超過文字以上，該會文藝科電影股因兼顧電影繪畫等工作對於攝影新聞工作，自難辦理完善，茲擬就原有機械加以擴充，在首都組織一攝影新聞社，社址設黨部之外，委專人負責辦理，擬具組織計劃及預算，決議：交財會（20.168～169） 2.中央黨史史料編纂委員會中宣會呈，為擬定參加芝加哥博覽會陳列史料目錄及經費概算，又總理遺教及宣傳品印刷費概算各一份，決議：交財會（20.169）
33.2.16（4.58）	無相關議題
33.2.23（4.59）	無相關議題
33.2.23（4.60）	無相關議題
33.4.27（4.68）	1.吳敬恒、褚民誼、朱家驊、陳果夫提議，關於教育部內設立國立救國教育電影局，擬具組織法草案及經費籌集辦法大綱，決議：關於電影事業處專設機關辦理由原提案人另提原則送政治會議。（20.373～374） 2.中央民眾運動指導委員會函，為查中央獎勵黨義著述審查委員會曾經上屆常會通過組織規則，並先後推定委員在案，嗣屢次召集均以人數過少流會以致工作從未著手，自中央組織變更該會無所管屬，外間請示獎勵辦法者有之，請求發還稿件者有之，似應將該會組織條例略加修正推委員繼續進行或成立專處指定處會兼理其事，決議：審查委員會撤銷，由宣傳民運兩委員會主任負責辦理（20.375～376）
33.4.22 財（16）	1.中宣會函：擬加印「還我熱河」影片一套需洋 500 元，決議：准照發（20.383） 2.中宣會函：綏遠蒙文周刊預算計開辦費 340 元，每月經費 500 元：每月補助 300 元自 5 月份起（20.384） 3.中宣會函：請停發上海日本研究會津貼自 3 月份起移作南京日本評論社出小叢書之用三月以前該研究社未領津貼並請保留案，決議：（1）日本研究社津貼停止（2）准補助日本評論社小叢書每月 250 元自 3 月份起（20.384～285） 4.中宣會函：魯蕩平呈請將社會雜誌津貼 400 元移作北辰報補助，決議：照准（20.385） 5.中宣會函：香港東方日報積虧甚鉅抄附收支統計表，請自 3 月份增加津貼 1000 元，決議：准每月增加津貼 1000 元自 4 月份起由補助平津各報預算項下移發（20.385）

	6.中宣會函：模里斯中央日報請求津貼擬在停發之三民晨報津貼內按月津貼 300 元，決議：照准（20.385）
	7.中國地政學會理事蕭錚等呈爲發行地政月刊闡揚本黨土地政策請酌予按月補助案，決議：准每月補助 300 元自 5 月份起（20.385～386）
36.2.20（5.6）	中央文化事業計劃委員會呈報於 2 月 1 日開始工作啓用會章。（21.2）
36.1.30 財（5.2）	1.中央秘書處財務處報告：文藝俱樂部自（24 年）6 月份起每月准增加費 100 元請備案（連前共 600 元）（21.78） 2.中央秘書處財務處報告：東方日報匯水虧耗補助費奉批發 2400 元該款內除 1000 元已由該報清理費餘款劃抵外其餘 1400 元應於新聞事業獎勵金項下支付（21.78） 3.中央秘書處財務處報告：香港午報一次補助費 1000 元等因已於新聞獎勵項下照發（21.78） 4.前中宣會報告：24 年各月份發給各報社獎勵金數目暫定按月發給者（24 年 7 月份起）。7～8 月份每月共 12500 元，9 月份 2160 元，10、11、12 月每月均爲 2240 元，9、10、11、12 月暫定按月照發 22500 元，另有路透社每月津貼 1 萬元仍照原預算按月發給。10 月份照原津貼照發者共 15 家，總數 6200 元，變更者兩家共減發 400 元。（21.80～86） 5.前中宣會函：中央通訊社各分社經收稿費數目：共 4427 元（21.86） 6.中央廣播電臺管理處報告：無線電雜誌及廣播周報經費（24 年 1 月至 6 月收支）：收入：上屆結存 5564.085 元，現金 3857.410 元，暫記 1706.675 元，本屆收入 16768.260 元，現金 4774.640 元，暫記 4222.210 元，轉帳 7771.410 元。支出：本屆支出：16403.460 元，結存 5928.885 元（21.86～87） 7.中央各部會每月經費支出預算案（21.89～90）
36.2.13 財（5.3）	1.中央秘書處財務處報告：在新聞事業獎勵金節餘項下發給北平京報一次補助費 500 元（21.97） 2.中宣部繕送本年 1 月份發給各報社獎勵金一覽表，合計 2240 元；又本月份暫定按月發給各報社獎勵金仍照暫定數共發 22500 元。（21.97～98）。 3.中宣部函送：中央通訊社各分社收入稿費冊數處款數表。（21.98） 4.中宣部函：請增加電影劇本審查委員會經費案，決議：由宣傳部自行撙節開支（21.99） 5.中宣部函：擬設立國際宣傳處駐滬辦事處繕具預算書計經常費 1419 元開辦費 1050 元：暫緩議（21.99） 6.中宣部函：籌辦南京英文時報開辦費及營業損益預算書，決議：准一次發開辦費 1000 元（21.100） 7.中宣部函：中央日報建築委員會呈請增撥建物購機經費 48700 元：自行撙節開支不必增加（21.100～101） 8.中宣部函：東方日報 24 年 6 至 12 月津貼匯水虧耗合國幣 3000 元，請准由中央補發：不准（21.101）
36.3.5（5.7）	1.中央文化事業計劃委員會呈擬具本會組織條例，決議：修正通過（21.160） 2.葉楚傖、陳立夫提議，中央廣播事業管理處籌設短波電臺訂購機件即將簽訂合同應付馬可尼公司第一期款英金 11250 磅約合國幣 187800 餘元，擬暫由華僑捐款項下挪移撥給，決議：一、短波電臺全部建築費應由國庫支付，二、第一期款暫由華僑捐款項下墊付（21.161）

主席批辦案件報告 第 2 號	1.中央文化事業計劃委員會呈送該會各研究會組織規程，批：准予備案（全文附後）（21：197） 2.中央廣播事業管理處吳保豐呈報簽訂短波廣播電臺機械合同情形，請免除進口護照及免費運輸。批：准辦（21.182）
36.9.3（5.19）	1.中央海外黨務計劃委員會提議擬具整理海外黨務計劃草案：修正通過分交主管部妥議辦理（21.209） 2.中央廣播事業管理處呈，爲西安廣播電臺現已籌備就緒，於 8 月 1 日正式播音，擬請任用原兼該臺籌備主任王勁同志兼任該台臺長案，決議：通過（21.210）
主席批辦案件報告 第 10 號	中華文化事業計劃委員會呈爲本會組織條例所列職掌對於科學一項未曾明白規定，經第 4 次會議議決增設科學研究所請備案，決議：准予備案（21.250）
37.4.15（5.41）	1.中宣部函：查三中全會確定今後宣傳綱領案，關於擴充中央社通訊網一項，前經中央第 38 次常會議決交中央通訊社切實籌劃在案。茲據該社擬具擴充國內外新聞通訊網初步計劃草案呈復來案，經查核尚屬扼要所列預算除第四項係非常時期準備外，其餘均繫從實擬計特抄同原呈及計劃，決議：通過，交中央政治委員會（21.276） 2.中宣部函：查本部設置中央周報編輯室以來，工作進行及指導均感便利，茲擬請修正本部組織條例於第 14 條之下增加一條文，爲第 15 條，本部得於宣傳指導處之下設中央周報編輯室，設編輯三人至五人，並指定一人爲編輯主任專司中央周報編輯事宜，其辦事細則另定之，請轉陳鑑核修正案，決議：通過（21.276～277） 3.中宣部函本部宣傳指導處文藝科科長倪炯聲同志業經另有任用，所遺之文藝科科長一缺，擬調新聞事業處徵審科科長朱子爽同志接充，遞遺徵審科科長一缺，擬派宣傳指導處編審科總幹事孫義慈同志接充，請轉陳察核任用案，決議：通過（21.277）
37.6.17（5.46）	1.中宣部文化事業計劃委員會函：奉中央常會交下審查中央戲劇事業指導委員會組織規程一案，業經會同審查將原擬組織規程酌量修正，相應抄送修正草案，決議：通過（21.316） 2.中央廣播事業處密呈：查世界各國廣播事業突飛猛進，已視爲國防利器之一。現中央廣播電臺原有典禮，已不足抵抗地方音波之壓迫，請迅撥鉅款速擴充電力達三百千萬以資鞏固我國播音壁壘條陳辦法兩項，決議：於首都附近另擇安全地點，建設三百千萬電臺一座，所需經費交政治委員會籌劃。（21.317） 3.中宣部函，查本部國際宣傳處外事科科長李炳瑞同志已在粵另就他職，應即停職，遺缺派該科代總幹事廖世勤同志代理，決議：通過（21.319）
37.7.7（5.47）	1.中政會函：組織部請撥海外黨部事業費，民訓部請增活動費宣傳部請撥中央通訊社擴充業務費按，經匯交財政專門委員會審查，茲據報告稱，以 26 年度黨務經費已多有增加，現在總概算甫經通過，即提請增加預算而三部請增經費核計共達 119 萬 2 千元，其中中央通訊社擴充計劃內關於非常時期準備之臨時費 80 餘萬元尙不在內，爲數似覺過鉅。26 年度海外黨部事業費擬酌定爲陸萬元，由組織部酌擬支配，擇要補助，民訓部活動費擬自 26 年 7 月起月增 5000 元年計六萬元，至中央通訊社擴充業務再 24 年度內增准增加經費 18 萬元有案，26 年度擴充經費擬仍准列 18 萬元，內以 12 萬元爲派遣駐外記者之用，其餘 6 萬元，由總社酌

	擬支配，擇要舉辦，三項經費共擬定 30 萬元，均在 26 年度普通總預算第二預算費項下動支，經提出本會第 48 次會議決議，照審查意見通過，除函政府照撥外，錄案覆查由（21.408～410） 2.中宣部函：依據確定今後宣傳工作綱要案第三項第二款關於舉辦新聞記者登記之規定，擬定新聞記者登記辦法草案，函請轉陳核議，送行政院公佈案，決議：由常務委員三部部長及內政部會同審查（21.412） 3.中宣會函：據上海市書業同業公會中國文藝協會呈，為擬具修正著作權法意見，請鑒核提交立法院商討，修正公佈等情，查所擬意見尚屬切要，為保障著作權利輔助出版事業發展起見，決議：送立法院參考（21.412） 4.中央文化事業委員會呈，查美術事業乃文化之重要質素，民族精神胥賴策勵，特擬具推進美術事業計劃，呈請，決議：通過交國民政府令各主管機關辦理（21.413） 5.中宣部函：柳亞子呈請辭去本部宣傳委員兼職，擬請照准，遺缺並以陶百川擴充，決議：通過。（21.415～416） 6.中宣部函為本部電影事業處處長張北海呈請辭職，擬請照准，遺缺以羅學濂擴充，決議：通過（21.416）
37.7.22（5.48）	無相關議題
37.8.5（5.49）	1.中政會秘書處函准國府文官處函：查立法院修正之出版法案及行政院呈覆擬具修正出版法施行細則及關係書證程序暨中央政治委員會對於出版法另行決議辦法四項之辦理經過情形，經奉批分別公佈備案在案，特函查准將陳登由，查對於出版法另行決議四項，前經由會報請中央常會通過有案，茲准前由除報告本會第 49 次會議外，相應函達查照（22.4） 2.中宣部函：奉蔣委員長代電轉送馮副委員長改革民間圖畫意見一見，遵經邀集有關機關共商進行辦法，當經決議設立一民間圖畫改良委員會並擬具該會組織規程，決議：准予備案（22.7） 3.中央廣播事業管理處呈為擬將本處中央重慶新舊兩臺予以充實組織及寬籌經費特擬具修正本會組織條例草案，中央廣播電臺組織條例草案，中央短波廣播電臺組織條例草案及預算書各一份，請鑒核備案並將預算三件轉飭財務委員會核議案，決議：通過（22.8）
37.8.12（5.50）	1.中宣部函為擬請將新聞檢查標準第一項關於軍事新聞檢查標準酌予修正，決議：通過（22.92） 2.中宣部提議擬具戰時電影事業統製辦法：決議：通過（22.92） 3.中宣部函為求徹底禁絕反動刊物銷售計擬將中央頒行之密查書店辦法及內政部所訂之取締發售業，經查禁出版品辦法合併修正，訂為檢查書店發售違禁出版品辦法，以期統一而便施行，並經擬就草案徵得內政部同意，特抄同辦法草案：決議：1、檢查書店發售違禁出版品辦法通過；2、關於檢查反檢查等事宜由宣傳部與內政部組織會議決定之有異議時以宣傳部意見為主。3、決議查禁之出版品，由宣傳部內政部同時通知各省市黨部及政府（22.92～93）。
37.8.27（5.51）	無相關議題
37.9.2（5.52）	無相關議題
37.9.14（5.53）	無相關議題
37.9.18（5.54）	1.中宣部函為擬具中央宣傳工作視察團組織綱要及該團每月經費預算決議：通過以方治為視察團團長經費在總活動費項下動支（22.165）

37.9.27（5.55）	1.中央廣播事業管理處呈：關於籌設重慶 35 千瓦短波廣播無線電臺一案.現以有關國防趕速完成.原有預算深感不敷.懇請追加國幣 373000 元擬具追加預算及說明書，決議：通過（22.176） 2.中宣部轉送吳鐵城、余漢謀電：廣東省前以建設廳名義向美商中國電氣公司訂購五萬瓦特無線電播音臺機件全副，價共 36000 磅已付 6000 磅，現以本省財政困難無力付款，擬請由中央承購運赴漢口裝設，似於畢事通訊國防宣傳，決議：通過（22.176～177）
37.10.2（5.56）	無相關記錄
38.3.22	無會議次數，無相關議題，主要討論臨時全國代表大會
38.4.21（5.74）	無相關議題
38.4.27（5.75）	中宣部部長周佛海呈為宣傳部工作人員多由更動，開工作人員名單，呈請核准任用，決議：通過。 修正中央執行委員會宣傳部組織條例（38.4.28.5.75）（22.272～281）
38.5.5（5.76）	1.中宣部代理部長周佛海卸任，部長邵例子會報於 4 月 30 日交接清楚，請察核備案由（22.320） 2.中央社社長蕭同茲呈：去歲南京總社被炸為謀工作安全計，曾奉核准建築低下防空室，迄去歲各機關西遷，該項工程大部完竣費用什九付出，除由中央領到 5 萬元外，並在本社經常費內挪用 37387.71 元，刻因支出浩繁亟待發送歸墊，謹縷陳最近半年工作及經費支出詳情，請補發前項墊款，決議：照發（22.321）
38.5.12（5.77）	修正中央執行委員會宣傳部組織條例（22.363～371）
38.5.26（5.78）	1.中宣部提議.查本部編印中央周報以指導時事宣傳，自抗戰軍興，經費減略，該刊逐亦停止編印，茲為適應事實上之需要，該報復刊，自應刻不容緩，惟過去係由本部編印，中央秘書處印刷發行 xx 交辦頗感不便，此後擬統由本部辦理，須預算每月經費 2600 元，決議：通過（22.395）
臨時全國代表大會第四次全體會議交下各案之審查意見	1.六代表匡文登提議統一革命理論肅清政治鬥爭之意識案。審查意見：本案經大會決議，原則通過交中央執行委員會妥善辦理在案，查自抗戰一還各種宣傳刊物多至不可勝數，不特思想龐雜動搖統一之意志即以印刷紙張消耗而言亦非愛物力之道，原案所提辦法四點：（1）由中央宣傳部審查本黨容納各黨各派之立場並制定中心抗戰宣傳綱領（2）請國府通令各地軍政機關與該地統計宣傳機關密切聯絡（3）由各地黨部舉行大規模之宣傳周一民族鬥爭之意識泯滅政治鬥爭之意識（4）健全各級黨部之宣傳機關均屬切要之圖擬由宣傳部與軍事委員會政治部妥議辦法依據大會通過之抗戰建國綱領對於合法之言論出版集會結社予以充分之保障其有違反三民主義及法令者與以嚴屬之取締。（22.400～401） 2.王代委員昌周等提中央應成立思想指導委員會訓練黨員與民眾以健全本黨基礎案。審查意見：本案經大會決議：（1）解釋三民主義之權屬於中央其機構由中央核定。（2）將現存此種類似之機構切實加以調整在案，查第一項關於思想之指導主義之解釋與闡揚可由宣傳部與訓練委員會秉承中央切實辦理似無另立機關之必要，關於第二項你（一）由宣傳部就專門委員中指定若干委員成立小組審議關於黨義解答之事項（二）由宣傳部擬具關於黨義著作出版計劃召集由黨主辦及與黨有關之研究機出版機關負責人商定聯繫辦法並請中央與必要時撥款補助其發展（三）由宣傳部隨時約集對於黨義有研究之作家舉行座談以求宣傳方針

	之一致並策動和名學者定期舉辦黨義講習會，對於主義作積極之呀就與闡揚（四）提前實施三種全會通過之設置總理極愛你獎金由秘書處邀集宣傳部教育部即有關研究機關擬具實施辦法。（22.401～402） 3.陳委員果夫等提議確定文化政策案。審查意見。本案經大會決議，交中央執行委員會分別采擇施行，本案包括頗多多屬原則之提示擬交宣傳部及內政教育兩部分別採納施行。（22.407）
28.5.31（5.79）	無相關議題
38.6.9（5.80）	1.中宣部函為本部國際宣傳處於去年 11 月間改組由本部副部長董顯光負責指導，先後派定該處職員，茲遵照規定開具名單請轉陳中央常會分別正式任用以資信守，又該處組織□□軍事委員會前第五部級前這□□□□成所需經費業經總裁批准，仍由軍事委員會撥付。報請起用各級職員之職權均係暫依軍事機關之編制□部組織略有不同，敬請准予權宜辦理案，決議：通過（名單附後）（22.491）
38.6.16（5.81）	1.中宣部函：奉交臨時大會關於加緊國際宣傳案，查原案與本部國際宣傳處目前進行之工作頗多相同，至組設國際宣傳局一節，目前國際宣傳機構已足數運用，似可暫從緩議，請轉陳鑑核由（23.3） 2.中組部呈：西康省黨部常務委員駱美輪簽呈，為宣達中央德威宣傳抗戰意義及融洽民族感情起見，擬在西康省會設立廣播電臺一座，經商准中央廣播事業管理處以撥廣播機器運康裝置，惟關於建築電臺房屋經費，無法籌措，請中央特予補助建築費 3000 元，決議：照發 3000 元，並由中央廣播事業處妥擬辦法（23.12） 3.中宣部函：據中央廣播事業管理處呈以接辦廣東五十千瓦廣播電臺移設昆明一案，除購機價款 51 萬元業經中央常會通過外，關於購地建屋運輸裝置等項費用，經實地勘察交通運輸情形及現時物價擬定預算共需 769000 元，祈察核將呈並請先撥 30 萬元備付地價等項，餘於 27 年度開支分八個月均領等請，相應檢同預算書函請轉呈核辦案，決議：通過交政治委員會核發（23.12～13） 4.中宣部函：為推進宣傳指導工作，經先後遴派徐弘士、朱子爽、高蔭祖、王平陵、溫廣彝、朱宜風、張宓公、項德言、陳志明、王持華、段子駿、劉德榮、胡天冊、楊祖詒等 14 同志為宣傳指導員，請轉陳核准任用案。秘書處注：查劉德榮同志於去年 11 月因病離職，經宣傳部呈奉常務委員批，准予停薪留職在案，依照常委談話規定應不許再行回部工作，合併陳明，決議：除劉德榮外均照准（23.14～15）
38.6.23（5.82）	1.中宣部函為香港東方日報業務不振，亟待改革，茲擬就整理該報計劃綱要，決議：應飭停辦照宣傳部原擬結束辦法辦理。附注：原擬結束辦法除一部分負債由資產項下清理補償外，其不敷之數，由中央撥發港幣 5000 元，該報原有津貼預算仍予保存，此項結束費即逐月在預算內扣除。（23.55）
38.6.30（5.83）	1.中宣部函：本部為適應現實化解起見，亟應回渝工作，並酌留職員駐漢辦公在湖南街天欽二號設立本部駐漢辦事處，請查照轉陳由（23.114） 2.中宣部函：去年七月盧溝橋事變，我國在領袖決策直轄開始抗戰建國，擬請中央常會確定每年七月七日為抗戰建國紀念日，送國民政府明令公佈定為國定紀念日並轉如教育部列入曆書，至本年紀念辦法已會同政治部擬定呈奉，總裁批准照辦合併送請轉陳由，決議：定七月七日為抗戰建國紀念日，至本年紀念辦法由宣傳部再行斟酌修改（23.116～117）

	3.中宣部函：關於戰時新聞禁載標準，經由軍事委員會辦公廳邀集有關機關會商修正並增加第六條，關於公路橋梁被炸毀之詳細情形，及第八條關於敵軍之部隊 xx 兵 x 編制部隊長官姓名等項兩條，應繕具全文，請，決議：准予備案（23.117）
	4.關於福建省籌建永安廣播電臺，請撥該省抗敵後援會捐款 3 萬元案。秘書處注：查此案前據中央廣播事業處函稱，福建省府已遷永安、福州廣播電臺爲防萬一起見，擬於永安籌設一電臺，經商省府陳主席同意，由閩社省抗敵後援會捐款內撥付費用 3 萬元等語。覆准陳肇英來電，此抗敵會捐款經議決專作慰勞費，挪作別用恐難通過等語，按抗敵後援會捐款自以仍作慰勞前方將士之用爲宜，究應如何辦理，請核議。：決議：不應撥省抗敵捐款由省府另籌。（23.118）
38.7.8（5.84）	中宣部呈請中央日報社長程中行兼任本部宣傳委員案，決議：通過（23.151）
38.7.13（5.85）	1.中宣部函：中央社每月應付路透社之稿費 1 萬元及哈瓦斯社稿費 3000 元，因合同關係事實上無法折減，請轉陳函請政府對路透哈瓦斯兩通訊社稿費自 7 月份起，仍照原案安月十足飭撥案，決議：通過，送政治委員會照撥（23.191～192）
38.7.21（5.86）	1 中宣部函：草擬戰時圖書雜誌原稿審查辦法及修正抗戰期間圖書雜誌審查標準，並經數度召集政治部內政部及教育部代表詳加研討修正，請轉陳核議施行案，決議：審查辦法通過，審查標準修正通過（23.241）
38.7.28（5.87）	中宣部呈爲本部宣傳委員彭鎮寰呈請辭職，擬予照准，遺缺以汪寶暄接任，決議：通過（23.290～291
38.8.11（5.88）	無相關議題
38.8.18（5.89）	無相關議題
38.8.25（5.90）	1.中宣部函：擬具中央圖書雜誌審查委員會組織大綱及地方圖書雜誌審查委員會組織通則，請備案（23.391）
	2.中宣部函據駐海防直屬支部呈：以總理逝世革命先烈及國恥等紀念日，照規定下半旗誌哀，外國人每多誤會，可否依照國際慣例不下半旗。秘書處注：前據萬隆直屬支部呈以海外 xx 特殊，五九國恥紀念，請免下半旗，經奉批准予變通辦理在案。茲查各項革命紀念日自歸併舉行後，照規定應下半旗紀念者計有總理逝世紀念、革命先烈紀念、國恥紀念三日，應否准予一併變通辦法，決議：關於下半旗三規定，在海外可變通辦理（23.395）
	3.中宣部提議，爲強化本黨言論領導技能起見，擬組設黨報社論委員會擬具該會組織規程草案，決議：組織規程修正通過，並推葉委員楚傖爲主任委員（23.395）
	4.中宣部函爲中央圖書雜誌審查委員會係由本部會同政治部內政部教育部所組織呈報中央核准在案，茲准中央社會部函以該部專管民眾組織社會運動諸事宜，且有專科負文化事業責任，請提請中央准予加入該會組織，決議：通過（23.395～396）
	5.中宣部呈：本部秘書阮毅成另有任用，遺缺擬從以陳天鷗充任，本部總務處事務科科長葉敬持擬調任宣傳指導員遺缺，調新聞事業處登記科科長講子孝充任，遺登記科科長之缺以總幹事詹潔悟充任，決議：通過（23.397）

38.9.1（5.91）	中宣部函照中央廣播事業管理處呈：接辦廣東省五十千瓦廣播電臺移設昆明與中國電氣公司簽訂核定經過，請備案（23.419）
38.9.8（5.92）	無相關議題
38.9.15（5.93）	1.中宣部提議，中央圖書雜誌審查委員會業經由本部及社會部政治部內政部教育部派員組成成立，該會每月經常費至少需 3680 元，本部及各機關均無法籌集，謹開其預算請核定專款按月照付，決議：預算交黨務委員會財務組審查，本年度三個月經費在中央經費內設法墊付，列入下年度預算。（23.474） 2.黨務委員會報告，中央廣播事業管理處函：西康省黨部擬撥用重慶市廣播電臺舊機，於西康設立廣播電臺，請撥建屋輔助本處妥擬辦法，自當遵辦。惟西康山嶺崇峻，重慶臺電力過小，擬先籌設一千瓦電臺一座，購置剌啦自行配置，計建築運輸機全部機件設備等費共計 6 萬元，擬請由國庫項下一次支撥案。經財務組審議認爲應暫維憲政，所擬擴充計劃列入下年度預算，丹行審議，決議：照審查意見通過（23.474～475） 3.黨務委員會報告，中央廣播事業管理處函：貴陽爲西南重鎮前奉宣傳部飭即籌設廣播電臺，遵將儲存運出材料，自行配置 10 千瓦電力電臺，並派員赴築勘賃房屋先行裝設，現已初步完成，先將 500 瓦特級試驗播音一面勘定適宜地址，辦理徵收從事建築所有挪墊及待用之運輸裝設購地建築等項籌備費數及尚須另購抵補材料配置攻擊他處應用之費款，估計約需 249000 元免除事竣造具報銷外，請轉核轉政府照發一案，經財務組審議，認爲暫仍挪墊，所請警方列入下年度預算，決議：照審查意見通過（23.475～476） 4.黨務委員會報告，中央廣播事業管理處函：重要廣播事業指導委員會之播音計劃原擬定於蘭州設立區臺，華北淪陷後，亟應設立 10 千瓦電臺一座，即仿長沙貴陽臺例，購置材料自行配置全部機件與重要備貨機運輸建築設備等費共需國幣 283000 元，請由國庫項下一次支撥一案，經財務組審議列入下年度預算，決議：決議：照審查意見通過（23.476）
國防最高會議常務委員第 89 次會議	財政專門委員會報告審查昆明廣播電臺建設費概算一案，結果擬如數核定爲 769000 元列入 27 年度概算：決議：照審查意見通過（482）
國防最高會議常務委員第 91 次會議	主席提議據中央通訊社呈報該社新事業計劃情形，請頃發經常費每月 3 萬元設備費 3 萬元即準備費 3 萬元查所請增發經費多屬適應當前需要，惟請撥準備費 5 萬元或分兩次撥發或一次核發 3 萬元請核定，決議：增撥經常費及設備費照原案通過準備費准一次撥給 3 萬元（23.493）
國防最高會議常務委員第 92 次會議	財政專門委員會報告審查中央執行委員會秘書處函爲路透社哈瓦斯兩通訊社稿費自 27 年 7 月份起免予折扣一案結果擬照辦：決議：照審查意見通過（23.497）
38.9（5.94）	1.黨務委員會報告：中宣部函：節省物力財力起見，對於報社通訊社之聲請登記或變更登記，有稍加限制之必要，擬具抗戰時期報社通訊社聲請登記及變更登記暫行辦法四項，請轉陳核議一案，經審查將辦法加以修正，決議：修正通過（24.6） 2.黨務委員會報告：奉交審議中宣部提議撥付中央圖書雜誌審查委員會就你敢發預算每月 3680 元，經財務組審議擬將總額減爲 3000 元，決議：核定爲每月 3000 元。（24.7） 3.通過中宣部呈：西京日報社社長於定另有任用，胡天冊繼任遺缺，任陳樂三爲本部宣傳指導員。（24.8） 4.抗戰時期報社通訊社聲請登記及變更登記暫行辦法（24.11）

38.（5.95）	無具體月日，無相關議題
38.10.6（5.96）	中宣部呈：擬就國慶日告同胞書稿請鑒核（24.60）
38.10.13（5.97）	無相關議題
38.10.27（5.98）	無相關議題
38.11.3（5.99）	無相關議題
38.11.10（5.100）	黨務委員會報告，中宣部函：近來交通不便文化用品運輸困難爰聯合教育部正中書局德國商定籌設文化用品聯合運輸委員會購置車輛自行採運共需資本 5 萬元分別出存計本部攤任 15000 元本部經費支絀請核准撥發一案，經財務組審議通過，決議：通過，由中央暫行核發（24.189）
38.11.17（5.101）	中宣部函：查戲劇與電影爲實施社教之良好工具亦即發揚文化之重要部門，惟本部對於整個戲劇運動之指導尚乏專司，而民間戲劇及劇本之供應與審查，仍有待於統籌策動，擬就本部電影事業處加入戲劇部分改爲電影戲劇處原有編審指導兩科，則改爲電影戲劇兩可，工作範圍仍個別爲指導與編審兩方面，以期統籌發展而利宣傳，決議：通過（24.215）
38.11.24（5.102）	1.中宣部先後函：擬具抗戰期間雜誌刊物獎勵辦法及抗戰期間新聞事業獎勵辦法，請備案：決議：准予備案（24.234～235） 2.中宣部函：關於浙江省執行委員會代電，建議禮遇抗戰將士一案，經商得政治部同意，擬請規定，凡遇抗戰軍隊列隊開赴戰地，或由戰地調回後方時，沿途民眾應致敬禮，決議：通過（24.235）
38.12.1（5.103）	1.關於國民財政會建議，撤銷圖書雜誌原稿審查辦法案，決議：遵照總裁指示，不予採納（24.266） 2.中宣部函：本部電影事業處已奉核准改爲電影戲劇處茲將本部組織條例第五條、第九條第 16 條有關該處部分加以修正並擬該處名稱改爲電影戲劇事業處繕同修改條文，決議：通過（24.270） 3.中央廣播事業管理處函：本會之組成，係由中央指定中央廣播事業管理處等機關，各派代表一人組織，現代表機關中中央文化事業計劃委員會業經取消，本會組織大綱第二條應即修正，又查中央社會部海外部所負使命，均有與本會相關緊之處，似應指定加入本會以收眾擎易舉之效，相應擬具修好條文：修正條文如左：第二條：中央廣播事業指導委員會由中央執行委員會指定主任委員副主任委員各一人，並由中央廣播事業管理處、中央宣傳部、中央社會部、中央海外部、軍事委員會、交通部、內政部、外交部、教育部各推代表一人組織之，決議：通過（24.270～271） 4.准中宣部函：本部宣傳指導處指導科科長车震西呈請辭職，擬予照准遺缺以吳企雲充任（24.271）
38.（5.104） 無具體日期	1.中宣部函：抄送武漢日報、廣州中山日報及中央日報長沙版先後撤退，公私財物損失情形（24.285） 2.中宣部周代部長佛海呈報擬定於本月五日赴昆明視察宣傳工作，（24.285）
38（5.105） 無具體日期	1.黨務委員會報告，中宣部函爲據中央圖書雜誌審查委員會呈報，遵照中央核定經費數目重造預算，請轉陳備案一案，經財務組審議核准予以備案。（24.313～314）
38.12.24（5.106）	決議：戰時圖書雜誌原稿審查辦法照審議一家修正並復國防最高會議（24.331）

38.12.29（5.107）	無相關議題
39.1.1（5.108）	臨時常會，僅討論關於王兆銘違反紀律危害黨國案
39.1.5（5.109）	1.代理宣傳部長周佛海呈以因事出國，擬請准予辭去宣傳部副部長代理部長職務，決議：照准，宣傳部事宜暫由葉委員楚傖負責辦理（24.378～379）
39.（5.113）	無具體日期，無相關議題
39.2.9（5.113）	中宣部葉部長楚傖函為遵於 2 月 1 日到部視事。（24.413） 注：原文如此，與前一個會議次數相同，但內容不同。
39.2.16（5.114）	中宣部函報新舊任接受清楚情形，請查照轉陳鑑核備案（24.430）
39.2.16（5.114）	1.黨務委員會報告：中央宣傳部轉送中央圖書雜誌審查委員會所擬印刷所印刷不送審查圖書雜誌原稿取締辦法，查此項辦法，原與審查原稿辦法相輔而行，用意甚善，惟事關人民營業，由行政機關辦理較為妥宜，經決議將原擬辦法修正通過，請核送國防最高委員會辦理案。（辦法印附）決議（24.434）中宣部函為中國回民救國會呈請組織中國回民南洋訪問團並附具工作機會，查南洋一帶回民眾多如能利用宗教情緒宣傳聯絡必可獲得偉大效果：（24.435） 2.秘書處呈：中央宣傳部副部長周佛海同志離職已久，經總裁核定以潘公展同志為宣傳部副部長。（24.436）注：有兩個 114 次常會。
39.2.23（5.115）	無相關議題
39.3.9（5.116）	1.中央國際宣傳委員會組織大綱及公眾計劃案：說明：本案係中宣部依據五中全會決議而擬制經黨務委員會審議修正通過，並議定寰欲駐外使領館宣傳部及外交部負責撥 xx 中央通訊社派遣駐美特派員及設置新加坡分社開辦費與經常費，曾經國防最高會議通過應飭請財政部照發：（24.453～454） 2.中宣部提出宣傳指導處指導科科長吳企雲呈請辭職擬予照准，遺缺以於定補充，宣傳指導員張宓公久不在渝擬予停止，遺缺以魏紹徵充任案。附履歷：於定 43 歲江蘇金壇人日本明治大學政治經濟科畢業曾任西京日報社社長。魏紹徵 31 歲，浙江人中央軍事政治學校武漢分校畢業，曾任湖北省黨部總幹事等職（24.459）

注：為節省空間，年月份、會議名稱、出處採用了縮寫。「中常會會議」欄中的 28.3.30 是 1928 年 3 月 30 日的縮寫：（3.117）是中國國民黨第三屆中央執行委員會第 117 次常務會議的縮寫：30.12.4（3.117）意指 1930 年 12 月 4 日中國國民黨第三屆中央執行委員會第 117 次常務會議召開。財（3.16）是第三屆中央財務委員會第 16 次會議。29.10.25 財（3.16）意指 1929 年 10 月 25 日第三屆中央財務委員會會議記錄提交給中央執行委員會常務會議備案。「與新聞業有關議題」欄中的（4.432）是《中國國民黨中央執行委員會常務委員會議錄》第四冊第 432 頁的縮寫。其它縮寫的含義均如此。「宣部」、「中宣部」均是國民黨中央宣傳部的縮寫，「中宣會」是「國民黨中央宣傳委員會」的縮寫，「中組部」是「國民黨中央組織部」的縮寫。

附錄二　歷代主要文禍（文字獄）一欄表

朝代	製造者	文禍名稱	獲　罪　文　字	備註（罪名，根源，結果等）
夏	夏桀	關龍進諫被誅	爲「酒池」、「糟丘」事	傳說，諫禍
商	紂		誅殺進諫大臣九侯、微子、箕子、比干等	商亡國，紂自焚
周	周厲王	厲王止謗	讓「衛巫」殺人弭謗	流王於彘
晉	陳靈公		泄冶進諫靈公糾正「行僻」被誅	靈公身死國亂
吳	夫差	伍子胥自刎	大宰進饞言，夫差疑心	吳滅，夫差自刎
魯	孔子	誅殺少正卯	心逆而險，「五惡」七日	春秋疑案
齊	崔杼		齊太史及其兄、弟直書「崔杼弑其君」	
鄭	鄭駟□	鄭駟□殺鄧析	鄭國大亂、民口歡譁	借「私造刑書」
秦	秦始皇	焚書坑儒	始皇「樂以刑殺爲威」	以「妖言」坑殺460儒生
西漢	呂太后	永巷哀歌	當誰使告女（汝）？	呂后專權，戚夫人成「人彘」
西漢	漢武帝	司馬遷因文罹難	《景帝本紀》、《武帝本紀》；爲李陵辯解	貶損當世；先宮刑，後誅殺。（疑）
西漢	漢宣帝	楊惲「種豆之禍」	《報孫會宗書》：君喪送終、「南山種豆」	以「大逆不道」腰斬楊惲，親朋獲罪；影射
東漢	曹操	孔融、崔琰書信之禍	孔寫信「嘲戲」曹操；崔被告密其信中「傲世怨謗」	曹操心疑，借刀殺彌衡，「不孝」誅殺孔；以「不遜」下獄逼死崔。
魏	司馬昭	嵇康見殺	非湯武而薄周孔；惜李叟入秦，及關而歎。	書信得罪司馬昭，以「朋黨」的罪名被處死。
吳	孫皓	韋昭因《吳書》被殺	不爲廢帝做「紀」留禍根	此後，自西晉到東晉150年，無嚴格意義的文字獄。
南朝	劉宋王族	顏延之、謝靈運詩禍	顏以怨憤之情作《五君詠》 謝以「池塘」觸犯禁忌	顏得罪彭成王劉義康，多次被放逐；謝被殺，可能與宋明帝殘酷刻薄、迷信文字禁忌有關。
北魏	太武帝	崔浩《國書》大獄	《國書》暴露北魏陋習	崔推行鮮卑族漢化，觸犯鮮卑族利益，以暴露「國惡」，而殺身滅族。

南朝	梁武帝	范縝流放	《神滅論》反對佛教、鬼學	先圍攻後流放；梁朝因興佛而亡
隋	隋煬帝	薛道衡、王冑詩禍	薛、王先後以文字影射、私議煬帝，其詩文引嫉妒。	以文字誅殺先臣，鞏固地位
唐	唐高宗	王勃被逐	《鬥雞檄》挑撥諸王	逐出沛王府
唐	武承嗣	喬知之遇害	《綠珠篇》寄語被搶的寵婢	先憑權搶「寵婢」，後借文字殺人
唐	唐玄宗	孟浩然、薛令之、李白因詩遭遣。	孟以「不才明主棄」斷送仕途，薛以「只可謀朝夕」逐出東宮，李因「飛燕」觸犯楊貴妃被「賜金放還」。	唐玄宗以文字整飭「牢騷」文人
唐	李林甫	李适之案	「避賢初罷相」影射李	先貶後自盡；奸相的文字禁忌，
唐	楊國忠	李泌案	「青青東門柳」影射楊	先貶後逃；奸相的文字禁忌
唐	唐憲宗	李益、白居易、劉禹錫、韓愈因文字被貶案	諫官揭發李詩對朝廷有怨言，劉因「種桃」被貶，白因詩被權貴陷害，韓以《論佛骨表》諫勸憲宗被貶。	四案均在權力爭奪、陷害，以文字爲藉口發生。這在於唐憲宗以逼宮方式繼位，宮廷內鬥激烈。如憲宗借劉案把永貞黨一網打盡。
晚唐	執政者	賈島、薛逢、來鵠、羅隱等詩禍	賈以《病蟬》、《題興化園詩》譏諷權貴；薛以詩譏誚宰相，羅以詩觸怒權貴。	賈、薛、羅以詩得罪權貴，羅終身不第，薛被貶，羅科舉無名。
五代	執政者	路延德、劉隱辭詩禍	路以「小兒」影射河中節度使；劉諷諫軍閥許宗憲	路被投入黃河淹死，劉先被暴曬，後被投入水中，暫得脫險。
北宋	宋太宗	李後主詞案	「故國不堪回首月明中」	宋太宗先「強折李花」，後毒殺〔註2〕。
北宋	宋仁宗	石介詩案	石介以詩影射夏竦；夏藉此捏造書信，誣告之。	范仲淹、富弼等人誣爲「朋黨」，被撐出京城，石被開館驗屍。

〔註2〕 北宋宋太祖定下「作相須讀書人」的方針，立下不殺言事者的誓言。故宋朝文禍多爲貶官放逐，罪越重，貶的越遠。宋太宗殺李後主，並非出於文化上的原因。

北宋		李淑、阮逸、柳永詞案	李以「倒戈」觸犯皇家禁忌，阮敘古暗喻人主更替，柳把「功名」貶低爲「浮名」觸犯皇家禁忌。	李被仇家告密，削職 20 年；阮被貶，柳被封旨塡詞，永不復用。
北宋	宋神宗	蘇軾烏臺詩案	蘇以詩文譏諷小人，小人借蘇的詩文，誣告蘇反對新法，譏諷皇上。	新黨借文字整舊黨。蘇軾一再被貶，收藏蘇軾譏諷文字的司馬光、蘇轍、黃庭堅等 29 人罰銅 20 斤。
北宋	宋哲宗	蔡確詩案	小人把蔡的《車蓋亭》解爲「訕上」	舊黨打擊新黨；蔡流放，新黨失勢
北宋	宋哲宗	范祖禹、黃庭堅、秦觀等案	舊黨污稱《神宗實錄》「詆斥先帝」，把新黨全部貶官外放。	舊黨整新黨，黃、秦則又被多次以文字告發，多次被貶官。
北宋	宋徽宗	宰相蔡京以文字整人	張商英以《嘉禾頌》貶官，陳瓘以《尊堯集》遭到百般窘辱。大學生鄧肅以詩諷諫被放逐，詞人周邦彥諷諫徽宗被「押出國門」。	蔡以曲解文字，觸怒徽宗，藉此整舊黨及新黨內的不同派別。徽宗又禁用與皇帝相關的如「龍、天、君、玉、帝、上、聖、皇」等字，學子試文因此而落第或判刑編管。
南宋	宋高宗	武將曲端詩禍	政敵指曲詩爲「指斥乘輿」	主戰派內部文禍；曲被仇家害死。
南宋	宋高宗	秦檜以文字獄整人	秦曲解文字，以「莫須有」的伎倆把對手文字硬性扣上「訕上」、「大逆」、「謗訕」等罪名，力整趙鼎，李光、胡銓三位主戰派干將，同事製造案中案，把三人的支持者、同情者，逐步打盡。	秦利用高宗不願抗金、偏安臨安的心理，利用文字獄打擊主戰派長達 18 年。除趙、李、胡三人外，岳飛、王庭珪、張元乾、李光、吳元美、楊煒、程瑀、王趯、沈長卿、芮曄、何兌、馬伸、趙芬、張浚、張祈、張孝祥等被貶官或被殺害。
南宋	宋寧宗	韓侂胄、史彌遠、賈似道等權相以文字整人	劉光祖反對韓把朱熹道學稱「僞學」被貶，洪咨夔揭發史的短處，被罰「10 年閒」，史借劉克莊《江湖集》廢立太子，嚴懲江湖詩人。賈借文字黜掉反對者葉李。	秦檜後，南宋偶有文案，其伎倆如秦檜，仍是曲解文字，以文字觸犯皇帝的文字禁忌，借皇帝之手對付政敵，反對派。
遼	遼道宗	蕭后《懷古詩》案	《懷古詩》被誣告爲與人私通	太師耶律乙辛與宰相張孝傑合謀爲篡位而陰謀製造，屬於皇權鬥爭。

金	金熙宗	張鈞代擬罪已詔被殺	政敵曲解張「代擬罪詔」中的「惟德弗類、以干天戒」，惹怒熙宗	金熙宗酗酒好殺，漢文程度不高被權臣利用。「後臺」太保完顏亮被貶
元	元順帝	曹德、王冕案	曹以詩文公開影射權相伯顏，王以詩拒絕元人。	元代把儒生打入社會最底層，成爲「老九」，故文禍較少。曹、王逃匿。
明	明太祖	林元亮、趙伯寧、徐一夔等人的表箋禍	表箋中有「生、僧、則、賊」「藻飾」、「帝扉」等語均被解讀爲觸犯明太祖「隱慝」，而被誅殺	太祖「雄猜」，「諸勳」進讒言，又對士大夫又不放心，制定士大夫不爲用者即殺的法令〔註3〕。數十人被誅。
明	明太祖	高啓等人因詩得禍	宋濂、高啓、張尚禮、張信、盧熊等文臣，「一初」、「止菴」「來復」詩僧的文字觸犯皇權忌諱	太祖信奉文字禁忌，禁止小民取名用天、國、君等字，又以文字整文武大臣，觸犯心意者均被誅殺。
明	明成祖	方孝儒、連子寧、茅大芳、朱權等文字禍	方、連、茅反對朱棣篡位，被朱以文字滅身誅族；朱權是明成祖第17字，被誅是皇權鬥爭。	永樂朝文獄多屬於鞏固皇權的政治鬥爭，朱棣是靠「靖難之役」繼位，故用文字獄鎮壓異己文人和政敵。
明	明英宗〔註4〕	劉球、丁謙、張錯、羅學淵案	劉上書要「權歸於一」被告法，於以詩自表心迹惹忌恨，張抒發憂國的《除夕詩》被免官，羅以《大明易覽》以「妖言」被禁錮。	劉、張是得罪當權宦官王振，劉被連夜殺掉，於吃了三月冤枉官司。張免官原因不詳，羅是得罪英宗。
明	明憲宗明孝宗	陳公懋、趙炯案	憲宗時，刪改朱熹《四書集注》並獻書，造毀書治罪；孝宗時又獻書背命焚書，押遣返鄉。趙獻詩卻爲自己評功，被降職。	《四書集注》是明統治者維護的意識形態，考試取士的標準，不容他人刪改。
明	明孝宗	李夢陽案	李應詔直言弊政，揭發皇后弟張鶴齡，反被其誣告「訕母后」	皇族曲解文字，誣告得勝，李被關進監獄，後釋放。

〔註3〕 明法典《大誥》中規定：「率土之濱，莫非王臣。寰中士大夫不爲君用，是自外其教者，誅其身而沒其家，不爲之過」

〔註4〕 明仁宗、宣宗均行善政，不以文字殺人，並影響了英宗至武宗。英宗至武宗的文字案多是奸臣以文字公報私仇。

明	明武宗	王九思、韓邦奇案	王被人陷害評當朝內閣李東陽的詩篇被逐出翰林院，韓被宦官以文字陷害，革職爲民。	均爲官員內訌、以文字公報私仇。
明	明世宗（嘉靖）	「大禮儀」之獄	世宗違背群臣意志，應在禮儀上把其生父由「皇叔父」改「皇考」、「皇伯考」，異議、抗疏、哭闕力爭、不滿者均被罷官、治罪	臣工維護禮教，皇帝出於血緣硬該禮節。楊廷和、蔣冕、鄒守益、呂楠、豐熙、楊愼、吳廷舉等數百人罷官、治罪，17人被廷杖打死。
明	明世宗	張振、諶若水、任時、陳棐、林希元、胡纘宗等人的進詩獻書案	張獻《中興頌詩》、諶著《禮經傳測》、任進《參兩貞明圖》，陳作《箴詩》，林改《大學經傳定本》及《四書易經存疑》，胡作《迎駕詩》被誣告爲影射世宗。	世宗力求革新，禮部尚書夏言因《天賜時玉賦》的寵，進詩獻書成爲一時風尚，但世宗苛察雄猜，重名分、講禮教，多猜忌，多從進詩獻書中挑剔文字，使多人進諛希恩反遭譴
明	明世宗	江汝壁、歐陽衢、王本才、葉經、李默的試題案	南京的江、歐因評試卷不署名，廣東的王以所進試錄體如「聖謨」等俱不開頭，葉、李得罪嚴嵩，被其摘文字，指爲「訕上」。	權臣嚴嵩利用世宗的文字迷信，從鄉試錄中，挑剔文字、羅織罪名，打擊朝臣。世宗利用此，強化鞏固意識形態。
明	明世宗	楊繼盛等人的嬰麟之災	楊思忠上賀表被世宗摘出「懷欺」被逐，楊繼盛因上奏疏彈劾嚴嵩翻被嚴以文字迫害致死。	世宗疑心，嚴嵩挑撥，以表奏對付臣子。
明	明神宗	高啓愚試題案	御史丁此呂誣告高主持以試題勸張居正受禪	背景是愼重主持下反名相張居正，神宗錯判，丁外調，高奪官。
明	明神宗	群臣反鄭妃的文字案	大理寺雒於仁獻上《酒色財氣四箴》規諫皇帝不視朝政，沉迷聲色，點名批評鄭妃，；李獻可上疏請皇長子預教（出閣讀書）被挑剔出「違旨侮君」，匿名「妖書」《憂危竑議》、《續憂危竑議》矛頭直指鄭妃。	神宗的皇后無子，逐出現立皇子的權力爭鬥，神宗寵愛鄭貴妃，大臣主張立王恭妃之子，神宗借文字壓制反鄭的大臣。雒被貶爲民，李被貶官外調，爲李辯護的諫官廷杖100，永不復用。朝臣上疏抗爭者貶官，妖書的嫌疑者從重處罰。

明	明神宗	李贄《藏書》案	《藏書》反對程朱理學，被指「敢倡亂道、惑世誣民」	造謠中傷與政治恫嚇齊下，又下獄致死。
明	明熹宗	魏忠賢以文字殺人的血案	魏以文字誣陷忠良，打壓東林黨人。	魏以文字殺人達 7 年，誅盡東林黨人
清	順治帝	僧函可《變紀》書稿案	《變紀》立在南明立場寫南明史，觸犯滿洲禁忌	打壓反清人士，僧被放逐。
清	順治帝	清初正閏之變的文字獄	毛重倬等坊刻製藝序不用「順治年號」，黃毓祺、馮舒寫復明詩歌，張縉彥詩序中影射反清，等。	清入主中原後，以明朝正統自視，文人不予承認，順治逐以「明、金、清」等詞打壓文人的反清意識。
清	康熙帝	莊氏《明史》案	莊刊刻《明史輯略》被人告訐，為不尊重清之先祖，惋惜明軍失利，痛斥投清將領，不書寫清之年號。	清廷嚴懲，莊氏戮屍滅族，被禍 700 家。自後，誣告陰風盛行，出現了誣告《嶺雲集》編者案、沈天甫偽造逆詩案、黃培家藏逆詩案等。
清	康熙帝	鄒漪刊登《鹿樵紀聞》案	《鹿》記錄李自成起義至明滅，鄒申請刊登，官方以審查後逮捕鄒。	以「體例」為罪證，因三藩之亂而免於大難
清	康熙帝	朱方旦私刻秘書案	朱的行為有宗教色彩，所著《中說補》、《中質秘書》挑戰傳統，明思在腦不再心。	多次被彈劾，又重寬釋放，侍讀學士王鴻緒挑剔文字，以「誣妄皇上」、「悖逆聖道」等罪名被誅。
清	康熙帝	何之傑、陳鵬年詩案	何被人告發，諷刺當局，陳《重遊虎丘》被政敵告訐，誣為「悖謬」。	經何辯解，從寬發落；康熙從寬處理。兩案與「華」、「夷」之辯有關
清	康熙帝	洪、孔戲曲文禍	洪昇《長生殿》「罵胡」被指影射；孔尚任的《桃花扇》觸犯清禁忌	上演《長生殿》的官員均被革職，孔尚任以其他理由革職。
清	康熙帝	方、戴兩家書案案	戴名世的《南山集》、《與余生書》、《孑遺錄》記錄南明，觸犯清禁忌，被公報私仇，牽涉到方孝標的《滇黔紀聞》。	該案逐步升級，刮起一股無限上綱的陰風，並被利用為黨派鬥爭的手段。康熙從寬發落，方戮屍，戴處斬，相關者或革職、或流放。

清	雍正帝	打擊諸王的文字案	陳夢雷侍從皇三子允祉，編撰《文獻彙編》博得康熙歡心；允禟私造新體，蔡懷璽、郭允進訕謗案、蘇努塗抹御筆，鄒汝魯《河清頌》中「舊染維新、風移俗易」影射雍正奪權被殺。	雍正以陳原係叛將耿精忠之人，發遣邊外，《文獻彙編》改《古今圖書集成》，打擊允祉，借私造新體、蔡、郭訕案打擊允禟、允禵，借蘇努塗寫上諭，打擊允禟、允禵的支持者蘇努家族。
清	雍正帝	整飭權臣的文字案	借年羹堯奏本中的「夕惕朝乾」整年，牽出汪景祺的《西征隨筆》，又從汪案中牽出錢名世頌詩案；借查嗣庭試題、日記中的「維民所止」打擊隆科多	雍正以文字誣告權臣，並從案中牽涉它案，把權臣年羹堯、隆科多兩派「朋黨」打擊。
清	雍正帝	打擊漢人的反滿意識	謝濟世注《大學》被指「怨望誹謗」，陸生楠《通鑑論》影射君主；曾靜遣徒張熙投書，引出呂留良大案，並從呂案牽出唐孫鎬、齊周華揭帖案。	雍正借謝、陸打擊「科甲朋黨」，借持續四年的呂案打擊漢人的反滿意識，清除諸王餘響。引發誣告陰風，並發生了裘璉《擬張良招四皓書》案。
清	乾隆帝	偽孫嘉淦奏稿案	偽奏稿斥責乾隆「五不解、十大過」，乾隆下令全國追查，審理，釀成案中之案多達84起。	該案之前，乾隆以文字淩遲曾靜、處死謝濟世；以仇人的「箋注」全組望的《皇雅考》讓全遭遇大禍，之後又借獻策的書生發氣，並處死。
清	乾隆帝	瘋話、邪言混淆的悲劇	有王肇基獻詩、丁文彬逆詞、劉裕後、楊淮震、劉德昭、朱思藻《弔時》等。	瘋話案由追查偽奏稿案引起，乾隆予以嚴懲，這實為文化高壓政策的一種症候。
清	乾隆帝	胡中藻案	乾隆指認胡的《堅磨生詩鈔》有41條「黑話」：詆毀清朝、謗訕皇帝、鼓吹朋黨之爭。	乾隆藉此打擊鄂爾泰朋黨，恐嚇張廷玉一派，此案引發誣告陰風，發生趙永德誣告案。
清	乾隆帝	誣告案夾雜廢話案	有沈大章、鮑體權誣告反坐、余豹明首告余騰蛟詩詞譏訕、瘋漢李雍和潛遞呈詞、王寂元投詞等大案	乾隆以文字殺瘋子，因在其老是疑心有人借瘋話做掩護，幹「大逆」的勾當。

清	乾隆帝	蔡顯、齊周華案	蔡以《閒漁閒閒錄》、齊欄輿上書，	二人均與評論康、雍朝的文字獄有關，兩人均重處，相關人未能免，
	乾隆帝	李浩、徐鼎等文字怪案	李以《孔明碑記圖》傳遞迷信文字，徐以科場考試的玄文希圖進用	李、徐希望借文字發財或進用。類似有席守業謬誕字帖案、李堅仁傳抄謠詞案、丁元甲傳帖符案、李超海《武生立品》案，安能敬試卷案。
清	乾隆帝	禁書運動中的文禍	有彭家屏、段昌緒、澹歸和尚、千山和尚、沈德潛、劉翺、沈大綬、戴移孝等人因藏禁書惹禍	乾隆借編修《四庫全書》毀壞抽毀「禁書」71 萬卷，並嚴懲私藏禁書者。
清	乾隆帝	王錫侯案引發的文字禁忌	王以《字貫》被仇人告發，乾隆藉此做文章，促進禁書運動。	掀起文字禁忌的惡浪。用曲解字義或觸犯聖諱、御名的方式製造了十多起文字案
清	乾隆帝	「明」、「清」文字惺風	徐述夔的《一柱樓詩》涉及「明」、「清」二字，被人告訐，案件升級，乾隆嚴查、重處，	之後製造了程樹榴、馮王孫、祝庭錚、魏塾、卓長齡等案，並予以嚴懲，以此打擊漢人民族意識。
清	乾隆帝	反學界朋黨的文字獄	尹嘉銓為父請諡並從祀文廟，引來文字「狂悖字迹」131 條之多，程明諲為富商鄭友清撰寫壽嶂文字，引來災禍。	乾隆以此打擊滋生朋黨的學術思想的溫床，尹為絞立決，程被斬立決，相關者亦獲罪。
清	乾隆帝	文字怪案、誣告案、瘋話案	王珣、龍鳳祥、嚴譖、金從善、焦祿、馮起炎等平民、諸生因文禍罪	乾隆朝文字獄案約有 135 起，其中瘋話案、文字怪案、誣告案約有 48 起，占總數的 35.5%。

注：主要參考文獻：胡奇光：《中國文禍史》，上海：上海人民出版社，2006 年版；謝蒼霖、萬芳珍：《三千年文禍史》（修訂本），江西高校出版社，2002 年版；陳開科：《古代帝王文禍要論》，嶽麓書社，1997 年 6 月版；李鍾琴：《致命文字：中國古代文禍眞相》，安徽人民出版社，2008 年 7 月第 1 版等。

附錄三　孫中山中對記者談話、演說、函電一覽表

序號	日　期	標　　題	核心內容	出處
1	1896.10.23	與倫敦各報記者的談話	孫第一次面向記者談話，孫在英國成為政治人物。	
2	1896.10.24	致倫敦各報主筆函	向英政府、報界致謝	
3	1896.10.下	與倫敦記者的談話	闡述遇難經過。	
4	1897.6.29	致倫敦《地球報》函	致謝	補，4～5
5	1907.6.8	與法國《時代》雜誌記者羅德的談話	建立「社會主義共和國」。	補，36
6	1910.4.8	與檀香山《晚間公報》記者的談話	闡述政見，	集，143～145
7	1910.4.21	與檀香山《廣告者》記者的談話	反清，	集
8	1910.526	與檀香山《廣告者》記者的談話	反清，	集
9	1911.3.上	與日本記者的談話	對列強	集，149～150
10	1911.10	與法國《朝日新聞》駐美訪員的談話	排外	
11	1911.11.中	與倫敦《濱海雜誌》記者的談話	抨擊清壓制亞倫自由	
12	1911.11.中	與英國記者的談話	武昌起義	
13	1911.11.21～23	與巴黎《政治星期報》記者的談話	官話為統一語言之基礎	
14	1911.11.21～23	與巴黎《巴黎日報》記者的談話	中國革命情況	
15	1911.12.26	在上海與《中法新彙報》總編輯的談話	對法	集，155
16	1911.11.29	致上海《民立報》電	孫的行程報告	
17	1911.12.25	與上海《民立報》記者的談話	國內情況介紹	
18	1911.12.25～26	與上海《大陸報》主筆的談話	介紹回國情況	
19	1911.12.30	與上海《大陸報》記者的談話	當選總統後，情況介紹	
20	1911.12.中	與駐滬外國記者的談話	民國政府對外態度	
21	1912.1.6	在南京答《大陸報》記者問	政見	

22	1912.1.6	在南京與《大陸報》記者談話	新政府	集，159
23	1912.1.22	致伍廷芳及各報館電	清帝退位	
24	1912.1.6	在南京與《大陸報》記者談話	對袁	集，164
25	1912.1.25	致《字林西報》等書面談話	孫辭總統的說明。	
26	1912.2.4	與南京訪員的談話	對袁	集，169
27	1912.2.20	覆譚人鳳及民立報館電		
28	1912.1～2	接見麥考密爾時的談話	麥是美國記者。	
29	1912.3.6	在南京答《字林西報》記者問	北方兵變情況說明	
30	1912.3.6	覆報界俱進會及各報館電	暫行報律	
31	1912.3.9	令內務部取消暫行報律文	取消暫行報律	
32	1912.3.19	覆上海各報館電	《七十二行商報》不實	
33	1912.4.4	在上海答《文匯報》記者問	接職後的從事社會革命	
34	1912.4.4	在上海答《文匯報》記者問	社會革命	集，173
35	1912.4.5	在上海與《大陸報》記者的談話	鐵路，集外	集，174
36	1912.4.12	致武漢報界合會函	輿論之勢力與軍隊之勢力相輔相成	
37	1912.4.16	在上海《民立報》之答詞	革命事業，實賴報紙鼓吹之力。	
38	1912.4.27	對粵報記者的演說	人心一致，是報界鼓吹之功；言論不一，人心惶惶。	
39	1912.4.27	在廣州與記者的談話	忠告政府，屬監督行政範圍	
40	1912.5.4	在廣州報界歡迎會的演說	輿論為事實之母	
41	1912.5.5	在廣州報界記者的談話	回答行政監督等問題	
42	1912.5.上	與香港《士蔑西報》記者的談話	時政介紹	
43	1912.5.13	在廣州對報界會主任的談話	解釋照價納稅，土地國有	
44	1912.5.13	致《民生日報》函	平均地權	補，79
45	1912.5.20	在香港與《士蔑西報》記者的談話	時政、外交介紹	
46	1912.6.9	在廣州行轅對議員記者的演說	民生問題	
47	1912.6.22	在上海與《民立報》記者的談話	政界近情，	

48	1912.6.25	在上海與《民立報》記者的談話	北京政界，經濟問題	
49	1912.6.25	在上海與《大陸報》記者的談話		
50	1912.6	在香港與《南清早報》記者威路臣的談話	時局情況	
51	1912.8.23	在塘沽與某報記者的談話	北上之意	
52	1912.8.28	在北京與《大陸報》記者的談話	銀行借款	
53	1912.8.28	在北京與《大陸報》記者的談話	袁世凱，	補編，93
54	1912.8.28	與《亞細亞日報》記者的談話	政策介紹	
55	1912.8.29	與日本記者神田的談話	北京感想，	集，184
56	1912.8	在北京與各報記者的談話	來北京介紹	
57	1912.8.29	與《德文報》記者的談話	借款，	補編，94
58	1912.9.2	在北京報界歡迎會的演說		
59	1912.9.4	在北京答記者黃遠庸問	時政問答	
60	1912.9.11	在北京與路透社記者的談話	時政	
61	1912.9.13	與《中國報》記者的談話	籌款	
62	1912.9.14	在北京招待報界同人時的演說和談話	澄清誤會，	
63	1912.9.23	在天津答路透社記者問	鐵路，	集，196
64	1912.9.27	在濟南記者招待會的談話	鐵路、時政	
65	1912.9.下	致北方報界函		集，352.
66	1912.10.5	對《大陸報》記者的談話	鐵路、借款	
67	1912.10.12	在上海報界公會歡迎會的演說	報界喚起樂觀情緒	
68	1912.11.11	給上海《民立報》的電話	囑為更正。	集，198
69	1912.11.11	附：答上海《民權報》記者問	係外間誤傳，不足信也。	集，198
70	1912	附：致倫敦各報書	鴉片	
71	1913.2.13	在日本下關答記者問	中日	
72	1913.2.中	在日本與新聞記者的談話	鐵路	
73	1913.2	政務討論會雜誌出版祝詞		
74	1913.3.5	致東京各報館函	中日	
75	1913.3.16	在下關答新聞記者問	日本鐵道感想，	集，202
76	1913.4.26	致各省議會政團報館電	宋案	
77	1913.6.24	在香港對《早士蔑西報》記者的談話	宋案	

78	1913.6.24	在香港對《早士蔑西報》記者的談話		補編，144
79	1913.8.1	在上海答《民立報》記者問	宋案闢謠。	
80	1914.12.1	致三藩市《少年中國報》電	抗議美資助袁世凱，	補編，154
81	1914.12.4	致馬尼拉《公理報》電	即匯款來	補編，154
82	1914.12.1	致三藩市《少年中國報》電	謠傳毫無根據，	補編，156
83	1915.2.1	致三藩市《少年中國報》電	告知孫科伯父去世，	補編，160
84	1916.3.17	致《公理報》電	我軍佔領廣東沿海各地	補編，188
85	1916.3.21	致舊金山《少年中國報》電	買飛機	
86	1916.3.25	復舊金山《少年中國報》電	飛機事	
87	1916.4.22	致舊金山《少年中國報》電	回國	
88	1916.6.8	在上海對某記者的談話	對時局樂觀	
89	1916.12.22	致《民強報》函二件		補編，197
100	1917.1.9	批崇德公報社函		4，3
101	1917.8.11	與廣州各報的談話		補編，205
102	1917.6.16	致舊金山《少年中國報》股東函		4，105
103	1917.7.25	答廣州某報記者問	政變說明，	4，126
104	1917.7.31	與廣州各報記者的談話	討逆，	4，128
105	1916～1917	批美國《民氣報》函		4，281
106	1918.1.13	宴粵報記者時的講話		4，314
107	1918.5.15	在廣州與某報記者的談話	大元帥，	4，476
108	1918.6.10	在日本門司對記者的談話	解大元帥，	4，483
109	1918.6.23	與神戶新聞記者的談話	歸國，	集，233
110	1918.8～9	在上海答記者問	憲法，	4，504
111	1918.10.27	與戊午通信社記者的談話	集外	集，235
112	1919.4	與日本記者大江的談話	排日，集外	集，238
113	1919.4.	覆《新中國》雜誌社函	婉言謝絕「貴社之命」。	5，50

114	1919.6.24	答日本《朝日新聞》記者問	中日問題	5，71
115	1919.10.16	與《上海晨報》記者的談話	童某，殊無根據	集，241
116	1919.11.26	與《大陸報》記者的談話	新內閣，	集，242
117	1919.11.24	致《民氣報》函	給邵元沖方便，	5，167
118	1920.6.11	與《字林西報》代表的談話	外交，	補編，257
119	1920.7.17	與《大陸報》記者的談話	政治發展	集，246
120	1920.10 底	與日本記者的談話	組建新政府，	補編，258
121	1920.12	與《廣州新民國報》的談話	南北統一，	補編，259
122	1920.1.26	與《益世報》記者的談話	山東問題，	5，206
123	1920.10.23	覆三藩市《少年中國晨報》函	股東事宜，	5，369
124	1920.10.23	批三藩市《少年中國晨報》函		5，387
125	1920.11.8	與上海通訊社記者的談話		5，399
126	1920.11.23	與記者的 談話	行程，	5，424
127	1920.11.25	與《字林西報》記者的談話	外債，	5，428
128	1921.2.12	與日本東方通訊社記者的談話	唐繼堯，關稅，	5，462
129	1921.2.17	與《字林西報》記者的談話	關稅，	5，463
130	1921.2.26	與東方通訊社特派員的談話	駁斥謠言，	5，469
131	1921.4.上	與美國記者辛默的談話	21 條，	5，515
132	1921.4	在廣州與蘇俄記者的談話		5.527.
133	1921.5.4	致各報館電	大總統定5月4日就職，	5，531
134	1921.1.夏	覆日本記者小山函	政見，	集，395
135	1921.9.18	與美國記者金斯萊的談話	中美，	5，604
136	1921.11.	與美報記者的談話	北伐，	5，626
137	1921.12.17	與美國記者嘉樂利的談話	外交，政見，	集，258
138	1922.2.15	致美國記者大利電	華盛頓會議，	集，480
139	1922.4.4	與桂林《學生聯合會三日刊》記者的談話		集，261
140	1922.4.20	與某西報記者的談話	陳判變，	補編，373
141	1922.4.中	與美國《華盛頓郵報》記者的談話		6，102

142	1922.5.29	與西報記者的談話	北伐	
143	1922.6.上	與日本《朝日新聞》社記者的談話	援吳佩孚事	
144	1922.6.上	與日本《朝日新聞》社記者的談話	吳佩孚，	集，268
145 1146	1922.6.12	與廣州報界公會及各通訊社記者的談話	北伐	
147	1922.6.12	與廣州報界及各通訊社記者的談話		補編，279
148	1922.6.23	與香港《士蔑西報》記者的談話	陳叛變	補編，283
149	1922.6.12	與廣州報界公會及各通訊社記者的談話	軍事動態，	集，271
150	1922.6.24	與香港《士蔑西報》記者的談話	國會	
151	1922.6.25	與香港《電聞報》記者的談話	陳叛變	
152	1922.7.上	與香港《士蔑西報》記者的談話	粵軍談判	
153	1922.7.上	與日本記者的談話	陳事，	集，275
154	1922.7.11	與香港《士蔑西報》記者的談話	北伐，	補編，290
155	1922.8.24	與報界的談話		
156	1922.8.24	與上海報界的談話		補編，298
157	1922.8.25	與日本大阪《每日新聞》駐滬特派員村田的談話	北上	
158	1922.8.31	與上海東方社記者的談話	北上，	集，279
159	1922.9.22	孫宅重要辨正	辨正謠言。	集，644～645
160	1922.10.11	覆《旭報》函		6，574
161	1922.1.17	致《覺民日報》函		
162	1922.11.26	與《日本廣告報》記者的談話	對日，世界大戰	集，282
163	1922.12.9	與約翰.白萊斯福的談話	《日本紀事報》記者。	
164	1923.1.8	與《字林西報》記者的談話	時政，	7，17
165	1923.1.16	與國際通訊社記者的談話		7，29
166	1923.1.25	在上海招待新聞界時的演說		7，47

167	1924.1.13	與胡特的談話	《芝加哥報》遠東記者	9，56
168	1923.1.27	與《大陸報》發表談話	無線電，	集，287
169	1923.1.27	與國聞通信社記者的談話	軍事，	7，55
170	1923.1.31	與日本《朝日新聞》記者的談話	越飛赴日，	7，72
171	1923.2.23	與東方通訊社記者的談話	廣東政府，	7，130
172	1923.3.18	與廣州各報記者的談話	裁兵，	7，214
173	1923.4.22	與報界記者的談話	戰情，	補編，322.
174	1923.5.15	與外國記者的談話	臨城劫車案，	7，454）
175	1923.10.初	與某記者的談話	曹錕賄選，	8，257
176	1923.10.22	與某記者的談話	軍事，	8，329
177	1923	與□□記者的談話		集，299
178	1924.1.23	與北京《東方時報》記者的談話	外交，	9，129
179	1924.2.18	與國聞通訊社記者的談話	軍事，	9，473
180	1924.2.26	與上海《民國日報》記者的談話	時政，	9，513。
181	1924.2.27	與上海《民國日報》記者的談話	改組，	9，518
182	1924.3.13	與《東方通信》記者的談話	俄國，	9，593
183	1924.3.30	與香港某電報通社訪員的談話	蘇俄，	9，670
184	1924.3	與日本廣州新聞社記者的談話	蘇俄，	9，670
185	1924.4.30	與日本廣東通訊的和記者的談話	外交	
186	1924.5.30	應上海《中國晚報》所作的留聲演說	三民主義	
187	1924.5.30	應上海《中國晚報》所作的留聲演說	廣東語，三民主義	集，106～107
188	1924.8.14	飭褒撫彭素民諭		10，538
189	1924.9.上	與外國記者的談話	庚子賠款	
190	1924.9.13	與東方通信社記者的談話	反對直系	
191	1924.9.13	與東方通信社記者的談話		補編，423
192	1924.9.18	與日本記者的談話		
193	1924.9.20	與東方通信社記者的談話	軍事	
194	1924.9.22	與東方社等記者的談話	北伐，	11，91

195	1924.9.25	與日文《廣東日報》記者的談話	北伐	
196	1924.11.8	與日本大阪《每日新聞》記者的談話	北上	
197	1924.11.14	與香港《中國新聞報》記者的談話	北上，	集，315
198	1924.11.17	與《申報》記者康通一的談話		
199	1924.11.17	與東方通訊社記者的談話		補編，433.
200	1924.11.17	與上海新聞記者的談話	北上，	集，316
201	1924.11.19	在上海招待新聞記者的演說		11.331
202	1924.11.22	與日本記者的談話	北上，中日，	
203	1922.11.22	與《時報》記者的談話	北上，	集，318
204	1924.11.22	與駐滬外國新聞記者的談話	北上	
205	1924.11.下	與《日本年鑑》記者的談話	北上，	集，320
206	1924.11.23	與長崎新聞記者的談話	北上	
207	1924.11.24	在神戶與日本新聞記者的談話	內亂在外國	
208	1924.11.24	與高木的談話	《中外商業新報》記者	
209	1924.11.28	與大阪《英字新聞》記者的談話	反英	
210	1924.11.29	與《日本年鑑》記者福特的談話	外交，	補編，451
211	1924.11.30	與《告知報》記者代表的談話	列強　；日本	
212	1924.12.1	與門司新聞記者的談話	不平等條約	
213	1924.12.4	與日本記者西村等的談話	北上	
214	1924.12.5	與日本某訪員的談話	不平等條約	
215	1924.12.31	致各報館通電	入院	
216	1925.1	與《順天時報》記者的談話	共產黨加入國民黨，	補編，403.

資料來源：中國社科院近代史所編：《孫中山全集》（1～11卷），中華書局1985年版，孫中山研究學會：《孫中山文集》（上、下冊），團結出版社，1997年，陳旭麓、郝勝潮主編：《孫中山集外集》，上海人民出版社，1991年版，郝盛潮主編：《孫中山集外集補編》，上海人民出版社，1994年，黃彥編著：《建國方略》，廣東人民出版社，2007年，黃彥編著：《三民主義》，廣東人民出版社，2007年，黃彥編著：《革命方略》，廣東人民出版社，2007年。

後　記

　　校對完書稿，發現「後記」依然是三年前博士論文的「致謝」。此「致謝」是當時倉促之下的應付之作。在此後記中，除了表達我對長輩、師長、同學、朋友的深深感謝與祝福外，並未涉及其他。應臺灣花木蘭出版社之邀，本書得以順利出版。值此出版之際，有必要向讀者交代一下本書的來龍去脈。

　　本書是在筆者博士論文的基礎上略作修訂而成。博士論文的選題是在方漢奇先生的書房中，一杯清茶、三四個選題、數次交流後敲定的。先生決定讓我做國統區新聞事業研究，在於這一塊研究的相對薄弱及國內寬鬆的政治環境，可允許對國統區新聞事業做較為客觀、公正的學術評價，也在於對我學術興趣的鼓勵與支持。我考慮接受這一任務，是想探究作為中國第一個執政的政黨在其有效統治的地區範圍內是如何定位、管控、利用新聞媒體用於國家治理、中國現代化建設的，以及在國民黨國家治理、現代化建設的政治框架中，新聞媒體又是如何參與其中，發揮輿論影響力，反作用於國民黨的國家治理、現代化建設進程的。這一先入為主的「問題」意識影響了材料取捨，決定了本書的結構框架。

　　當初，這一問題意識朦朧如紗，隱約可見，在經先生數次點撥、塗光晉教授、王潤澤教授等前輩、師友的批評、建議與碰撞後才清晰可見，在數易提綱後才有所定型。然在論文的寫作中，才發現自己功力淺薄、誠惶誠恐，基本過著三線一點的寫作生活，幸得先生悉心指點才最終定稿，並有幸通過匿名評審，進入了答辯程式，完成了博士階段的學習工作。現在回想起來，三年的博士生活，真是別有一番滋味在心頭。

　　經過一番痛苦的尋找工作後，我於 2010 年 9 月到南師大新聞與傳播學院工作。正式工作後，我本想認真地修改博士論文，後因忙於個人瑣事，且要為個人生計考慮，不得已擱淺了下來（期間也做了一些專題工作，所獲了了）。

幸而先生牽線，得識花木蘭出版社，允諾將博士論文出版，才重新拾起。在出版社的數次催促下，經過近一年斷斷續續的修訂，才得最終成型，得以與讀者見面。

本書沒有完成最初的設想，深為遺憾。但本書的價值在於初步解決了國民黨如何建設、管控新聞媒體的問題，探討了國民黨將新聞媒體用於政治鬥爭的歷史經驗與教訓和民營媒體在國民黨管控下的生存策略，以及民國時期的新聞自由與國民黨控制的關聯，等問題。上述問題，仍有不少可值得探討的空間；剩下的諸多問題，依然值得深入探討。 作為中國歷史上第一個執政的現代政黨，其治理國家、管控與利用新聞媒體的歷史經驗與教訓，是以「失敗」形式凝結的人類寶貴的精神財富。它也許沒有告訴我們應該怎麼做，但至少告訴我們不應該做什麼。對於這筆精神財富，兩岸不能拘泥於意識形態而陷入「土匪」史觀。在這一點上，本書也許還有些「土匪」史觀的痕跡，但在後續的研究中，我將力爭脫掉這股思想烙印。也非常歡迎讀者以各種方式對本書批評、商榷與指正。

最後，感謝對我成長有所幫助的所有人，感謝使本書得以與讀者見面的所有人。您們的包容、善言、諍言讓我受益匪淺。在我要感謝的長長的名單中，必須再次提及的是方漢奇先生。先生的道德文章、言傳身教、音容笑貌、平和睿智讓我終身受惠。祝福先生！

劉繼忠謹記

南京師範大學茶罳 201 室

2013 年 12 月 4 日